何宇度勒石杜甫像　明万历三十年

胡馬大宛名鋒
稜瘦骨成竹
批雙耳峻風入
四蹄輕所向無
空闊真堪託死
生驍騰有如此
萬里可橫行

丙戌暖眼級

杜甫诗意画《房兵曹胡马》　孙仲威　清光绪十二年

詩聖杜拾遺像

南軒齋竹橋 張樹勳題

南薰殿本 張駿猶龍撫

南薰殿本诗圣杜拾遗像拓本　清　张骏

壮游

《壮游：杜甫骑射图》 魏葵

《杜甫像》 蒋兆和 绘于1962年（捐赠杜甫草堂）

適無前期此門轉眄已陳迹藥餌扶吾隨所之

長沙送李十一　銜　大曆五年

與子遊地西涼州洞庭相逢十二秋遠媿尚方魯眠

襞境非吾土倦登樓久存膠漆應難並一辱泥塗泫

晚收李杜齊名真喬鶴朔雲黃翁倍離憂　黃一作

七言絕句

贈李白　開元十八年

秋來相顧高飄蓬未就丹砂愧葛洪痛飲狂歌空度

日飛揚跋扈意為誰雄

三絕句　寶應元年

草堂先生杜工部詩集卷之十四

五言八句

上巳日徐司錄林園宴集　大曆三年

鬢毛垂領白花蕊亞枝紅歌倒衰年懷令節同

萬衰臨積水吹面受和風月喜留攀桂無勞問轉蓬

暮春陪李尚書李十丈過監湖亭泛舟得過

字

海內文章伯湖邊意緒多王孫移晚興桂楫帶酣歌

春日繁魚鳥江天足芰荷鄭莊賓客地表白遠來過

夏日楊長寧宅送崔侍御常正字入京得深

游侠杜甫

秋风长哨 杜甫传 上部

彭志强 著

人民日报出版社
北京

图书在版编目（CIP）数据

秋风长啸：杜甫传（上部）：游侠杜甫 / 彭志强著 .—
北京：人民日报出版社，2023.1
　ISBN 978-7-5115-7523-4

　Ⅰ.①秋…　Ⅱ.①彭…　Ⅲ.①传记小说—中国—当代
Ⅳ.① I247.5

中国国家版本馆 CIP 数据核字（2023）第 010680 号

书　　　名：秋风长啸：杜甫传（上部）——游侠杜甫
　　　　　　QIUFENG CHANGXIAO：DUFUZHUAN(SHANGBU)——YOUXIA DUFU
著　　　者：彭志强

出 版 人：刘华新
责任编辑：陈　红　吴婷婷　张雪原
封面设计：刘　远

出版发行：人民日报出版社
社　　址：北京金台西路2号
邮政编码：100733
发行热线：（010）65369509　65369512　65363531　65363528
邮购热线：（010）65369530　65363527
编辑热线：（010）65369844
网　　址：www.peopledailypress.com
经　　销：新华书店
印　　刷：大厂回族自治县彩虹印刷有限公司

开　　本：880mm×1230mm　1/32
字　　数：360千字
印　　张：14.5
版次印次：2023年10月第1版　　2023年10月第1次印刷

书　　号：ISBN 978-7-5115-7523-4
定　　价：66.00元

秋风长哺 杜甫传

目录

序言·还原杜甫生活历史时空的卓越追求　001

自序·秋风引　005

上部

游侠杜甫

第一章　笔架山·········001

第二章　仁风里·········055

第三章　奉先寺·········087

第四章　咏凤凰·········109

第五章　翰墨场·········141

第六章　郇瑕游·········189

第七章　吴越行·········229

第八章　齐鲁望·········269

第九章　婚与丧·········307

第十章　李杜会·········335

跋·朝圣记　399

还原杜甫生活历史时空的卓越追求

◎张志烈

半年以前，彭志强先生送我他写的《秋风长啸：杜甫传（上部）—— 游侠杜甫》一书（样书），我对他脚踏实地追踪杜甫行迹的精神很是感动。我即将八十六岁，自知老朽，近年来国内友人以新著求序的我都诚惶诚恐推辞了。这半年，自己和家人也两次住院，平时更是门诊不断，但看过这本书，我觉得有些话要说。曾子曰："吾日三省吾身，为人谋而不忠乎？与朋友交而不信乎？传不习乎？"想到这，就提笔草成这篇拙文。

读完这本书后，志强先生刻苦钻研、求实求真的写作态度和将全副心力与情感深广投入的拼搏精神使我极为震撼。王嗣奭（杜诗注本《杜臆》作者）体悟到杜甫对生活对诗歌是"并力一向，以全副精神注之"；我现在体会到，彭志强研究杜甫，十多年刻苦努力，也完全可以说是"并力一向，以全副精神注之"矣！

杜甫文化精神在一定意义上是我们中华优秀传统文化精华的浓缩和凝聚，也可以说是今天中国人如何做人、立身、处世仍应关注的重点。前人说（司）马迁作史，半出遨游；杜甫吟诗，全由阅历。"存在决定意识"，是马克思主义对世界的真理性认知。要能真正深广地理解杜甫意识，前提是要更深广地认知杜甫的存在。志强先生这本著述的根本追求，就是想通过生动还原杜甫生活的具体历史时空来理解杜甫的思想精神，这是使我感到欢欣鼓舞的原因。以下说几点浅见，表明我这样想的道理。

一、真正认清了杜甫精神的伟大本质

本书序言《秋风引》说："朱熹因此把他与诸葛亮、颜真卿、韩愈、范仲淹排在一起，说他们是历史上的五君子，称赞他们都有一颗伟大的心灵，在道德和人格上面都有非常伟大的建树。"朱熹的原话见于他写的《王梅溪文集序》，此不再引。我这里要说的是，朱熹说这话的根源来自孔子，这点更重要。《论语·宪问》云：

> 子路问君子。子曰："修己以敬。"曰："如斯而已乎？"
> 曰："修己以安人。"曰："如斯而已乎？"曰："修己以安百
> 姓。修己以安百姓，尧舜其犹病诸？"

孔子说明了什么才是君子。这是儒家学说的核心价值观，是儒家为治国理政而培养人才的最高目标。朱熹称杜甫为君子的理由就是这个，杜甫一生也就是这样要求自己的。"穷年忧黎元，叹息肠内热""默思失业徒，因念远戍卒"，杜甫《自京赴奉先县咏怀五百字》就是最好的说明。这是深刻理解杜甫的核心要点。

二、新时代下"读万卷书"与"行万里路"的辩证统一

志强先生驾车追踪杜甫的足迹，车中放着冯至先生的《杜甫传》和四卷本的《杜诗全集今注》。他在本书跋文《朝圣记》中清楚说明："我更想以洛州的巩县为新的起点，从杜甫诞生窑出发，按照公元七一二年至七七〇年这个时间秩序，一步一步去丈量杜甫一生走过的足迹，一段路一段路去感知因为杜甫诗歌而肥沃的土地，然后厘清杜甫潜伏在每个时空节点的悲欢，注解他激荡或者沉郁在诗句深处的儒释道思想。"读完这书后，我看到他不仅这样计划了，而且实实在在地、超负荷地实现着计划。

三、沉浸杜学，深挚的情感中贯注超强的节律感应能力

志强先生把杜甫所有作品都熟诵，然后到现场（杜甫曾经生活的地方）去体验。于是在杜甫诞生窑中，他产生幻象："杜甫不厌其烦地把他一生写过的诗一一念给我听……"其实，全书在山川交代、景物描写、事件叙说中几乎处处都浸染着对杜甫文化精神的隐喻。

兹举一例：在本书《笔架山》和《仁风里》章节中，说到杜甫幼儿时期二姑母杜氏对他教养的那些文字，总是每每催我下泪。这既是彭志强的文字，又句句都是诗圣杜老心声！

四、实事求是，是解决疑难问题的办法

本书第三章《奉先寺》中，有多处谈到杜甫的思想。如说"现存的一千四百五十五首杜甫诗歌，至少有超过五十首表现了他的佛学思想"，又说"不可否认，杜甫的主要思想肯定是儒家思想，其核心是孟子的仁政思想，所以我对杜甫头脑里拥有儒释道三家思想也有主次之分，首为大儒，中为佛学，小为道学"，还说"杜甫本身也是杂家，杂取众家的大儒、中佛、小道于一身，反正我是这么看的"。

中国传统文化博大丰富，特别是习近平总书记指出的连续性、创新性、统一性、包容性、和平性等五大特性，对我们认知中华传统文化极具指导意义。只要实事求是、细致分析，一切都是可以说清楚的。彭志强先生"大儒、中佛、小道"的论述，也可说是他实事求是、细致分析而得出的结论。唐朝早就有儒学治国、佛学治心、道学治身的说法。《杜诗镜铨》卷十八《忆昔行》后，杨伦评云："太白好学仙，乐天专学佛，昌黎仙佛俱不学，子美则学佛兼欲学仙，要亦抑郁无聊，姑发为出世之想而已。"这里的大中小之论，与前贤的认知是可以相通的。

（作者系四川省杜甫学会会长、《杜甫研究学刊》主编、四川大学教授）

秋风引

　　起风了，是秋风，又一次把我引入杜甫草堂，仰杜。更早的丙申年，也是秋风，一路长啸，把我指向杜甫诞生窑，朝圣。我的书法印章因此多了一枚"秋风先生"。壬寅年秋，我还想刻一枚新印章，名为"草堂北邻"，因从这年元日起，我的家已迁至草堂以北。与草堂为邻，如同与杜甫为邻，这是我的一个执念；不断地写书致敬杜甫，是我的另一个执念。到如今，除了这部即将出版的近百万字的长篇作品《秋风长啸：杜甫传》（又分上部《游侠杜甫》、中部《医者杜甫》、下部《仁者杜甫》），另有杜甫诗传《秋风破》和《草堂物语》两部诗集，记录我不同时期的追杜心迹。这一切，都是因秋风牵引。仿佛从潜心研究杜诗那天起，我就有讲不完的杜甫故事。

多面杜甫

　　现代诗人、学者冯至曾感慨地说："人们提到杜甫时，尽可以忽略了杜甫的生地和死地，却总忘不了成都的草堂。"这些话，来自他于一九五二年出版的《杜甫传》，如今刻在成都杜甫草堂的一块巨石上，流传更广。成都，尤其是成都的草堂，的确曾让杜甫一度放下羁旅哀伤，过了几年悠闲日子，写了很多传世名诗。这些杜诗千年以来也在不断地反哺草堂，使它声名远扬，成了文学圣地。这些杜诗多是清词丽句，几乎颂尽成都美景，与他在长安（今陕西西安）、华州（今陕西渭南）以及安史之乱初期从洛阳逃往秦州（今甘肃天水）、同谷（今甘肃成县）的沉郁顿挫（其《进雕赋表》自述为"臣之述作，虽不足以鼓吹《六经》，先鸣数子，至于沉郁顿挫，随时敏捷，而扬雄、枚皋之流，庶可跂及也"）诗风迥异，像是老年得子，常见笑脸相迎。冯至如此看重草堂，除了心疼漂泊无依的杜甫在此有了依靠，还因他从这一时期的杜诗里听见了唐代成都的田园交响乐，发现了杜甫的另一个形象：悠然自得的农夫。杜甫生前，除了担任左拾遗、华州司功参军、检校工部员外郎等官职，还做过农民？"卜宅从兹老，为农去国赊。远惭勾漏令，不得问丹砂。"在《为农》这首诗里，杜甫就说了，因远离长安无法以身报国，他在成都浣花溪畔卜居为农，准备终老此生。至于退仕，并非弃世，他很惭愧，不能像东晋道教理论家、炼丹家葛洪那样炼成丹砂，修道成仙。是的，杜甫一生有五十八个春秋，他不可能每天都在忧国忧民，仅有愁眉苦脸这一张面孔，应当和我们一样有喜怒哀乐等多种情绪。况且，从家道中落的官宦子弟成长为心系苍生的诗圣，杜甫自然不是一时一地顿悟。我们不能因史笔偷懒，或因杜诗记述太少，又或因杜甫散失的诗文难寻，就忽略了童年杜甫、少年杜甫和青年杜甫，这些属于童真、青春和热血的"陌生杜甫"形象。

从二〇一二年到二〇二二年，我在全国各地主讲杜甫诗学六十余场，每次和读者聊起杜甫，总不会忽略杜甫的生地巩县（今河南巩义）和卒地岳阳。这倒不是与钟爱草堂的冯至对着干，我也热爱草堂，但在不同地方讲不同时期的杜甫，必然不能忽略其诗背后的诞生地，以及他崇信的儒家思想、他亲近的佛家思想、他向往的又不得不放弃的道家炼丹修仙之道。每次演讲，我都坚持，用杜诗证杜迹，用杜诗绘杜像，并且结合自己行走考察研究杜甫生平踪迹的经历和心得，试着有凭有据地去还原杜甫在不同时期的真实形象。如此仰望诗圣，如此素描子美，许多原本不可思议的"崭新杜甫"形象，于是扑面而来。像他望岳，众山皆小；似他决眦，千鸟还乡。

比如游侠杜甫。在盛唐仗剑远游的侠客中，李白堪称代表，他"十五好剑术"（《与韩荆州书》），出行常是"高冠佩雄剑"（《忆襄阳旧游赠马少府巨》），年少时也曾手刃歹徒，自言"托身白刃里，杀人红尘中"（《赠从兄襄阳少府皓》）。他在诗中讴歌的侠客千姿百态。如《少年行》组诗所言的"击筑饮美酒，剑歌易水湄""浑身装束皆绮罗""王侯皆是平交人"等少年游侠风采；再如其称赞燕赵侠士"十步杀一人，千里不留行"的五言古诗《侠客行》，还引发金庸创作了同名武侠小说，留下"三杯吐然诺，五岳倒为轻""事了拂衣去，深藏身与名"等向往行侠仗义的名句。其实，杜甫也是一个游侠。如其长诗《壮游》自述与苏预（后因避讳唐代宗李豫改名苏源明）纵横齐赵的游侠往事："春歌丛台上，冬猎青丘旁。呼鹰皂枥林，逐兽云雪冈。射飞曾纵鞚，引臂落鹙鸧。苏侯据鞍喜，忽如携葛强。"再如杜甫追忆与李白、高适同游梁宋的长诗《遣怀》所记："白刃雠不义，黄金倾有无。杀人红尘里，报答在斯须。忆与高李辈，论交入酒垆。两公壮藻思，得我色敷腴。气酣登吹台，怀古视平芜。"从这些诗句可知，杜甫擅长骑射，在青年时期就是一个气宇轩昂的游侠。那时的他，性情豪迈，嗜好饮酒，疾恶如仇，肝肠刚烈，如其《壮游》所说"性豪业嗜酒，嫉恶怀刚肠"。那时的他，极爱远游，策马狂奔，追鹰逐兽，结交友朋，其在《壮游》里留下的豪迈画面是"放荡齐赵间，裘马颇清狂"。那时的他，视马如友，若遇良马，常爱以马为题写诗，咏马壮志，以托生死，曾大赞来自大宛（汉代西域古国）的骁勇胡马，四蹄轻快，快如疾风，足可横行万里。其《房兵曹胡马》一诗便说"所向无空阔，真堪托死生"，这，既是寄望一个姓房的兵曹参军能为国家建功立业，也表露自己驰骋大唐朝野的远大理想，豪放乐观的游侠杜甫形象跃然纸上。即使年老多病，在夔州（今重庆奉节）因贪杯而大醉时，杜甫也要上马扬鞭骑行，自言"向来皓首惊万人，自倚红颜能骑射"，不过记录此事的《醉为马坠，诸公携酒相看》一诗，又说"甫也诸侯老宾客，罢酒酣歌拓金戟。骑马忽忆少年时，散蹄迸落瞿塘石"，没错，这匹黄色脊毛的黑马没给面子，他摔了个大跟头，受了伤，此诗因此还有感叹："安知决臆追风足，朱汗骖驔犹喷玉。不虞一蹶终损伤，人生快意多所辱。"为此，他告诫自己，所谓的飞来横祸，亦有安居无事而得者，直言："何必走马来为问？ 君不见嵇康养生遭杀戮！"杜甫生前，虽爱骑射，政治理想却不是做个为大唐开疆拓土纵横沙场的武将，而是想当宰相，至少是可近身辅佐皇帝的文官，望改善民风，再创太平盛世，其原话是"致君尧舜上，再使风俗淳"（《奉赠韦左丞丈二十二韵》）。当唐玄宗对边疆的少数民族发动战争时，所有文臣武将皆在歌功颂德，包括好友高适在内的所有边塞诗都是一边倒地拍马屁，唯有杜甫，站出来批评这不是正义之战，其《兵车行》又一次写到的马成了战马，场面显得很悲壮，是"车辚辚，马萧萧，行人弓箭各在腰"，他同情百姓"牵衣顿足拦道哭，哭声直上干云霄"，大胆指责尚武的李隆基在学喜欢开疆拓土的武则天"边庭流血成海水，武皇开边意未已"。就是此诗，把杜甫真正为国为民的侠客心肠和侠义精神展露无遗，他也因此拓宽了唐诗的疆土，迈出蜕变为诗圣的第一步。被战争拖累的马，不是死马，就是瘦马，爱马如命的杜甫于是有了《瘦马行》，其言哀伤，"东郊瘦马使我伤，骨骼碍兀如堵墙"。此情，此景，此举，又何尝不是一个大侠所为？有时，极其爱马的杜甫会把自己和好友都比喻为马，如《遣怀》"乘黄已去矣，凡马徒区区"，就以"乘黄"（《山海经·海外西经》有记载"白民之国在龙鱼北，白身披发。有乘黄，其状如狐，其背上有角，乘之寿二千岁"）把李白和高适喻为远古传说中的神马，又以"凡马"自嘲，说自己空有赤诚之心和报国之志，却是徒劳无用。

比如医者杜甫。在长安，杜甫的五律名诗《春望》，以诗绘了一幅自画像"白头搔更短，浑欲不胜簪"，也给因尚武而不可一世的唐帝国画了一幅国破家亡的残败国画像——"国破山河在，城春草木深"。此时，他才四十多岁，却因经常挨饿，且有疾病缠身，还得四处奔走，显得格外苍老。此诗如同一剂猛药，灌入因安史之乱而由盛转衰的大唐之口，情悲声壮，古今共鸣。这，可把杜甫看作精神上的医者。这类试图医治衰唐的诗有很多，如《哀王孙》"金鞭断折九马死，骨肉不得同驰驱"，又如《悲陈陶》"孟冬十郡良家子，血作陈陶泽中水"，再如《洗兵马》"安得壮士挽天河，净洗甲兵长不用"，至于"三吏"（《新安吏》《石壕吏》《潼关吏》）和"三别"（《新婚别》《无家别》《垂老别》），则是"精神医者"杜甫代表作中的代表作。在夔州，杜甫的七律名诗《登高》，又绘了一幅自画像——"万里悲秋常作客，百年多病独登台"。他满脸愁苦，衰老多病，志不能伸，就快病入膏肓了，却仍以浊酒解忧，仍要写诗抒怀。不过，这时的杜甫仍会坚持加餐保命，常常担忧自己客死他乡，就不能照应好友李白、高适的遗孤，其长诗《遣怀》尾句故有恐忧"临餐吐更食，常恐违抚孤"。随着彰显杜甫忧国忧民情怀的这些诗在教科书上广泛传播，加上蜀地画家蒋兆和所画《杜甫像》的深入人心，那貌似最熟悉的杜甫，每个青年学子几乎都认定的杜甫，是一个病恹恹苦兮兮悲戚戚的落魄诗人形象。他，不过是病者，最多是大唐帝国的精神医者而已，如何谈得上是能真正治病救人的医者呢？正所谓久病成医，杜甫既是病者，也是一个会种药、懂卖药、能治病的医者。按杜甫悼念二姑母杜氏的碑文《唐故万年县君京兆杜氏墓志》记述，"甫昔卧病于我诸姑，姑之子又病间，女巫至曰：处楹之东南隅者吉。姑遂易子之地以安我，我是用存，而姑之子卒，后乃知之于走使"，是说他早在童年时期就被一场瘟疫传染，二姑母首先是想方设法救治他，以安他心，最终却导致表弟早夭。此事，杜甫后来在进献给唐玄宗的《进封西岳赋表》中，也以"是臣无负于少小多病贫穷好学者已"提过。四十岁左右，杜甫在长安又感染了一场流行病，是要命的疟疾，他与这种凶猛病魔抗争了百余天，命悬一线，其《病后过王倚饮赠歌》一诗有描述："疟疠三秋孰可忍？寒热百日相交战。头白眼暗坐有胝，肉黄皮皱命如线。"疟疾，是当时较难医治的时疫。这种时称瘟疫的传染病，后来多次如蛇一般缠住了杜甫。他因此用诗歌反复诠释了多病的身躯，医者一样把脉问诊，自己究竟有着怎样的病征与苦痛。后来在秦州避乱时，杜甫寄给高适、岑参二位好友的长诗《寄彭州高三十五使君适、虢州岑二十七长史参》，再次提到所患疟疾的症状，非常生动："三年犹疟疾，一鬼不销亡。隔日搜脂髓，增寒抱雪霜。"也是在秦州，当杜甫口袋里穷得只剩一文钱时，饿得皮包骨的他颤颤巍巍地提起毛笔，写了一首《空囊》："翠柏苦犹食，明霞高可餐。世人共卤莽，吾道属艰难。不爨井晨冻，无衣床夜寒。囊空恐羞涩，留得一钱看。"把时间定格在杜甫自述为四十岁（实为虚岁）那年，他进献给唐玄宗的《进三大礼赋表》，还有"卖药都市，寄食友朋"记述，卖药就得知药、识药、采药、懂药，说明这时的他已是医者。年少就已"读书破万卷"的杜甫，其医药知识，一方面源于自学，另一方面则可能学自老友郑虔。他们在长安是亦师亦友的忘年交，常常约酒、出游，泡在一起论诗，也交流医学、药理，如《陪郑广文游何将军山林十首》其三所记："万里戎王子，何年别月支？异花开绝域，滋蔓匝清池。汉使徒空到，神农竟不知。"此诗所说的"异花"，又名戎王子，是一种源于西域月氏国的药用植物，后人把此纳入中药，取名为"独活"，别名"胡王使者"。此药，茎、叶皆有毛，羽状复叶，花五瓣白色，根可入药，有镇痛、发汗、利尿之效，中医常用于治疗风寒湿痹、腰膝疼痛、少阴伏风头痛、齿痛等症，其所含香柑内酯、花椒毒素，据说还有抗肿瘤作用。从这些诗句可知，杜甫很懂用药。事实上，杜甫在成都草堂客居时，曾于茅屋附近筑有药圃，种了很多药材，而且多次以药入诗，如《高楠》"近根开药圃，接叶制茅亭"，又如《将赴成都草堂途中有作，先寄严郑公五首》其三"书签药裹封蛛网，野店山桥送马蹄"，再如《绝句四首》其四"药条药甲润青青，色过棕亭入草亭"，再如《绝句三首》其二"移船先主庙，洗药浣花溪"，其医者形象在这些诗句里常读常新，恍若至今仍在茅屋周围、浣花溪边晃晃悠悠。所谓医者父母心，杜甫作为医者一面便有此心，自己种的药，除了自己用，也允许别人来采挖，其《正月三日归溪上有作，简院内诸公》就说："药许邻人劚，书从稚子擎。"劚，即大锄，有挖、砍之意。杜甫这时并不富裕，甚至经常为一家人的缺衣少食问题犯愁，所谓的"穷则独善其身"，却被他诠释为"穷也兼济他人"，活脱脱一个善良、细心又让人倍感温暖的医者。

比如仁者杜甫。在杜甫生活的盛唐，他和王维、李白，可分别看作儒释道三家思想的代表诗人。杜甫晚年所写的《过津口》一诗，就以"物微限通塞，恻隐仁者心"，自称"仁者"。现在，我们一谈起儒学，必然绕不开三个人，那就是孔子、孟子和荀子。孔子是儒家学派的开山祖师，开创私人讲学之风，倡导仁、义、礼，据其与弟子的言行语录和思想整编的《论语》，已被后人奉为儒家经典。孟子又是孔子之后、荀子之前的儒家学派代表人物，与孔子并称"孔孟"，他宣扬"仁政"，主张"民贵君轻"思想，一生言论收录于《孟子》这部儒家经典，留下《鱼我所欲也》《寡人之于国也》《得道多助，失道寡助》《生于忧患，死于安乐》等影响深远的名篇。荀子则是批判性接受并创造性发展儒家思想的代表人物，他反对鬼神迷信，主张"礼法并施"，强调学以致用和人定胜天，其思想主要体现在《荀子》一书。在后世的儒学传承与发展中，汉代和宋代是两座高峰，唐代反而相对薄弱。唐代的"五经"，主要是从汉代儒学注本义疏而来的《周易正义》《尚书正义》《毛诗正义》《礼记正义》《春秋左传正义》，其中的《春秋左传正义》就是以杜甫远祖——西晋名儒、镇南大将军、当阳县侯、经学家杜预注解的《春秋左氏经传集解》为源，再加疏解而成。也就是说，每位唐代学子参加科举考试前，都和杜甫一样，人人手里皆有一部灌注杜预儒家学识的教科书。这，让杜甫一生引以为傲，其

《祭远祖当阳君文》便说"《春秋》主解，稿隶躬亲"，并赞颂杜预"勇功是立，智名克彰"，自称"不敢忘本，不敢违仁"，因此"庶刻丰石，树此大道"。从某种意义上说，远祖杜预，既是杜甫的儒家仁爱思想源头，也是他一心想当宰相，辅助皇帝建功立业的人生榜样。前半生致力于"奉儒守官"的杜甫，从小正是在有着浓厚儒学传统的官宦世家学习、成长，他因此常自称儒生、老儒，无官职无作为时也爱自嘲为腐儒，以自身经历诠释孔子《论语·里仁》所说的"造次必于是，颠沛必于是"，即使给崇信道教的唐玄宗进献《进雕赋表》，亦毫不掩饰自己坚信的儒学，"自先君恕、预以降，奉儒守官，未坠素业矣"。儒家很重视仁爱思想，儒家的政治主张就是要在天下推行仁政，《孟子·离娄上》便说，"尧舜之道，不以仁政，不能平治天下"。所谓的仁政，其最低限度就是《孟子·梁惠王上》所说的"是故明君制民之产，必使仰足以事父母，俯足以畜妻子，乐岁终身饱，凶年免于死亡"。杜甫如何践行儒家仁者精神？青年时，他的政治抱负是《奉赠韦左丞丈二十二韵》所说的"致君尧舜上，再使风俗淳"。晚年时，已无官职傍身，他的仁爱思想，呐喊于《蚕谷行》："牛尽耕，蚕亦成。不劳烈士泪滂沱，男谷女丝行复歌。"儒家反对贫富不均，始终认为贫富不均是社会最大危害。《孟子·梁惠王上》因此说"庖有肥肉，厩有肥马，民有饥色，野有饿莩，此率兽而食人也"，杜甫于是有了《自京赴奉先县咏怀五百字》里的千古名句"朱门酒肉臭，路有冻死骨"，这无疑是中国诗歌史上对贫富不均现象最生动最有力最直击人心的批判。杜甫的仁者情怀，不是喊口号，也非唱高调，而是身体力行，以诗文践行，把儒家仁爱精神推己及人，由爱家人到爱朋友，从专爱本民族的人到博爱外民族的人，从爱可爱的动物到爱生病的植物，凡是有生命的万物，他都爱。在《自京赴奉先县咏怀五百字》里，他还自述了为人风格，是"穷年忧黎元，叹息肠内热"，梁启超因此赞其为"情圣杜甫"。杜甫，虽无注疏儒家经典问世，但其可谓毫无争议的仁者，堪称儒家仁爱思想的阐释者、践行者和发展者。说杜甫是儒家仁爱思想的阐释者、践行者，可能没有什么争议，为何还说他是儒家仁爱思想的发展者？单就"恻隐之心"而言，孟子主张的"仁爱"就是爱人，所爱对象仅是人，如其《孟子·公孙丑上》所说"今人乍见孺子将入于井，皆有怵惕恻隐之心"，是指见人遭遇不幸所引起的同情怜悯之心。杜甫把这种仁爱由关心人发展为关爱物，如其《舟前小鹅儿》中担心被狐狸叼走的小鹅，"鹅儿黄似酒，对酒爱新鹅……客散层城暮，狐狸奈若何"，又如《瘦马行》素描的瘦马"东郊瘦马使我伤，骨骼硉兀如堵墙"，再如《楠树为风雨所拔叹》《病柏》《病橘》《枯棕》《枯楠》等诗关爱枯萎、生病、受伤的植物，处处可见恻隐之心。说出"为天地立心，为生民立命，为往圣继绝学，为万世开太平"这一名言的宋代思想家、理学家张载，在儒学的发展上有一大贡献，就是撰写了儒家经典文献《西铭》（原名《订顽》），并提出"民，吾同胞；物，吾与也"这一儒学思想。然而，回看杜甫写给动植物的那些诗，我们猛然大悟，原来他早在唐代就生发了张载所说的"物，吾与也"这一儒学思想。当然，杜甫并不止步于儒家仁者，他从青年到晚年还是佛家、道家思想的向往者和歌颂者，只因放不下妻儿，才没有出家为僧侣或道士。

封圣之路

如今，我们尊称杜甫为"诗圣"，又赞誉其诗为"诗史"。他，既无孔子开创儒家学派、孟子主张儒家仁政思想那样的大功，也无远祖杜预注解《左传》那样的儒家经典传世，更无诸葛亮、岳飞等文武名臣那样的精忠报国大事傍身，如何称圣？二〇二〇年，英国 BBC 纪录片《杜甫：中国最伟大的诗人》可视为一种解读，该片以儒家的"忠君爱国"思想视角诠释杜甫为何渴望入仕，又为何始终忧国忧民，把他重塑为一个"儒家英雄"，认为"杜甫不仅仅是一个诗人，还是这个国家良知的守护者"，认定杜甫和但丁、莎士比亚一样伟大。

诗圣，顾名思义，杜甫是以诗至圣。可是，杜甫的封圣之路却很漫长。

杜甫写诗，工于格律，求新求变，语言精练，沉郁顿挫，气魄雄浑，清新脱俗，已成古今共识。领跑中晚唐的诗王白居易，与好友元稹论诗，写的散文《与元九书》就说："杜诗最多，可传者千余首。至于贯穿古今，覼缕格律，尽工尽善，又过于李（白）焉。"他在此文中还称"诗之豪者，世称李杜"，这是说中唐时期的诗人已把李白和杜甫并称为诗中的豪杰。中唐时期的文豪韩愈在《调张籍》一诗中，也毫不掩饰他对李杜的崇拜，赞美"李杜文章在，光焰万丈长"，自称"伊我生其后，举颈遥相望"，批评某些中伤李杜的诗人简直是"蚍蜉撼大树，可笑不自量"。元稹可以说是历史上第一个给杜诗盖棺定论的人，就在杜甫逝世四十三年之后，他遇见了杜甫的嫡孙杜嗣业，并在给杜甫写的墓志《唐故工部员外郎杜君墓系铭》中这样评价："予读诗至杜子美，而知古人之才有所总萃焉……至于子美，盖所谓上薄风骚，下该沈宋，言夺苏李，气吞曹刘，掩颜谢之孤高，杂徐庚之流丽，久古今之体势，而兼昔人之所独专矣……苟以为能所不能，无可无不可，则诗人以来，未有如子美者。"事实上，元稹一生写诗都以杜诗为范，认为杜甫写诗天下第一，其《酬李甫见赠》就称杜甫为天才，直言"杜甫天才颇绝伦，每寻诗卷似情亲"。学杜甫写诗，在中晚唐，还有张籍、李商隐、杜牧等代表性诗人。其中，迷恋杜诗的张籍有一个传奇故事，收编于后唐冯贽记录古人奇闻逸事的小说集《云仙散录》，说张籍为了写出杜甫那样的诗歌，曾把杜甫的名诗一首一首烧掉，再把烧完的纸灰拌上蜂蜜，每天早上吃三匙，于是才开始创作诗歌。李白与杜甫，并称"大李杜"。李商隐与杜牧，并称"小李杜"，有意思的是，他们都是杜甫的超级粉丝。不论是宋代的王安石，还是清代的张文荪，他们都说，学杜甫写诗，唯有李商隐神形兼备。北宋诗人、文坛领袖苏轼，则说杜诗是登峰造极的集大成者。苏轼的原话，来自陈师道《后山诗话》所记："苏子瞻云：子美之诗，退之之文，鲁公之书，皆集大成者也。"与苏轼同为旧党成员的黄庭坚，曾以诗给杜甫画像，其《老杜浣花溪图引》说"常使诗人拜画图，煎胶续弦千古无"。就连苏轼的政敌、新党领袖王安石，谈起杜诗时，也非常推崇，其《杜甫画像》便很仰慕地说"推公之心古亦少，愿起公死从之游"，其《陈辅之诗话》还感叹"世间好语言，已被老杜道尽"。杨万里更是把杜甫推崇为"圣于诗者"（《江西宗派诗序》），说他在诗歌方面已经超凡入圣。他们都把杜甫推尊为诗中圣哲，只差喊一声"诗圣"了。

杜甫做人，忠厚老实，慷慨仗义，朋友众多，从小就有心怀天下的理想，一生都在践行儒家仁爱思想。朱熹因此把他与诸葛亮、颜真卿、韩愈、范仲淹排在一起，说他们是历史上的五君子，称赞他们都有一颗伟大的心灵，在道德和人格上面都有非常伟大的建树。朱熹评价杜甫，在《王梅溪文集序》中的原话是："于汉得丞相诸葛忠武侯，于唐得工部杜先生、尚书颜文忠公、侍郎韩文公，于本朝（宋）得故参知政事范文正公。此五君子其所遭不同，所立亦异，然求其心皆所谓光明正大，疏畅洞达，磊磊落落而不可掩者也。"除了从诗学上肯定杜甫是"集大成者"，苏轼还在《王定国诗集序》中从道德和人格上推崇杜甫，说"古今诗人众矣，而杜子美为首，岂非以其流落饥寒，终身不用，而一饭未尝忘君也欤"。基本上，在整个宋代，不论是诗人还是学者，他们学写诗学做人都选择了同一个偶像，那就是杜甫。他们崇敬杜甫具有悲天悯人心系苍生的儒家人格魅力。

然而，杜甫被后人送上诗圣这顶桂冠，不在宋代，而在明代。第一个把杜甫唤为诗圣的人，可能是明代诗人王稚登，他在《合刻李杜诗集序》里说："余曷敢言诗，问诸言诗者有云，供奉之诗仙，拾遗之诗圣。"他认定，翰林供奉李白是诗仙，左拾遗杜甫是诗圣。随后，明末清初的杜诗研究学者王嗣奭定了调，似乎就再无争议了，他说，"青莲号诗仙，我翁号诗圣""诗圣神交盖有年"。这，就是杜甫迟来的"封圣"往事。

杜诗知音

他，杜甫，字子美，自号少陵野老。就是这样一个在中国家喻户晓，又在国外声名远扬的世界文化名人，尽管很早就被后人尊为盛唐时期最伟大的现实主义诗人，但是在其生前，他和他的诗却并没有获得这些至高荣誉，甚至连唐代诗人编选的多种诗歌集也很吝啬，都没有他的一席之位。困苦，矛盾，不得志，不如意，与不论面临任何艰难困苦境遇都会保持爱国爱民的仁爱思想，贯穿了他的整个下半生。就在去世前的一年，那是公元七六九年，五十七岁的杜甫终于忍不住了，他悲愤交加，老泪纵横，面朝湘江发出了一个少有人知的悲叹：

百年歌自苦，未见有知音！

这两句诗，来自杜甫不算有名的一首五言律诗，名叫《南征》。当时，本是一个春天，岳州（今湖南岳阳）的桃花开得格外艳丽，湘江却奔涌来了一次令人伤怀的春汛（时称"桃花水"，又名"桃花汛"），泛滥的春水很快就涨平了两岸，举目四望，一片汪洋，身集耳聋、眼暗（白内障）、肺病、消渴（糖尿病）、风痹（动脉硬化）等多种病症的杜甫，佝偻着身躯，不停地咳嗽，他靠在一条小船的靠枕上，手里抱着无声琴（其《过津口》有言"瓮馀不尽酒，膝有无声琴"，他已无力弹奏的五弦琴），显得越发渺小了。没错，杜甫还有一个技艺：弹琴。他，可谓一个民间的古琴演奏家。其绝笔诗《风疾舟中伏枕书怀三十六韵奉呈湖南亲友》前四句"轩辕休制律，虞舜罢弹琴。尚错雄鸣管，犹伤半死心"，便有无法弹琴的感伤：黄帝制出的律管且收起来吧，虞舜弹过的五弦琴也撤下去吧，我身患风疾（风痹），错把雄管当作雌管演奏，听到变调的琴声，简直伤透了半死的心。

七六九年，从岳州南行，是一眼看不到春水尽头的潭州（今湖南长沙），再从潭州往南，则是不知永远有多远的衡州（今湖南衡阳），摆在杜甫面前的这条浩渺水路，是唯一可走的路，因为湘地并不太平，他不得不向现实低头认命。这条小船是他晚年唯一可靠的家。

在这条小船上，杜甫想起安史之乱爆发以来，为了活命而四处避难的漂泊过往，忍不住泪洒衣襟，又一次悲从心发。这次远行，年老多病的杜甫不敢奢望还朝任官，延续"致君尧舜上，再使风俗淳"的政治理想，只以"老病南征日，君恩北望心"感念唐代宗李豫两次给他补官（京兆功曹参军和检校工部员外郎）的知遇之恩，他此刻只想赶回东京河南府（今河南洛阳）偃师祖茔，终老故乡。叶落归根，这个心愿其实早在梓州（今四川三台）写《闻官军收河南河北》时就萌生了，而且规划好了归乡路线，是"即从巴峡穿巫峡，便下襄阳向洛阳"。那一次是误听官军收复北方失地的消息。如今，尽管安史之乱已经平定，但是小范围的战乱时有发生，这让杜甫一直无法返乡。湘江一带因有战火骚扰，杜甫不得不从岳州南下，投靠青少年时期结识的文友，他以为此时还在衡州任官的韦之晋，实际上已调任别处，且很快就将死去。

在这条小船上，有一件事令杜甫非常尴尬，沿岸的湘地官员都在争相传阅他写的诗，但他手里由诗选家殷璠编选的《河岳英灵集》却并没有署名为杜甫的诗。这本在盛唐最为有名的诗歌选集，里面选录了唐玄宗开元至天宝年间的李白、王维、孟浩然、王昌龄、高适、岑参、崔颢、崔国辅、储光羲、常建等二十四位诗人的诗，就是没有杜甫的诗。这让写诗苦求"语不惊人死不休"大半生的杜甫难以接受，他把一脸泪水洒向湘江，大声悲叹：我苦苦写了一辈子诗歌，真是悲哀啊，至今还没有遇到一个真正的知音。

闯进杜甫生命里的盛唐诗人其实有很多，诗名最大的有李白、王维，其次有高适、岑参、苏预，诗名虽小任官却大的有严武、韦之晋，还有堪称生死之交的郑虔、赏他官做也爱作诗的唐玄宗，难道他们都不是他的诗歌知音吗？"往昔十四五，出游翰墨场。斯文崔魏徒，以我似班扬。"在自传体长诗《壮游》里，杜甫不是说他十四五岁时，就有崔尚、魏启心这二位文宗赞扬其文学才华酷似班固与扬雄吗？同样在十四岁左右，杜甫不是常常出入岐王李隆范、安喜县子崔九（崔涤）的府邸，并在《江南逢李龟年》里自诩"岐王宅里寻常见，崔九堂前几度闻"，很受唐玄宗宠信的这二位王臣的青睐吗？"甫昔少年日，早充观国宾。读书破万卷，下笔如有神。赋料扬雄敌，诗看子建亲。李邕求识面，王翰愿卜邻。"在《奉赠韦左丞丈二十二韵》这首诗里，杜甫不是还说他年少时辞赋文章不输扬雄、诗歌水平接近曹植，一代文豪李邕求着认识他，著名边塞诗人王翰也乐意做他的邻居，这些话都不算数了？其他人都可先放下，杜甫在晚年一直心心念念的李白，两人在河南、山东等地同游一年多时间，他在《与李十二白同寻范十隐居》一诗里明明写有"怜君如弟兄"的交情，"醉眠秋共被，携手日同行"之类的亲密，为何亲如兄长的李白也不是他的诗歌知音？

唐玄宗开创的开元盛世，史称"盛唐"。所谓的"盛唐"，不仅是指唐帝国在经济和军事方面的强盛，还包括诗歌、书法、绘画、音律等文艺方面的繁盛。亲历盛唐诗歌的百花齐放、深具儒家仁爱思想的杜甫，不断写诗赞扬李白、王维、孟浩然、高适、岑参等人的诗写得多么好。在杜诗深处，处处尽显一片赤子之心，尽管也收获不少对方的赠诗，但是很遗憾，除了少数人称赞杜甫的辞赋文章，几乎没人赞颂其诗写得有多好。要让李白、王维、高适这些大诗人或者大官开口称赞杜甫的诗登峰造极，那就更难了，至少他们的现存诗歌里从未如此表扬过他。比如李白，杜甫一生给他写过很多诗，《寄李十二白二十韵》赞他"笔落惊风雨，诗成泣鬼神"，《春日忆李白》"白也诗无敌，飘然思不群。清新庾开府，俊逸鲍参军"，夸他的诗清新、俊逸无敌；即使是李白落难，因入永王李璘幕府与中央朝廷对抗被下狱浔阳，又被判流放夜郎，时人都说这是叛逆谋反大罪，该杀。身居高位的好友高适不敢施救，唯有杜甫大胆站出来帮他说话，其《不见》便说"世人皆欲杀，吾意独怜才"，理由就是李白"敏捷诗千首""佯狂真可哀"，意思是在呼吁：这样的诗中天才，应珍惜，不能杀。李白当然也给杜甫写过不少赠诗，如《鲁郡东石门送杜二甫》"飞蓬各自远，且尽手中杯"，又如《沙丘城下寄杜甫》"思君若汶水，浩荡寄南征"，但都局限于谈交情，像今人所说的画饼，是贪二人同样豪迈的杯中酒，他终是没有在诗里公开称赞杜诗。私下里，携手同行，谈诗论文，李白可能也点赞过杜诗，否则杜甫《春日忆李白》一诗不会说"何时一樽酒，重与细论文"。这就是杜甫与李白的不同格局。正所谓：不入一家门，不是一家人。在杜甫生活的那个"盛唐"，李白心在道门，王维心在佛门，高适心在官门，他们都很自信，他们和他们的诗皆能在自己的心门内外自由穿行，放飞自我，卓尔不群，却不会随意串门，也就没有真正闯入杜甫追求的儒门。他们所谓的酬唱和诗，不过是应酬所需，最多是因交情到了亲兄热弟的地步，可以一起喝酒，可以一起出游，可以一起八卦皇帝、贵妃和时局，可以在谁遇到经济困难时及时伸出援手，但若公开夸赞对方的诗就会很难，都很慎重，甚至很吝啬。"文人相轻，自古而然。"曹丕在《典论·论文》说的这些话，在盛唐也几乎如此。他们，不论是闯荡江湖，还是纵横官场，皆是以诗开道，以诗交友，以诗兴唐，把充满个性色彩的诗视为最好的傍身家伙，仿佛锋利的佩剑、犀利的言论、饮酒的豪迈统统都像配饰，他们的"盛唐"之盛，说来就是以诗最盛。在那个人人都很自信甚至自狂的"盛唐"，没有好诗，皆会失色，只是，夸赞别人，却很吝啬。有权有势的贺知章不吝啬，读了诗，一见面，直呼李白是谪仙人，李白感激了一辈子，其《对酒忆贺监二首》便说"四明有狂客，风流贺季真。长安一相见，呼我谪仙人。昔好杯中物，翻为松下尘。金龟换酒处，却忆泪沾巾"，俨然互为知音。对于杜诗，杜甫也很自信，不过，他以为的"文人相亲"（《忆昔二首》"天下朋友皆胶漆"），还是频频遭遇"文人相轻"（《南征》"百年歌自苦，未见有知音"）。谈论杜诗，我行我素的李白，没有公开言说；喜欢大彻大悟的王维，或是看破也不说破，连给杜甫的赠诗也没留下；高适则侧重官本位思想，因为唐玄宗垂青杜甫的辞赋，他只赞杜甫辞赋写得好，不说其诗写得怎么样。这些早已成名或者高居官位的诗人，跟杜甫的儒家思维方式不同，不能说与儒家学说创始人孔子所说的"不学诗，无以言"南辕北辙，至少是内心追求的东西不同，似乎秉持了这样一种态度：你赞我写诗好，可以；让我夸你写诗好，太难。毕竟道不同，就不敢苟同。也许，杜甫感叹的"百年歌自苦，未见有知音"，还有这个门第不同之意。

文章千古

因此，在去湘江投亲访友之前，尚在夔州的杜甫就很有自知之明，他说："文章千古事，得失寸心知。作者皆殊列，名声岂浪垂。"这些诗句出自杜甫的《偶题》，说是偶然题写的诗，实则是他的深思熟虑。就在此诗中，杜甫阐明了自己的诗学观点为"法自儒家有，心从弱岁疲"，那意思再明白不过了：诗歌的创作方法自然是具有儒家学说的读书人方才有之，我本人的诗歌创作理念从二十岁开始便取法于杜氏家族（具体是祖父杜审言领衔初唐的五言律诗）的儒学诗风熏陶。说来，杜甫跟写诗久负盛名的"他们"，在诗歌艺术的追求上完全不同道。杜甫写《偶题》时是七六六年，王维、李白、高适已相继去世，平生交往最要好的郑虔、苏预也已去世，他的孤独四处弥漫。说到孤独，除了《偶题》，杜甫在夔州追忆与李白、高适的昔日友情，有两首长诗将其伤怀浩荡于天地之间，如其《遣怀》所感"乱离朋友尽，合沓岁月徂。吾衰将焉托，存殁再呜呼"，再如《昔游》所哭："不及少年日，无复故人杯。赋诗独流涕，乱世想贤才。"或许，杜甫与李白、高适早已认定为诗坛知音，只是此时懂他的人没有了。结合《遣怀》《昔游》，继续回味《偶题》，一个把诗歌创作的成败甘苦渐渐看淡、却仍心有不甘的杜甫，又被他的诗句唤回。就在此诗里，杜甫只因一次次的自信被粉碎为自负，他说"漫作潜夫论，虚传幼妇碑。缘情慰漂荡，抱疾屡迁移"，还以"不敢要佳句，愁来赋别离"结尾自慰。似乎，晚的杜甫把四十岁那年因给唐玄宗进献三大礼赋获得赞赏而闻名全国的辞赋才华也看淡了，所谓的写诗求佳句，无非是打发漂泊之苦与离乡之愁。其实，杜甫一生都在为赋名所累。少年时，崔尚、魏启心夸的是他的赋，酷似班固和扬雄之文，杜甫自述为"以我似班扬"（《壮游》）；中年时，唐玄宗对他的赋文也大感惊奇，杜甫写于成都草堂的诗《莫相疑行》有记"忆献三赋蓬莱宫，自怪一日声辉赫。集贤学士如堵墙，观我落笔中书堂"，大叹"往时文采动人主，此日饥寒趋路旁"。后来，元稹写给杜甫的《唐故工部员外郎杜君墓系铭并序》也有记述"甫字子美，天宝中献三大礼赋，明皇奇之，命宰相试文，文善，授右卫率府胄曹（参军）"。四川省杜甫学会会长、四川大学教授张志烈主编的《杜诗全集今注》，收录的集外诗《哭长孙侍御》还有"道为诗书重，名因赋颂雄"一说。此诗，虽为集外诗，却可采信出自杜甫手笔，因为他在中晚年多次感怀自己为赋名所累，如《宾至》"岂有文章惊海内，漫劳车马驻江干"，又如《旅夜抒怀》"名岂文章著，官应老病休"，再如《又作此奉卫王》"白头授简焉能赋，愧似相如为大夫"。

显然，杜甫很矛盾。为何？他在文学上的毕生追求，是诗，非赋。追踪杜甫的心迹，我们可以锁定七五一年，也就是杜甫四十岁（实为虚岁）那年，他给唐玄宗进献《雕赋》，随赋进表，即《进雕赋表》，提到诗赋创作，先谈到诗"自七岁所缀诗笔，向四十载矣，约千有余篇"，后自言赋"扬雄、枚皋之流，庶可跂及也"，早已达到扬雄、枚皋等辞赋大家的水平，可是李隆基只对他的赋文称赞（其实就仅是认同杜甫对自己开创开元盛世的赞颂），并未公开肯定其诗。写赋，无非因求官、当官所需，杜甫传承杜家祖辈"奉儒守官"家教所需。写诗，才是杜甫更看重的事，甚至是杜家祖辈叮嘱的文学事业，如其《宗武生日》所言"诗是吾家事，人传世上情"，因此，他多次提到自己从七岁开始写诗，如其长诗《壮游》所记"七龄思即壮，开口咏凤凰"。可以说，杜甫对诗歌的精益求精，不论是少年、青年，还是中年、晚年，每个时期都在求新求变，而且一直很自信，既超越前人，也超越自己，只憾时人对其诗歌成就称赞太少。

当然，杜甫的矛盾心理，不止于诗歌成败的追问。或因诗文散失太多，又或因很多事难以启口，其人生诸多事件就像宣纸上的国画留白。除了感叹一生没有真正的诗歌知音，杜甫生前也没有明言自己的出生、结婚、生子等关键日期，其出生之日、其离世之谜，学界至今也难有定论。即使是一遍遍读完杜甫的近一千五百首诗，我仍然有很多疑问，比如：杜甫有怎样的出身背景？生在哪一天？死在哪一天？究竟葬于何地？结婚在哪一年？每一次生子又在哪一年？他的故乡是巩县，还是洛阳、长安或者襄阳？其父杜闲婚于何年、死于何年？杜闲最后一任官职到底是《旧唐书·杜甫传》所说的奉天令，还是杜甫在写给继祖母卢氏祭文里提及的朝议大夫、兖州司马？他在诗里写了祖父、妻子、儿女、弟妹，为何不提及父母？他跟被后人并称"李杜"的李白，为何从山东石门分手就是永别？杜甫被李白唤为"杜二甫"，他是不是还有一个早夭的大哥？他的父亲去世前已是五品官员，子嗣本可按唐代制度承袭父荫，也就是不用参加科举考试便可入仕为官，为何作为家中长子的他没有获得荫封，而是走的献赋求官之路？他称妻子杨氏，中年时期多用"老妻"，为何到了夔州又改称"山妻"，是因在这里另娶了一位女子？除了儒家思想，杜甫的道家、佛家思想从何而来？杜甫生前的诗名相比赋名稍显暗淡，是否还有其他隐情？杜甫死后诗名光芒万丈，被苏轼称赞为"集大成者"，他是如何海纳百川、成为千万诗人中的"集大成者"的？除了"千家注杜"现象中的学者推崇，又有哪些历代诗人是他真正的知音？杜甫被称为"诗圣"，为何不尊为"诗仙"，他真就没有李白那样的浪漫情怀、豪迈奔放、清新飘逸和放荡不羁的一面？

从二〇一二年起，我研究杜甫诗学已达十年，行走考察杜甫诗踪也曾持续三年之久，至今还在朝圣追杜路上试图解惑答疑，似乎这样，我就能与杜甫在某个时空节点像家人一样重逢。

这十年来，真是凑巧，每一次拜访杜甫某一处遗迹，多是在秋天，总有一场秋风指引我前行，并且长啸于我走的这条文学朝圣路。我为何要持续不断地研读杜诗、书写杜甫？杜甫，犹如我的精神父亲，每当夜深人静时，只要笔一靠近纸，他在我心中的各种形象就会纷纷赶来，督促我，读杜诗、写新文。这部《秋风长啸：杜甫传》，因俗事缠身中断多次，每次中断不久又被猛然跳进脑海的杜甫挥手召回，最终历时三年，方才艰难完成。此书，不求超越前人，但求无愧于心。

是为序。

二〇二一年除夕写于成都
二〇二二年中秋改于成都

秋风长啸：杜甫传（上部）——游侠杜甫

秋风长啸 杜甫传

上部

游侠杜甫

第一章

笔架山

一、错过洛阳

公元七一二年的第一场雪从天而降，一片、两片、三片，如同轻盈的鹅毛，飘飘洒洒，很快就是成千上万片雪花，漫天飞舞，它们并不着急覆盖中原大地，像是有选择性地坠落，只见一座形似笔架的山，首先白了头，随后才是洛河、伊河与黄河，纷纷换了一个雪白的表情，准备赶在冰封之前，敞敞亮亮奔流到海。这是一个辞旧迎新的春天。这些晶莹剔透的雪花，千姿百态，像一支支鹅毛制作的笔，最后停靠在这座山上，恰似给此山写完一首诗，才心满意足。紧接着，一个新生婴儿的啼哭声，从山下一孔窑洞里传来，沉郁顿挫，又清新明亮，充满诗意，又带着暖意，似在回应那些属于春天的雪花：别忘了东京洛阳，别忘了西京长安，别忘了整个华夏大地，都在渴望一个崭新的春天。

这个刚出生的婴儿，名叫杜甫。

这座形似笔架的山，叫笔架山。

这里的雪也有姓氏，姓巩，名春，大似鹅毛，很有个性，喜欢轻舞飞扬，几乎每年春天都会如约而至。它们选择在巩县的笔架山降临，就是"还乡"。杜甫，在远离故乡后，对这些春雪一直念念不忘，尤其是巩县夜里的春雪，还被他写成了诗。那是多年以后的事了。杜甫还在夔州漂泊时，因送一个姓孟的朋友赴洛阳参加官吏考察铨选，勾起了他的思乡之情，于是写了一首《送孟十二仓曹赴东京选》，诗中的

"秋风楚竹冷，夜雪巩梅春"，除了惦念巩县老宅的春雪，还有依旧傲视苍天的巩梅。就在与这位孟十二仓曹把酒送别期间，杜甫写了多首怀乡诗，其中，《凭孟仓曹将书觅土楼旧庄》一诗提到的土楼（仇兆鳌《杜诗详注》等版本皆作"娄"）旧庄，是他下半生的最大牵挂。这个土楼旧庄，不在巩县的笔架山下，而在洛阳偃师的首阳山下，他的杜氏祖茔地一带。

洛阳，是杜甫童年时的读书地、少年时的成名地、青年时的远游出发地、临近中年时的结婚生子地。因此，在他的诗里，认领洛阳这个故乡的频率，反而远远高于巩县。包括死后的埋藏地，因杜甫崇敬的远祖杜预和祖父杜审言都葬在洛阳偃师，他的遗愿必然也是洛阳。

其实，杜甫的人生长卷，也本该从大唐东京洛阳翻开，但事实却是在洛阳当时下辖的巩县，今称笔架山的一孔窑洞打开。说"本该"，是因杜甫祖父杜审言的仕途根据地和死后埋葬地，皆在洛阳。甚至，自杜甫十三世祖杜预起，京兆杜氏一脉祖茔就在洛阳偃师首阳山下"扎根"。可是，杜甫的诞生地就在阴差阳错中错过了洛阳。说来，就是堪称初唐第一狂人的杜审言带来的一系列家族变故。

洛阳，又称东京、东都，和西京长安一样，也是大唐都城，因比长安的经济还要发达，城里的街头巷尾，洛河和伊河边的码头、驿站、客栈，处处是一片繁荣景象。不论是武则天，还是唐玄宗，他们都爱在此主政，于是洛阳的宫殿也很宏伟，不输长安。这里，因常设科举考场，又因皇帝经常驾临，密布了王侯将相的府邸，云集了天下人才。大都在此寻求发展，试图一朝成名天下知，在那个人人自信的盛世建功立业。就是这样一个让天下读书人梦想一举成名的富贵地，对于杜审言而言，却是既喜也忧，可谓福祸相依。

杜审言，字必简，本是襄州襄阳（今湖北襄阳）人，却因其父杜依艺出任洛州（洛阳）巩县令，举家迁居巩县，衍生了巩县杜氏一脉，从而改变了命运。年少就爱写诗的他，来到离东京很近的巩县生活，因诗友圈迅速升级，逐渐抬高了自己的诗名。他从小就饱读诗书，很有才华，特别是五言律诗在初唐极负盛名，只是恃才傲物，经常口无遮拦，因此得罪了不少人。对于大唐学子最难考过的进士科，杜甫就曾落第，栽了个大跟头，杜审言却是一个标准的学霸，一考就中。就在六七〇年，杜审言用金榜题名的狂喜，迎来自己的人生春天。这年，杜审言擢进士第，以隰城县尉入仕，其科考福地就是洛阳。可是，他从此远离京都，宦游多年，其间所写的五言律诗《经行岚州》留有名句"往来花不发，新旧雪仍残"。在那些小县城兜兜转转，失意了大约十八九年，杜审言才擢升为江阴县丞，随后又策马赶回东京，任洛阳县丞。尽管之后又被贬为吉州司户参军，甚至被吉州司马周季重（《旧唐书》和《新唐书》记述为此名，后来出土的杜并墓志记载为周季童）诬陷定了死罪，命悬一线，可是杜甫二叔、杜审言次子杜并是个孝子，为报父仇，他潜入司马府邸刺杀了周季重，又被侍卫当场乱刀砍死，此事震惊朝野，却给杜审言带来了美名和好运。闻知此事，感念杜家忠孝，又因欣赏杜审言诗文才华的女皇武则天很快就下诏令，把他召回东京。

七〇二年四月十二日，就在杜并尸骨运回洛阳下葬那天，杜审言亲作祭文，祭奠年终十六岁的次子，时称"燕许大手笔"的宰相苏颋感伤其孝烈，更是提笔亲撰《大周故京兆男子杜并墓志铭并序》，赞扬他"安亲扬名，奋不顾命，行全志立，殁而犹生"，记述他瘗于洛阳建春门东五里（实为离建春门五十里不止的杜氏祖茔偃师首阳山前）。不久，杜审言被武则天诏令，授著作佐郎，协助著作郎修撰国史，随后再迁尚书省膳部员外郎。之后，杜审言成了武则天常召身旁的随驾文学侍从、风光一时的大周宠臣。也在此时，杜氏全家就风风光光从巩县祖宅迁入东京洛阳定居，成为人人热议并羡慕的忠孝之家。

可是，这个"忠孝之家"的美名只流传了三年，几乎是一夜之间，就换成了"逐臣之家"的恶名。一个接一个变故，随即打乱杜氏家族的行迹。为了避祸，杜甫只好被命运安排在巩县祖宅那座山下出生。

二、夙遭内艰

杜家突然从"忠孝之家"沦落为"逐臣之家"，究竟是因何事？

七〇五年冬天，又一件震惊朝野的大事、政变、你死我活的斗争发生。这场谁死谁手的政变，恰似深不可测的大雾，首先从洛阳上阳宫弥漫，然后铺天盖地，席卷东京多个官邸。这样惊心动魄的大雾持续了很长时间，让很多深陷其中的人直呼透不过气来，似乎比直接杀头还要难以接受。不可一世的女皇武则天，就在这年被逼退位，又在同年十一月崩逝于洛阳上阳宫，享年八十二岁。她熬死了很多想当皇帝却又拿她无可奈何的李唐子孙，终于一命呜呼，败给时间这个最神秘的敌人，天上还是那个太阳，地上却已换了人间。复辟上位的唐中宗李显再也无所顾忌，在他心中，所谓的女皇陛下不过是亡母，最多是武后，连圣后都不是了，现在，他想干吗就干吗！杀人，如同矫正崇拜对象大错特错的老花眼、斜视眼、近视眼的不正视力。其实，早在武则天病危时，李显这个狠人就以迅雷不及掩耳之势，快刀斩乱麻，一刀接一刀，诛杀了祸乱后宫的张易之、张昌宗兄弟，并且枭首示众。这是杀鸡给猴看？不，是杀猴给鸡看。因为武则天驾崩后，李显接下来的手段就是打蛋，令鸡飞，逐狗跳，他接二连三贬黜了大批或与武后、或与张易之兄弟亲近的文官武将。作为武则天的随驾文学侍从（李白在唐玄宗身边也短暂干过这类差事），更跟张易之兄弟长期打得火热的杜审言，自然不能幸免，他被判了流放，也称流刑（李白后来与他同刑），远贬峰州（今属越南），成了逐臣。他的两个好友，人品颇有争议的死党宋之问，与宋之问齐名、并称"沈宋"的文友沈佺期，也是殃及池鱼之鱼，前者被贬到泷州（今广东罗定）做参军，后者被判流放驩州（今也属越南）。在一众贬黜官员中，这年已经六十岁的杜审言最惨，他是此次受牵连文人官员中被贬最远之人。峰州，按今天的地理位置，被贬去越南，就相当于被赶出国门。不过那时的峰州尚属大唐领土，杜审言因此被史书留了一些面子。也就是说，若无新皇登基，没有大赦天下的机会，杜审言只能亡命于峰州这个叫天涯也是海角的异乡，终结他潦倒而狼狈的人生。

变故横生，从此改变了杜审言这一脉杜氏家族的命运。

那时，杜家上下人心惶惶，个个皆如惊弓之鸟，没被牵连赶出洛阳城同判流放峰州，已是不幸中的万幸。"忠孝之家"的金字招牌，突然换成"逐臣之家"的烂铁恶牌，哪里还敢、哪里有脸待在东京，被人指指点点？为了避祸，以杜甫继祖母卢氏为首的杜家人，急匆匆地逃离杜审言留下的洛阳私邸，举家迁回巩县笔架山下的杜氏祖宅，以求稳住全家上下那一颗颗慌乱跳动的心。这处祖宅，就是杜审言父亲杜依艺担任洛州巩县令时留下的。

相传杜审言私邸在洛阳城南的建春门，大约是如今洛阳桥南的安乐窝村一带，这实际上推测于其诗《春日怀归》"更怀欢赏地，车马洛桥边"。虽然具体地址已不可考证，但是就以城南洛河边的洛阳桥（唐代称为天津桥，张易之兄弟的枭首处，李白与杜甫的首会地）为起点，再以时为洛州巩县的笔架山为终点，我开车丈量过其间的距离，一百五十里左右。不论是走水路还是陆路，杜甫的父亲，这年大约二十三岁的杜闲，跟随继母卢氏逃回巩县的步履，一定是摇摇晃晃、惊慌失措，泪水与汗水汇流于胸前，不知前路有多渺茫。

七四四年，三十二岁的杜甫在写给继祖母卢氏的祭文《唐故范阳太君卢氏墓志》里，他以"某（杜甫父亲杜闲）等夙遭内艰，有长自太君之手者，至于婚姻之礼，则尽是太君主之。慈恩穆如，人或不知者，咸以为卢氏之腹生也。然则某等亦不无平津孝谨之名于当世矣"等文字，浮光掠影般交代了杜家遭遇洛阳变故那段诡谲往事。

杜审言被流放，全家被动迁回巩县祖宅，这一变故，就是杜甫祭文里所说的"夙遭内艰"之始。他用词很克制，毕竟这是杜氏家族不太光彩的往事。

凡是过往，皆为序章。既有"夙遭内艰"之始，就有"夙遭内艰"之终。

转机，对，还不是终点，在七〇七年。远在峰州，过了大约一年半艰难苦恨日子的杜审言，尽管没有等到唐中宗大赦天下的赦令，却盼来了另一个返京任职的诏令。牺牲了次子杜并，被一道圣旨召回东京洛阳那年给武则天写过欢喜诗的杜审言，让他这年给唐中宗继续写感恩诗，相信他也乐意效劳，以感皇恩浩荡。其实，这是惜才的上官婉儿，在重组修文馆班底时，忽然想到年少就与李峤、苏味道、崔融并称"文章四友"的杜审言。不论是写五言律诗，还是教士子读书，杜审言都确有不世之才。于是以御封"昭容"之宠，给唐中宗吹了耳边风，建议扩大书馆，新增多名学士，从而玉成了杜审言一个翻身机会。

简直是喜从天降。像是天上突然给被判死缓的囚徒扔下一个馅饼，杜审言不敢相信。先是一个趔趄，然后是小心翼翼仔仔细细辨认。没错，是皇帝诏书，紧接着是迫不及待，赶紧伏地，三叩九拜，最后紧握住这个救命馅饼，在心里千恩万谢了。后来，他才知道真正该谢的人，应该是才貌双全的上官婉儿。

返京。他急匆匆，这次返京，不是返回东京洛阳，而是前往西京长安，就任国子监主簿，因为唐中宗的办公地点早已从洛阳搬至长安。杜审言很兴奋，因为十一世祖杜预就出生于京兆杜陵（今陕西西安）。杜预战功赫赫，又是一代大儒，生前是镇南大将军、当阳县侯，死后获赠征南大将军、开府仪同三司，谥号"成"。正是他振兴了京兆杜氏家族。由杜预开枝散叶的京兆杜氏、襄阳杜氏、巩县杜氏，代代"奉儒守官"，人人皆视他为整个杜氏家族的儒学宗师和建功立业的楷模。这次返回京兆杜氏的仕途根据地，对于杜审言而言，无疑是一个翻身机会。唐代的国子监主簿，掌印勾检监事，也就是掌握着国子学等六学（国子学、太学、四门、律学、书学和算学）学子学习成绩的生杀大权，可谓天下学子之师。事实上，杜甫在其《进雕赋表》中谈到祖父杜审言，便称"故天下学士，到于今而师之"。然而，六十岁从洛阳流放峰州，又于六十二岁从峰州赶到长安，杜审言往返这条漫漫长路，不论怎么走，都极其艰难。如今仅是走个单程也有四五千里，可想而知，其时年老体弱的他如何受得了？

隐疾，在这两年，就像一条条隐身的毒蛇，悄然钻进杜审言全身所有的动脉、静脉里，只待它们一张嘴，他就闭眼，和世界说再见。

俗话说，伴君如伴虎。近两年前，就在唐中宗手里，杜审言犹如丧家之犬，灰溜溜地被赶出东京；不到两年，又是这个唐中宗，把他召回，摇身一变，为西京官员，看似让远离长安朝堂多年的京兆杜氏后裔扬眉吐气了一回。仅说看，皇帝变脸，就比好玩的川剧变脸惊险多了。看有何用？那口恶气，还没消呢。如今，低眉顺眼，不能平视、俯视、鄙视皇帝，只能俯视同样唯唯诺诺的文人同僚，私下里丢几句狂傲的惊人之语，何谈真正的扬眉吐气？

从七○七年赶赴长安担任国子监主簿，到七○八年五月加修文馆直学士，除了朝廷放假，杜审言基本上不能回洛阳私邸，也很少回巩县祖宅看望家人。这一年多的长安京官生活，战战兢兢姑且不说，他的身体每况愈下才是大事，因为，他即将给家人带来又一个变故。

就在走马上任修文馆直学士不久，他感觉自己不行了，于是请假返回东京洛阳治病，以便家人照料。这时，卢氏、杜闲和他的弟弟妹妹们，才又闻风而动，急忙从巩县祖宅赶至洛阳私邸，躬身于杜审言床前尽孝。

三、临终狂言

"我的一生常被命运小儿捉弄，甚为苦恼，这有什么好说的呢？

在这个世上，我的才华一直久压诸公，如今快要死了，你们可以欣慰了。但是很遗憾，就要闭眼了，我也没有见到可以接替我的人。"七〇八年秋天，在洛阳城南一处住宅，一棵傲视苍穹的枯松就快坠落最后一片叶子，时任修文馆直学士的杜审言已经病入膏肓。他歪斜着脖子，无精打采地打量前来探视病情的宋之问、武平一等一众老友，突然来了精神，像是回光返照，竟然挺直胸膛涌出这些感慨，顿时语惊四座。

这些惊掉众人下巴的话，杜审言仿佛如鲠在喉多年，人之将死，不吐不快。后人往往将其这天所言解读为"杜审言的临终狂言"。说完这些话，没过多久，初唐最狂傲的诗人杜审言就翻完了自己的人生词典。其临终原话来自《太平广记》卷二六五："甚为造化小儿相苦，尚何言？然吾在，久压公等，今且死，固大慰，但恨不见替人。"

其实，杜审言一生说过太多狂傲之语，他的所谓"临终狂言"不过是给"狂傲"二字注入最后一道傲气。《新唐书·杜审言传》除了记述类似文字，还称杜审言"恃才高，以傲世见疾"，说他自言"吾文章当得屈宋作衙官，吾笔当得王羲之北面"，处处凸显其个性十足的傲骨。杜审言看不上一众初唐诗友暂且不提，他说屈原和宋玉写的诗文只配给自己做下属，还说书圣王羲之的行书也不如他，这就极其自负，太过狂妄了。

杜审言为何如此狂傲，甚至狂妄？在于成名太早，常被诗友吹捧，他那骄傲的尾巴总会在意气风发时翘起来，最初是无意之间，后来干脆有意恃才而傲。大约二十五岁时，杜审言就在洛阳进士及第，想想其嫡孙杜甫两次应考都是落败，他的确走得太顺了。高中进士不久，加上诗名响亮，杜审言又与李峤、苏味道、崔融一度齐名，并称为"文章四友"。从此，杜审言便开始恃才傲物，除了女皇武则天和张易之兄弟等能掌握自己命运的权臣，几乎所有文朋诗友都没放在他的眼里。他以初唐第一诗人自居，且以古今书法第一人自诩，逐渐衍变为初唐第一狂人。

放眼整个初唐，杜审言的确有狂妄的资本。其时，除了"文章四友"之名傍身，那个"念天地之悠悠，独怆然而涕下"的初唐大诗人陈子昂，就曾对他的诗推崇备至，其《送吉州杜司户审言序》一文就以"名动京师""词感帝王"赞其诗才惊人，还以"况大圣提象，群臣守规，杜司户炳灵翰林，研几策府，有重名于天下，而独秀于朝端"颂其诗一枝独秀，俨然把他视为初唐诗坛领袖。晚年常伴杜审言身边的知己宋之问，更像粉丝追随偶像一样崇拜其惊世才学。在杜审言去世那年，时任考功员外郎的宋之问在《祭杜学士审言文》中说，"（杜审言）位曰大宝，才曰天爵，辞业备而官成，名声高而命薄"，大赞其诗"言必得俊，意常通理。其含润也，若和风欲曙，摇露气于春林；其秉艳也，似凉雨半晴，悬日光于秋水"。这二人，陈子昂是慷慨任侠，含冤而死；宋之问却是趋炎附势，被唐玄宗赐死。其中，宋之问因在生前先后趋附张易之兄弟、太平公主、安乐公主，极为势利，颇有争议。对于宋之问和陈子昂，长大后的杜甫选择了感恩，感激他们是祖父杜审言的诗歌知音，为此，他还先后专程去宋之问的洛阳旧庄、陈子昂的故乡射洪，写有《过宋员外之问旧庄》《冬到金华山观，因得故拾遗陈公学堂遗迹》《陈拾遗故宅》等诗以表谢意。

在七〇八年，杜审言病危临终这年，初唐"文章四友"中的苏味道、崔融已分别于七〇五年、七〇六年过世，唯有三度拜相的李峤健在。这时，李峤已进位中书令，进爵赵国公，兼任修文馆大学士，是杜审言的顶头上司，也是与杜审言同期出任修文馆直学士的宋之问、武平一、沈佺期等人的最高长官。或许李峤并不在杜审言病榻前的探视人之列，他的"临终狂言"才会口无遮拦。也或许尚在世的好友们皆把杜审言的"临终狂言"当作抗击病魔的笑语，一笑了之。所谓知己，就是知己知彼，谁说了狂言妄语，谁又会真正介意呢。

七○八年孟冬，农历十月十日这天，至少宋之问没有介意，他亲自护送杜审言的灵柩归葬洛阳偃师首阳山之东原，当众泣读自己撰写的《祭杜学士审言文》："君之将亡，其言也善，余向十旬，日或再展。君感斯意，赠言宛转：识金石之契密，悔文章之交浅，命子诫妻，既恳且辨。"宋之问是说，杜审言去世前有十旬，也就是一百天之内，他几乎每天要去探望两次，所谈话题较多，包括追忆二人于二十岁相交、宦游、共臣，以及一同被唐中宗李显贬谪流放他乡，又一同被召回长安任修文馆直学士等传奇旧事。就在此文里，宋之问还称，杜审言是"名声高而命薄"。和长孙杜甫一样，杜审言也是死于冬天，他因何病而亡？"君病何病？到此弥留，药虽饵兮宁愈，针不及兮可忧，虽则妙医莫识，实冀明神获瘳。"宋之问不仅作答，而且还给处处艰难的杜家遗孀、遗孤施以援手，他说："怀君畴好兮恨已积，念君近惠兮情倍多。道之南宅，困之东粟，使君孤之有馀，宁我家之不足。籍籍流议，喧喧薄俗，名全每困于烁金，身没谁恨其埋玉？"

在杜审言去世后，能在唐中宗李显跟前说话的李峤，也没有介意他的狂言妄语，甚至进宫为其奏请追加赠官。当时，陪同李峤进宫的武平一上表，称"（杜审言）获登文馆，预奉属车，未献长卿之辞，遽启元瑜之悼。臣等积薪增愧，焚芝盈感，伏乞恩加朱绂"。朱绂，本义指古代礼服上的红色蔽膝，这里指红色官服。在唐代，入仕为官的读书人一旦身披朱绂，就意味着进位至五品官阶，除了自己有机会进入皇帝主政的核心阶层辅政，子嗣也可凭借父辈这一官位门荫入仕。因此，陈陶《南海送韦七使君赴象州任》有仰慕之祝"圣朝朱绂贵，从此展雄图"，陈子昂《晖上人房饯齐少府使入京府序》有遥望之感"青霞路绝，朱绂途遥"，自愧没给黎民百姓办多少好事的杜牧在《书怀寄中朝往还》诗中更有回首之叹："朱绂久惭官借与，白头还叹老将来（白头，一作白题）。"据《全唐文》记载，武平一此表为《请追赠杜审言官表》。因有李峤递话、武平一上表，唐中宗最终同意下诏，追赠杜审言为"著作郎"。著作郎，官阶是从五品上，隶属秘书省，主要工作是编修国史，同时负责撰写碑志、祝文、祭文，此郎官不论是职事官还是赠官，皆以文、行取人，也就是肯定此人的文学才华和道德品行。李峤此举，不仅为杜审言的文学成就带来官方的盖棺定论，还为其子嗣铺出一条未来可望的荫封入仕之路。因此，李峤、武平一和上官婉儿一样，皆可看作杜审言家族得以延续"奉儒守官"传统的幕后贵人。历史上有若干人并称"李杜"，单就诗人而言，有盛唐的"李白与杜甫"，有晚唐的"李商隐与杜牧"，初唐的"李峤与杜审言"显然也不可忽视。作为武则天、唐中宗两朝的文坛领袖，李峤早年与杜审言、崔融、苏味道并称"文章四友"，晚年更被尊为"文章宿老"，与苏味道并称"苏李"，又与杜审言并称"李杜"。李峤与杜审言都精于五言律诗，前者喜欢以一诗咏一物，后者被后人尊为"初唐五言律诗第一"。明代学者胡应麟在言及初唐五言律诗最佳时，总把李峤与杜审言、陈子昂、沈佺期、宋之问等诗人相提并论，又认为杜审言成就最高。

由此种种，可见杜审言的文友们不仅没跟这位初唐第一狂人一般见识，而且多在关键时候给予帮衬，用"文人相亲"替代"文人相轻"，根本不在意他说的那些口无禁忌的话是狂言还是戏言。

杜审言临终自诩天下第一的诗才，在巩县杜氏家族，尤其是在长房长孙杜甫眼中，又是心有灵犀般的高度认同，而且逢人就赞，一点也不谦虚。就在杜审言去世五十多年后，早已写出《望岳》《自京赴奉先县咏怀五百字》《春望》"三吏""三别"等诗歌名篇的杜甫，便在成都一个庙宇里以一句"吾祖诗冠古"（《赠蜀僧闾丘师兄》）给出至高评价。杜甫这话是与僧人闾丘谈及双方祖辈"同年蒙主恩（受到女皇武则天赏识）"往事时所说，身体里流淌着杜审言血液的他，是不是也被祖父的狂傲之气传染了？追踪杜甫诗文，我们不难发现，他不止一次夸奖祖父杜审言及其诗歌成就。在天宝元年，三十岁的杜甫写给二姑母杜氏的祭文《唐故万年县君京兆杜氏墓志》，早就美言祖父杜审言"天下之人，谓之才子"。四十岁那年，杜甫在长安给唐玄宗进献《进雕赋表》时，又一次提到祖父杜审言："亡祖故尚书膳部员外郎先臣审言，修文于中宗之朝，高视于藏书之府。故天下学士，到于今而师之。"这些评语是呈给唐玄宗御览的，杜甫敢对皇帝进言，说杜审言是天下学子之师，可以断定其才确实惊人，至少其五言律诗颇受当时学子追捧。杜甫在梓州（今四川三台）躲避战乱时，恰逢次子杜宗武生日，他的《宗武生日》一诗又说"诗是吾家事，人传世上情"，意在劝告次子，要熟读《文选》，把祖父杜审言开创的诗歌家学传承下去。

杜甫一生，每逢言及诗学渊源，都会指向杜审言，而且极其推崇祖父的诗学才华。那么，杜审言的诗究竟有何过人之处？杜审言流传下来的诗其实不多，多为写景、唱和及应制之作，以浑厚见长，以乡愁动人。历代以来，他的诗皆有很高评价，因其对唐代近体诗的形成与发展颇有贡献，后人几乎公认他是初唐五言律诗的奠基人。其中，南宋藏书家陈振孙曾说"审言诗虽不多，句律极严，无一失粘者"，明代诗歌评论家胡应麟更是把其《和晋陵陆丞早春游望》赞许为初唐五律第一。值得注意的是，后人赞誉杜审言的五言律诗，都没有伴驾武则天时期的那些马屁诗，而是其人生失意时的宦游诗。比如尚在江阴县做小官时，已远离两京近二十年，又不知何时方能返京，于是有了这首出手不凡的思乡曲《和晋陵陆丞早春游望》："独有宦游人，偏惊物候新。云霞出海曙，梅柳渡江春。淑气催黄鸟，晴光转绿蘋。忽闻歌古调，归思欲沾巾。"迄今尚可读到的五言排律《和李大夫嗣真奉使存抚河东》，长达四十韵，又是杜审言贡献给初唐近体诗的第一长篇。这首长诗，对长孙杜甫的影响可谓深远：一是杜审言所言的"兴来探马策，俊发抱龙泉"，杜甫后来成长为一名盛唐游侠，正是杜氏家族自杜预兴起的尚武之风感召；二是杜审言在此诗中所说的"学总八千卷，文倾三百篇"，又是激励杜甫"读书破万卷，下笔如有神"的杜家诗学传统。

"吾祖诗冠古！"现在，再回味杜甫在蜀地说的这句话，可以发现，他是引以为傲的，绝非盲目崇拜。很遗憾，杜甫说的这些话，杜审言听不到。要是有缘得见长孙杜甫的出生，目睹他那些"语不惊人死不休"、更胜自己一筹的诗句，说不定杜审言的临终遗言会是"吾孙诗冠古"，至少不会再恨他的诗歌成就没有接班人了。

不仅如此，包括长子杜闲与杜甫母亲崔氏的婚礼，杜审言也没机会见证。

可能杜审言还在世时，因在修文馆担任直学士，侍从唐中宗游宴唱和，负责记录李显出席的各种政治活动和文学活动，属于皇帝近臣，他便以皇帝近臣的影响力，定下了杜闲与崔氏的联姻大事。未承想一场大病说来就来，晚年本该因是皇帝近臣可以借此振兴巩县杜氏家族，杜审言却无闲施力，只能退出西京长安官场，退至东京洛阳私宅治病。苦熬一百天后便撒手人寰，留给杜闲，也留给杜甫一个衰败的家境。

四、父亲杜闲

杜审言死后，他这一脉，从此家道中落，很长一段时间不再显赫。作为长子的杜闲不得不站出来，肩负重振杜氏家族昔日荣光的重任。

庆幸的是，在杜审言死后不久，唐中宗李显给他追赠了"著作郎"。实际上，杜审言生前的最后两任官职"国子监主簿""修文馆直学士"，便有传授学子学业之责。特别是杜审言担任的修文馆直学士一职，因修文于唐中宗朝廷，其诗文代表著作会一直收藏于修文馆，即使到了唐玄宗主政的盛唐，天下学子仍在研读，故杜甫《进雕赋表》有"故天下学子，到于今而师之"一说。这个官阶虽是杜审言死后才获赠，其子嗣却能获益，即有机会获得荫封入仕。杜审言的长子、杜甫的父亲杜闲，后来得以扬眉吐气地走出巩县杜氏祖宅，出任郾城尉，正是由于唐玄宗施恩，他才不用考进士，可以因父荫封官入仕。自此，杜家"夙遭内艰"的风风雨雨才停，他们也才迎来真正的春天。

不过，从七〇八年孟冬，到七一一年立春，杜闲如同其名，还得闲着，他要守墓，以尽孝礼。若无杜审言突然去世，杜甫可能会早出生几年，出生地就极有可能是在洛阳或长安。这一时期的杜闲，既无官职，也未成婚。按唐代丧礼，杜闲必须在父亲杜审言墓前守孝三年，实为丁忧二十七个月。也就是说，在这二十七个月内，杜闲不仅不能考进士做官，连结婚也得延后，否则就触碰了大唐律法，会被重罚。

杜审言墓，不在巩县，而在杜氏祖茔所在的洛阳偃师的首阳山下。杜闲守孝期间，只能窝在墓前，最多可在此墓附近筑居，以尽孝道。那时，生母薛氏（杜审言前夫人）早亡，杜闲还不是真正的当家人。按《大周故京兆男子杜并墓志铭并序》记载，杜闲二弟杜并"八岁丧母"，他们的生母薛氏大约死于公元六九四年。杜审言去世后，他与前夫人薛氏的合葬礼，子女守墓，整个杜家的吃喝拉撒，包括杜闲结束孝礼之后的婚礼，都靠继母卢氏（杜审言继室）撑着。

俗话说，长兄为父。杜审言死后，杜闲作为长子，理应当家做主，他的继母凭什么成为杜家的当家人？不妨看看杜甫《唐故范阳太君卢氏墓志》一文，他描述的卢氏家族是"五代祖柔"，可谓望族，其继祖母卢氏是隋代吏部尚书、容城县侯后裔，其大父卢元懿是渭南县尉，父亲卢元哲是庐州慎县县丞，后因杜闲官拜朝议大夫、兖州司马得封范阳太君，并在陈留郡置有私邸，且卒于这处私邸。卢氏作为官宦子女，确有大家风范，不仅把杜审言的葬礼办得合情合理，而且把杜闲与崔氏的婚礼办得风风光光。关键是懂礼，宁愿委屈自己，也要成全别人。

"维天宝三载五月五日，故修文馆学士著作郎京兆杜府君讳某之继室范阳县太君卢氏，卒于陈留郡之私第，春秋六十有九。呜呼！

以其载八月旬有一日，发引归葬于河南之偃师。以是月三十日庚申，将入著作之大茔，在县首阳之东原，我太君用甲之穴，礼也。坟南去大道百二十步，奇三尺，北去首阳山二里。凡涂车刍灵设熬置铭之名物，加庶人一等，盖遵俭素之遗意，茔内西北去府君墓二十四步，则壬甲可知矣。遣奠之祭毕，一二家相进曰：斯至止，将欲启府君之墓门，安灵榇于其右，岂廞饰未具，时不练欤？前夫人薛氏之合葬也，初太君令之，诸子受之，流俗难之。太君易之，今兹顺壬取甲，又遗意焉。"

在杜甫这篇《唐故范阳太君卢氏墓志》里，继祖母卢氏很无私，父亲杜闲很孝顺。卢氏的无私，一是不允许子女打开杜审言墓门，把她的尸体放置其右合葬，理由是合葬者必须为前夫人薛氏；二是要求她的葬礼从俭，不得葬于大茔之中，凡是给她的木棺和墓室放入名贵物品，皆是不孝。杜闲的孝顺，源于卢氏"慈恩穆如"，生前常把他当成腹生亲子对待，他"亦不无平津孝谨之名于当世矣"。说起这些旧事，杜甫有些骄傲，因父亲杜闲的官职与孝道给巩县杜氏家族带来了荣耀，其原话是"太君之子，朝议所尊。贵因长子，泽就私门"。

不得不说，杜闲，这个在《旧唐书》和《新唐书》都未留下小传的人，尽管在杜甫出生之前显得很闲，但是在杜甫出生之后却很上进。至少，在杜依艺、杜审言、杜闲、杜甫这四代杜家当家人中，唯有他，把"奉儒守官"这一京兆杜氏家族传统提升到他力所能及的高度。事实也是如此，因为杜闲不仅担任过唐玄宗时期的京兆府奉天县令（官阶为正六品上），而且官至正五品下的朝议大夫，可说是杜家自杜依艺以下（包括杜甫后来担任从六品上的检校工部员外郎）任职最大的官了。杜甫一生，不用服兵役，不用交赋税，皆是受父亲杜闲官居高位之赐，如其五言长诗《自京赴奉先县咏怀五百字》所说"生常免租税，名不隶征伐"。青年时期的杜甫，可以不断地远游大江南北，展露意气风发的盛唐游侠形象，也因杜闲给他创造了一个优越的家境。

杜闲会不会作诗？会不会也是一个盛唐史书遗忘的诗人？杜甫的诗文没有交代。但在杜甫二十四岁那年，他去父亲时任兖州司马所在的兖州城，壮游齐赵，写的五言律诗《登兖州城楼》却说"东郡趋庭日，南楼纵目初"，这既像是传承祖父杜审言的五言律诗家学，更像是从父亲这里得到诗学家教真经。从某种意义上说，决定杜甫人生走向和诗歌道路的亲人，无疑是对他亲授家教的父亲。至于从未谋面的祖父杜审言，尽管留下一些范诗可供他研习，但在入门之初与行吟其间，也得倚靠父亲解惑答疑。所谓的"纸上得来终觉浅，绝知此事要躬行"，放到杜甫身上，他要躬身学习的亲人、他最初要践行的"诗是吾家事"，理应都该指向父亲杜闲。如此推测，杜闲应当也是一个诗人，只憾史笔太懒，没有记载，或憾史书太薄，没有容纳。

在七一二年之前，杜甫尚未出生，杜闲也没有真正当家，仍旧赋闲在家。大约从七一一年正月十日起，也就是巩县杜氏全家服完杜审言丧礼后，卢氏、杜闲及其一众兄弟姐妹，才又从洛阳偃师祖茔迁回巩县祖宅定居。毕竟洛阳太丧，曾经拜将封侯、显赫一时的杜氏家族就从这里开始负重前行。离东京洛阳城百里之外的偃师，当时仅是庐墓而居，用来守孝，稍显晦气，也不太适合杜闲在此与杜甫母亲崔氏举行婚礼。远离洛阳、长安两京政治圈的巩县笔架山，以及山下的杜氏祖宅，于是成为全家"夙遭内艰"后期最好的避风港。

应是在七一一年春天，结束唐代守墓孝礼后，杜闲才在继母卢氏的主持下，与杜甫母亲崔氏完婚。这是巩县杜氏家族在杜审言死后的第一个喜事。杜闲与崔氏的成婚地，就在巩县笔架山下的杜氏祖宅。这里安静，更适宜已是布衣的杜家后人休养生息，以图东山再起。

五、杜甫生日

当万年历翻到公元七一二年元日，也即正月初一这天，大雪纷飞，巩梅飘香，临近傍晚时，雪终于停了，又是一轮明月高悬于巩县上空，那孔尚未命名的窑洞，如同崔氏的另一个子宫，一同孕育出一代诗圣的肉身。

是的，杜甫诞生了。在一阵忙乱的脚步声中，他的第一声啼哭，就从巩县祖宅所依那座山的一孔窑洞传来，清脆，嘹亮，悠远。他的降生，让已衰落的巩县杜氏家族升起了新的希望。这也是杜闲生命中继成婚之后的第二大喜事。然而，全家上下谁都不敢妄想，杜审言这个长房长孙未来会是影响中国诗歌一千三百多年的诗圣，并会持续将杜氏家族的诗歌文脉无限放大。

这年，因皇帝年号多次改元，而且经历了唐睿宗和唐玄宗两个皇帝的顶层权力更替，在你争我夺中死了很多人。杜甫一出生，他的命运似乎就在冥冥中注定动荡不安。他家北面的伊洛河，从洛州到巩县一路汩汩流淌，绕着邙山的臂弯姗姗而来，到了形如刀锋的河洛汇流最后一段清河，便跳进黄河，原本清亮的身子，是青是黄再也说不清了。据说伊洛河在这年还发过大水，不知是暗示杜甫今后在涨水时行舟要小心，还是真的巧合，杜甫正是在五十八年后死于江水暴涨的湘江，那条试图返乡的小船上，享年五十九岁。

"公元七一二年（唐玄宗先天元年），杜甫生在河南巩县的瑶湾。"这是冯至所著《杜甫传》对杜甫出生背景的描述。没有笔架山，也没有杜甫诞生窑，冯至略显克制的语言就这样忽视了笔架山和杜甫诞生窑的存在。冯至写《杜甫传》时，巩县尚未更名为巩义市，或许诞生杜甫的笔架山下那孔窑洞其时还是无名窑，甚或杜甫故居北面所依的这座山也没有被命名。

冯至所说的"先天"，指唐玄宗登基后的第一个年号，始于七一二年八月，终于七一三年十一月。七一二年，是皇帝年号更换极为频繁的一年。这年，仅是唐睿宗李旦就有三个年号，从正月辛未日祭拜太庙至辛巳日祭天，年号尚属"景云"，到了正月己丑日这天便改元"太极"，到五月又改元"延和"，直到八月禅位于皇太子李隆基，遂换成唐玄宗的年号"先天"。若按冯至所说，杜甫生于唐玄宗先天元年，那么他的出生月便是七一二年八月至十二月之间。因为李隆基在七一二年使用"先天"年号的时间只有这五个月。真若如此，杜甫就至少少活了半年。

冯至的论断，主要来自南宋初年杜诗研究学者对杜甫生平的考证，生于先天元年（七一二年），卒于大历五年（七七〇年）。与冯至同时代的另一位杜诗研究学者洪业说，"既不知他（杜甫）诞生的月日，那'先天'两字，是不可固执的"。显然，冯至一说，洪业并不买账。洪业的谨慎，看上去是在质疑冯至，实际上包含了对过往杜诗研究者的质疑。不过，对于杜甫生于七一二年这一点，他们都不否认。后来还有学者推断杜甫生于唐玄宗开元三年（七一五年），这就有些耸人听闻了。事实上，杜甫在进献给唐玄宗的《进雕赋表》中就说了"臣幸赖先臣绪业，自七岁所缀诗笔，向四十载矣"，献赋这年是七五一年，他说这年四十岁，自然是虚岁，就是三十九岁多一点，对应的出生年正是七一二年。

可否争辩？当然可辩。

比如杜甫的出生月，若是正月，就非唐玄宗的先天、开元年间，而是唐睿宗的景云或太极年间。杜甫故里纪念馆刻石记述的杜甫出生年月，就是七一二年正月，这块巨石置于杜甫诞生窑窑口左侧，上面刻着这些文字：

> 公元七一二年正月，杜甫出生在笔架山下的这座窑洞里。这是杜家宅院的一部分。从杜甫曾祖父赴任巩县县令始，这里陆续建起上院内宅房、花园读书院和下院临街房，形成占地广阔的宅院。杜甫自幼在这里生活和学习。虽一生漂泊在外，他始终心牵故里，履行"奉儒守官"及"诗是吾家事"的家族使命。为纪念这位伟大的诗人，后人称这座窑洞为"杜甫诞生窑"，并把他生活过的宅院称作"杜甫故里"。

没说依据，却有不少杜诗研究者采信。

原四川省文史研究馆编纂的《杜甫年谱》还称"正月一日，杜甫生于巩县东二里之瑶湾"，明确杜甫生日是公元七一二年正月初一。如果这个"正月初一"属实，那么杜甫就该生于唐睿宗景云末年，而非冯至以及后世学者几乎统称的唐玄宗先天元年。尽管此说遭到洪业、萧涤非等学者的强烈反对，但是以张志烈、祁和辉为代表的四川省杜甫学会却另执一词，认为杜甫的《杜位宅守岁》"四十明朝过"和

《元日示宗武》"献寿更称觞"早就透露正月初一是其生日这一细节。这便是后人对杜甫诗句理解不同、存有分歧所致。

其实，对照两诗诗题和诗句细读，我也以为杜甫生日应是正月初一，也就是唐代人俗称的"元日"。杜甫自言的"献寿更称觞"，可以有两种解读：举杯祝自己生日快乐，或举杯祝福元日新春。可是，他在除夕之夜感叹的"四十明朝过"，那就是说，明天，也即元日，正是他的生日。

杜甫这首《杜位宅守岁》的系年，普遍定于唐玄宗天宝十年，即公元七五一年。在除夕守岁，杜甫写过多首诗，各个时期心境不同，谈到年龄，唯有此诗和《元日示宗武》非常明确：生于元日。他写《杜位宅守岁》，是因父亲杜闲去世，没了经济来源，又在长安求官无门，沦落到去同族堂弟（唐代称从弟）杜位家过年。一富一穷的生活对比，让他忍不住感怀身世"四十明朝过，飞腾暮景斜"。写《元日示宗武》时，杜甫身在夔州，年老多病，提笔写诗已很困难，故有"赋诗犹落笔，献寿更称觞"之叹，又有"训喻青衿子，名惭白首郎"之感，不得不把希望寄托在同样深耕诗学的二儿子杜宗武身上，可谓诗有所托，心有所寄。这，当然是杜甫的生日愿望。

六、杜甫释义

杜甫，为何名叫杜甫？

杜甫出生这年，杜闲刚满三十。在此之前，杜闲或许就因杜审言曾经判有流刑，很长时间入不了唐中宗、唐睿宗的法眼，没得到实质上的皇恩照拂。杜审言虽在晚年又因上官婉儿惜才，意外被唐中宗召回京都，任修文馆直学士，但他终究是去世得早且突然，杜闲因此实实在在赋闲了很久，再也无法获得父亲的推荐与扶持。不知杜审言为何要给长子取名杜闲。若非唐玄宗登基后励精图治，有意干一番千古事业，突然想起杜依艺、杜审言等杜氏先辈要么有功勋要么有才名，并以唐代官员门荫制启用杜甫父亲，杜闲恐怕还会继续闲着，做个无所事事的闲人。

父亲叫杜闲，长大后的杜甫却一直很忙，忙于努力写诗，忙于奔走疾呼，忙于家国天下。他很豪放，有时也很郁闷，更多时候是因壮志未酬而沉郁顿挫，最隐秘的一点是很克制，具体表现是在所有的杜诗中没有出现过一次"闲"字。这是唐代的避讳家风，说来也是他的一片孝心。就连给其他过世亲人撰写墓志，杜甫不得不提到父亲，也是写成"某"，不直呼其名。

孔子《论语·为政》有言："子曰：吾十有五而志于学，三十而立，四十而不惑，五十而知天命，六十而耳顺，七十而从心所欲，不逾矩。"追求孔孟之道，很想奉儒守官，却无机会入仕的杜闲，这年正是"三十而立"之年。立什么？成家立业，安身立命。换句话说，三十岁的杜闲，还无任何为政成就，他不能再赋闲在家了，必须找个工作，至少得给杜甫创造一个美好的未来。

望着长相俊美的新生婴儿，杜闲给他取名为"甫"，字面之意是杜甫犹如田圃里刚刚长出的苗，引申之意则是希望杜甫成为一个顶天立地的大丈夫。孟子在《滕文公下》谈及的大丈夫是："居天下之广居，立天下之正位，行天下之大道；得志，与民由之，不得志，独行其道。

富贵不能淫，贫贱不能移，威武不能屈，此之谓大丈夫。"杜闲显然是受此影响，对长子寄予厚望。

杜甫之"甫"，还可怎么解读？孔子，字仲尼，本名孔丘，别名"尼父"，亦称"尼甫"，被后世尊为孔圣人、至圣先师、万世师表。出生于儒学世家的汉代史学家班固，谈到圣人，多用尼甫，比如"孔子反宇，是谓尼甫"。班固还说，"上反宇以盖戴，激日景而纳光"。杜家远祖、西晋当阳县侯杜预，曾根据孔孟儒家思想注解《左传》，也以"尼甫"代指孔子。唐人言及孔子或者圣人，更将"尼甫"作为君子所求，比如唐代诗人李咸用的《君子行》便说"尼甫至圣贤，犹为匡所麇"。不得不说，这是杜闲一生最有远见的取名。不管杜闲最初是否希望杜甫为人至圣，其子杜甫终究以诗至圣。

然而，杜甫明明是长房长孙，后来的好友李白（《鲁郡东石门送杜二甫》）、高适（《人日寄杜二拾遗》）为何均称其为"杜二"呢？二，在当下可不是敬辞。那时叫杜二，其实是唐人的一种礼仪。一般而言，唐人不会轻易直呼其名，交往写诗多以家族排行或以所任官职所在地方相称，以表尊敬，以示友好。杜甫给李白写诗取名《寄李十二白二十韵》，是指李白在整个李氏家族排行十二，非指李白是其父李客的第十二子。同样，杜甫在整个杜氏家族同辈人中排行第二，故称"杜二甫"。杜甫在不同时期写给高适的诗，像《寄高三十五书记》《寄高三十五詹事》《酬高使君相赠》《因崔五侍御寄高彭州一绝》《奉寄高常侍》《追酬故高蜀州人日见寄并序》，许多均未注明写给高适，若是不知书记、詹事、使君、彭州、常侍、蜀州等官职、地名皆代指高适，读者不仅容易犯难，而且不知所云，等于白读。这也很麻烦，比如杜诗里的七七八八官五五六六地，背后所指的很多人，就因这个唐礼难以一一考证，自然也无法梳理出一个有完整姓名的"杜甫的唐代朋友圈"。

杜甫这一名字，无疑是杜闲多年饱读圣贤书的儒学思想结晶。在其众多子女中，除了与原配崔氏所生的长子杜甫，按照杜诗所记，还有与继室卢氏再婚所生的杜颖、杜观、杜丰、杜占，以及杜甫疼爱的"韦氏妹"。其中，给杜甫取的名无疑最为考究，杜闲对这位长子的寄望也最高。在七四一年左右，杜闲突然因病去世，杜甫本可凭借长子之尊，首享父荫入仕，可他果断放弃，把这个名额让给了二弟杜颖。只因杜甫善良，崇尚儒家仁爱精神，执着追求孔孟之道，他熟知孔子的二十世孙孔融让梨的美德故事，生怕继母卢氏新寡觉得无依无靠，于是，他便把当官就有俸禄的好事礼让给了弟弟。而他则选择了最艰难的干谒求官之路，并为此不得不放下尊严，不断写诗赞美那些权贵。在这一点上，杜甫跟继祖母卢氏一样，也是一个宁愿牺牲自己也要成全别人的君子。

所谓君子，莫过于杜甫。

所谓圣人，也不过如此。

七、溯源笔架

杜甫的出生地，冯至认定为"巩县的瑶湾"，郭沫若更进一步确认，巩县笔架山下这孔窑洞，便是杜甫的诞生窑。

一九六三年，郭沫若在笔架山下亲笔题写"杜甫诞生窑"这五个大字，随后被做成匾额横放于窑口，巩县和杜甫故居，从此多了"杜甫诞生窑"这个更具体的"朝圣"地。

杜甫生于巩县笔架山，为何常在诗文里自称"京兆杜甫"，又号"少陵野老"？若按洪业《我怎样写杜甫》所说"当从杜甫所言：京兆万年人"，杜甫多次言及的故乡又怎会是"洛阳"？一九一九年出土的杜甫二叔杜并的墓志《大周故京兆男子杜并墓志铭并序》，虽称其为"京兆杜陵人"，但同时提到杜氏先祖是"汉御史大夫周"。周，即杜周，实为西汉南阳郡杜衍县（今河南南阳）人，后世子孙也该称是河南南阳人，而非京兆万年人或者京兆杜陵人。

这座笔架山，是杜甫成名之后才命名，还是杜甫出生之前就有？他有没有给故乡这座笔架山写过诗文？

二〇一六年秋天，在笔架山下的杜甫诞生窑前，一个又一个疑问被秋风吹来，一层又一层落叶被覆盖，我仿佛也是被覆盖的一片落叶，无迹可寻。

这时，杜甫的吟诗声在我的恍惚间飘然而至：

笔架沾窗雨，书签映隙曛。

萧萧千里足，个个五花文。

这是杜甫写笔架的诗，诗名叫《题柏大兄弟山居屋壁二首》。写此诗时，杜甫的心情看上去不错，他对笔架以及毛笔书写的汉字给予了颇为有趣的描绘。想那"笔架沾窗雨，书签映隙曛"的意境，可知笔架在杜甫的诗意人生里不可或缺。再想"萧萧千里足，个个五花文"

这类对书法的别致形容，可见平生喜欢骑射的杜甫写字也是高手，甚至可以因此遥想杜甫从笔架上取笔写字的场景，当是运腕如牵绳，笔走如奔马。其字应是左右逢源、野性十足，犹如一个个凹凸有致的马蹄印一样坚实与俊逸。

跟着"他"抑扬顿挫的吟诗声，一边诵读他写的"笔架"诗，一边重新打望眼前的笔架山，我似乎明白了巩义这座笔架山收藏杜甫身世的神秘隐喻。

放眼华夏大地，叫笔架的山，可谓多如牛毛。仅以成都为轴，从西南方向的蒲江、邛崃，到正西方向的崇州、西北方向的都江堰，再到东北方向的金堂，杜甫在成都宦游时期可能抵达过的这些地方，皆有一座形似古式笔架的山，被命名为笔架山。加上贵州、湖南、湖北、广东、福建、浙江、安徽、山东、辽宁、黑龙江、北京、河北、青海、江西、陕西、甘肃、云南、重庆等地的笔架山，这些由笔架文化衍生的笔架山几乎可以环绕全国一圈。若讲地灵，且有人杰，唯有河南巩义的笔架山，因为诞生了诗圣杜甫，千年以来，相互成就声名，方显与众不同。正如刘禹锡《陋室铭》所言，山不在高，有仙则名。当阳光拨开雾霾，只留些许云雾时，巩义的笔架山就有仙灵之气，时不时会幻出一个杜甫来，为我传道，授业，解惑。

在仰望笔架山期间，我因此止不住地溯源笔架。像一滴墨水呼唤毛笔，也像一支毛笔呼唤笔架，更像一个笔架呼唤千万座笔架山。

作为中国传统文房用具，又称笔格、笔搁的笔架，具体产于何年何月，实在难以考证。"翦其片条，为此笔格"，若以南北朝时期的南梁文学家、史学家吴均所作《笔格赋》作为有史记载的最早依据，那么笔架至少有一千五百多年历史了。相传第一座笔架山源于东晋书圣王羲之，其在山东莱芜研讨书法时发现一座山形似笔架，故提笔命名。如果这个传说属实，那么笔架产生的年代还可提前至东晋。另据韩愈给毛笔立传的《毛颖传》记载："秦始皇时，蒙将军恬南伐楚，次中山，将大猎以惧楚。召左右庶长与军尉，以《连山》筮之，得天与人文之兆。筮者贺曰：今日之获，不角不牙，衣褐之徒，缺口而长须，八窍而趺居，独取其髦，简牍是资。天下其同书，秦其遂兼诸侯乎！"韩愈讲的这个故事，是说大秦将军蒙恬南伐楚国期间，途经战国时期的中山国（今河北定县一带），发现这里兔肥毫长，便以竹为管，把原始的竹笔改制为毛笔。竹笔从此改为毛笔书写天下文字，蒙恬因此被奉为"笔祖"。如果书写竹简的毛笔一产生便有了笔架，那么笔架文化甚至可以追溯到秦代或者先秦。在我看来，与笔争墨、与人争雅、与景争辉，正是笔架之妙，杜甫才有闲情雅致写出可爱又别致的笔架诗《题柏大兄弟山居屋壁二首》。

遗憾的是，现存杜诗仅提到笔架，并无诗句直言其故乡的山是笔架山。他在《奉留赠集贤院崔于二学士》一诗中说，"故山多药物，胜概忆桃源"，也只能说这个"故山"可能是指如今的巩义笔架山。能明确杜甫提及故乡之名的诗句，唯有《送孟十二仓曹赴东京选》"秋风楚竹冷，夜雪巩梅春"之"巩梅"，依然香如故。

可喜的是，如今的河南巩义举办的每届杜甫故里诗词大会，常常依托笔架山，亮出"诗润巩梅香"，紧扣杜诗思乡主题的浑厚文脉。而杜甫写给故乡（包括巩县、洛阳、偃师和长安等地）的众多诗句，总会先被巩义人认领。比如《月夜忆舍弟》，巩义人就坚信，"露从今夜白，月是故乡明"这个名句，虽未明指故乡是巩县，但杜甫的故乡无疑是巩县，甚至，他们还把这两句诗制作成广告牌，告诉世界：没错，杜甫在秦州遥望的明月，就是巩县的明月。包括杜甫另一首思乡名诗《闻官军收河南河北》："白日放歌须纵酒，青春作伴好还乡。即从巴峡穿巫峡，便下襄阳向洛阳。"杜甫是迫不及待地准备还乡，诗中所指的"故乡"，他们也说，这只是泛指洛阳，更精准地说则是洛州巩县。如此去想，停摆在杜甫梓州客舍桌台上的笔架，有了巩县笔架山的遥相呼应，一定也兴奋不已，急切地映照他笔下的"萧萧千里足"和"个个五花文"吧。

八、巩义之巩

唐代的巩县，今天的巩义市，因是杜甫故里，名气越来越大，前来朝圣的人越来越多。杜甫一生多是漂泊在外，他多次在诗中魂牵梦绕的这个故乡，对他而言，对后人而言，都不可或缺，毕竟，这里是他的出生地，谁也无法更改。想改杜甫的出生地，东京洛阳不行，西京长安也不行。

巩义，如今是郑州代管的一个县级市，地处洛阳与郑州之间，素有"中原第一县"之称。被流经洛阳城区的洛河、伊河经年洗礼的巩义，在历史上多次归属洛阳，皆以巩县之名问世，要么是东京的郊县，要么升级为河南府的畿县（或者次赤县），不论行政级别怎样升升降降，此县所任县令的官阶都比地方小县令高许多。在巩县，自曾祖父杜依艺于此担任县令起，祖父杜审言，父亲杜闲，还有杜甫，都曾在笔架山下的杜氏老宅（今杜甫故居）定居，都是名副其实的官宦子弟，并且都从这里起步走向外面的广阔天地。杜甫，最终能从一个优越感极强的官宦子弟，成长为心系苍生的大唐诗圣，其最原始的底气，无疑是巩县赐予的。

那么，有哪些巩县文化影响了杜甫？杜甫又是怎样影响着后世巩县文化的发展？很有必要解说一下"巩"字，也有必要了解，巩县更名巩义市后，在巩字之后新增的那个"义"字。

用"山河四塞，巩固不拔"来解释巩义，在于其地貌特殊，南有嵩山，北有黄河、邙山，东有侯山，西有险关黑石。《读史方舆纪要》有载："巩，固也，四面有山河之固也。"这里所说巩固巩义的"河"，有洛河、伊河在偃师市（今河南省洛阳市偃师区）汇流而成的伊洛河，从西偏北往东常年滋润巩义，也有东南方向的东泗河和西南方向的西泗河，承载巩义这艘文化巨船。尤其是笔架山北面的黄河，由北往南冲击过巩义很多年又向东奔流至渤海的滔滔黄河，给巩义留下的遗产不仅是一大片冲积平原，还有源远流长的河洛文化。想想泱泱华夏文明，河洛文化最是无法绕过，恰好黄河与伊洛河的交汇地就在巩义，具体是在巩义市河洛镇神北村东北尽头那块形同古兵器"戈"的夹河滩。相传伏羲、黄帝，以及杜甫用"致君尧舜上，再使风俗淳"这一佳句崇尚并擦亮的尧、舜，还有禹、汤，都曾在此祭天祭地祭雨，以求和顺。黄帝筑坛沉璧、商汤桑林祈雨、伏羲有感于河洛交汇之景而演画八卦图，这些传说有板有眼，从神话和传说里走来的巩义因此得以巩固，成为有礼有节的礼仪之城。

不止于山河之固。巩义的"巩"字，说起来大有来头。它，在杜甫向往的尧舜时代属于豫州，在夏代禹封夏伯之后又称夏伯国。神奇的是，商灭夏之后，当地出现了一个叫"阙巩"的封国，巩义从此以

"巩"为名。在商周时期，此地又因出产坚实的"阙巩之甲"闻名于世。"阙巩之甲"，指用牛皮制作的结实铠甲。这个坚硬的"甲"，与神北村夹河滩伸向黄河的锋利的"戈"，一明一暗，都在指认巩义原来是历代兵家必争之地。除了兵家贪念的"阙巩之甲"，巩义之"巩"还体现在瓷的清脆与多彩、石的坚硬与奇峻。肇始于汉、勃兴于唐的巩义窑，具体是散落在绵延七公里的河流两岸台地上的白河瓷窑址和黄冶唐三彩窑址，显得格外抢眼，这一带有过三彩、白瓷、绞胎、青花的创烧与点缀，俨然就是一部中国瓷器发展史书，巩义又因此被冠以"万窑之母"。特别是巩义黄冶唐三彩旧窑遗址出土的砚、马、骆驼、交尾佣，属于最早发掘的唐三彩，人物多彩，尤为可贵，大有可与亦是彩绘的敦煌壁画分庭抗礼之势。杜甫在成都卜居期间，曾向大邑县令乞求瓷碗，置办居家餐具，记录自己酷爱白瓷的喜好，见其《又于韦处乞大邑瓷碗》："大邑烧瓷轻且坚，扣如哀玉锦城传。君家白碗胜霜雪，急送茅斋也可怜。"大邑在唐代属于邛州，时有邛窑所产白瓷流行于富饶的锦官城，也就是杜甫代指成都的锦城。杜甫这一特殊喜好，或许就跟其家乡巩义盛产白瓷有关。甚或他还写过与巩义白瓷有关的诗，只是没有纸帛流传于世。巩义的石头怕是也有这种遗憾，因为杜甫一生散失的诗篇太多，很多秘密只能埋藏于泥土之下。仅据杜甫四十岁写的《进雕赋表》，他便自称所作诗文"约千有余篇"，而《自京赴奉先县咏怀五百字》《春望》《蜀相》《登楼》《春夜喜雨》《闻官军收河南河北》《茅屋为秋风所破歌》《登高》《秋兴八首》等浩浩荡荡的千余首雄诗则是在此之后的事。不过，赵匡胤等多位北宋皇帝的皇陵，包括寇准、包拯等名臣之墓，后来集中选在巩义，算是让巩义的石头活出了另一种傲然。屹立在北宋皇陵一带的石马、石狮、石象、石人、石龙、石碑等庞大石雕群，所用石材据说皆取自巩义，它们固守一方，坚不可摧，无疑是杜甫故里的又一大奇观。

巩义，是如今的叫法。从秦庄襄王元年（公元前二四九年）始置巩县起，更多朝代的人都爱叫它巩县。在唐高祖李渊初年，巩县直属洛州。到了杜甫出生的第二年（七一三年）十二月，巩县迎来唐玄宗李隆基的第二个年号"开元"，即将开创"开元盛世"的他摇手一指，又在开元初把下辖巩县的洛州改为河南府。此举是李隆基在开元年间对三京之地的次第升级，比如把当时的西京（又称京城、中京、上都）长安所在的京兆郡升为京兆府，又把李氏皇帝龙兴之地并州（昔时曾名北京或北都）升为太原府，关中缺粮时不得不"行幸"的东京（也称神都、东都）所在的洛州自然也就升级为河南府了。在这种皇恩浩荡之下，先后管治过巩县的洛州和河南府，名义上均指今天的洛阳，实际上河南府所辖之地更大，河南府尹以及相关京县（也称赤县）令、畿县（又称次赤县）令一众京畿之地官员的官阶也是纷纷上调，大大沾光。这种貌似无功也受禄的天大好事，杜甫的曾祖父、祖父皆是赶不上了。杜甫的父亲杜闲运气极好，恰好就在唐玄宗主政的开元年间，大约是七三二年出任京兆府奉天县令，一跃成为正六品上的京官。奉天县，首置于唐睿宗文明元年（六八四年），看似仅是京畿之地的一个县，可这个畿县职能特别，是为奉祀唐高宗李治的乾陵专设，此县辖地甚大，设置之初就占据好畤、礼泉、始平、永寿、武功等五县之地。作为奉天县令，杜闲不仅是主政一方的朝廷要员，而且身兼与乾陵令共同守护乾陵的重任，这意味着什么？不是唐玄宗看重的臣子，杜闲不可能受此重任。杜闲有了这个重要官职，俸禄甚厚，职权也大，足够青年时期的杜甫来几次"放荡齐赵间，裘马颇清狂"，也让进士落第的杜甫有底气"快意八九年，西归到咸阳"。看来，这年五十岁左右的杜闲为官稳重，协调政事能力强，方能出任奉天县令这个要职。当然，杜闲后来在西京长安擢升为正五品下的朝议大夫，最为显赫。

巩县改名为巩义市，则是源于一九九一年六月十二日的撤县建市。给巩县的"巩"字后面追加一个"义"字，升级为市，一度让我思虑很久。"义"的繁体字"義"，始见于商代甲骨文，上部是"羊"，下部是"我"。"羊"，是和善的象征；"我"，原指一种长柄兵器。在河洛文化的祭祀礼仪中，祭祖，既要供上羊头，也得手握兵器，如同仪仗队一样显示庄严与诚意。如此看巩县更名为巩义，倒也可以视为是巩义的善意、敬意与孝义，甚好。

如今，巩义市坚持举办的杜甫故里诗词大会，以诗感召人，以义回报人，不仅可视为传承、巩固和发展杜甫博大精深的诗歌文化，而且可看作以乐舞诗画等形式广泛传播杜甫的儒家仁爱思想。

九、追问杜甫

我是谁？我从哪里来？我要去哪里？

若用柏拉图的终极三问来追问杜甫，我们会犯难，杜甫却不会。

"维开元二十九年，岁次辛巳月日，十三叶孙甫，谨以寒食之奠，敢昭告于先祖晋驸马都尉、镇南大将军、当阳成侯之灵。"据杜甫在《祭远祖当阳君文》中自述，他的血脉来自西晋当阳县侯、成侯杜预，是杜预的十三代孙。此人彪炳史册，生前"有《左传》癖"，写有注解《左传》的儒学名著《春秋左氏经传集解》（又名《春秋左氏集解》《春秋左氏传集解》《春秋经传集解》），在西晋朝野还有"杜武库"之称，用现在的话说，杜预就是一个文武双全的大咖。"《春秋》主解，稿隶躬亲。呜呼笔迹，流宕何人？"只是杜甫这篇祭文交代的杜预笔迹（杜预真迹），至少在开元时期并未传给杜家后人，最多有拓本相传。不过，杜预注解的这部儒家经典，在后世的传承与发展中，随着初唐学者孔颖达主持编撰选入用于科举考试的《五经正义》，其中的《春秋左传正义》就是唐代学子追求仕进的教科书，这无疑是杜甫最引以为傲的事。《春秋左传正义》正是依据杜预《春秋左氏经传集解》加疏而成。

杜预，在杜甫心中，就是杜氏家族里最耀眼的英雄，也是他的儒家思想源头，如同他身后的明月，总在怀疑人生时又重新坚定他的儒家仁爱情怀。

事实上，杜甫一生皆以杜预为奋斗榜样，甚至连临终遗愿也是以挨着杜预墓下葬为荣。"降及武库，应乎虬精。恭闻渊深，罕得窥测，勇功是立，智名克彰。缮甲江陵，祓清东吴。建侯于荆，邦于南土。河水活活，造舟为梁。"开元二十九年，即公元七四一年，杜甫在偃师首阳山下杜预墓前祭远祖杜预这些文字，基本上算是给杜预写了一部闪亮小传。当时，本该三十而立的杜甫也曾试图通过科举考试延续杜家"奉儒守官"传统，只是应试落选，未能让他如愿。在杜预墓前，想起杜预一生的丰功伟绩，杜甫依旧雄心勃勃，他说，"小子筑室，首阳山下。不敢忘本，不敢违仁"，并"庶刻丰石，树此大道"，以明心志。

世人皆知，诸葛亮一生最大的梦想，便是走出茅庐、匡扶汉室，帮助刘备、刘禅父子一统天下。"三顾频烦天下计，两朝开济老臣心。出师未捷身先死，长使英雄泪满襟。"这些诗句，来自杜甫于七六〇年春在成都走访武侯祠、凭吊蜀汉丞相诸葛亮的千古名诗《蜀相》。读书时代读此诗，我只读出杜甫的两种情感：一是他对深谋远虑的诸葛亮纵横两朝表示敬仰，二是他对鞠躬尽瘁的诸葛亮未能圆梦深感惋惜。后来从杜甫延伸到研究杜预，得知杜预不仅是曹魏镇西大将军钟会攻灭蜀汉的随军长史，而且是司马懿的驸马及其军事集团的核心成员、司马炎委任平灭东吴的镇南大将军。我重读此诗，再联想《祭远祖当阳君文》，忽然读出杜甫骨子里的豪迈与骄傲，那种源于杜预血脉的英雄气概。杜预竟然是三国末期一统天下的统帅之一，在西晋灭东吴统一全国不久，杜预便因功受封当阳县侯，长期镇守荆州，死后还获赠征南大将军、开府仪同三司，谥号"成"，杜甫因此在祭文里统称其为"当阳成侯"。当阳，可以看成杜氏家族在湖北深耕多年的一处根据地，杜甫晚年漂泊荆州一带，还曾把妻儿寄居在这里，以便独自外出，寻求老友的资助。其实，据房玄龄等人考证后所著的《晋书》，杜预连骑马都不会，射箭技术也很糟糕，可是一旦曹魏或者西晋朝廷有重大军事行动，两朝皇帝都会召他参谋规划制敌良策。如此奇人，古今罕见，事实亦是如此，杜预直到明代还保留着一个"文武双全"、旷古绝今的名誉，即明代之前唯一一个同享"文庙"和"武庙"的奇人。我不禁由此想起岳飞，那个"怒发冲冠""仰天长啸"，最终"白了少年头，空悲切"的岳飞，在宋代用"三十功名尘与土，八千里路云和月"真正铸就文武双全的岳飞，至今也未享受过杜预这等至高礼遇。如此去想，笔架山上空又多了几片浮云。

　　二〇一六年秋天，在巩义笔架山下重读《蜀相》一诗，杜预于公元二七八年十一月南下襄阳，纵马驰向荆州那些主导灭吴之战的画面如电影般纷至沓来。马蹄之上，风尘滚滚，旌旗飘扬。马背之上，身披铠甲手握兵符的杜预英姿飒爽，随军歌谣在唱：以计代战一当万，匹夫之勇皆失算；势如破竹不可挡，妙手还可著左传。后世无判由杜翁，熟识智名与勇功……在我的想象里，杜预明明是一马当先驰骋蜀吴间的英武形象，哪里是不会骑马也不会射箭的大将军呢？"挽弓当挽强，用箭当用长。射人先射马，擒贼先擒王。"不知杜甫在《前出塞九首》其六里所写的这些诗句，是否也有暗喻远祖杜预智勇双全之意。杜甫的超级粉丝李商隐，有首七言律诗《随师东》，其中"军令未闻诛马谡，捷书惟是报孙歆"倒是能够明确，他不仅是向挥泪斩马谡的诸葛亮致敬，更是向与诸葛亮同样智计无双的杜预致敬。显然，厌恶战争的李商隐对杜预的致敬选择了更为巧妙的故事片段。孙歆是三国末年的吴国都督，在晋伐吴那年，晋将王濬谎报战功，说已斩得孙歆首级，后来却是晋将杜预俘获孙歆并解送至洛阳，从而揭穿王濬的谎言。未斩孙歆首级、只俘其人的杜预，一时间成为一代儒将的代名词。杜预一生当然杀人无数，李商隐偏偏选取这一桥段来说战事，其意在和平。

如果从杜预往上追溯杜甫更早的先祖，还有杜预的父亲杜恕、杜预的祖父杜畿，以及杜畿的七世祖杜周、六世祖杜延年父子，他们的名字皆有史可查。其中，杜畿自从被荀彧推荐给曹操后便颇受重用，曹丕登基后还封他为丰乐亭侯，官至尚书仆射。杜延年，则被汉宣帝刘询列为麒麟阁十一功臣之一，生前为建平侯，死后又谥敬侯，以威名传世。至于杜周，赫赫有名的西汉酷吏，因执法严峻得到汉武帝刘彻赏识，从御史中丞到廷尉，一直跃升至御史大夫，位列三公，一生名利双收，时称"家资累巨万矣"。杜甫叔父杜并的墓志《大周故京兆男子杜并墓志铭并序》便有记载："汉御史大夫周，晋当阳侯预之后。"此文提到的御史大夫周，正是司马迁笔下的西汉酷吏杜周，也是杜甫的先祖杜周。

奇怪的是，杜甫自述杜家血脉来源，最多也就提到杜恕为止，再不往上攀缘。这是为什么？因为杜周不仅是酷吏，而且是热衷于积累财富的贪官。当年，史学家司马迁因为拿不出钱为自己赎罪，便被贪财的杜周判了宫刑。这事，司马迁亦是有仇必报，借《酷吏列传》把杜周的丑陋行径公之于众，从此，杜周媚上严下、凶狠残暴的酷吏形象成为杜家一大污点。杜甫在长安求官时期写的《官定后戏赠》，可算作另一个忌言杜周的依据，他在此诗中自称"不作河西尉，凄凉为折腰"，自解"老夫怕趋走，率府且逍遥"，认为河西尉干的事形同媚上严下的酷吏。按照常理，河西尉这个官职虽然不大，其权却不小，相当于现在分管司法工作的副县长，杜甫父亲杜闲正是从同级的郾城尉起步干到朝议大夫而终。杜甫好友高适也是从同级的封丘县尉干起，后来跟随河西节度使哥舒翰从军，一路官运亨通，一度官至剑南节度使、刑部侍郎、左散骑常侍，甚至被册封为渤海县侯。要知道，唐玄宗封赏的这个河西尉实在来之不易，在此之前，杜甫已在长安求官近十年无果，终于凭借献给李隆基的几篇大赋打动圣心，迎来人生的第一个官职，他却不愿上任，宁愿改做一个看守兵甲器杖、管理门禁锁钥的从八品下小官"右卫率府胄曹参军（一说'右卫率府兵曹参军'）"，彻底摁灭一段高光时刻。杜甫诗中倒是说得很明白，就是不想奴颜媚骨，不想屈身事人，不想驱策百姓，其刚烈与忠直性格，自是与凶狠残暴的先祖杜周划清界限。高适显然比杜甫更能屈能伸，一边接受了封丘县尉，一边又用《封丘作》（又名《封丘县》）"拜迎官长心欲碎，鞭挞黎庶令人悲"来自嘲，且悲且受官，且行且珍惜。命运就是这样弄人，有得会有失，有失也有得。若是杜甫那时接受了河西尉一职，并在黄河沿岸屈身行走，也许会闯出更大的官名，说不定会成为又一个追看"大漠孤烟直，长河落日圆"的边塞诗人，他的诗歌和人生无疑会是另一番光景。诗圣，或许也就不再属于这种性格的杜甫了。

再联想始终胸怀善意和仁爱思想的杜甫在安史之乱期间写的《新安吏》《石壕吏》《潼关吏》，吏吏皆狡黠，吏吏皆凶狠，不提酷吏杜周也罢。至于杜延年，虽贵为侯，却是法家；一生显赫的杜畿，也是从断案的法家发家。法家怎么了？怕是杜甫不喜那个时代的法家，才更愿意认同一心为公的儒家先祖杜恕为"先君"，以注解儒学名著《左传》的杜预为"远祖""先祖"。尽管杜恕生前一度被贬为庶人，却有一颗难得的爱民之心，他上书曹魏皇帝说，帝王之道，没有比安民更崇高的。说到底，杜恕所言的"安民"，其子杜预通过《春秋左氏经传集解》诠释的"民本"，以及杜甫在《祭远祖当阳君文》里所说的"不敢违仁"之"仁政"，实际上一脉相承，都是源于孟子的儒家思想。孟子主张人先天性善，"人皆可以为尧舜"，其从孔子伦理学范畴的"仁学"进一步提出"民本""仁政""王道""性善论"等具有哲学意义的儒家思想，深深影响着杜甫。可以说，杜甫的儒家思想核心就是"仁政"与"仁爱"，他在三十七岁那年写给尚书左丞韦济的《奉赠韦左丞丈二十二韵》一诗，便用"致君尧舜上，再使风俗淳"明确表达过自己这一政治抱负。避开法家，仅从杜恕、杜预、杜甫的儒家思想脉络，再看杜甫认祖归宗止于杜恕这事，就不难理解杜甫为何会选择回避杜恕之上那些祖宗了。

"臣甫言：臣之近代陵夷，公侯之贵磨灭，鼎铭之勋，不复照耀于明时。自先君杜恕、预以降，奉儒守官，未坠素业矣。"这时，再读杜甫写给唐玄宗李隆基的《进雕赋表》，我发现"奉儒"二字最能激荡人心。当然，杜甫认同杜恕、杜预的为人为官，但是杜甫懂事明理之后，最早传给他这些儒家思想的启蒙者，虽姓杜却另有其人。孟子说："恻隐之心，仁也；羞恶之心，义也；恭敬之心，礼也；是非之心，智也。仁义礼智，非由外铄我也，我固有之也，弗思耳矣。"孟子的"仁义礼智"思想，在杜甫内心真正生根发芽，可从他写给二姑母杜氏的《唐故万年县君京兆杜氏墓志》窥见豹斑。杜甫在这篇墓志中所说的"传之以仁义礼智信，列之以公侯伯子男""加以诗书润业，导诱为心"，就是二姑母引导他尊仁恭礼守义的言传身教写照。杜甫因此一生都在践行这些儒家思想，比如他心系社稷、忠言直谏，比如他与人为善、伸张正义，比如他讽刺战争、怜惜生命，比如他鞭挞权贵、同情百姓，当然还有人人皆知的"忧国忧民"的仁爱情怀。

从汉高祖刘邦于公元前二〇二年置长安县，后改长安城为"京兆"（意指京畿之地）起，包括在京兆郡长安县出生的汉武帝刘彻在内的多位西汉皇帝，多以长安为首都。在汉武帝时期担任御史大夫的杜周，在汉昭帝、汉宣帝两朝任职的杜延年，尽管均是西汉南阳郡杜衍县（今河南南阳）人，但是随着这对父子移居京城，京兆郡杜陵县一带自此衍生出一支显赫的"京兆杜氏"。从东汉末年三国时期的曹魏尚书仆射、丰乐亭侯杜畿，到西晋镇南大将军、当阳县侯杜预，这些杜氏先祖皆以"京兆杜陵人"自居。出生于洛州巩县的杜甫因为崇拜杜预，常在诗文里自称"京兆杜甫"，号"少陵野老"，又称"少陵布衣"，更愿意把自己说成唐代首都人，可看成杜氏英雄情结所致，并非他真就出生于京兆杜陵县或者京兆万年县。

那么，杜家人究竟何时从长安迁居巩县？

回答这个问题，不难。元稹给杜甫所撰《唐故工部员外郎杜君墓系铭并序》有记载："昔当阳成侯姓杜氏（杜预），下十世而生依艺，令于巩。依艺生审言，审言善诗，官至膳部员外郎。审言生闲，闲生甫；闲为奉天令。"也就是说，从杜甫曾祖父杜依艺担任巩县令开始，"京兆杜氏"便有了一支"巩县杜氏"，在洛河与黄河之间开枝散叶。然而，元稹省略了中间的"襄阳杜氏"这个重要分支。否则，宋祁、欧阳修等北宋名家所编著《旧唐书·杜甫传》篇章，不会使用"杜甫，字子美，本襄阳人"这些字眼。

巩义当地人还有一个传说，或可解答元稹忽略的问题。在笔架山北面这一段伊洛河，曾有两大古渡口，一个是靠近巩义站街镇仓西村的仓西渡口，一个是紧邻巩义站街镇瑶湾村和七里铺村的瑶湾渡口。这一带于隋大业二年（六〇六年）建有全国最大的粮仓——"洛口仓"，也叫兴洛仓，在隋唐两代皆有重兵防守，既是供给东都洛阳、西京长安王侯将相的大粮仓，也是用兵东北的军粮装运站，更是战时李世民格外看重的军事要塞。相传在唐太宗贞观十八年（六四四年），李世民欲御驾亲征朝鲜，为了运送粮草方便，也为了能守住这个重要渡口，便诏令时任监察御史（一说雍州司法参军）的杜依艺出任巩县令，负责筹集粮饷。于是，杜依艺就在离瑶湾渡口不远的笔架山下建宅落户，把他这一支"襄阳杜氏"举家从湖北襄阳迁至河南巩县，从此彻底改变了杜家四代人的命运。这个故事或有杜撰之嫌，因为李世民从洛阳北进攻打高句丽（古朝鲜）那年是公元六四五年，后来不得不班师回朝与草枯水冻、士马难进、粮食将尽有关。若是如此，杜依艺必会因筹措粮饷不力而被贬官他乡，再无定居巩县的可能。事实上，杜依艺出任巩县令不假，《旧唐书》和《新唐书》均称他官终巩县令，因而才有了"襄阳杜氏"迁居于此，繁衍出一支"巩县杜氏"。

那么，杜甫曾祖父杜依艺的上十世，又有着怎样的辗转迁徙？

归根结底，说来是因杜预的子孙为官行踪不一所致。其中，杜预的第三子（冯至《杜甫传》称为少子）杜耽，从躲避永嘉之乱前往凉州担任刺史（一说军司）起，便离开京兆杜陵；杜预的第四子杜尹，也因出任弘农太守，迁居今河南灵宝市。这两支京兆杜氏后人虽从西晋到隋唐都是为官一方，官运却有着云泥之别。杜耽之孙杜逊，于东晋南迁襄阳，成为"襄阳杜氏"的始祖（一说杜预任镇南大将军、荆州刺史、当阳县侯期间就留下一支"襄阳杜氏"），他是杜甫往上可追的十世祖。杜尹的后裔却又杀回京城，复归"京兆杜氏"，出了两个出生于京兆万年县的后世名人，一个是先后官拜司空、司徒、同平章事、获封岐国公的宰相杜佑，一个是杜佑嫡孙、名扬至今的晚唐诗人杜牧。杜逊这一支"襄阳杜氏"，则似乎一直在水路上兜兜转转，从渭河到汉江（又称汉水）再到伊洛河，再无人真正回归"京兆杜氏"。尤其是杜甫曾祖父杜依艺因为出任巩县令举家从襄阳迁居巩县之后，除了其子杜审言在唐高宗年间进士及第，其孙杜闲、曾孙杜甫均未通过科举考试以"奉儒守官"的方式为"襄阳杜氏"扬名，他们最多是在京兆长安短暂做官，或在京兆杜陵、京郊畿县寓居。

杜甫与杜牧，皆是源自杜预的血脉，且都因诗光耀了杜氏家族，一个在盛唐开创诗歌新天地，跟李白并称"大李杜"，被后人尊为"诗圣"；一个登上晚唐诗歌高峰，与李商隐合称"小李杜"。在诗歌艺术你追我赶的唐代，冉冉升起两颗闪亮古今的诗星，而且均是来自自己的血脉，这样的奇迹无疑是杜预怎么也预想不到的杜氏家门幸事。按辈分，杜甫是杜牧的从祖父，为相十年、驰骋三朝、著有中国第一部记述历代典章制度史书《通典》的杜佑也得称他一声堂兄。因为杜佑的胞兄杜位，常被杜甫唤为堂弟，四十岁的杜甫在《杜位宅守岁》"守岁阿戎家，椒盘已颂花"中表述的"阿戎"，就是古时对堂弟的称呼。杜位是杜希望的嫡子，也是宰相李林甫的女婿，属于杜预第四子杜尹这一支"京兆杜氏"。王维《故西河郡杜太守挽歌三首》赞颂过擅于打仗的杜位之父杜希望："天上去西征，云中护北平。生擒白马将，连破黑雕城。"

当然，成功不能以官职大小来论。不论杜佑和杜牧为官多么显赫、生活多么优越、写作多么出色，若是面对诗圣杜甫，又是另一种云泥之别。杜牧生前面向杜甫诗歌的视角，多是仰视，他在《冬至日寄小侄阿宜诗》中说"李杜泛浩浩，韩柳摹苍苍"，就是把杜甫的诗才比作浩瀚无际的大海一样宽广。这也是杜牧在历史上最早把李白、杜甫、韩愈、柳宗元相提并论，并将他们的诗文视为唐代诗文的最高成就。

至此，杜甫从何而来的千古追问，可以按下暂停键了。

十、山中朝圣

现在，返回笔架山，去山中朝圣。

二〇一九年四月，在巩义二中讲课时，我曾把巩义比作诗圣杜甫的胎盘。若把范围再缩小再精准一点，眼前的巩义笔架山，尤其是笔架山下的杜甫诞生窑，无疑才是杜甫的真正胎盘。

这些年，我多次仰望过笔架山，朝圣一样仰视过杜甫诞生窑，也曾站在邙山岭高处鸟瞰过中原，眺望过洛河与伊河交汇而成的伊洛河奔向黄河的决绝姿势。如果把视线范围无限放大，那么整个神州大地就如同孕育杜甫的子宫，笔架山以北的黄河，笔架山以南的洛河、伊河，均可看成杜甫诗学的脐带。我甚至想把杜甫一生所有游走的江河都看成河洛文化的分支，因为它们均可用杜甫的诗歌踪迹去覆盖、去观照。若用逆水行舟的思路去反观，杜甫的诗歌其实至今都在反哺这些江河，至少让它们多了一种诗歌般的跳跃与激昂、沉郁与顿挫。

从河文化说，这一切，多亏有巩义的笔架山，架起了我们穿行河洛文化的桥梁。这一切，多亏有笔架山下的杜甫诞生窑，衍生了诗圣纵横交错大半个中国的文化江河，可与生养但丁的佛罗伦萨阿尔诺河、哺育莎士比亚的沃里克郡埃文河交相辉映的杜诗长河。

从建筑上说，笔架山应是天然形成，山下的杜甫诞生窑则是人为依山而凿，带有浓厚的建筑色彩。窑口的半圆拱门颇为讲究，由青砖砌成，犹如进出笔架山的一道幽幽的青色山门。此窑，在整个华夏大地都有着举世无双的坐标意义，堪称唐代窑洞的民居孤品，因为在中国古代名人中能确定其故里并保存其诞生处的旧居，仅此一例。成都杜甫草堂曾于二〇〇〇年秋天在草堂北门附近出土陶瓷器皿、水井灶坑、房屋遗址和砖瓦建筑构件等唐代物品，此处被今人取名为"唐代遗址"，又名"草堂唐代遗址"，可是遗址里的诸多唐代川西民居遗物，尚无实据指证其中有杜甫用过的锅碗瓢盆，最多可说一些瓷碗来自杜甫诗中提及过的邛窑。至于成都草堂的茅屋故居，也只是杜甫的客居地，并非可与巩义杜甫诞生窑相提并论的诞生地。

从地理上说，笔架山属于邙山岭遗脉，远远望去，实则一处比较突出的黄土崖，因崖上三峰并立，形似一个老式的笔架，故名笔架山。山上土石相间，林木苍翠，众鸟飞鸣，我第一次来这里的时候，正是云雾缭绕饱含霾意的秋天，阳光填不满的苍茫天空像是在宣纸上的留白。山下，由西向东横穿杜甫故里纪念馆的一条小河混浊不清，恰似一个长砚台里的墨水潭。从这个视角去看窑口的半圆拱门，又如同一支蘸满墨汁的圆润毛笔。有了这样的毛笔、墨水和笔架，笔架山在我心中，就是一幅从公元七一二年铺到今天的绝妙山水画。

在杜甫诞生窑背上的笔架山，因为一生背着这座山，杜甫不论在任何艰难困苦的境遇下，都在提笔写诗，追求"语不惊人死不休"的至高写作境界，直至以诗为圣，成为千古不灭的诗圣。我如此形容笔架山，是因为它就是杜甫的命脉、杜甫诗歌中的文脉和图腾。杜甫正是从这里出发，走上为劳苦大众奔走疾呼的现实主义诗歌创作道路。

有谁能想到，生于笔架山下的杜甫最后也成了笔架上的一座山，"会当凌绝顶，一览众山小"这样的文学泰山。这座原本极其普通的笔架山，也因为诞生了诗圣而变得举世闻名。此山与彼山，有点儿相互成就、谁也离不开谁的味道，在我的舌尖上和内心里颤动。

说其普通，在于它并不高大巍峨，和当下很多中国乡村的无名山一样，就是绿树成荫而已，真不如我家乡的大元宝山那么高大壮阔。

要说非凡，当然非凡，凿有杜甫诞生窑的笔架山，早已成了天下读书人朝圣的圣地，也是杜甫现实主义诗歌精神的象征或者源头。除此之外，笔架山的背后还有两条不得不说的文化大河，一条是滋润过洛阳城的洛河和哺育过龙门石窟的伊河交汇而成的伊洛河，看似不动声色的缓缓河流，却流淌着源远流长的河洛文化；另一条则是滔滔不绝的黄河，在李白眼中从天上飞来的奔流到海不复回的黄河。

如果把李白所誉的"黄河之水天上来"的意境看成"天水"，再呼应杜甫的人生踪迹，就变得很有意思。在陕西潼关古城西北方向的潼关黄河风景区，一条从西往东缓行的渭河在此与由北向南奔流的黄河交汇，杜甫逃避安史之乱期间去过古称秦州今为天水的东柯谷，他若是走水路，便只能从这个两河交汇口沿着渭河直达天水。事实上，这条流经唐代长安城的渭河，也是一条名利河，李白仰天大笑地来，黯然失色地走，此河便是他人生悲喜二重奏的见证。与李白从山东石门分手之后，杜甫也是兴致昂扬地来，结果被渭河困了很久，足足十年，才让他读懂"人走茶凉"，然后转身换上"因人作远游"的崭新行囊，向渭河更深处的天水远行。

每次走进笔架山下的杜甫诞生窑，我都想从这孔三米高、两米宽、二十米深的窑洞里找出一些杜甫诗文忽略的蛛丝马迹，却又多是无功而返。

面前这个杜甫诞生窑，能从唐代流传至今，说来也挺不容易，因为前七米在明代做了砖券，后十三米则是后人依明代做法重修。此窑，看上去确是一口好窑，置身其间，冬暖夏凉，比川西平原的防空洞还要舒爽，却终究没有留下更多文字帮我解密。比如是谁在这里负责教杜甫读书识字？又是谁陪同杜甫在这里爬树摘梨？还有谁见证过童年时期的杜甫观巩梅赏夜雪迎新春？

在笔架山下，我曾多次穿行于坐东向西的杜甫故居，如今已扩容为长二十米、宽十米的大宅院，试图从这里找出答案。杜甫故居的多间瓦房因是硬山式灰瓦顶建筑，显得非常古朴。当然，整个杜甫故里纪念馆占地面积更大，有三百七十二亩，包括诗圣堂、杜公祠、瞻雪阁、诞生窑、上院、壮游园、三友堂、怀乡苑、万汇园等展区。要是偷懒，逛完整个纪念馆也算走完杜甫的一生。可我无法偷懒，因为这里有种无果。俗话说，除了生死，皆是闲事。虽是闲事，我却仍想解密。

再次打开《杜诗全集今注》，我才恍然大悟。陪伴幼儿杜甫读书识字的亲人，除了父亲杜闲，更多时候则是杜闲的妹妹们。其中，因为出嫁，居住于洛阳仁风里的二姑杜氏，还是杜甫的养母，在他心中更是"慈母"。七四二年六月二十九日，在二姑的葬礼上，杜甫写给她的祭文《唐故万年县君京兆杜氏墓志》就说："至于星霜伏腊，轩骑归宁，慈母每谓于飞来，幼童亦生乎感悦。加以诗书润业，导诱为心，遏悔吝于未萌，验是非于往事。"幼年避难于巩县祖宅时，杜甫把从洛阳返回娘家看他的二姑杜氏唤为"慈母"。就是她，在洛阳教他读书识字，身体力行地教育他如何做一个有仁爱之心的儒家仁者，并在经常去的龙门奉先寺影响他早期的佛教思想。也是她，缠着丈夫、济王府录事参军裴荣期给他传授骑射技艺，让他成长为可与李白、高适仗剑远游的盛唐游侠。还是她，舍弃自己同染瘟疫的小儿，请求巫医先救了他，后来被他赞为"大唐义姑"。

从二〇一六年到二〇一九年，我曾多次前往笔架山朝圣。朝圣对象除了杜甫，还有这位不是生母却似"慈母"的大唐义姑。

十一、母亲崔氏

在笔架山，仰望杜甫诞生窑，我不止一次追问：作为官宦子弟，杜甫的幼年岁月到底密藏着怎样的底色？除了父亲这边可追至汉代的京兆杜陵望族，母亲那边呢？史书记载的杜甫母亲，仅仅提及为清河崔氏，连个全名都没留下，她又是怎样一个女人？

要揭开这些谜底，或许得从笔架山背后不远的伊洛河开始，因为很多疑问都跟水有关。如同船，要么被水送远，要么被水淹没。杜甫的来处和归处，往时间长河的最深处探秘，真是和水密切相连。他生于伊洛河畔，死于湘江的小船上，极像是被水呼来唤去的淋漓一生，多么巧合。

伊洛河投入黄河怀抱之前的最后一段又称清河，虽说这和崔氏的家乡清河是两码事，但又巧合地成了杜甫的母亲河。这让我惊叹，被黄河染黄前的最后一段清清伊洛河亦称清河，多么微妙。

就因这两个巧合，让我几乎翻遍相关文献古籍。原来，清河崔氏竟然是比京兆杜氏还要显赫的名门望族！

在隋唐时期，从三国延续下来的门阀士族，社会地位越来越高，甚至连皇族都不怎么放在眼里。其中，广为流传的"五姓七望"，即陇西李氏、赵郡李氏、博陵崔氏、清河崔氏、范阳卢氏、荥阳郑氏、太原王氏，便是官宦子弟争相求娶的望族中的望族。杜甫的母亲来自清河崔氏，又因是带有李唐血脉的皇亲国戚，相比他的父族，显得更为尊贵。可以说，杜甫父亲杜闲当年能娶到她，既是与上述多个望族有过联姻史的杜家招牌够硬，也是实质上的一次高攀。也因此，杜甫身体里流淌着让他骄傲的大唐皇室血液。他在四十岁左右给唐玄宗进献的几篇赋表里，尚未做官，却已称臣，可能就跟这个隐秘的皇亲国戚身份有关，如其《进封西岳赋表》所说："臣甫言：臣本杜陵诸生，年过四十，经术浅陋。"

杜甫，虽说不姓李，却是货真价实的李唐皇亲国戚，只是远了那么一点。这，就源于其母崔氏身体里的皇室血脉。其皇室血脉，讲起来，可追溯到唐太宗李世民。崔氏的母亲李氏，正是义阳王李琮的女儿，而李琮则是李世民第十子李慎的次子。算上去，杜甫就是李世民的一支遥远的血脉。不仅如此，杜甫外祖的母亲还是唐高祖李渊第十八子、舒王李元名的女儿。这样看，杜甫的出身也挺显赫。事实上，据杜甫散文《祭外祖祖母文》记载，其外祖母"纪国则夫人"，其外祖父"舒国则府君"。只是很遗憾，杜甫一生无福消受，因为这些皇室远亲大多惨被武则天清洗殆尽。相反，杜甫的祖父杜审言这一时期却很受武则天赏识。天意弄人罢了。毕竟杜审言在洛阳城伴驾武则天那段风光日子，杜闲还很年轻，尚未跟崔氏成婚。真是应了杜甫的宋代铁粉苏轼口中迸出的那些金句："人有悲欢离合，月有阴晴圆缺，此事古难全。"

在唐代，尽管杜甫母族清河崔氏这边多遭磨难，却出过二十三位宰相。往历史深处打望，还可发现清河崔氏家族的兴旺，其实由来已久。早在春秋时期便是齐国公卿之一，西汉时居住在清河郡，故名清河崔氏，东汉时成为山东望族，西晋时讲究士族门第的清河崔氏甚至被列为一等大姓"崔卢王谢"之首。母亲崔氏家族的人，在杜甫眼里因此一向被高看，比如杜甫在安史之乱爆发前去白水县省亲，作诗《白水县崔少府十九翁高斋三十韵》夸赞母家崔十九"白水见舅氏，诸翁乃仙伯"。后在夔州写给表弟崔公辅的诗《赠崔十三评事公辅》又赞"舅氏多人物，无惭困翮垂"。晚年流寓潭州投奔在郴州担任录事参军的舅父崔伟，杜甫在《奉送二十三舅录事之摄郴州》一诗中继续猛烈地大赞，"贤良归盛族，吾舅尽知名"。事实上，杜甫的晚年穷困生活有时会多出一抹暖色，除了高适、严武等好友帮扶，还跟舅家崔氏屡次资助大有关联。

至于生母崔氏生卒，因史书皆无记载，她的生、她的卒，皆是杜甫研究者难以深入的无底黑洞。学界普遍倾向于，崔氏与杜闲成婚生下杜甫不久就去世了。不久是多久？冯至比较大胆，他理解的"不久"，是"母亲在他降生后的几年内便死去了"。几年又是几年？没人说得清楚。崔氏，来自清河郡的清河，恍若魂归于伊洛河的最后一段清河，河要吃人，真没办法。

肠断春江欲尽头，杖藜徐步立芳洲。
颠狂柳絮随风去，轻薄桃花逐水流。

来到黄河与伊洛河的交叉口，跟踪"清河"，生发无可奈何花落去的感伤，如品杜甫的诗《漫兴》，我只能用他的诗句来回应内心的激荡：笋根雉子无人见，沙上凫雏傍母眠。

回到巩义笔架山，人面不知何处去，再度追问崔氏行踪又不可得，也像尝尽崔护写《题都城南庄》的个中滋味，虽然季节不对，虽然没有桃花，虽然没遇春风，仍然是"桃花依旧笑春风"这个刺骨的句子迎面而来。

在笔架山，有很多人在这里诞生又死去，我把杜甫家谱翻着翻着，一个又一个名字随纸化泥，唯独有姓无名的崔氏最是让人伤怀，她可是一个后人不能忘怀的英雄，却也只能是一个无名英雄。

在笔架山，她的欢喜和悲伤都已随着她的肉身最终寂灭，成为杜甫人生之初的最大悬念。后来，杜甫在秦州思乡，最经典的那两句"露从今夜白，月是故乡明"，应该也是在想念他想无可想的母亲崔氏吧。要是把母亲崔氏比作天上的明月，我又觉得太残酷了，因为杜甫的一生也没有母亲这轮明月指引他返乡。事实比我的想象更残酷，因为在梓州就规划好"便下襄阳向洛阳"这条返乡路的杜甫，最终正是死在可以抵达伊洛河却没有完成从伊洛河还乡的湘江。仿佛明月对杜甫来说是虚构的，而湘江与伊洛河关于水与水之间的沟通，究竟是没有谈好怎么接应，还是直接谈崩了？

崔氏过早地离世，是笔架山下杜甫诞生窑里传来的第二个噩耗。第一个噩耗，自然是杜甫祖父杜审言的病逝。童年的杜甫永失母爱，系在杜甫肚脐眼上的崔氏血脉纽带，很快变了一种颜色，具体是由肉红变为淡灰，似乎也在暗示他的一生将是漂泊无依的。

杜甫人生中最凄苦的一次思母怀乡，是七五九年秋天，却不在秦州，而在唐代还叫同谷县，今天已是甘肃成县的这个地方。先前来信邀请杜甫来此游玩的同谷县令听说他不再是在唐肃宗身边做近臣的左拾遗，竟然避而不见，真是转眼人走茶凉。此时辞官自降布衣，就因杜甫诗称"佳主人"的这个势利狗官，害得早已体弱多病的他和一家老小差点儿饿死于同谷。在无人援助的凤凰台，身处饥寒绝境的杜甫留下一首令人揪心的诗，名叫《凤凰台》：

　　恐有无母雏，饥寒日啾啾。

我能剖心出，饮啄慰孤愁。

这年，杜甫四十七岁，本该是风度翩翩的中年才子，却是白发苍苍的老者，饿得皮包骨的病夫。在去同谷之前，他在秦州染上了疟疾，差点儿身亡。在同谷，又遭饥寒之苦，他把自己比喻为没有母亲的幼小凤凰，恨不得剖心饮血，喂养孤独，寄出离愁，告慰亡灵。

仿佛七一二年那场春雪，一直在下，从未停止。生母崔氏若还活着，多好。

关于崔氏的名字，有专家试图去考证，就像她的死因纵使千书万书、反复研读，秘密就是秘密，至今都未戳破。于是，有人在统计杜甫诗中的千花万花后得出一个大胆的结论，其母名叫"海棠"。理由是：在杜甫近六十首写花的诗句中，啥花都有，独缺海棠。道理跟他诗中不写"闲"字一样，是因避讳。这样说行不行？不行，太牵强。也有人说，行。因为苏轼也是这样推测的，他在《赠李琪》一诗中发出过类似的疑问："东坡五载黄州住，何事无言及李琪？恰似西川杜工部，海棠虽好不吟诗。"

说到杜甫写的花，最负盛名的诗句无疑是《江畔独步寻花》系列中的"黄四娘家花满蹊，千朵万朵压枝低"。这组诗的确没有明言海棠。可我仍有疑问：依据海棠长长的枝条容易弯垂下来的特征，被压低的这些花会不会就是海棠呢？况且，如今的成都草堂一到冬春之交，从北门到南门一路海棠花开，主张栽种海棠的草堂人就不避讳杜甫没有写过海棠诗？据现任杜甫草堂博物馆副馆长方伟讲，他在分管馆内园林期间大批量采购海棠，原因很单纯，就是图便宜，这跟杜甫生母崔氏是否叫崔海棠无关。

走出笔架山，杜甫生母崔氏之死如同盘旋在头顶的一团疑云，久久难以散去。

不过，想起杜甫的童年和少年，还有二姑杜氏时常在他身边陪伴，我又稍微有些心安。

因为前方是大唐东京，有杜甫二姑的美丽身影，在传说中的洛阳仁风里晃动。

第二章

仁凤里

十二、二姑杜氏

公元七一七年，随着杜甫父亲杜闲走马上任郾城尉，源于京兆杜氏的巩县杜氏家族也从这年开始由衰转荣。杜甫因此多了一个家：郾城县尉府邸。但他更想停留的家，却是洛阳仁风里。

这年二月初三，唐玄宗因关中歉收临幸东京洛阳，下诏大赦天下，成为逐粮天子。其实，从隋代开始，只要关中缺粮，皇帝皆会率领长安城的文武百官抵达备有大粮仓的东京洛阳，史称"行幸"。又因"就食"洛阳，唐中宗李显便把这种"行幸"洛阳的皇帝称为"逐粮天子"。于是，唐玄宗主政时期，受宠近臣不论是王侯还是将相均在洛阳设有邸宅，以便随时伴驾。闲居多年的杜闲就是从这年开始被唐玄宗起用，以父荫入仕，出任郾城尉。

迄今没有史料记载杜闲有科考入仕的经历，杜闲应是这年获得荫封，才得以走出巩县杜氏老宅，从而踏入仕途。杜甫大约也是从这年开始，或许早在七一五年刚满三岁起，他就从巩县笔架山来到已经改名河南府的洛州，客居于洛阳城南的仁风里。

仁风里，是少儿时期的杜甫命运跌宕起伏的一个关键地。仁风里，也是长大后的杜甫爱把洛阳视为故乡的起源地，因为这里有一个伟大的女人走进他羸弱的生命里，让他饱尝母爱，令他终生难忘。此人姓杜，也无名，只知道是杜甫排行第二的姑姑，他喊得很亲，叫"慈母"。姑且就叫她姑母吧。

这一切皆源于，没了生母崔氏，全靠姑母杜氏，在洛阳仁风里细心打理杜甫的幼童生活。遇到姑母这种只管援手施爱、不自私也不图回报的"义姑"，乃杜甫之幸。她，是他的儒家思想第一源头，也是他走向盛唐广阔天地的引路人。冯至《杜甫传》对杜甫的童年生活简述为："杜甫生在巩县，巩县距洛阳不过一百四十里，他有一个时期寄养在洛阳姑母的家中，他的童年可能有大部分时间是在洛阳度过的。"对此，我既深以为然，又有不同看法。

当时的洛阳城，经济发达，物产富饶，经过唐高宗李治和武则天二十多年的经营，不论是建筑、经济还是人文都直追长安，已成大唐帝国政治、经济、文化的第二个中心。其时，因为洛河跟随黄河流至江淮直通大海，又通过淮水沟通长江贯穿运河，由此往返东京的商贾络绎不绝，途中驿站遍布四面八方，沿河所建客舍酒肆鳞次栉比，到处都是一片繁荣景象，可以说洛阳在经济上早已超过长安。杜甫后来放歌"岐王宅里寻常见，崔九堂前几度闻"，是说他青少年时期便能经常出入于李隆基弟弟、岐王李范（原名李隆范）和李隆基宠臣、中书令崔湜弟弟、殿中监崔涤在洛阳的宅邸，说来也是沾唐玄宗多次"行幸"洛阳的光。当然，这些不可多得的机会，主要是靠杜甫姑母、姑父和洛阳城里的文学前辈援引。

这个仁风里，里面有杜甫祖父杜审言留下的杜氏家族遗产吗？没有。跟杜甫有关的仁风里，只有姑父裴荣期长居于此的官邸或者家宅。裴荣期是谁？ 杜甫在《唐故万年县君京兆杜氏墓志》中有记述，"河东裴君讳荣期，见任济王府录事参军，入在清通，同行领袖，素发相敬，朱绶有光"。杜甫这是在说，他的这个姑夫，来自黄河以东的裴氏家族，当过济王府录事参军，后来还是唐玄宗朝廷的大夫。谁是县君？县君又是何意？县君，是古代宗女、命妇的位号，这里是说杜甫的姑母杜氏获得的位号为"万年县君"。在唐代，县君是正五品的品秩，三品或四品的内命妇之母皆可封为县君，五品文武官之母或妻子亦能封为县君。也就是说，在济王府做官的裴荣期，后来至少是官居正五品下的朝议大夫，方能让杜甫姑母杜氏享"县君"之荣。白居易《轻肥》"朱绂皆大夫，紫绶或将军"，提到唐代大夫官印的印纽系着红色丝带，俗称绯色或绯红。杜甫此文提到的"朱绂"，正是指裴荣期身穿绯红的官服。白居易五十岁那年受封朝散大夫，还用《闻行简恩赐章服喜成长句寄之》"吾年五十加朝散，尔亦今年赐服章"表露身披朱绂之荣。当然，父亲杜闲生前也担任过正五品下的朝议大夫，祖父杜审言死后被追赠为从五品上的著作郎，皆因朱绂加身，给巩县杜氏家族添光加彩，让杜甫从小就坚定"奉儒守官"之志。哪怕后来穷困潦倒，他也会说"丈夫四方志，安可辞固穷"（《前出塞》其九）。

杜甫一生有多首诗歌提到"朱绂"，比如晚年在江陵所写的《独坐》"沧溟恨衰谢，朱绂负平生"，追忆当年跟随剑南节度使严武在成都共事，被其表荐为节度参谋、检校工部员外郎，这个检校工部员外郎原本只是从六品上的官阶，却因同时获赐绯鱼袋，也破格身披绯色"朱绂"，至七六八年这年已是年近花甲之人，他因此深感"朱绂负平生"。去江陵之前，听说弟弟杜观赴蓝田迎接妻子到了江陵，杜甫喜上眉梢，写了心情难得大好的《舍弟观赴蓝田取妻子到江陵喜寄三首》，开头是"汝迎妻子达荆州，消息真传解我忧"，很快他的话锋一转，又以"朱绂即当随彩鹢，青春不假报黄牛"提到"朱绂"。在现存杜诗里，杜甫大约提到七次"朱绂"，除了一次写给好友高适"闻君已朱绂，且得慰蹉跎"（《寄高三十五书记》），其余均是自指。杜甫如此看重"朱绂"，并非自己曾以非五品之官破例享受过父亲和姑父正常享受朱绂加身的五品待遇，而是终其一生他也没有受到真正的重用，导致青年时期的"致君尧舜上，再使风俗淳"这个理想过早地破灭。

在唐肃宗时期，杜甫不是跟王维、岑参同朝为官，做过左拾遗这样的李亨近臣吗？其实，这个左拾遗，最多是个官阶为从八品上的小官，若无要事谏议，若无皇帝下诏，他几乎没有机会走近唐肃宗身边说事。更重要的一点，五品乃是唐玄宗开元年间朝官身份显赫的一个分水岭，五品之下很难成为李隆基的近臣，五品及以上官员往往是伴驾之臣，真正可以议事，也就是在皇帝跟前说得上话的大臣。据《旧唐书·张九龄传》载："（开元）十三年，车驾东巡，行封禅之礼。（张）说自定侍从升中之官，多引两省录事主书及己之所亲摄官而上，遂加特进阶，超授五品。"

张说此举，背后是一个他走下坡路的小故事。就在唐玄宗开元十三年，即杜甫十一岁这年，时任宰相张说把跟自己亲近的大多数官员统统破格提拔为五品官员，然后让他们都有机会参加李隆基的东巡祭祀大礼。时任中书舍人后来也当过宰相的张九龄，就是张说当时极为欣赏的心腹，受命草拟诏书的他还劝过张说，说此举不妥，理由是易被紧咬张说从政问题的政敌、御史中丞宇文融抓住把柄。结果，自认为深受皇帝恩宠的张说没有听从，后来真被宇文融弹劾，被罢免了中书令这一要职，张九龄也跟着遭殃，先是改任太常少卿，不久又被调出京城，贬为冀州代理刺史。

张九龄最让人惊讶的事，不只是此事，他简直是一个神人一样的预言家，曾当着唐玄宗的面请奏，对其时违章讨伐外敌又失败的安禄山执行死刑，说安禄山狼子野心，面有谋反之相，请求李隆基杀掉此人，断绝后患。唐玄宗也没听从，果然安禄山后来反唐，掀起了一场让大唐由盛变衰、再难强盛的安史之乱。唐玄宗后来逃往成都，因追思张九龄的卓见，专门派人潜入长安曲江，将早已去世的张九龄追赠为司徒。只憾张九龄死得太早，若是杜甫在长安求官期间他还在世，他的火眼金睛一定会发现子美的与众不同，那么杜甫的后半生也就可能不会太苦了。因为张九龄最初郁郁不得志的时候，他就靠张说的抬爱与引荐，一步一步走入唐玄宗的参政议政核心圈，杜甫的人生悲欢与仁政思想，他若面见知晓，同病相怜的他们定会互认知音。若有这样的机遇，杜甫再用"露从今夜白，月是故乡明"，与张九龄的"海上生明月，天涯共此时"一唱一和，望月唤酒，对酒当歌，哪怕只是想想，今晚的洛阳月色或许也会更美一些。

杜甫这篇墓志散文提及的"济王"又是谁？杜诗读者最熟悉的盛唐王爷，无疑是《江南逢李龟年》"岐王宅里寻常见"所指的"岐王"，李隆基的四弟李隆范，他因避讳"隆"字，在唐玄宗登基后便改名李范。在《唐故万年县君京兆杜氏墓志》里出现的"济王"，是唐玄宗李隆基的第二十二子，唐肃宗李亨之弟李环，原名李溢。李环比杜甫小八岁，他被唐玄宗封为济王，是开元十三年，即公元七二五年，在这之前，尚未建有济王府邸，杜甫姑夫裴荣期自然也还未出任济王府录事参军。杜甫应是十三岁后，才获得姑父裴荣期更大的荣宠。

七一七年，寄养在洛阳仁风里二姑妈家的杜甫已满五岁。这年，裴荣期在洛阳担任什么官职？他跟杜甫的二姑妈杜氏何时结婚，又于何时定居仁风里？只憾史笔太忙，没有记载。追溯河东裴氏，在东汉魏晋隋唐时期无疑也属望族，史笔书写过的裴秀、裴松之、裴寂、裴仁基、裴行俨、裴行俭、裴炎、裴度，不是光耀史册的文臣便是赫赫有名的武将。杜甫致敬姑母杜氏这篇墓志，毕竟主角不是姑夫，记述裴荣期的文字因此较少，对其子女诸如朝列、朝英、朝牧、独孤氏、阎氏的描述更少，只说杜氏"越天宝元年某月八日，终于东京仁风里"，又于"六月二十九日，迁殡于河南县平乐乡之原"，此时"列、英、牧或以游以宦"，明确的是裴荣期次子裴朝英为北海郡寿光尉。从文中这句"阙初寝疾也，唯长女在"可见，杜氏走得突然，外游外嫁外宦为官的子女都来不及赶回洛阳奔丧。不仅如此，杜甫还说"眷兹邑号，未降天书"。换句话说，已享万年县君之荣的杜氏，或可在其死后获得天子追谥文书。杜甫姑夫裴荣期的裴家人如此急着下葬，或跟天气炎热，不容许尸身腐烂有关。

　　杜甫文中所说的"河南县"在哪里？这个河南县不可小觑，它可是现今河南一省的最早来源。河南，本义是指黄河以南。说起来，河南县还算是秦始皇一手缔造的杰作。在秦统一天下后，分全国为三十六郡，其中以黄河、洛河、伊河三川而得名的三川郡，从此有了河南县，秦置治所在今河南省洛阳市西涧水东岸。河南，也由此作为正式的行政区名称开启史册。涧水，便是发源于河南陕县（今河南省三门峡市陕州区）观音堂的涧河，流经洛阳，又从洛阳市区瞿家屯附近汇入洛河，属于黄河的二级支流。河南县在西汉属河南郡，在北魏属河南尹，在唐高祖武德四年与洛阳县并为洛州治，在唐玄宗开元初与洛阳县并为河南府治，河南、洛阳两县均是京县（又称赤县）。如今河南县已废，大致包括洛阳西工区、老城区和孟津区部分地区。目前，属于洛阳孟津区的平乐镇，应是杜甫碑文所指的唐代"河南县平乐乡"。

为何杜甫姑母杜氏会被迁殡于河南县平乐乡之原，而不是葬于偃师首阳山下的杜氏祖茔，或者按出嫁随夫之俗迁葬于河东裴氏发源地？唐代的平乐乡有平乐观，此观始建于汉明帝永平五年，以便帝王登上这一官观高台望远，并在此欢送将士出征，庆贺官兵凯旋。据传，在平乐观下同时建有平乐馆，馆内放置镇国之宝"飞廉铜马"，这里最初是王侯将相观赏百戏的宴乐场所，曹魏时期还将平乐观视为校阅兵将的校阅台。曹植有《名都篇》"归来宴平乐，美酒斗十千"，李白也有《将进酒》"陈王昔时宴平乐，斗酒十千恣欢谑"，说的都是陈王曹植当年任性纵酒之事。杜甫在碑文里说，此地"灵山镇地，长吐烟云；德水连天，自浮星象。则其著心定惠，迄近于扬榷者哉"。这里的"灵山"应指平乐观以南的邙山，"德水"和"星象"应是说崔氏信仰佛教，因为平乐观南边就有白马寺，此寺是佛教东传中原后兴建的第一座官办寺院。不过，平乐观现已不存，历史上多次重建的白马寺也只是后人重修，杜甫姑母杜氏的墓如今更是无从追踪。杜氏选葬于此，杜甫解释了前因"县君有语曰：可以褐衣敛我，起塔而葬"，又因杜氏"绝荤血于禅味，混出处于度门"，故葬礼全按她的临终遗愿来办，如"母仪用事，家相遵行矣"，如"爱礼实深，遗意盖阙"。

十三、亲如慈母

从洛阳平乐镇到洛阳隋唐建春门遗址，开车需要半个小时，路程大约三十二里。这一路，我是先从巩义出发，途经偃师，再入洛阳。这天的洛阳，霾意渐散，不再堵车，洛河明亮。从三川大道穿过横跨洛河上的李城大桥，很快就到达洛阳市洛龙区楼村文化中心附近的隋唐建春门遗址。传说，这一带便是杜甫文中交代姑母杜氏"终于东京仁风里"的仁风里。

童年丧母的杜甫，最早前往东京洛阳仁风里的时间已无从考据。若按冯至《杜甫传》暗示，则是杜闲于七一七年出任郾城尉之前。原四川省文史研究馆编纂的《杜甫年谱》，给杜甫这一时期的行迹认定的时间明确为七一五年。郾城，在唐代属于豫州的一个县，到了唐代宗李豫即位后才因避讳改名蔡州，于今则是河南省漯河市郾城区。在唐玄宗开元五年，也就是七一七年，郾城不属洛阳（河南府）管辖，与洛阳相距四百多里。这年，杜闲尚未续弦迎娶继室卢氏，我以为他独自在仕途闯荡的可能性较大。

若是祖母薛氏和生母崔氏这段时期还在世，杜甫应当仍在巩县祖宅定居。可惜薛氏和崔氏都走得早，杜甫理当仰仗于二祖母范阳卢氏（杜审言继室）养育。按理说，她尽心操办过杜闲与杜甫生母崔氏的大婚，也是值得托付之人。可是，杜闲在公元七一七年仍旧把长子杜甫给妹妹代管，只身前往巩县祖宅四百里外的郾城出任郾城尉。我能理解为因为二祖母卢氏年迈，无力照看小杜甫吗？不能。据杜甫后来给卢氏所撰《唐故范阳太君卢氏墓志》记载："维天宝三载五月五日，故修文馆学士著作郎京兆杜府君讳某之继室范阳县太君卢氏卒于陈留郡之私第，春秋六十有九。"天宝，是唐玄宗从七四二年正月启用的年号。天宝三载，即公元七四四年，这一年卢氏享年六十九岁。按此反推至七一七年，卢氏才四十一岁，最多不会超过四十二岁。

有意思的是，范阳太君卢氏去世这年，大唐王朝发生了很多大事。其中，正月初一，杜甫三十二岁生日这天，唐玄宗改年为"载"，"天宝三年"由此变为"天宝三载"，其盛世之年的年味丧失；三月五日，平卢节度使安禄山兼任范阳节度使，圣宠日丰，被赞公直，蠢蠢欲动，唐玄宗的识人之术丧失；八月，回纥拔悉密攻杀突厥乌苏可汗，传其首级回京师，唐玄宗乘机出兵，在十一部各置都督，看似还能耀武扬威，实则正义之战的正义丧失；十二月，唐玄宗诏儿媳杨玉环入宫，封为杨太真，亲如夫妻，其礼义廉耻之心丧失；十二月，唐玄宗与高力士把酒论天下，欲无为而治，把政事委于宰相李林甫，其励精图治之志丧失。按杜甫所撰《唐故范阳太君卢氏墓志》"其往也，既哭成位，有若冢妇同郡卢氏"，洪业推测这个"卢氏"便是杜甫继母卢氏，我信。因为翻阅杜甫家谱，自杜甫祖父杜审言往下两代"巩县杜氏"家族成员，除了杜闲继母是范阳太君卢氏，便是杜闲的继室卢氏，她有可能就是范阳太君卢氏的老乡甚或同族姑侄。在范阳太君卢氏去世这年，"冢妇同郡卢氏"之"冢妇"二字已经表明，杜闲继室卢氏也去世了。继续按此推断下去，再按女子十三岁以上必须成婚、家人去世必须守孝三年两条唐制，我一下豁然开朗。杜闲出任郾城尉的时间是公元七一七年，在此之前，杜甫生母崔氏应已去世，杜甫继母卢氏必是尚未嫁给杜闲。杜闲在无官职无俸禄之前，范阳太君卢氏不太可能把同郡卢氏嫁给这位继子。按杜甫在给姑母杜氏写的《唐故万年县君京兆杜氏墓志》所言"甫昔卧病于我诸姑"，昔时，杜甫生母崔氏也该已去世，才会由"诸姑"即几个姑姑在巩县杜氏旧居轮流照顾他。照此种种推算，若以杜甫三岁能记事为准，我说崔氏诞下杜甫便去世的"不久"，冯至说的"几年"，也就渐渐清晰，至少可以推测崔氏是在杜甫两岁左右去世。如此看杜甫的童年，真是可怜。另据《唐故范阳太君卢氏墓志》还载"薛氏所生子适曰某，故朝议大夫兖州司马"，这个"故"字，莫非是说杜甫生父杜闲这年也已去世？真若如此，杜甫三十二岁这年真是物是人非，成了无父无母的孤儿。

回到七一七年，杜闲刚刚出任郾城尉，杨贵妃尚未出生，不到四十二岁的二祖母卢氏自是有力代养年仅五岁的小杜甫。结果偏偏是杜甫姑母杜氏承担了他的养母之责，我因此称她为杜甫姑母，而非寻常姑姑。这该如何断定杜闲所为？在祖父杜审言于公元七〇八年去世之前，杜甫二祖母卢氏已生一子二女，子为杜甫四伯父杜登，二女分别是嫁给碛石尉京兆王佑和嫁给常熟主簿会稽贺撝的杜甫四姑、五姑。杜甫的二祖母卢氏所生的这一子二女，均应出生于杜审言于七〇五年被流放峰州之前。卢氏嫁给杜审言的时间，该是杜甫祖母薛氏死于六九四年之后。六九四年之前，杜审言在任常州江阴丞，有诗《和晋陵陆丞早春游望》"忽闻歌古调，归思欲沾巾"。从六九四年至七〇五年这十一年间，碰巧遇上杜审言的两次大起大落，先是六九七年被选为洛阳丞，进入东京为官，虽是县丞，却因辖于京畿之地，也算要职。不过，第二年，也就是六九八年，杜审言便被贬为吉州司户参军，离开东京政治圈，陈子昂《送吉州杜司户审言序》对此解释为："秉不羁之操，物莫同尘；含绝唱之音，人皆寡和。群公爱祢衡之俊，留在京师；天子以桓谭之非，谪居外郡。"此次遭贬赴任吉州期间，杜审言丧失了次子杜并。杜并为父抱不平刺杀吉州司马周季重（又名周季童）身亡，留下孝举美谈，既让杜审言丢官赋闲三年，也让武则天另眼相看，重用为中书省著作佐郎，不久又迁任膳部员外郎。杜审言为人高傲，其续弦生子大约是六九七年任洛阳丞这年，或者是七〇年左右伴驾武则天担任著作佐郎期间。若按六九七年推算，七一七年的杜登二十岁左右，杜甫的四姑、五姑至少十二岁以上，尚在闺中待嫁。唐代女子的成人礼是十五岁。或是杜甫的四姑要遵行成人礼，即笄礼，卢氏忙不过来；或是已嫁裴荣期的姑母杜氏更心疼年幼丧母的小杜甫，由怜生爱，给予抚养。我更倾向于后者。杜甫在《唐故万年县君京兆杜氏墓志》里记述有他们形同母子的姑侄关系文字，"至如星霜伏腊，轩骑归宁，慈母每谓于飞来，幼童亦生乎感悦"。归宁，指已婚女子回娘家省亲，本意是回娘家看望父母，因杜甫幼童时期的祖父杜审言、祖母薛氏、生母崔氏均已过世，姑母杜氏主要目的是来巩县祖宅探望小杜甫。"慈母""飞来"，这两个词，非常形象地写出姑侄关系亲如母子，这让长大后的杜甫常念姑母之情，也常怀感恩之心。这样的"慈母"，又是杜甫之幸。这样的姑侄情，弥补了杜甫从小丧失的母爱，也让他更愿意跟随二姑妈在洛阳仁风里一起生活，从而奠定其人生之初的儒家仁爱思想基础。

十四、大唐义姑

事实上，从幼童到青少年差不多有十五年光阴，杜甫多是在这位二姑母家成长。杜二甫与杜二姑母，排行皆是第二，姑侄之间的情谊却是第一，不是母子，胜过母子。

在杜甫入住洛阳仁风里期间，裴荣期夫妇一直没有把他当外人，而是视为己出，亲自教小杜甫读书识字。他们留给杜甫的印记都非常好，姑父裴荣期是处事通达、素发相敬、爱礼实深的谦谦君子，二姑母杜氏是眉慈心善、遵德守礼、精于佛学的大唐"义姑"，杜甫祭文里的"慈母"。对于他们来说，别人家的孩子养着养着就成了自己家的孩子。今人提倡的所谓的素质教育或者理想教育，大抵不过如此。难得的是，他们还舍生取义，救过杜甫一命。舍身，虽然不是他们的身，却是他们儿子的身。所以后来，杜甫写诗总是面朝长安心向苍生，杜甫思乡又总是遥望洛阳怀恋"慈母"，仁风里便可说是他这一儒家思想的起源。泉眼，正是杜甫的二姑母杜氏。甚至可以说，没有她，就没有杜甫成为诗圣的可能。

"血浓于水"这个成语，说是来自西方的谚语"血比水稠，血浓于水"，在我看来，更像是取自发生于杜甫和二姑母杜氏之间的这段亲密往事。

水，不会从伊洛河折返，逆流成为横穿洛阳城的洛河；人会，船会帮着人这样走。按照常理，从小县城到大唐东京生活，世面大，中原的烩面在时称河南府的洛阳也会更香一些，这是好事。然而，杜甫的命里似乎克着一些亲人，却又不完全是好事。在巩县，杜甫降生，母亲崔氏早亡；在洛阳，杜甫表弟，也就是二姑母的儿子，又一次在他面前夭折。

我不会算命，可是闲读命相学一些文字之后，尤其是考察完杜甫一生踪迹之后，我略懂了一些，并且认定杜甫就是一个水命人。

据我考究，杜甫曾先后在巩县西南方向的成都、梓州（今四川三台）、夔州（今重庆奉节）旅居，写过很多关于水的诗句。杜甫喜欢写水，其实源于他喜水，尤其是四十岁之后的颠沛流离生活，他每到一处停留，不论是短暂的客居还是较长时间定居，皆会选择靠水而居、依林而住。就在旅居梓州时，杜甫作有《寄题江外草堂》一诗，专门记述了自己这一喜好，直言："我生性放诞，雅欲逃自然。嗜酒爱风竹，卜居必林泉。"

在成都草堂，杜甫心情恬静时，是《江村》中的"清江一曲抱村流，长夏江村事事幽"，要是内心宁静，便是上善若水，老子所说所寓的习水之善，行人之道，于恬静淡然中尽享人生最高境界的快乐。同一时期，他还写过浣花溪水的宁静与悠远，"窗含西岭千秋雪，门泊东吴万里船"。

在青城县（今成都江堰），杜甫多次登临丈人山（青城山）、玉垒山。有一天，在成都的锦江边，杜甫想到安史之乱带来的万方多难，他伤感了，眼底是"锦江春色来天地，玉垒浮云变古今"（《登楼》）。在此之前，唐代诗人喜欢深耕五律，喜欢抒情，喜欢歌唱理想。这锦江之水将唐诗洗亮，是因杜甫在埋头深研七律，并让七律得到创造性发展，他从歌唱理想转为描写现实人生已有多年，这首《登楼》又让杜诗中的七律更上层楼。这样奔流的水，无疑给了杜甫在唐诗里勇于创新的力量。

在梓州草堂，听闻朝廷官军收复了失地的消息，杜甫欣喜若狂，涕泪满衣裳。他在《闻官军收河南河北》一诗中写到的水，是他极为向往的家乡洛河水，"即从巴峡穿巫峡，便下襄阳向洛阳"。其实，官军收复杜甫家乡以北失地一事，是一个假消息。

在夔州草堂，杜甫登上夔门高处，深感万里作客、穷困潦倒、年老多病的自己难以返回洛河，他写的水是极有动感的忧伤之水："无边落木萧萧下，不尽长江滚滚来。"

洛阳和洛河，以及由洛河与伊河汇流而成的伊洛河，对于杜甫来说，其实就是他的生命之水。一旦长久不饮，便会口渴，连脑海也会渴成干涸的旱田。讲到此，有些事又巧合了，比如杜甫晚年在夔州身患一种叫"消渴症"的病，非常折磨他的身心，病症就是尿多，患者时感口渴，若是不及时喝水，整个人便会很难受。这是后话，先说说他初尝的洛河水吧。

由于年幼丧母，而父亲杜闲又荫封在外当官，二姑母杜氏便带着杜甫在洛阳城中的仁风里定居下来。我对仁风里这个地名特别好奇，是因杜甫的这位姑母就有感天动地的仁义之风，总觉得她的仁义跟仁风里有着某种说不清的关联。

我对杜甫二姑母杜氏特别崇敬，在于年少时期的我每逢暑假也曾多次被父亲安排，轮流寄居于我的大姑母和二姑母家。记得有好几个寒假，我就因父亲不便，被迫留在大姑母家过年，不论是年三十吃饺子，还是年初一吃汤圆，本有两子的大姑母总会把第一碗盛给我，吩咐我："快吃，快趁热吃！"每每想起大姑母此事，我都热泪盈眶。至今感冒发烧，我还会想起二姑夫是个医术精湛的乡村医生，并在第一时间打电话过去，名为问好，实则是请他帮我开一个药方祛邪除病。我的祖父和父亲，跟杜甫为官一生的祖父、父亲，自然无法相提并论，他们皆是来自川东北大元宝山的村民。可一想起祖父给大姑母取名国芳，又给二姑母取名淑英，我立即会对没有念过书的祖父肃然起敬。因为她们和杜甫姑母一样，都有孝顺、仁义、善良的品格。因此，我嘴上叫她们大姑、二姑，心里实际上是在叫大姑母、二姑母，把她们当作宽严相济、慈爱有加的母亲对待。

只是，童年的杜甫因为久病卧床，不能自理，更为可怜。他用"甫昔卧病于我诸姑"记录过自己幼时因病流居于杜闲的众多姊妹家。若从这句看，杜闲不仅把长子杜甫托付给二妹杜氏照看，嫁给蜀县丞钜鹿魏上瑜的大妹、嫁给平阳郡司仓参军范阳卢正均的三妹亦都尽过养护之责。真是应了那句俗话：物以类聚，人以群分。他们整个杜氏家族堪称仁义之家。若一细想，平阳郡的郡置在今山西省临汾市尧都区一带，离巩县有近六百里之遥。蜀县更远，在距巩县两千多里外的今成都双流区一带。我以为，杜闲再心硬如铁，也不至于如此。应为，幼时杜甫主要寄居于二姑母在洛阳仁风里这个家，时有大姑、三姑前来探望。还有一种可能，便是大姑、三姑那时尚未出嫁，多是住在巩县祖宅，杜甫就在二姑母忙不过来时被移居到这里，由她们轮流照顾。在杜甫悼念二姑母的《唐故万年县君京兆杜氏墓志》这篇墓志散文中，从"甫昔卧病于我诸姑"这句往下细读，可见一位不惜牺牲亲生儿子、只为守护侄子杜甫的"义姑"形象跃然纸上。

> 甫昔卧病于我诸姑，姑之子又病，问女巫。巫曰：处楹之东南隅者吉。姑遂易子之地以安我。我自用存而姑之子卒，后乃知之于走使。甫尝有说于人，客将出涕感者久之，相与定谥曰义。君子以为鲁义姑者，遇暴客于郊，抱其所携，弃其所抱，以割私爱，县君有焉。是以举兹一隅，昭彼百行。铭而不韵，盖情至无文。其词曰：呜呼！有唐义姑京兆杜氏之墓。

杜甫写散文不像写诗那样追求押韵，此文便有交代"铭而不韵，盖情至无文"。这段古文交代的姑侄往事并不难懂，只是令人心如刀割。杜甫相当于抛出了一个世界难题：妻子和母亲同时掉进河里，该先救谁？

这个难题没有标准答案。对于居于仁风里的杜氏而言，她也为难，儿子和侄儿同时染上时疫要怎么办？一想到小杜甫自小丧母，眼泪便如大珠小珠落玉盘，不争气地往下落。这闪亮的眼泪，就是她的答案。

那时候杜甫还小，得知表弟因此去世的噩耗后，他才明白，二姑母杜氏是个仁义之人，不，应该是个大仁大义之人，可追生母甚至胜过生母的伟岸之人。这事，让杜甫感念了一辈子，也让他自责了很多年。

时隔二十多年后，杜氏也跟着杜甫的表弟去了地下的世界。按照唐朝律法，亲姑去世，娘家侄子可以不守孝，时年三十岁的杜甫不仅"制服于斯，纪德于斯，刻石于斯"，坚持守孝，还在石碑上刻写了一篇深情款款的悼文，给姑母点了一万个赞：弃其所抱，以割私爱，有唐义姑京兆杜氏。

是的，没有杜氏的忍痛割爱，或许当年仅仅几岁的小杜甫早就一命呜呼了，哪还有后来的诗圣呢。

因为这个故事，那年秋天我专门从巩义返回洛阳古城寻踪。可惜的是，杜甫幼时居住的"仁风里"早已荡然无存。杜甫的二姑母杜氏的仁义故事，也就停留在传说中的"仁风里"。

不过，按照唐代洛阳图所示，仁风里的地理位置，应在洛河隔断的洛阳南城的东城墙建春门内。相传东城墙内，由北向南依次有延庆里、静仁里、仁风里、怀仁里、归仁里，唐代的建春门就开在怀仁里和归仁里之间。如今，只有一块刻有"隋唐洛阳城遗址"的石碑掩映在众多民居之中。

伫立这块石碑前，再次从脑海里翻出《唐故万年县君京兆杜氏墓志》这篇悼文，我走神了。杜甫所称京兆杜氏的京兆，肯定不只是让二姑母认祖归宗"京兆杜氏"之"京兆杜陵"，还有可能是他以此来为自己的人生定位。

按杜甫所撰墓志，其二姑母杜氏于天宝元年"六月二十九日，迁殡于河南县平乐乡之原"。天宝元年，即七四二年。这年，唐玄宗认为自己一生中的大事均已办完，把年号从"开元"改元"天宝"，就是想开启享受生活模式。可是，这年供奉翰林院的李白不会这样想，这年尚无官职一心想"致君尧舜上"的杜甫更不会这样想，他们应该都想从京兆长安大展宏图。

尤其是悼文里的"巫曰：处楹之东南隅者吉"，这句让我想了很久，这个女巫不就相当于算命先生吗？难道作为儒家代表诗人的杜甫，也因心存善念修习了道家思想？是的，我很肯定。尽管以前的杜甫研究者谈到佛家和道家，都会说跟杜甫无关，多是只说儒，绕着佛道走。我却不以为意。纵览《杜诗全集今注》，杜甫一生除了在各地的草堂茅屋寓居，或者去建草堂茅屋的路上漂泊，多是在道观和佛寺游玩甚或客居。道心，杜甫虽无李白坚定，毕竟李白是在道观授了道箓的道士，但他也喜欢访山问道，常把饱读的道家"经"书化为诗，以敬修道之士，以礼炼丹之人。

十五、以孝追道

在唐玄宗时期，不论是开元年间还是天宝年间，整个朝野的信仰已从武则天的尊佛敬佛转变为李隆基的礼道尽孝。杜甫不可能不受唐玄宗的影响，他的道心，应是取之于二姑母的孝道，壮阔于唐玄宗的礼道。

孝，来自孔子的儒家，道家老子也认，只是说法不一，但都从善如流。据我考据，李隆基作曲并主编的盛世华章《霓裳羽衣曲》，就是一首道调佛曲。此曲，虽然传说是改编于天竺舞曲《婆罗门曲》，当然也有梵音缭绕，实为唐玄宗登洛阳三乡驿遥望女几山时，因为向往道家仙山所作道乐，用于在太清宫祭献老子时演奏。至于此曲又用于与杨贵妃起舞长安，则是后来的事。唐代诗人、哲学家刘禹锡，字梦得，也爱做梦，喜欢梦游道家仙地，他在造访三乡驿时还曾赋诗《三乡驿楼伏睹玄宗望女几山诗，小臣斐然有感》：

> 开元天子万事足，唯惜当时光景促。
> 三乡陌上望仙山，归作霓裳羽衣曲。
> 仙心从此在瑶池，三清八景相追随。
> 天上忽乘白云去，世间空有秋风词。

三乡驿，是唐代东京洛阳通向西京长安的一个重要驿站，也是"诗鬼"李贺的故里，旧时建有唐玄宗行幸的连昌宫，旧址在今洛阳市宜阳县三乡镇附近。唐玄宗在《霓裳羽衣曲》中向往神仙云游的仙山"女几山"，现名花果山，与北岸的三乡驿之间横卧一条流经洛阳的洛河。因李贺酒后之作《将进酒》"劝君终日酩酊醉"，当地至今还有酒客痛快吆喝"喝了摔碗酒，财神跟你走"之类的酒语。我留意三乡驿，是因这一带在唐玄宗时期属于道家圣地，是崇敬老子的道士活动频繁之地，唐宋元三代持续建有连昌宫、修真观、玉阳宫等道观或皇帝行宫，尤其在宋元时期还是全真教的活跃道场，金庸先生的《射雕英雄传》《神雕侠侣》就描写过这里的道观与道士。三乡驿，和唐玄宗行幸洛阳时入驻的连昌宫，随着一场安史之乱皆成废墟，给杜甫写墓志的中唐诗人元稹的《连昌宫词》便有记载："两京定后六七年，却寻家舍行宫前。庄园烧尽有枯井，行宫门闭树宛然。"直到宋代，诗人、哲学家邵雍还在用《故连昌宫》感怀："洛水来西南，昌水来西北。二水合流处，宫墙有遗壁。行人徒想象，往事皆陈迹。空余女几山，正对三乡驿。"

唐玄宗这种由敬佛到礼道的朝野风向标，并非欧·亨利笔法那样斗转，其实从公元六六六年，也就是唐高宗乾封元年就开始了，这年，李治追谥老子为玄元皇帝，鼓励全国的老百姓信道、守礼。后来，李隆基还加封老子为"大圣祖玄元皇帝"，甚至给老子写了一首表达敬仰之情的诗《过老子庙》：

　　仙居怀圣德，灵庙肃神心。
　　草合人踪断，尘浓鸟迹深。
　　流沙丹灶没，关路紫烟沉。
　　独伤千载后，空余松柏林。

由此可见唐玄宗比唐高宗尊道更甚。实际上，李隆基就是以道立国，把道教奉为国教。视杜甫有班固、扬雄之才的盛唐诗人崔尚，因为唐玄宗以道理国，专门写了一篇散文《天台山新桐柏观颂并序》（又名《新桐柏观碑颂》）记录其事："我皇孝思维则，以道理国，协帝尧之用心，宠许由之高志。故得放旷而处，逍遥而游。"崔尚不是主动写这篇颂文，而是唐玄宗下诏命令他写的。天台山这个桐柏观，相传为三国时期的道教灵宝派祖师葛玄所居，后因战乱废弃多年，唐睿宗李旦于景云年间诏建为桐柏宫，唐玄宗李隆基又于天宝年间敕令立碑，并亲书碑额，称"天台也，桐柏也"。不过，此碑迄今只存部分残碑、拓片。崔尚留在碑上的文字尽管残缺，却有"是谓之不死之福乡，养真之灵境"等字，由此可见唐玄宗对道家仙观的重视。说来，还是唐玄宗对道林仙宗司马子微（又名司马承祯）表达尊敬的一片赤诚之心。在司马子微生前，唐玄宗曾多次召见，称其为道兄。司马子微在李白的诗里也出现过，二人互相认定对方有奇异的仙风道骨，曾与李白、贺知章等人结为"仙宗十友"，隐居天台山三十余年。因为崇道，尊敬高道，重视道观的兴旺，不仅桐柏成了天台仙山的别名，贺知章晚年归隐的四明山也成了道家仙山。就在天台山的新桐柏立碑不久的天宝三年正月初五，唐玄宗又摇手一指，把老臣贺知章归隐的四明山指定为仙山，缘由是贺知章也信仰道教。这天，唐玄宗召集百官为贺知章设宴饯行，还写了一首诗，叫《送贺知章归四明》，用"独有青门饯，群僚怅别深"形容这次尊道之礼。"岂不惜贤达，其如高尚心。"唐玄宗在诗中说，我岂会不爱惜人才，只是无奈他有更加高尚之心。何为高尚之心？"遗荣期入道，辞老竟抽簪"。天台山、四明山，均在今浙江境内。

敬佛也好，尊道也好，本是个人信仰，不足为奇。可是李隆基不一样，李治也不一样，他们极致的信道有得有失，看似尊道，却又离经叛道。

历史总是喜欢开玩笑。比如一边主张信道、守礼的李治，一边却迎娶了父皇李世民的才人，并在追谥老子为玄元皇帝的十一年之前便册封她为皇后。后妈变媳妇，李治吃禁果，最终引发了很难收拾的大唐社稷之乱。公元六九〇年，先后让李显、李旦两个儿子为帝，又始终不肯交出最高统治权的武则天不想仅仅当个临朝称制的皇太后或者圣后了，她正式称帝，改国号为周，定都洛阳，大兴酷吏政治，血洗李唐宗亲，杜甫生母崔氏的清河家族那批皇亲国戚也难以避免。其中，杜甫的曾外祖父，李世民的孙子、义阳王李琮，因父亲、纪王李慎支持越王李贞起兵受到牵连，早在六八九年（永昌元年）就被武则天一怒之下抓进了河南狱。这可把李琮的女儿、杜甫的外祖母吓坏了，尚未被连坐的她便天天去监狱送饭，据说这一孝举感动了许多洛阳人。担任过盛唐中书令（俗称宰相）的洛阳人张说有篇散文《大唐赠陈州刺史义阳王神道碑》记述了此事，说："初永昌之难，王下河南狱，妃录司农寺，唯有崔氏女，扉屦布衣，往来供馈，徒行悴色，伤动人伦，中外咨嗟，目为勤孝。"

无独有偶。唐玄宗李隆基一上位便大力兴道，在开元年间的东京洛阳、西京长安及天下各州纷纷立老君庙，给老子立传，为自己开道。为了抱得美人归，他打着为生母窦太后祈福的旗号，先下诏令儿媳、寿王妃杨玉环出家为女道士，住进太真宫，然后将大臣韦昭训的女儿许配给吃了哑巴亏的寿王李瑁为妃。五年之后，杨玉环守戒期满，唐玄宗又迫不及待地下诏让杨玉环还俗，这次是直接把她接入宫中册封为贵妃，把儿媳变成了自己的媳妇。杜甫后来忧心忡忡多年的安史之乱，也因李隆基这一心乱，让盛唐沦为衰唐，差点儿亡国。

从李治到李隆基，为何这两位唐代皇帝如此重视道教文化，尊崇道家始祖老子？杜甫在洛阳写的《冬日洛城北谒玄元皇帝庙》，可当作一个答案来解题。

洛阳自武则天定都于此后，便有了东京或东都之贵。万朝来拜，拜什么？除了跪拜大唐皇帝陛下，还得拜皇帝的信仰，才是真正的拜服。时值唐玄宗天宝八载，本就道观甚多的洛阳城，因为有座名为"玄元皇帝庙"的皇家道观，更是香火旺盛得人满为患。这就源于李隆基对道家文化的鼎力推崇。早在七年之前，李隆基便加封老子为"大圣祖玄元皇帝"，洛阳这个今名"上清宫"的"玄元皇帝庙"怎会不火？传说地处邙山翠云峰的这座皇家道观，鼎盛时期有近千名道士在此修道，建筑规模又会有多壮观？可惜后世战火不断焚毁，尤其是在二十世纪四十年代遭日机狂轰滥炸，这座唐代道观从山门到内殿尽数全毁。

公元七四九年冬天，在洛阳北边邙山的翠云峰，缓缓地走来了一个人，这个人帮我们还原了这座殿宇巍峨的皇家道观的本来面目。没错，他就是在西京长安求官不得志折返洛阳的杜甫。就在这一年，唐玄宗李隆基追加高祖、太宗、高宗、中宗、睿宗谥号为"大圣皇帝"（时称"五圣"），并下诏内供奉画师吴道子在洛阳的玄元皇帝庙作壁画《五圣图》，此图又称《五圣千官图》。

吴道子不愧为画圣，我们老百姓都无缘亲眼看见的高祖、太宗、高宗、中宗、睿宗这五位皇帝，在庙壁上身着龙衮而来，千官随行，旌旗飞扬，栩栩如生、盛况空前。杜甫对于这幅壁画很是感慨，他酝酿了一下情绪，先吟诵了"配极玄都閟，凭虚禁御长。守桃严具礼，掌节镇非常"这几句。不行，就这几句五言排律哪够道尽眼底所见内心所思？在形容了雕梁画栋的这座道观之后，杜甫又冒了这么几句："仙李盘根大，猗兰奕叶光。世家遗旧史，道德付今王。"

啥意思？李氏道教的根基深大啊，是在学汉武帝吗？不，不尽然吧，《史记》早就将老子列于世家之外，李氏皇族谱系是不可能载于旧史的，现在，《道德经》却交给了当今的君主来做主，他还亲自为《道德经》做了注释。这是要干吗？当年周室卑弱，老子功成身退，传下道德二经给汉文帝，使汉皇视为珍宝，垂拱而治天下。道可道，非常道。道，是虚无又不会消失的，老子养拙后又到哪里去了呢？想到这里，杜甫决定以"身退卑周室，经传拱汉皇。谷神如不死，养拙更何乡"这几句终结《冬日洛城北谒玄元皇帝庙》一诗。

眼前，挂在玄元皇帝庙殿宇檐前的风铃，经过山风一吹，发出一阵盛世唐音，摇动这美妙悦耳声音的风铃俗称风马儿。杜甫恍若感觉是以玉为弦柱的古筝，对，是来自秦时的秦筝，否则不会既悦耳也声悲。

此时，杜甫的道家思想已成气候。此诗，看似翔实记述了自己谒玄元皇帝庙的所见所感，实则在暗讽李唐皇帝把老子作为神来供奉，借老子以扩大皇家的影响，不过是为了巩固自己的政权罢了。对于老子，学道守礼的杜甫当然也从内心崇敬这个有仙风道骨的老人，认同他的道家思想博大精深，堪称：前无古人，后无来者。可是，李隆基如此利用老子，就变了味啊。人家老子推崇的是道法自然，这个眼中只有杨贵妃的唐玄宗哪有什么道德可言？纯粹是挟持老子的道家思想，以令天下草民归顺他！在安禄山叛变之后，杜甫忍无可忍，写了一首当头棒喝的批评诗《丽人行》，直戳杨贵妃及其兄妹的脊梁骨，可见"道不同不相为谋"又有了新解。

说起杨贵妃，杜甫自是不陌生。杜甫比杨玉环大七岁，在十九岁外出漫游之前，他多是在洛阳仁风里待着，静养诗词才华。有意思的是，杨玉环也在洛阳定居多年，说她在洛阳的叔父杨玄璬家，也就是河南府士曹的宅院，跟杜甫姑父裴荣期的仁风里官邸还是邻居。有史记载，十岁左右的杨玉环因父亲去世，便寄养在洛阳的叔父杨玄璬家，这些文字倒是没有掺水。到了杨玉环十五岁举行唐代女子的成人礼"笄礼"那天，传说杜甫也应邀参加了。有专家推测，他们在洛阳可能就心心相印了。他对她有过爱慕之情吗？不好说。这没有什么忌讳，只是没有证据为这个八卦传闻佐证。真若如此，杜甫额头上的皱纹，想必会多出一条向东流淌的春水。

不过，杜甫一生的多次学道追道之举倒是可以坐实。其道家思想，主要来自唐玄宗下达的多个礼道政令，比如开元十年，他诏令两京及诸州各置玄元皇帝庙一所，每年依道法斋醮，并置"崇玄学"，下令其徒修习《道德经》《庄子》《列子》《文子》等，每年准许明经例举送。同年，唐玄宗又颁布他所注解的《孝经》于天下。这里的"准许明经例举送"，就是每年准许修习"崇玄学"的学子随同举人参与"明经"考试，又称"道举"。此举是唐玄宗给天下学子开了另一个科考入仕的口子，因为考题涉及道家学说，潜心习经学道之人便有了出路，杜甫自然要学道家经书。杜甫一生有三次应试，包括献赋后的皇帝召试，其自言"读书破万卷"之书，必定包括唐玄宗设置的"崇玄学"书目。只是名额太少，入仕之路依然狭窄，据《资治通鉴》记载，国子监祭酒杨玚就曾于开元二十九年上书唐玄宗，说明经、进士两科，每年及第限额不过百人（其中进士额不过二十人），而流外出身（如明法、明算、明字诸科）每年达二千余人，可见习经学道之人的出路比一般吏员司士远为狭仄。此外，杨玚还就明经和进士的帖经考试上疏，说选考的经书，掩住一行的两头，中间露出三字以纸贴上，考生在考试时移开贴纸，猜测上下四字、五字或六字，也就是把填空题答对，实际上只是测试学子对经文的记诵成绩，一旦涉及孤经绝句或年月日等偏门之题，无疑便会遗漏不少饱读圣贤之书的优秀学子，他建议皇帝重视述作大旨。又如开元十九年，崇道尚武的唐玄宗再令两京诸州置太公庙，封姜子牙为"武圣"，让太公入道家，礼如"文圣"孔子，并选孙武、乐毅、白起、韩信、张良、诸葛亮、李靖等古代名将以备"十哲"，其中，相传得太公《阴符经》的张良便从此配享太公庙。后人以关羽为"武圣"，跟唐玄宗此举无关，或跟《三国演义》的广泛传播有关。不仅如此，为了弘扬他的"崇玄学"，唐玄宗还于开元二十五年在各地的玄元皇帝庙初置玄学博士一员，大兴"道举"。同年，唐玄宗又颁新制："道士女冠，宜隶宗正寺；僧尼令祠部检校。"为何在唐玄宗时代，道士地位会高于僧尼？很简单，因为他信道崇道，认为老子姓李，李为国姓，道教成了李隆基明令的国教，道士便隶属宗正寺，地位远远高于其他宗教信仰者。在此之前，也就是开元十二年六月，唐玄宗早就有了崇道抑佛之举，确定一个僧尼试经之制，敕有司："试天下僧尼年六十以下者，限诵二百纸经，每一年限诵七十三纸，三年一试，落者还俗。"到了天宝元年（七四二年），唐玄宗为了坚定道家信仰，再下诏令，号庄子为南华真人、文子为通玄真人、列子为冲虚真人、庚桑子为洞虚真人，明令这四子所著之书全部改为"真经"。好了，不赘述了，反正唐玄宗的拳拳崇道之心之举，在他的时代遍地皆是，杜甫也好，李白也好，要走捷径，都得学道。说到李白，就因早年修道，加上后来认识了同为道门的玉真公主，并且被同样信仰道教的贺知章赞为"谪仙人"，他算一个特例，也就是不经明经或进士科考，直接通过玉真公主、贺知章等道友的推荐，走后门入仕途，成为唐玄宗的翰林供奉。

杜甫没有这样的机遇。有史可查，他参加了进士科考和诏考，都不顺利，其所读之书，某种意义上说不得不按照唐玄宗的要求学道，修习"崇玄学"，并在大脑里浇筑道家思想这一长城。当然，杜甫的道家思想形成还有一个原因，耳濡目染于他视为弟兄的李白，被其仙风道骨放大的气势感染。

十六、杜家孝道

至于孝道，杜甫最推崇的杜家孝女，当然是二姑母杜氏，不仅赞她"若其先人后己，上下敦睦，悬磬知归，揖让唯久，在嫂叔则有谢氏光小郎之才，于娣姒则有钟琰洽介妇之德"，而且声称"立德不孤，扬名归实，可以发皇后则，标格女史"。杜甫最崇拜的杜家孝子，则是其叔父杜并，他在写给二姑母的墓志中也顺便为杜并扬名，"（二姑妈杜氏）兄升，国史有传，缙绅之士，诔为孝童"。

姑母杜氏之孝，杜甫可以眼见。叔父杜并之孝，杜甫只能耳闻。在给二祖母卢氏所写的《唐故范阳太君卢氏墓志》中，杜甫再次提及叔父杜并，甚至用了"幼卒，报复父仇"之类的激愤之词。这可看成杜甫有疾恶如仇的刚直一面，也可追溯至"襄阳杜氏"带有血性的杜氏家风。

点亮孝敬至亲这一杜氏家风的人，叫杜叔毗，是杜审言的曾祖父，此人为兄报仇的故事或因年代久远常被杜甫研究者忽略。

那是国家不断东分西裂、朝代更替如同翻书一样的南北朝乱世。杜叔毗之父杜渐尚在南朝梁国（史称南梁）担任边城太守。这一期间，杜渐生有杜君锡、杜叔毗二子。据《周书·杜叔毗传》记载："叔毗早岁而孤，事母以孝闻。性慷慨有志节。励精好学，尤善《左氏春秋》。仕梁，为宜丰侯萧循府中直兵参军。……时叔毗兄君锡为循中记室参军，从子映录事参军，映弟晰中直兵参军，并有文武才略，各领部曲数百人。"此处记述的杜叔毗，堪称继承了杜甫远祖杜预"文武双全"之才，既能打仗，也善《左传》。不仅能打仗，那时的杜君锡、杜叔毗兄弟在襄阳一带均有杜氏宗族的武装力量，看似依附于镇守汉中的宜丰侯萧循，实则远援时任湘东王、荆州刺史的梁元帝萧绎。变局发生于群雄割据的公元五五一年，也是西魏文帝元宝炬大统十七年、南梁建文帝萧纲大宝二年、北齐太祖高洋天保二年、侯景太始元年，随着元宝炬诏令大将军达奚武谋取汉川（今湖北汉川，南朝刘宋时属江夏郡，南朝萧梁时属梁安郡，郡均含治襄阳），固守南郑（今湖北省汉中市南郑区）的宜丰侯萧循很快为达奚武所围。正当萧循特派杜叔毗前往长安请和未返之际，南郑出现了不可收拾的内乱。直兵参军曹策、刘晓打算以南郑之城投降西魏，便擅自杀害了时任记室参军的杜君锡。一位强将在外谈和，他的兄长，另一位强将不小心成了谈和路上的牺牲品。这可如何是好？发现此事的萧循及时擒获了曹策、刘晓，奇怪的是，他却只斩杀了刘晓，不久又因援军被达奚武大破，不得不带上曹策赶赴长安，归降西魏。得知胞兄杜君锡遇害之时，困于长安的杜叔毗朝夕号泣，为兄申冤。西魏朝廷朝议此事，以归附之前不可追罪为由搁置。心怀悲愤、志在复仇的杜叔毗迟迟不敢动手，是怕牵连生母。其母却对他明示，若能令曹策早上死，即使让她晚上就死也甘心。受母教诲，杜叔毗便在青天白日于长安街头手刃曹策，从斩头、刳腹、肢解这些残忍的复仇手段可见恨意多么强烈。意外的是，西魏皇帝因感于其志勇并未处罚他。后来取代西魏的北周孝闵皇帝宇文觉格外重用杜叔毗，先后拜其为都督、辅国将军、中散大夫、大都督、车骑大将军、仪同三司。杜叔毗这支"襄阳杜氏"又复归长安较长时间。

直至杜叔毗之孙杜依艺出任巩县令，杜依艺之孙、杜审言次子杜并为父报仇的事迹从吉州传来，杜氏后人不惜牺牲自己也要为亲人复仇的孝行，再次广为流传。早在杜并墓志铭于一九一九年出土之前，《新唐书·杜审言传》便记载有杜并为父报仇的故事。出土碑文与《新唐书》记述大致相同，不同的是杜并手刃对象和报仇时的年龄有差别。从初唐、盛唐流传至《新唐书》，杜并年龄多是"审言子并年十三"，杜甫称为"诔为孝童"。不过按照出土碑文所记，杜并实为"春秋一十有六"。《新唐书》说，杜审言于武后圣历二年（六九九年）因得罪权贵被贬为吉州（今江西吉安）司户参军，杜并跟着父亲前往吉州赴任。时逢吉州司马周季重听信司户郭若讷诬告，便把杜审言关进牢狱，是否真正会落井下石将其害死难以说清，下狱一事确实不假，此事让杜并吃饭无味、睡觉难眠亦为真，于是杜并选在周季重府中宴会上用短刃当场把他刺死。周季重事实上是因受重伤来不及救治而死，杜并也被司马府中官兵当场打死。周季重死前曾忏悔："吾不料审言有此孝子邪！若讷误我至此。"杜审言因此曾称其次子杜并"死以如归"，自称"我则非罪父超然于尉罗为狱之，理莫申表明之痛，宁甚"。后来出土的杜并墓志铭，记录吉州司马的名字并非周季重而是周季童，转述杜审言给杜并下葬的心情则是"子曾未婚冠，便罗口枉休，其家声者，在史笔者，下亦高乎。今以长安二年四月十二日瘗于建春门东五里，杜君流目四野，抚膺长号，情唯所钟，物为之感，乃谋终古之事，而刻铭云"。至此，《大周故京兆男子杜并墓志铭并序》的墓志撰者被明确为苏颋，祭文则是刘允济所作。

杜并这一孝举，格外壮烈，在杜甫内心可谓激荡一生，不亚于二姑母杜氏舍去表弟而救自己的震惊。俗话说，明知不可为而为之，成则谓之勇，败之则愚至极。这是今人之见。唐代的人却不会这样看，时人会认为杜并此行，成败皆是孝举，勇者就是侠客。杜甫的先辈们留给他的印象就是这样，姑母是义姑，伯父是孝童，他也一直以是他们的侄子为荣。杜甫后来去燕赵梁宋齐鲁漫游，与李白、高适骑马射箭，一路行侠仗义，在其晚年自传体长诗《遣怀》里有过"杀人红尘里，报答在斯须"的抒怀，看似描述他们仨的侠义行径，除了深受李白的剑客形象影响，或许还跟伯父杜并当年为父报仇手刃仇敌的孝举有关。

孝，孝道，说到底也是孔孟儒家思想的一部分；敬，便是孝道的精神实质；守礼，就是完成敬的行为。孔子《论语》言："生，事之以礼；死，葬之以礼，祭之以礼。"如此回看，便可明白杜甫当年为何要用"制服于斯，纪德于斯，刻石于斯"坚持为二姑母杜氏守孝了。

儒家有《孝经》，道家亦有《文昌道经》，倡导的孝道皆是孝敬父母。从这一点说，道家与儒家算是同道同源。不过，道家讲究道法自然，反对一切矫揉造作的假孝，更求真；儒家似乎更强调守礼，求务实。所以我说，杜甫既有核心的儒家思想，也有掺杂其间的道家思想。不仅是儒道相融，唐玄宗甚至还认为佛教也是出于老子的本支，在他主政的时代，甚至可把所有宗教都归入道门。对不对是另一回事。我想说的是，杜甫的思想难免会受到唐玄宗的影响。

其实，杜甫除了修习儒家、道家思想，还因从小深受二姑母的身体力行影响，很早就接受了佛家思想。亲近佛门，秉承佛教文化倡导的"众生平等"理念，最终化为儒家仁者情怀，就不得不提杜甫人生最初的礼佛之地——奉先寺了。

第三章 奉先寺

087
－108

十七、奉先亲佛

在洛阳古城路，我遇见了一场大雨。几乎是刚刚离开说不清道不明的仁风里旧址，这场大雨便倾盆而至。据说开元十年（七二二年），也有一场如洪水猛兽的大雨，冲毁了洛阳奉先寺。今天这场大雨，像是唐代那场大雨的余韵，虽然不至于再次冲毁奉先寺，却也让人难以前行，只能靠边停车等它停歇。这样的雨，杜甫在成都见过，写了一首诗叫《茅屋为秋风所破歌》，生发了他的震天呼喊"安得广厦千万间，大庇天下寒士俱欢颜"；这样的雨，童年的杜甫在洛阳感知过，那是开元十年，他正客居于洛阳仁风里的二姑母家，只是这次没有留下杜诗记录。

洛阳这场大雨，性子很急，似乎在阻拦我前行，很快就让汽车挡风玻璃模糊不清。陪我一同考察杜甫中原踪迹的父亲，一起躲进洛阳城南一家餐厅，先草草吃了顿午饭。这时，餐馆里赏雨论雨的人多了起来。嗜酒的父亲也劝我等雨停了再赶路，我却无心赏雨。雨一变小，我就发动汽车，急于赶往代表杜甫佛教思想源头的奉先寺。

开车沿着洛河南岸的隋唐城遗址植物园，穿过龙门大道，便是杜甫诗中多次提到的奉先寺了。只是大雨刚刚变小，奉先寺在一片烟雨朦胧中显得更加朦胧，让人无法看清它的肃穆原貌。

奉先寺始建于唐高宗调露元年，即公元六七九年开建的密教祖庭。或因这年战事频繁杀戮太重，先是西突厥联合吐蕃举兵反唐，虽被唐代大将裴行俭平定，不久又是东突厥两个部落二十四州酋长齐反大唐，持续大半年的战争打得举国忧心，心情不好的李治便选在洛阳龙门建了此寺。更大的可能是因其爱妃（实为皇后）的武则天，曾在感业寺（又名大唐感业禅院）度过两年倾听晨钟暮鼓、晨夕面壁修佛的比丘尼生活，鼓动李治在她喜欢的东都洛阳建造奉先寺，他不得不依了她。次年，武后怀疑精于符咒之术的爱臣明崇俨在东都洛阳被杀是皇太子李贤所为，李治也是依了她，乖乖废掉了史称章怀太子的李贤。

　　说来，这个李贤其实是武后与唐高宗的次子，是他们的亲生骨肉，一直颇受李治宠爱，历史上有三次监国经历，却也因此遭受"虎毒食子"的武则天猜忌，最终被逼自杀身亡。与杨炯、卢照邻、骆宾王并称"初唐四杰"之一的诗人王勃当上朝散郎之后，还担任过李贤王府的修撰、侍读，只是二人皆很命苦，都是早亡。我从奉先寺转个大弯提到王勃，是因他写有一首名诗叫《送杜少府之任蜀州》，此诗我至今能全部背诵："城阙辅三秦，风烟望五津。与君离别意，同是宦游人。海内存知己，天涯若比邻。无为在歧路，儿女共沾巾。"这跟杜甫有何关系？关系极大。王勃此诗送别的"杜少府"，背后所指之人正是杜甫祖父杜审言。大概是王勃写这首诗时，杜审言正好从长安出发，赶去蜀地任县尉，于是有了这首送别诗。唐代诗人爱把县尉称为少府，仅是表达敬意而已，非指成都府尹这类地方大员。他们写这类应酬诗，不写真名，只唤官名，确实让人晕头转向，难考费查。尽管诗题中的"杜少府"也有一说指杜审言的堂弟、杜甫的从祖父杜易简，他曾因上书唐高宗李治，不赞同武则天当皇后，由考功员外郎被贬为开州司马，还有一说指担任过苏州司马、滕王府谘议的杜义宽，但是我更倾向于真正到过蜀地做官的杜审言。因杜审言曾作诗《秋夜宴临津郑明府宅》，诗题中的"临津"有史可查，历史上的临津县在唐高祖李渊武德元年属于始州，始州又于七一三年（杜甫出生的第二年）被唐玄宗改为剑州，县治旧址在四川省广元市剑阁县香沉镇群英村，后于七五八年迁至剑阁县香沉镇西北方向的白龙镇，北靠杜甫七五九年逃往成都路过的剑门关，东临杜甫后来去过的苍溪县、阆中市。此诗可证明杜审言曾入蜀做官，小他四岁的王勃所送的"杜少府"就是杜审言，二人均是初唐五言律诗的高手。

王勃这类送别诗，杜审言也有，盛唐时期的杜甫、李白、王维均有。不过，杜审言从来不按常规出牌，他也不是按常规出牌的主，恭敬时写诗会用送别之人的官名略表恭维与谦逊，大言不惭时写诗又会直呼其名，看似没大没小，实则恃才自傲，当然也有把朋友真当朋友的味道。

把时间调至唐高宗调露元年，很多人、很多事又离奇地重叠，给人惊喜，让人痛快。比如这年，杜审言已回到洛阳担任洛阳丞，说不定还见证过李治诏令始建奉先寺的全过程。为何如此笃定？这年，裴行俭两次征战突厥，大破东西突厥之兵，被唐高宗升任为礼部尚书兼检校右卫大将军。其间，在他以定襄道行军大总管身份节制三十万大军再征突厥前，曾表荐杜审言的好友苏味道为管书记。刚说味道，就有味道，如同刚说曹操，曹操就到。苏味道，相传是苏轼的先祖，苏轼又是杜甫的粉丝，杜甫祖父杜审言和苏味道的关系一直有点儿复杂，可说是好友，杜审言却又说过"苏味道必死"之类恐惊天上人的话，后来的杜甫凭空高呼"语不惊人死不休"之语恰好源于其祖父这种傲骨才会熬出的杜氏血脉。仿佛是苏家人欠了杜家人几百年交情似的，苏味道在杜审言这里很难听到好话，苏轼对于杜甫也是拳拳敬仰之心。年轻时，杜审言与李峤、崔融、苏味道并称初唐"文章四友"。这年，大家都不年轻了，杜审言还是想一出是一出，想怎么说就怎么说，即便重病临终也要用"久压诸公"四字自诩，大有恃才压死其他"文章三友"的莫名气概。说来，算是那个时代风气好，更多时候是以才识人，不会过于计较谁是小心眼、谁是大丈夫，至少杜审言交往的李峤、崔融、苏味道这"文章三友"不会。就在唐高宗调露元年的两年前，苏味道以吏部侍郎（也称天官侍郎）掌铨选，他推荐了杜审言出任洛阳丞。两年之后，苏味道随军远行，行者慷慨从戎，送者激情澎湃。时任洛阳丞的杜审言便有赠诗《赠苏味道》：

北地寒应苦，南庭戍未归。
边声乱羌笛，朔气卷戎衣。
雨雪关山暗，风霜草木稀。
胡兵战欲尽，虏骑猎犹肥。
雁塞何时入，龙城几度围。
据鞍雄剑动，插笔羽书飞。
舆驾还京邑，朋游满帝畿。
方期来献凯，歌舞共春辉。

唐代文人多好战，喜欢借助边塞战事壮怀抒情。杜审言这首五言律诗，诗名"赠苏味道"符合他直呼其名、不管尊卑的性格，诗中"舆驾还京邑，朋游满帝畿"应是记述苏味道凯旋洛阳的盛况。此诗有必要全部引用，因为杜甫成长为一个记录唐代由盛转衰史事的诗圣，诗学渊源正是来自祖父杜审言，而这首战事诗可以看成他传承祖父五律衣钵的起点。

和苏味道一样，李峤也是一个不在意杜审言说话不忌口的宰相诗人。俗话说，宰相肚里能撑船，今人常挂嘴边的这类宰相可以对标李峤和苏味道。在杜审言于七〇八年去世那年，被他大言"久压诸公"的峤公李峤，不计前嫌，冒着可能遭训斥甚或贬官的危险，给喜怒无常的唐中宗上表，为杜审言请加赠官，大胆进言，称杜审言"获登文馆，预奉属车。未献长卿之辞，遽启元瑜之悼"。李峤的大度，得到唐中宗的认可，他御笔一挥，追赠杜审言为"著作郎"。这事积德积福，李峤活了七十岁。即便杜闲很闲，后来的他也能因此获得荫封，从而让杜甫过上一段衣食无忧的生活。

调露元年这年，历史并不着急去改变杜审言的命运，杜闲、杜甫父子均未出生，还谈不上改变他们的命运。这年最着急的人是李治，因为武后则天比他还着急，他得赶紧把奉先寺修好，缓缓她的急。在此之前，武后已以皇后身份拿出两万贯脂粉钱，于咸亨三年（六七二年）在洛阳龙门石窟开凿天子一号功德窟，名叫大卢舍那像龛。起初，武则天还不敢觊觎天子之位，此窟名义上是为唐高宗开凿。后来，武后登上皇帝高位，此窟又顺理成章成为她的皇权展示场地。此窟完工于唐高宗上元二年（六七五年）。现存并刻于唐玄宗开元十年的《河洛上都龙门山之阳大卢舍那像龛记》有载："调露元年（六七九年）己卯八月十五日，奉敕于大像南置大奉先寺。"此碑还说"至二年（六八〇年）正月十五日，大帝书额"，可见奉先寺是一所由唐高宗亲笔书额的皇家寺院。之所以如此重视，是因为武则天，尤其是感业寺出家那段经历让她不自然地兼爱佛门思想。这不难理解，她的爱情起于唐太宗临终的病榻背后，热于与李治在寺院的奇妙相遇。奉先寺，又称唐密、密教、瑜伽宗，即瑜伽密教的祖庭。

在大雨转为细雨的半空中，遥望洛阳西山的奉先寺，我感觉这天的史书也是湿漉漉的。据《旧唐书》记载："（开元）十年二月四日，伊水（伊河）泛涨，毁都城南龙门天竺寺、奉先寺，坏罗郭东南角，平地水深六尺以上，入漕河，水次屋舍，树木荡尽。"另据《资治通鉴》载："开元十年，伊、汝水溢，漂溺数千家。"什么意思？两本古书都指向洛阳，在开元十年这年被大雨、洪水侵害。也许是怕祖父祖母的亡灵怪罪，唐玄宗在洛阳发洪水的这年十二月五日，着急地发出一道指令，"敕旨龙华寺宜合作奉先寺"。这又是什么意思？据当地人讲，最早的奉先寺实为唐代一所木构寺院，并非当今位于龙门西山的"奉先寺"石窟，后人爱把武则天出资敕建的大卢舍那像龛称为奉先寺，只是一厢情愿。

当天，我从龙门石窟西南门进入，一路向北，依次找到了由南向北排列的大卢舍那像龛、大卢舍那像龛记碑、奉先寺。此行，我想印证一个传说，龙门石窟里的卢舍那大佛像，是依据武则天的容貌雕刻而成，可史书并无与之对照的画像供人参详，只能且看且遐想。除此之外，我更想实地感知一下杜甫当年在奉先寺的礼佛足迹。

在龙门石窟奉先寺北壁的东侧，一块两米多高的摩崖大碑《大唐内侍省功德之碑》引起了我的注意。此碑刻于唐玄宗开元年间，记录了高力士等人为李隆基建造四十八尊无量寿佛等身立像之事。这些无量寿佛造像风格差不多，均立于须弥座之上，比唐高宗时期开凿的其他佛像略小。这些佛像，尽管高力士所为，但也可以看成唐玄宗在洛阳留下的佛缘遗迹。其实，在唐玄宗开元之初，佛教文化也在他的授意下得到大规模发展，全国多地纷纷出现以他的年号"开元"二字命名的寺庙，如陕西西安的开元寺、江苏扬州的开元寺、北京顺义的开元寺。或因唐玄宗多次行幸洛阳，河南建造的开元寺更多，比如郑州、商丘、舞阳、汝南等地皆有开元寺，今人还可寻迹。这些"开元寺"如雨后春笋般涌现，不能说明唐玄宗有多么虔诚的敬佛礼佛之心，只能证明其开创的"开元盛世"确有包容之心。自佛教传入中国以来，经过历史的不断演进，到了唐代已分为成实、俱舍、禅、律、天台、华严、法相、法性、净土、密等十宗，相关礼佛诸事的集大成，在敦煌莫高窟壁画皆有淋漓尽致的体现，洛阳龙门石窟自然也有不少。在皇帝位置上助推佛教文化在唐代的勃兴，首功之人当属唐太宗李世民，其次可算武则天，李治和李隆基则更像是附庸风雅，他们二人在本质上是高调崇信道教。到了唐玄宗时代，因善无畏、金刚智、不空三位法师先后从西域佛国来到长安弘扬密宗佛教，史称"开元三大士"，故开元年间的佛门信仰多以密宗为尊，密宗也称唐密、密教。由于当时国盛民丰，加上玄宗主政开明，各地官员的奉迎之风极盛，在开元年间风起云涌的"开元寺"也可看作官员们的奉迎之作。当然，这样还有两个好处，一个是石刻艺术得到较高水准的提升，另一个则是书法艺术的勃兴。比如江苏扬州的开元寺，寺名便由盛唐书法家、杜甫的忘年交李邕题写。想那开元年间，以草书闻名的人就有张旭、怀素两人，自幼出家为僧经禅意入草书的怀素与张旭合称"颠张狂素"，加上后人习字经常临摹其颜体书法的颜真卿，又不得不说是唐玄宗的开明给了盛唐书法蓬勃发展的良机。所谓盛世，除了军力强大、经济发达，文化方面也应是诗、文、书、画、乐、歌、舞等各种艺术到达巅峰才算。显然，李隆基做到了，史笔才会把他统治的时代圈定为"盛唐"。

　　喜爱书法的人去洛阳龙门石窟，或许对褚遂良《伊阙佛龛之碑》和宋真宗《龙门铭碑》所代表的"龙门双璧"更感兴趣，我也去了，尤喜北魏时期的魏碑书法代表作《龙门十二品》。在龙门石窟，我产生了一个强烈的疑问：褚遂良与虞世南、欧阳询、薛稷并称"初唐四大书家"，为何这里有褚遂良的《伊阙佛龛之碑》，却无虞世南的《摹兰亭序》或者《孔子庙堂碑》？按冯至《杜甫传》所言，杜甫的书法就取法于虞世南。虞世南书法继承王羲之、王献之的笔法传统，特点是外柔内刚，笔致圆融冲和而有遒劲之气。有人评为遒丽，我看是遒劲更贴切。虞世南的书法，唐太宗喜爱，武则天也爱。相传虞世南书写的《孔子庙堂碑》（又称《东观帖》），将墨本呈给唐太宗时，李世民立即把王羲之所佩右军将军会稽内史黄银印赐给了他，以示知音难寻。七〇三年，武则天命降为相王的睿宗李旦重刻此碑，额篆书"孔子庙堂之碑"，遗憾这块重刻之石只是传说，未能传世。真是：史书有史书的缺陷缺口，书法有书法的不传之谜。

　　开凿于北魏孝文帝太和十八年迁都洛阳前后的龙门石窟，在唐代留下多位皇帝礼佛敬佛的印记，硬生生没留几笔虞世南书法，确实不公平。至于龙门石窟内的卢舍那大佛像，雕工精细，入微处，处处是心慈眉舒，怎么看也不像心硬如铁的武则天。传说武则天在此敕建此像之后，龙门奉先寺的香火顿时大旺。我来的这天，细雨绵长，众佛安详，随身携带的冯至《杜甫传》被淋湿殆尽，香火摇曳，不见晨钟，只有暮鼓催我前行。

十八、佛门求禅

在盛唐诗坛的三驾马车中，后人习惯将杜甫、王维、李白分别视为儒家、佛家、道家的代表诗人。其中，对于杜甫思想的研究，后世学者大多延续了清人刘熙载的论断，认为子美"一生只在儒家界内"。甚至包括近现代的著名诗人、学者冯至也说，他（杜甫）和佛教没有发生因缘。这么判定，却不尽然。杜甫的主体思想肯定是来自儒家，这是源于杜家祖祖辈辈都在朝廷当官，使其早年牢牢抱定"奉儒守官，未坠素业"的政治理想，并有"致君尧舜上，再使风俗淳"的坚定信念。实际上，杜甫还有道家、佛家这两大分支思想。特别是佛学，杜甫既很向往也很精通，曾发出内心所向的呐喊："身许双峰寺，门求七祖禅。"

这是杜甫晚年在夔州所写《秋日夔府咏怀奉寄郑监李宾客一百韵》里的诗句。双峰寺是佛教禅宗四祖道信的传法地，在今湖北黄梅县四祖村；七祖禅，是指禅门南宗七祖神会，湖北襄阳人。由此可见，杜甫是学禅宗，崇信神会禅师，此人禅行高洁，心系苍生，曾在安史之乱期间多次为唐肃宗、唐代宗朝廷募集军费。

那么，问题来了，杜甫是何时产生的佛家思想？是谁领着他敲开有晨钟也有暮鼓更有万法皆空的佛门？答案是童年，佛缘来自教他识文断字的二姑母杜氏。而杜甫走进的第一个寺庙，正是我面前的洛阳奉先寺。

杜甫从小在二姑母身边成长，他的识文断字基础和杜氏家风教育多来自这位女性的悉心教导。二姑母杜氏对他而言，不仅有养育之恩、救命之情，还有耳濡目染并且影响杜甫一生的佛学思想。因为二姑母从善，一心向佛，不仅当得起仁风里的仁义夫人一角，而且通过带引小杜甫游览龙门奉先寺，成了他的佛学思想引路人。

关于二姑母杜氏对杜甫佛教思想的启发和教诲，要举证，还得从《唐故万年县君京兆杜氏墓碑》这篇墓志说起：

> 加以诗书润业，导诱为心，遏悔吝于未萌，验是非于往事。内则致诸子于无过之地，外则使他人见贤而思齐。爰自十载已还，默契一乘之理，绝荤血于禅味，混出处于度门。喻筏之文字不遗，开卷而音义皆达。母仪用事，家相遵行矣。至于膳食滑甘之美，鞁结缝线之难。展转忽微，欲参谋而县解；指麾补合，犹取则于垂成。其积行累功，不为薰修所住著，有如此者。灵山镇地，长吐烟云；德水连天，自浮星象。则其看心惠，岂近于扬榷者哉？

鞁，在《杜诗全集今注》里写为"鞑"，同"秘"，其意是用竹木制作的护弓器，弓卸去后缚在弓里，发弦时系于弓背，以防弓损坏或变形。杜甫用此字，字面是说被丝线密集缠绕的器柄，字后是指其二姑母心脏真实存在但不可看见，因为人死，心跳已经停止。

在上面这段文字中，杜甫追忆了二姑母杜氏虔诚礼佛的过往。在杜甫眼里，二姑母杜氏不仅坚守佛门不沾油荤的戒律，还精通佛经乐善好施，且全家上下奉行。

即便是下葬，二姑母杜氏在临终前要求：从简。杜甫此文也有提及，称"县君有语曰：'可以褐衣敛我，起塔而葬。'裴公自以从大夫之后，成邑君之荣，爱礼实深，遗意盖阙。但褐衣在敛，而幽隧爰封，其所廞饰，咸遵俭素"。

如此看来，杜甫的佛教价值观，在青少年时期就有了雏形。

在奉先寺，我再次翻开湿气沉沉的《杜诗全集今注》，更加确定了这个判断。我数了数书中现存的一千四百五十五首杜甫诗歌，至少有超过五十首表现了他的佛学思想。其中，开卷诗便是杜甫的《游龙门奉先寺》：

> 已从招提游，更宿招提境。
> 阴壑生虚籁，月林散清影。
> 天阙象纬逼，云卧衣裳冷。
> 欲觉闻晨钟，令人发深省。

这首诗不长，好记，是二十四岁的杜甫从吴越重返洛阳夜宿奉先寺所作，那时候的二姑母杜氏还健在。起句"已从招提游，更宿招提境"，交代自己是在招提僧的引导下游览了奉先寺，并在夜间住了下来。尾句"欲觉闻晨钟，令人发深省"，则是说杜甫在快要睡醒时突然听到清晨的钟声，内心为之一惊，直如禅家顿悟。《游龙门奉先寺》可看作杜甫对佛教的初步认识，或者最初的领悟。其实，杜甫这时对佛家思想的领悟已很深刻了。

当天傍晚，合上书本，背诵此诗，反复以背诵的方式游览奉先寺，灵感竟然从天而降，促使我写了一首新诗《在奉先寺：手敲信仰》。我用"秋风，以前是晨钟，如今是暮鼓／在奉先寺大门敲响……火，在下跪／诗，在朝圣"，与杜甫唱和。遗憾的是，这个场景只属于我，这次并无想象中的杜甫飘来与我对吟。俗话说，心诚则灵。看来，我的心诚只限于杜甫与杜诗，尚未抵达佛家的虔诚与佛缘。至少，我当天没有像古人那样，在礼佛问道之前，先斋戒、净身、沐浴、上香。事实也是如此，因为赶到奉先寺之前，我刚饱餐了一顿大鱼大肉，以填俗世之腹。

夜晚，就近找了一家价格便宜的酒店入住，继续重温《杜诗全集今注》，杜甫的身影又出现了。这次读他的诗，我仿佛把一个喜游寺访僧、爱求法参禅的佛门俗家弟子杜甫读了出来。一放下书，杜甫系列佛教题材诗中描述的寺庙场景便滚滚而来，有长安的慈恩寺，有秦州的南郭寺，有成都的草堂寺，有梓州的牛头寺，有阆州的惠义寺，有夔州的真谛寺，有潭州的岳麓寺、道林寺……真是万寺千庙入画图，杜诗佛学滚滚来。

比如《同诸公登慈恩寺塔》："方知象教力，足可追冥搜。"嗯，杜甫登上长安的慈恩寺塔，极目远眺，才知道释迦牟尼创造的佛教威力巨大，必须在高远幽深中探寻胜景。

又如《望牛头寺》："牛头见鹤林，梯迳绕幽深。春色浮山外，天河宿殿阴。传灯无白日，布地有黄金。休作狂歌老，回看不住心。"是的，众生常常处于黑夜，远比黄金可贵的佛法终究会像灯一样照亮暗处，施以慈悲。没错，《金刚经》曰："应无所住，而生其心。"我老了，别再狂吟了，该收收心，保持一颗空灵禅心。

再如《岳麓山道林二寺行》："玉泉之南麓山殊，道林林壑争盘纡。寺门高开洞庭野，殿脚插入赤沙湖。五月寒风冷佛骨，六时天乐朝香炉。地灵步步雪山草，僧宝人人沧海珠。塔劫宫墙壮丽敌，香厨松道清凉俱。莲花交响共命鸟，金榜双回三足乌……"《阿弥陀经》云："极乐国土，有七宝池，池中莲花大如车轮。又有伽陵频伽共名之鸟，昼夜六时，出和雅音。"《宝藏经》又云："雪山有鸟，名为共命，一身二头，识神各异，同共报命，曰共命。"据说，即使是炎热的五月天，这里的风还是凉飕飕的，会把佛骨吹冷，昼夜六时天乐不绝，总有人来朝拜香炉，来到这灵山圣地，步步宽心，不论是僧还是人，都会顿觉心性圆明，犹如沧海之珠。

尤其是安史之乱以后的杜甫，在逃难的路上多是暂居寺庙，借助佛经养心，以解满目之忧。比如从洛阳过新安，穿石壕入潼关，杜甫带着《新安吏》《石壕吏》《潼关吏》等手稿一路逃至秦州，便游览了秦州城南的南郭寺和麦积山的应乾寺（今名瑞应寺）。其中，《山寺》一诗，不仅是唐代第一首咏麦积山的诗作，而且是我国现存古典诗歌中最早咏麦积山的诗篇，可谓弥足珍贵。

野寺残僧少，山园细路高。

麝香眠石竹，鹦鹉啄金桃。

乱水通人过，悬崖置屋牢。

上方重阁晚，百里见秋毫。

后来追踪杜甫遗迹，我到麦积山石窟参观过两次。杜甫是唐肃宗乾元二年（七五九年）秋天去的，他眼底的麦积山寺庙，尽管秋光妍丽、峭壁高悬，却是游人不多、余僧无几。我于二〇一六年、二〇一八年两次造访此地，麦积山石窟都是游人如织的景象，不变的是手扶栏杆上山下山的惊险。

如果说，在伊河畔的洛阳奉先寺开启了杜甫的佛学路，引路人兼心灵导师是二姑母杜氏，那么谁又是他的佛经授业老师呢？这个并不难寻。

就在天宝十四载（七五五年），安史之乱爆发的前夕，尚在长安困守的杜甫写过一首五言长诗——《夜听许十一诵诗爱而有作》。"许生五台宾，业白出石壁。余亦师粲可，身犹缚禅寂。"诗作开头这几句，杜甫已说了，他也曾师从高僧粲与慧可，自今他还为佛家的思虑寂静所束缚。《宝积经》曰：若纯黑业，得纯黑报；若纯白业，得纯白报。《维摩经》又言：一心禅寂，摄诸乱意。许先生啊，您早就想通了，佛学高深犹如佛教净土宗高僧昙鸾，今天给我阶梯得以进入您的方便之门，让我得到您的智慧颖悟，却误以为我为彼此相当的人，咋可能呢？

粲与可是谁？可，又名僧可、慧可，汉传佛教禅宗二祖，天竺沙门菩提达摩的衣钵传人；粲，又名僧粲，即慧可的传人，被称为汉传佛教禅宗三祖，传世著作有《信心铭》。杜甫称，余亦师粲可，这二位高僧实际上只是他的精神导师。

许生又是谁？先说许生，排行十一，也是唐玄宗开元、天宝年间的诗人，曾在山西五台山学佛，学成善业后跟随高僧昙鸾的遗踪去了汾州北山石壁玄中寺弘扬佛法。对于许十一的名，有两种说法，一是可能叫许簿，二是担任过主簿官职，被称为许十一簿公。杜甫曾在开元二十五年（七三七年）作诗《对雨书怀走邀许十一簿公》，便这样称呼许十一，说明他们早就认识。当时杜甫父亲杜闲在兖州任司马，杜甫就在兖州壮游，写诗邀请此人到兖州同游，说许十一时任任城主簿。在兖州壮游时期，杜甫还有一首诗为《与任城许主簿游南池》，由此推断，许十一簿公的"簿"并非其名，更有可能是"主簿"这一掌管县令文书的佐吏官职的简称。这样的话，许十一又跟杜二姑母一样，只知其姓和排行而不知其名了。不过，杜甫倒是从内心认定此人为自己的佛法恩师。在《夜听许十一诵诗爱而有作》中，杜甫还用"离索晚相逢，包蒙欣有击"表达心声，说，我一个不合群的孤独人，与您相逢真是相见恨晚，承蒙您启发诱开我的愚昧之心。

值得一提的是，杜甫故里巩义市区东北的河洛镇寺湾村，有一座寺庙叫石窟寺，据说还是唐玄奘出家之地，唐太宗李世民等不少皇帝在此礼佛的圣地。石窟寺的《帝后礼佛图》甚至是国内孤品。中唐时期的宰相诗人李绅，在《宿石窟寺》一诗中形容此寺"一刹古岗南，孤钟撼夕岚"。我想，少年时期的杜甫也应当游历过此寺，遗憾当地县志和《杜诗全集今注》均未记载，让我此行扑空。

杜甫的佛学题材诗，在蜀地还有三首流传很广。

一首是《酬高使君相赠》。杜甫初到成都时，暂居草堂寺（此寺存名早于杜甫草堂），吃的住的读的都跟佛教文化有关。这是好友高适的应急安排。不仅如此，时任彭州刺史的高适还给杜甫寄来赠诗：

> 传道招提客，诗书自讨论。
>
> 佛香时入院，僧饭屡过门。
>
> 听法还应难，寻经剩欲翻。
>
> 草玄今已毕，此后更何言？

高适此诗为《赠杜二拾遗》，也提到了招提，即四方之僧，又称十方住持。没有犹豫，杜甫很快给高适回了信，也是一首诗，叫《酬高使君相赠》，曰："古寺僧牢落，空房客寓居。故人供禄米，邻舍与园蔬。双树容听法，三车肯载书。草玄吾岂敢，赋或似相如。"

杜甫是一个从小熟读儒家经典且擅于用典的高手，也是一个对佛教虔诚且极为谦虚的人，他与高适在诗中谈经说法，无非是说菩萨慈悲，不仅给了他一个容身之所，还许他不用带经书来，就能蹭饭过日子。"古寺僧牢落，空房客寓居"，是交代这时的正觉寺没什么僧人，空出许多房间，足够杜甫一大家人客居。诗中的"草玄"，典出《汉书》"时雄方草太玄"，本意指淡于势利、潜心著述。此处另有所指，即西汉成都辞赋家、思想家扬雄所著的《太玄经》，又称《太玄》《玄经》《扬子太玄经》。此经以"玄"为核心思想，杂糅儒家、道家、阴阳家等三家思想，这也说明杜甫本身也是杂家，杂取众家的大儒、中佛、小道于一身，反正我是这么看。

另一首《赠蜀僧闾丘师兄》，闾丘，又一版本为闾邱，此诗最后几句"漠漠世界黑，驱车争夺繁。唯有摩尼珠，可照浊水源"，看得出杜甫成为"蓉漂"之后的落寞，而他正是借助佛学智慧来疗伤的。此诗中的闾丘是个僧人，其先祖和杜甫的祖父杜审言皆是武则天在洛阳称帝时期的大文人，且在同一年受朝廷任用。杜甫因此把他称为师兄，形同世交。"我住锦官城，兄居祇树园。地近慰旅愁，往来当丘樊"，这几句则是表述二人在成都犹如邻居，经常来往，打发旅愁。

在成都，成天与佛僧打交道，杜甫渐渐放下先前从洛阳前往秦州写"三吏三别"时的惊愕，也放下从秦州翻山越岭逃往成都的艰辛，他开始伸开双手，尽情拥抱佛法。七六〇年秋天，有了草堂茅屋可居却无工作可做的杜甫，显得有些无所事事。朋友裴迪一邀约同游蜀州新津寺，他便欣然赶往几十里外的新津县，开启了成都的休闲漫游生活。当天，秋蝉在银杏叶已经发黄的寺庙古树周围集结，池塘倒映出几只停歇于此垂钓秋意的小鸟，这一静一动的景象让杜甫不想漫步了，他也停了下来，挥毫写了一首《和裴迪登新津寺寄王侍郎》，大发感叹"老夫贪佛日，随意宿僧房"。杜甫一口一个老夫，其实他这年才四十八岁，临近四十九岁。触景生情，出语洒脱，杜甫颇有立地成佛的顿悟之感，一个"贪"字更是把他对佛光、佛法和佛理的向往刻画得淋漓尽致，随意、随心、随性的子美给成都制造了无数诗意，成都也给他带来了温暖。这个"佛日"，对于杜甫而言就是心灵按摩。

尤其是晚年的杜甫，在"致君尧舜上，再使风俗淳"这一儒家理想越来越远离自己之后，他更加崇信佛家思想，一度因为潜心求佛问法觉得写诗也很虚妄，又因观身自感喝酒不适，直言贪杯容易让人昏迷而慵懒。如《谒真谛寺禅师》：

兰若山高处，烟霞嶂几重。

冻泉依细石，晴雪落长松。

问法看诗忘，观身向酒慵。

未能割妻子，卜宅近前峰。

此诗作于大历二年（七六七年），杜甫当时寓居夔州，常与禅师交流佛法、修身养性。要知道酒是杜甫生平最爱之物，饮酒赋诗曾是其大半生的生活写照，可是当他听到禅师讲观身的修行之后，便不想再喝酒，可见佛门禅宗思想对他影响至深。尤其是写诗这件终身大事，杜甫一辈子都在坚守"诗是吾家事"，即便是挨饿、生病，他也放不下手中毛笔。但是跟禅师交流佛法之后，他对写诗也产生了怀疑，认为表达内心思想情感的诗也很虚妄。"问法看诗忘，观身向酒慵。"这是五十五岁的杜甫写的因为礼佛而厌世的诗句吗？简直是不可思议的事。当然，杜甫也说了，他这时还放不下妻子、儿女，只能卜居在夔州的瀼水西岸，一边用佛法慰藉内心，一边在俗世得过且过。亲人无法割舍，可以看作杜甫还在坚守儒家情操；佛法同样无法割舍，又可以看成杜甫对佛家思想的痴迷追求。晚年的杜甫就是这样矛盾地在取舍之间难以取舍，不安地走完余生。

没有佛门的晨钟暮鼓相伴时，杜甫又是什么心情呢？杜甫会止不住地向往木鱼、钟鼓与斋饭，思乡一样思念他的佛门禅师或者禅友。比如仍在夔州时期写的《大觉高僧兰若》："巫山不见庐山远，松林兰若秋风晚。一老犹鸣日暮钟，诸僧尚乞斋时饭。香炉峰色隐晴湖，种杏仙家近白榆。飞锡去年啼邑子，献花何日许门徒。"兰若，梵文音译亦称阿兰若，原指比丘修行的寂静之所，后泛指佛寺。联系《大觉高僧兰若》和《谒真谛寺禅师》两诗可见，和晚年杜甫交流佛法的禅师之名就叫兰若。此人堪称引领杜甫一只脚踏入佛门另一只脚留在俗世的高僧，二人关系亦师亦友。

回到洛阳奉先寺，这个因想象力不断而失眠的夜晚，我顿感此地不仅是石刻文化圣地，更是佛教文化圣地。用杜甫赞美二姑母的话说，有如此者，灵山镇地，长吐烟云，德水连天，自浮星象。

这样去探究杜甫的思想，我又觉得杜甫的诗歌之所以接地气且空灵，处处有着有色悟空的妙趣，大约就是因为他从小到老坚持汲取佛家的禅意。

其实，佛家和儒家许多时候也触类旁通，比如菩萨慈悲与儒者从善，比如辨识智慧这种般若思想与忧国忧民这种大儒情怀，怎能彻底割裂开呢？

不可否认，杜甫的主要思想肯定是儒家思想，其核心是孟子的仁政思想，所以我对杜甫头脑里拥有的儒释道三家思想也有主次之分，首为大儒，中为佛学，小为道学。

　　舜发于畎亩之中，傅说举于版筑之间，胶鬲举于鱼盐之中，管夷吾举于士，孙叔敖举于海，百里奚举于市。故天将降大任于是人也，必先苦其心志，劳其筋骨，饿其体肤，空乏其身，行拂乱其所为，所以动心忍性，曾益其所不能。

这些话，来自《孟子》。每次重温，我都感觉像是孟子提前写给杜甫的人生箴言。杜甫尚未出生之前，祖父杜审言因为去世得早，无官职傍身的父亲杜闲可谓举步维艰；杜甫出生不久，母亲崔氏又突然撒手人寰，只能交给几位姑妈轮流照顾。杜甫一生，仿佛都在践行孟子的话。

杜甫经历的人生之苦实在太多。且不说世人熟知的安史之乱，带给杜甫几乎贯穿整个下半生的潦倒羁旅，仅四十岁之前，他就几度患病，险些丧命，饥饿更是常常如影相随。尽管杜甫四十岁之前的诗歌大多散失，但是我们仍可通过他的赋文窥豹一斑。比如从小多病，杜甫在献给唐玄宗的《进封西岳赋表》中说："是臣无负于少小多病贫穷好学者也。"父亲死后，困守长安的杜甫给唐玄宗的另一篇赋文《进三大礼赋表》自述其苦："顷者，卖药都市，寄食友朋。"同一时期，杜甫给唐玄宗的《进雕赋表》又说："唯臣衣不盖体，常寄食于人，奔走不暇，只恐转死沟壑，安敢望仕进乎？伏唯明主哀怜之。倘使执先祖之故事，拔泥涂之久辱，则臣之述作，虽不足以鼓吹《六经》，先鸣数子，至于沈郁顿挫，随时敏捷，而扬雄、枚皋之流，庶可跂及也。有臣如此，陛下其舍诸？伏唯明主哀怜之，无令役役便至于衰老也。臣甫诚惶诚恐，顿首顿首，死罪死罪。臣以为雕者，鸷鸟之殊特，搏击而不可当，岂但壮观于旌门，发狂于原隰？引以为类，是大臣正色立朝之义也。臣窃重其有英雄之姿，故作此赋，实望以此达于圣聪耳。不揆芜浅，谨投延恩匦进表献赋以闻，谨言。"

三赋齐发，犹如三响礼炮，轰向沉溺于杨贵妃美色之中的唐玄宗，结果呢？

至少目前，在迁居洛阳仁风里的幼童时期，杜甫还不至于有后半生那么苦。在懵懵懂懂接受儒释道三家思想洗礼之际，杜甫即将迎来另一个改变他思维方式的女人。

这人姓公孙，名字不详，甚至连其家族排行也是模糊一片。

这人叱咤江湖，一生传奇，大约在杜甫六七岁时闯入他的生活，地点是距离洛阳奉先寺四百四十八里之遥的另一个千年古寺：郾城彼岸寺。

这人肤白貌美，善舞剑器，舞姿跌宕起伏美轮美奂。尤其是持剑起舞的时候，恍若传说中的凤凰那样凌空飞翔，又如天神驾龙驰骋寰宇一样身手矫捷。杜甫因其玉貌赞为佳人，即为世间不可多见的美人。因为杜甫唤她为公孙大娘，于是她就叫公孙大娘了。

传说这个公孙氏还做过唐玄宗的爱妃。是真？是假？她对杜甫写诗又有什么影响？

时间，会在前方的郾城彼岸寺解密。那是杜甫秘藏五十年的心事。

第四章

咏凤凰

109
－140

十九、七岁开窍

杜甫的更多童年生活，史书似乎忙不过来书写。于是，老了的杜甫便自己提笔写自己：

> 七龄思即壮，开口咏凤凰。
> 九龄书大字，有作成一囊。

这些诗句，来自五十五岁的杜甫在夔州写的自传体叙事诗《壮游》。此诗自述，他是七岁那年始学写诗，九岁开启修习书法之道。

杜甫七岁这年是哪一年？正常推算，应从公元七一九年正月初一起为七岁。若按唐玄宗的"开元"年号（始于七一三年十二月）推算，则是开元六年二月。也就是说，从开元五年二月算起，杜甫便满六岁。我把时间锁定在开元五年，是因杜甫这年遇到了一个让他终生难忘的锦衣玉女：公孙氏。

更多的史书，在开元五年这年的书写重点，自然是唐玄宗和他的大臣们历经的军国大事，还轮不到尚是孩童的杜甫。

六八五年八月，李隆基生于东京洛阳。开元五年，唐玄宗李隆基三十二岁，正值精力旺盛之年。这年因为关中缺粮，全国的政治文化中心于是从长安转向洛阳。来到东都之前，李隆基已颁布《幸东都制》，下令"考使选人，咸令都集东都"，明确实行两京制。当他驾临刚翻新的洛阳紫微宫，萌动修建皇家书院之念，修书、讲学、论道之风在东都兴起，是为集贤。据《新唐书·百官志》记载，开元五年（七一七年），喜欢读书时有人给他解惑答疑的唐玄宗在洛阳"置乾元院使"，令褚无量（曾是李隆基当皇太子时的侍读）于东都乾元殿编校皇家藏书，又从民间"采天下遗书"以补阙文，录补内府旧书，四库得以完备，此举开启了"皇家图书馆"的建设。中国最早的官办书院"乾元书院"，也称"乾元修书院"，就是这年在洛阳有了雏形。次年，乾元书院改为丽正书院，改修书官为丽正殿学士，以张说为修书使总管，政事堂改为中书门下，当时的秘书监徐坚、太常博士贺知章、监察御史赵冬曦除了修书，还会给唐玄宗侍讲，满足皇帝的学习进取之愿。后来，唐玄宗又于开元十三年（七二五年）改集仙殿（武则天所造，又称长生殿）为集贤殿，此院便以"集贤书院"之名问世，意为"集贤纳士以济当世"。实际上，乾元书院和丽正书院的主要功用是修书，还算不上书院。集修书、集贤、讲学、论道等多种功能为一体的"集贤书院"，才是真正的皇家书院。

关中这年为何缺粮？源于一年之前，山东（太行山以东）又暴发了一场特大蝗灾。我说"又"，是因开元三年（七一五年）春夏就有一场蝗灾，导致流民遍地多处缺粮。开元四年（七一六年）春夏这次蝗灾，无数蝗虫卷土重来，关中平原极度缺粮，尚在守孝期间（其父唐睿宗于七一六年六月病逝葬于桥陵）的唐玄宗忧心忡忡。守孝事大。肚子挨饿，事情更大。于是，过完年，他便急匆匆行幸洛阳。灭蝗，莫名其妙地成了唐玄宗横跨两年的一场战事，这事早就让他不耐烦了。说起灭蝗，也很可笑，蝗虫竟然在唐玄宗时期被一些无能力救灾的官员敬拜为神虫或者虫王，还说不能杀，千万杀不得。蝗灾，在之前的历史上多次发生，这次很快也成了历史，唐玄宗这一时期起用的宰相姚崇就因这场灾害成名，我们现在称之为"救火宰相"。其实，姚崇不是救火而是救粮，他的灭蝗之法并不复杂，就是火攻，时称"捕蝗宰相"。关中缺粮，长安就会难过，幸好洛阳不缺，早在唐太宗战事频发的年代，这里便建有含嘉仓、洛口仓（也叫兴洛仓）、回洛仓等大粮仓，每年均会储备粮食，以备战时所需。完成灭蝗重任不久，姚崇就被另一位宰相宋璟取代。唐玄宗于开元五年这次行幸东京洛阳，伴驾宰相便是时任刑部尚书兼黄门监、紫微侍郎同平章事宋璟。

到了东京洛阳，蝗虫的身影渐渐退去，万国的使臣纷至沓来。来干吗？名为跪拜唐玄宗，实为来此学习取经，以便报效自己国家。这年，日本奈良时代的留学生阿倍仲麻吕，作为"日本遣唐使"来到大唐东京洛阳，开始漫长的求学生涯。从一个东京到另一个东京，阿倍仲麻吕就像回家一样亲切，实际上大唐这个东京更令他向往。那时，不只是他，所谓的"万朝来拜"，说的是大唐周边国家不断派人前来洛阳或者长安求学，李隆基前期多在洛阳接见各国使臣的朝拜。时有田园山水派诗人储光羲《洛中贻朝校书衡，朝即日本人也》一诗，以"万国朝天中，东隅道最长"记述留学生阿倍仲麻吕来自道路最远的日本；又以"吾生美无度，高驾仕春坊""伯鸾游太学，中夜一相望"说他风度翩翩、才智超群，在皇太子李瑛的书库左春坊担任司经局校书郎，像东汉受业太学的梁鸿一样在盛唐太学中博览群书，经常读书到深夜。诗题中的"校书衡"，校书即校书郎，是阿倍仲麻吕在玄宗朝所任官职，衡则是他在唐代所取的中文名晁衡。晁衡，属于安倍氏，在玄宗、肃宗、代宗三朝为官，跟杜甫一样经历过大唐从盛至衰的安史之乱，又与杜甫在同一年（七七〇年）去世，却似乎和杜甫没有交往。除了储光羲，晁衡倒是与王维、李白等诗人均有亲密来往。七五三年，晁衡乘船回国探亲，临行前，李隆基、王维都有诗相送，比如王维《送秘书晁监还日本国》"别离方异域，音信若为通"，就有从此分别天各一方很难互通音信的感慨。"日本晁卿辞帝都，征帆一片绕蓬壶。明月不归沉碧海，白云愁色满苍梧。"同年，传出晁衡归国途中在海上遇难消息，李白也即兴作诗《哭晁卿衡》，误以为这位外国友人已死。后来安抵长安的晁衡百感交集，及时回赠了李白一首《望乡》："魂兮归来了，感君痛苦吾。我更为君哭，不得长安住。"这时，定居长安近四十年的晁衡自然是感慨李白早于七四四年被李隆基逐出长安一事。晁衡和王维，对于杜甫而言，恍若上一代人，中间有无数沟壑无法逾越，因为七五三年这年，王维已在头一年官拜吏部郎中（后改为文部郎中），晁衡此时回国探亲的身份很特别，不再是"日本遣唐使"，而是唐玄宗任命去日本的大唐使节，意思是他反过来成了李隆基的臣子和国民。杜甫呢？两年前给唐玄宗进献了"三大礼赋"，杜甫这时仍在集贤院待制，也就是仅获"参列选序"资格，等待授官。他一直被时任宰相李林甫压着没法出头，别说进入李隆基的政治核心圈施展"致君尧舜上"这一抱负，就连进入朝堂的资格也没有。

容许外国学生进入大唐书院留学，允许外国使臣留在大唐朝廷当官，这就是唐玄宗胸怀天下的大胸怀。这样的帝王胸怀，往上可追溯至贞观年间的李世民，到了李隆基的开元时期，因综合国力达到鼎盛更有睥睨天下的气派。西域各个小国进献的胡乐、胡舞、胡伎、胡女，在唐玄宗的开放心态下，享受到史上最强的政策福利。不仅可以成为梨园教主李隆基的学生（时称天子门生），技艺精湛者甚至还可入朝为官，伴驾皇帝左右，获得既有正式编制也有高薪收入的大好机会。

随着西域的乐舞款款而来，唐玄宗要庆功，要宴饮，要放歌，必须有诗人赋诗歌之，必须有舞女起舞舞之。说实在的，唐代宫廷乐舞就是在唐玄宗手上发扬光大，之后的历代皇帝在这方面皆是望尘莫及。唐诗，也是在唐玄宗时代完成了五律的鼎盛与七律的高峰，让诗人入仕成为美谈，让唐诗登上文学巅峰，更让后来的宋词、元曲、明清小说只能仰望，并且改走其他文道避其锋芒。站在五律、七律高峰上的人，自然不是李隆基，而是李白、杜甫和王维，这三座唐诗高峰。所谓的山高人为峰，就是他们用无法复制的五言诗，后人很难超越的七言诗，一首一首砌成。不止于此。在唐玄宗喜欢开疆拓土的那些年，盛唐的边疆随着从军诗人或者随军诗人的涌现，还达到了以王翰、王之涣、王昌龄、岑参、高适为代表的"边塞诗"高峰。其时，写出千古名句"葡萄美酒夜光杯，欲饮琵琶马上催"的王翰已近人生晚年，王之涣后来创作的同题《凉州词》，包括王昌龄的《出塞》《从军行》，岑参的《白雪歌送武判官归京》，高适的《塞上听吹笛》《别董大》，一同构成璀璨诗坛的边塞诗群峰。杜甫受此影响，写的《前出塞》《后出塞》也算边塞诗范畴，显然他不局限于歌功颂德，更不简单地停留于豪迈抒情。从其《兵车行》《洗兵马》《春望》《闻官军收河南河北》以及"三吏三别"等战争诗来看，杜甫因为多是以民间视角写诗记事，勇于开拓五律与七律的唐诗边疆，被称为"诗史"，被尊为"诗圣"。回看盛唐，杜甫因此远远超过那个时代的诸多边塞诗人，堪称唐诗高峰中的"珠穆朗玛峰"。若用杜甫的名句来形容，便是："会当凌绝顶，一览众山小。"

这座唐诗中的"珠穆朗玛峰"的形成时间很长，说来正好始于杜甫诗意萌芽的开元五年，杜甫足迹定格在郾城彼岸寺的这一年。

这年，杜甫年仅六岁，李白和王维均已十六岁，接近十七岁了。这三个盛唐诗人总会被后人拿来比较，比如谁最帅，谁先成名，谁成就更高。帅不帅，无真实画像可比。成就大小，各有千秋，他们各据一峰，英雄所见略同。至于最早成名的人倒是可以明确，不是李白，也不是杜甫，而是后来专于修经礼佛的王维。早在开元五年的两年前，工于书画善弹琵琶能写好诗的王维，就已在长安城闯出不小的声名，成为王公贵族的宠儿。到了开元五年，十六岁的王维更是拿出早期成名作《九月九日忆山东兄弟》，贡献了千古绝句"独在异乡为异客，每逢佳节倍思亲"。开元九年（七二一年），年仅二十岁的王维进士及第，知其所长，视为至宝，喜欢乐舞的唐玄宗立即御封为太乐丞，就职太常寺，负责朝廷礼乐事宜，他一上榜，便成为万千诗人写诗入仕的榜样。李白呢？开元五年这年，他还在四川的深山里读书、练剑。后来在湖北漂泊，李白写有散文《与韩荆州书》自述："白，陇西布衣，流落楚汉。十五好剑术，遍干诸侯。"此文是说李白十五岁那年喜欢习剑，一个好字更是点名他对剑术的痴迷。这时，他尚未进入西京长安和东京洛阳的文人视线，眼里还无王维这号后来的诗坛劲敌和情坛情敌。尽管他们后来有一个共同的好友孟浩然，也有杜甫这样的共同诗友，但是李白和王维的人生竞技场似乎从开元五年《九月九日忆山东兄弟》诞生之时，就选定了长安，而非洛阳。

剑，可以杀人，也可以用作舞蹈道具，以各色舞女的曼妙或激昂舞姿悦人。一生仗剑走天涯的李白曾用大量诗作自绘剑客形象，其中，

《侠客行》"十步杀一人，千里不留行"，表面上是说耳闻目睹燕赵之地的侠客行侠仗义之事，实际上表明他很崇尚"三杯吐然诺，五岳倒为轻"这类侠义精神，愿意为知己慷慨许诺两肋插刀，追求"纵死侠骨香，不惭世上英"的英雄气概。杜甫呢？也喜欢剑术，常佩剑出行，如其《乾元中寓居同谷县作歌七首》中"我行怪此安敢出，拔剑欲暂且复休"，讲的是他于七五九年十一月路过同谷县（今甘肃成县）的万丈潭发现蝮蛇，想拔剑斩蛇却犹豫不决的往事。他们都是盛唐时期堪称文武双全的奇人。尤其是杜甫，给儿子取名，一个叫宗文，一个叫宗武，更是寄予希望，他们有一天能成为自己，至少攫取他的一半文采或者一半武功。

自古英雄出少年。这话，说给李白与杜甫听，都挺骄傲的他们自是不会反对。一心向佛的王维或许会淡定地反对。这话用于生活在唐诗宋词盛行年代的少男少女身上，也很贴切，他们大多深受诗词文化滋养，个个英姿勃发，且能出口成章，诗之初语不凡，什么神童、奇才、怪人可谓层出不穷。从"开口咏凤凰"这五个字可以看出，七岁的杜甫嘴里吟诵的第一首诗与凤凰有关，跟其他唐代诗人写的鸡鸭鹅或者阿猫阿狗无关。同样是七岁，骆宾王开口咏诗，是"曲项向天歌""红掌拨清波"的鹅，不能说不好，因为《咏鹅》代表着一个初唐神童的美好开端。同样是七岁，宋代诗人寇准也是五言，其《咏华山》用语虽简却气势非凡，这里有必要全部引用："只有天在上，更无山与齐。举头红日近，回首白云低。"其实，这些唐宋诗人的童诗多是用来观景、看物、抒情、言志，想象力还是有限，甚至相对匮乏。

在唐玄宗开元年间，杜甫一开口一出手，赋诗对象便是神话传说中的凤凰，谁都没有亲眼见过这种神物，从咏物诗的创新来说，他的想象力已经高出众人许多。除了杜甫，还有一个叫缪氏子的孩子在开元初期颇为有名，据说他七岁以神童应诏令，在唐玄宗面前作了一首《赋新月》，竟然是七言，诗曰："初月如弓未上弦，分明挂在碧霄边。时人莫道蛾眉小，三五团圆照满天。"此人姓缪，名字不详，故称缪氏子。传说他生于七一三年，比杜甫小一岁多一点。也就是说杜甫写出人生第一首诗的第二年，缪氏子便写出《赋新月》，并因得到唐玄宗的赞赏一举成名。若非此人此诗被收编入《全唐诗》，我也怀疑，这个人小志大的小鬼是真是假，到底是诗鬼化身还是人为造鬼。《赋新月》一诗，虽然也属借景抒情、托物言志，但此品有异，特别是"时人莫道蛾眉小，三五团圆照满天"背后映射的大气概，确有经世济民的志向，诗味也有李杜望月壮志豪迈之情。首次读到此诗，碰巧我也是七岁，当时被父亲强令翻阅《唐诗三百首》一书，他用口头禅告诫我：熟读唐诗三百首，不会写诗也会吟。都怪我少不更事，加上逆反心理翻滚，那时只是死记硬背，权当应付交差而已，以至于唐诗虽也背诵了不少，但却只能局限于背诵，根本不懂如何按古韵或新韵来吟诗。至于父亲希望我能写诗成为一个让他骄傲的诗人，这个念想很长时间皆是他的一厢情愿，对我来说简直是天方夜谭。懂事以后，读到王安石写的作诗神童方仲永因父亲"利其然"，不得不浪费才华直至沦落的故事，再回想自己父亲的一片苦心，我后来尝试提笔捉字写诗撰文著书立说，竟也没有想象中那么难。最初的畏难，不知是何因，可能就是逆反心理作怪。我想说的是诗词熏陶这事，若是主动介入，或是被什么人什么事激发某种神秘力量，效果可能更佳。

二十、吟咏凤凰

杜甫在七岁那年完成他的人生第一首诗，究竟写了什么内容？我努力过多年，均是无迹可追。其实，我写的人生第一首诗，也不知道去哪儿了，这对我来说还谈不上遗憾，至少我尚未到被众人研究的地步。即使有那么一天，我想，人生有点缺憾也美。如同书法家和画家在宣纸上的留白，真若盈盈满满，又会碍眼，失去灵气，令人失望。反复咀嚼杜甫写的"七龄思即壮，开口咏凤凰"这些诗句，我恨不得穿越回到开元五年那一年，目的是搞清楚：他为何而思？ 他因谁而壮？ 他咏的对象究竟是一只凤凰还是一个女子？

凤凰，作为神话之物，杜甫写第一首诗，到底凭借什么打开脑洞放出超越现实的想象力？ 又是遇见什么人什么不得了的事，从而激发他找到开启诗歌这道神秘之门的密匙？

这是横亘在杜甫人生里秘藏足足五十年的谜。

我得从杜甫在夔州时期写的另一首名诗《观公孙大娘弟子舞剑器行》来解谜。

谜面，是七六七年，夔州。

谜底，是七一七年，郾城。

先说谜面。公元七六七年，在夔州的一座官邸里，在李白所说的"朝辞白帝彩云间"那个白帝城，一个英气逼人的美貌女子给贪杯恋美的山城官员们跳了一场剑器舞，这惊鸿一舞，泛滥了诗圣杜甫思绪的大海，牵出另一个在他内心幽居五十年的妙人。

直到晚年，杜甫还念念不忘的这个妙人，不是他的妻子杨氏，不是在秦州巧遇的被丈夫抛弃的佳人，也不是美掉大唐半壁江山的杨贵妃，而是在杜甫诗歌人生中有着穿针引线作用的引路人，唐玄宗开元年间跳剑器舞和浑脱舞惊艳整个大唐的第一人：公孙氏。

这个女人很不简单。

这个女人来路不明。

那时，公孙氏还不叫大娘，最多可喊一声小姐姐。如今避讳小姐，叫小姐姐最好。

在民间跳剑器舞，观者如山。仰慕者必须努力穿过那人山人海，因为一见就是后会无期。

应邀到唐代宫廷，无人能比，迷得唐玄宗的眼珠子可以放下回头一笑百媚生的杨贵妃们。

我刻意加个"们"字，源于公孙氏在前，杨贵妃在后，唐玄宗觅花揽乐赏舞的时间先后次序不能乱。

杜甫在《观公孙大娘弟子舞剑器行》这篇诗文中说，"晓是舞者，圣文神武皇帝初，公孙一人而已"。圣文神武皇帝，就是指唐玄宗李隆基。李隆基最初登基的年号是"先天"，众人皆知的"开元盛世"实际上始于公元七一三年十二月。也许是因为这年七月消灭了长期威胁自己的姑姑太平公主，李隆基如释重负，不久便改元"开元"，励精图治，准备大干一场，意图开创盛世。拿什么来装点他开创的盛世？仅说文艺方面，除了诗词书画，还有音乐舞蹈。

公孙氏，显然用一曲剑器舞和一曲浑脱舞，挥舞出盛唐万千气象中的佼佼一面，否则杜甫不会赞扬她是开元初年的舞者第一人，还说"先帝侍女八千人，公孙剑器初第一"。

影视剧里常有人感慨，一入侯门深似海。那么，一入宫门又会怎样？李隆基的宫门对有本事的乐伎舞伎向来大开，他在开元年间创办教坊与梨园，也一直善为人师，不论是乐圣李龟年还是堪称舞后的公孙氏，皆是他的弟子，皆是他的玩伴，皆是他的座上宾。从《观公孙大娘弟子舞剑器行》序中的"洎外供奉"四字可见，公孙氏并非常驻唐玄宗宫中的内供奉，而是偶尔因李隆基受邀，迫于天子威严，她才会入宫跳几曲剑器舞，取悦圣心。

有了唐玄宗的抬爱，公孙氏的身价自然倍增。尤其是开元初年，她执剑起舞最为惊艳，剑器舞舞姿就数第一，迷倒了一大片文人墨客。除了未来的"诗圣"杜甫，还有未来的"草圣"张旭和未来的"画圣"吴道子。甚至可以说，公孙氏直接催生了唐代三圣："草圣"张旭、"诗圣"杜甫、"画圣"吴道子。

先说"草圣"张旭，就是因为观看了公孙大娘的《西河剑器》舞，而茅塞顿开，成就了落笔走游龙的绝世书法。张旭，学识渊博，洒脱不羁，豁达大度，才华横溢，能诗善书，尤其精于狂草，常在大醉后手舞足蹈、号呼狂走、索笔挥洒、一挥而就，在唐时被称为"张颠"。初到长安时，杜甫便有一首名诗《饮中八仙歌》描写张旭爱在酒后挥毫泼墨的性情一面："张旭三杯草圣传，脱帽露顶王公前，挥毫落纸如云烟。"对于张旭的狂草，韩愈曾有赞誉："故旭之书，变动犹鬼神，不可端倪，以此终其身而名后世。"张旭自言："见公主担夫争道而得笔意，闻鼓吹而得其法，观公孙大娘舞剑器而得其神。"杜甫在《观公孙大娘弟子舞剑器行》这首诗的序文中表述过张旭观看公孙大娘舞《西河剑器》而得其神这一史实。引碑入草的开创者、北京大学教授李志敏评价张旭草书，依旧提到公孙大娘舞蹈对他的深远影响："张旭由'孤蓬自振、惊沙坐飞'中悟得奇怪之态，又从公孙大娘舞剑中悟得低昂回翔之状。他正是以造化为师，墨池功深，才成为狂草大师。"

再说"画圣"吴道子。吴道子在开元年间以善画被召入宫廷，成为时称"内供奉"的宫廷画家，曾随张旭、贺知章学书法，又通过观看公孙大娘的剑器舞，体会到用笔之道。吴道子绘画传世的线条之美，金钩银画，行云流水，深得公孙大娘的飘逸衣带之灵动与手中长剑之雄妙。当然，在走向画圣的道路上，吴道子还跟另一个善于剑舞的人关系更紧密。此人也跟公孙大娘有剑舞渊源，即"剑圣"裴旻。据《历代名画记》，画家吴道子因见裴旻剑舞，"出没神怪既毕"，乃"挥毫益进"。这个太简单，并未说明白。再据《唐代将军裴旻的传奇经历》记载，则有一个"剑画合一"的典故，说是在开元年间，裴旻因母亲去世，特请大画家吴道子到洛阳天宫寺作壁画，以度亡母，吴道子提了一个不算过分的要求，让裴旻表演一次舞剑，启发他的绘画灵感。只见，脱去孝服的裴旻迅速进入执剑起舞的侠客状态，一时间"走马如飞，左旋右抽"，突然间又"掷剑入云，高数十丈，若电光下射，旻引手执鞘承之，剑透室而入"。吴道子自然是被裴旻这一凌厉无比的剑舞气势所震惊所感动，于是灵感随着高数十丈的飞剑从天而降，他快步上前挥毫涂壁，绘出一幅如风飒然而至的壁画。据说裴旻备有金箔相赠，吴道子却是当即拒绝："闻裴将军久矣，为舞剑一曲，足以当惠，观其壮气，可就挥毫。"此传说若属实，可见裴吴二人惺惺相惜，皆是豪迈派英雄人物。

从"草圣"张旭，到"画圣"吴道子，可以想象他们毛笔上的毛和墨，跟随公孙大娘的剑舞在飞在舞的那种摄人心魄的景象。"诗圣"杜甫，用诗歌记录的公孙大娘，更让公孙大娘这个传奇女子即使离世千年也不寂寞。尽管杜甫在诗中感叹过她"绛唇珠袖两寂寞"，却又及时改口"晚有弟子传芬芳"。

公元七六七年秋天,杜甫以诗记录这个传奇女子的历史时刻。

在夔州,在举目可见不尽长江滚滚来的白帝城。这是杜甫人生里第二次看到曾经惊现于开元年间的剑器舞,他心潮澎湃,说不完的亲切,道不尽的忧伤。

闯入眼帘的这个叫李十二娘的女子,恍如昔日佳人公孙氏附体复生。她,其实只是公孙大娘的徒弟或者传人。也是她,让公孙大娘的昔日玉貌从杜甫脑海里猛然闯出,一发不可收拾,记忆从此决堤。

想起五十年前,也就是唐玄宗开元五年,还是六岁孩童,在河南郾城彼岸寺附近的街头,偶然观看一场公孙大娘跳的剑器舞和浑脱舞而开窍,引发人生第一次开口吟诗咏凤凰,杜甫感慨万分,挥笔写下颇具舞蹈韵味又极具音乐美感的《观公孙大娘弟子舞剑器行》。当然,还有夸张,美的夸张,词的夸张,在这首长诗里交相辉映。

此诗有序,为:大历二年十月十九日,夔府别驾元持宅,见临颍李十二娘舞剑器,壮其蔚跂,问其所师,曰:"余公孙大娘弟子也。"开元五载(一作"开元三载"),余尚童稚,记于郾城观公孙氏,舞剑器浑脱,浏漓顿挫,独出冠时,自高头宜春梨园二伎坊内人,泊外供奉,晓是舞者,圣文神武皇帝初,公孙一人而已。玉貌锦衣,况余白首,今兹弟子,亦非盛颜。既辨其由来,知波澜莫二,抚事慷慨,聊为《剑器行》。昔者吴人张旭,善草书帖,数常于邺县见公孙大娘舞西河剑器,自此草书长进,豪荡感激,即公孙可知矣。

此诗较长,为:

昔有佳人公孙氏,一舞剑器动四方。

观者如山色沮丧，天地为之久低昂。

霍如羿射九日落，矫如群帝骖龙翔。

来如雷霆收震怒，罢如江海凝清光。

绛唇珠袖两寂寞，晚有弟子传芬芳。

临颍美人在白帝，妙舞此曲神扬扬。

与余问答既有以，感时抚事增惋伤。

先帝侍女八千人，公孙剑器初第一。

五十年间似反掌，风尘澒洞昏王室。

梨园弟子散如烟，女乐馀姿映寒日。

金粟堆南木已拱，瞿唐石城草萧瑟。

玳筵急管曲复终，乐极哀来月东出。

老夫不知其所往，足茧荒山转愁疾。

揭开谜底，需要把夔州的时间回拨到五十年前，公孙大娘还只是公孙姑娘的七一七年。

杜闲刚刚到郾城出任郾城尉不久。杜甫这时不是在洛阳仁风里的二姑母家客居吗？在郾城彼岸寺，杜甫来了，身旁还有牵着其小手的二姑母杜氏。他们本是来郾城探亲，碰巧赶上了公孙姑娘在彼岸寺附近的大街上舞剑。

也许从这年开始，杜甫有了一段跟随父亲杜闲寄居郾城的日子。有多久？不知道。应当没有多久，至少继母卢氏嫁给杜闲之后不久，杜甫又回到了洛阳仁风里。这一点，也是杜甫令人奇怪的地方，他后来写诗既不谈生母崔氏，也不提继母卢氏。

前者是痛，后者或许是另一种痛。反正在崔氏、卢氏这两个母亲之间，杜甫没有切身感受到人间的母爱。母爱，对于杜甫而言，全是二姑母杜氏在给。

如果母爱还有其他人给予，那么这人可能就是公孙氏。别狭义理解母爱。母爱有很多种，包括恋母情结的虚设，包括一个孩子最单纯的渴望。他说有，那便有。他不说，也不代表没有。

事实就摆在郾城街头。因为手持长剑，擅长跳舞，身材玲珑，如花似玉的公孙氏在举手投足之间，皆可满足幼年杜甫对女神的所有幻想，亦能满足幼年丧母的他对母亲和母爱的另一种渴求。毕竟二姑母杜氏给杜甫的言传身教是"仁义礼智信，温良恭俭让"，在六岁之前，他何曾见到公孙氏这样英姿勃发的女性？若是一直宅在洛阳家里，杜甫永远也看不到另外的母性之光。公孙氏给童年杜甫的内心冲击，不只是惊艳的舞蹈，还有一个女人惊艳的容颜。

郾城街头这惊鸿一瞥，看上去只是在杜甫内心种下诗歌的种子，实际上还勾勒出女神的形象。只憾杜甫此后五十年再也无缘一睹公孙氏玉容。

跳回公元七六七年，在夔州，具体在夔府别驾元持宅，杜甫突然看到已非盛颜却剑舞雄妙的公孙氏弟子李十二娘，他不再老眼昏花，应是眼神清澈如水，恢复到少儿时期的灵台清明。可以想象杜甫衰老的心脏被女神记忆强烈冲撞的跌宕起伏。这种起伏，夸张于"霍如羿射九日落，矫如群帝骖龙翔"这些诗句，回旋于"来如雷霆收震怒，罢如江海凝清光"这些画面。

杜甫此诗感念的公孙大娘，不仅是舞艺超群的公孙大娘、容颜超凡的公孙大娘，更是对开元盛世已逝去、故人容颜同衰老的无限感慨，又永远幽居内心的十八岁的公孙大娘……

喊一声大娘，自然是喊老了。杜甫幼年丧母，突然闯进杜甫童年生活的公孙大娘，后来在他内心幽居五十年而散不去，还必须有一种解释，是杜甫浓厚的恋母情结，暗藏于他本来豪情万丈的血液里。

只叹母爱，像断线的风筝，眼睁睁地看着风筝越来越远，杜甫却毫无办法，只能紧紧攥着手里那根线，也许，他不相信线会断，更不相信风筝会遥远。这根线，这个风筝，这中间由近及远又由远及近最终越来越远直至遥不可及的爱的距离，是美学，亦是杜甫不可捉摸又非常渴望且怅然所失的母爱。

反复诵读杜甫这首诗，诗中公孙大娘这个古典女神，让我萌生了一种深入历史河谷前往探秘的探究之力，也就是传说中的洪荒之力。母爱，于我而言，失于悬崖，落于河谷，暴雨如注，曲水流觞，油灯寂灭，桑葚自哀。即便如此，不过如此，我常幻想自己是一块被河水冲凉多年的礁石，最不怕的就是雨水、河水、洪水，而且一遇见河谷就会生发洪荒之力。若一遇见同样冰冷的礁石，我们又会抱团取暖，然后暖如故人。

二〇一六年秋天，我从成都自驾，千里追踪，先到洛阳，直奔巩义，再回洛阳，又从洛阳出发，赶到河南省漯河市郾城区的彼岸寺。此行，千里走单骑，彼岸寻一人。所寻之人，说是一人，实为两人，除了杜甫，便是公孙氏。

彼岸寺，位于漯河市郾城区老城西关内，现坐落于郾城区第一实验中学的校园里，是旧时郾城内最早最大的建筑群。"因其地近水即沙河之北浒，故曰'彼岸'"，距沙河仅数百米，面水而居，自是风水上上位置。又因在隋代以前与郾城县衙所在地 —— 古城村隔河相望，故曰：彼岸。据《旧唐书》记载，郾城属豫州本治溵水南，开元十一年因大水移治溵水北。溵水，是古水名，即如今的沙河。彼岸寺最终是以佛经"修心导善，以辅皇度，是为真谛，所谓世间法而彼岸者"，"生于彼岸极乐世界"而得名，系唐代以来的海内名刹。除了诗圣杜甫来过，唐代的韩愈、刘长卿，宋代的苏辙、苏轼等文豪，均在彼岸寺留下足迹。

开车沿着漯河市的沙河，抵达郾城区第一实验中学，随行的父亲又一次选择在门外抽烟等我。我径直闯进校园里的彼岸寺，这个传说是公孙大娘曾经舞剑的表演场地。彼岸寺，因有杜甫观看公孙大娘跳剑器舞和浑脱舞而开窍吟诗这一史实，成为后人凭吊诗圣的一个重要古迹。目前，它是全国重点文物保护单位。

当时，寺内建筑正在维修，架有纵横交错的钢管，对寺内佛像加以保护。彼岸寺主体建筑北面，则是一个回廊式的小公园。壁上贴有后人绘制的公孙大娘画像，以及杜甫书写公孙大娘舞剑的故事。

> 开元五年（七一七年），大诗人杜甫还是少年时，从巩县（今巩义市）短暂住过郾城，曾在彼岸寺观看全国知名舞蹈艺人——郾城人公孙大娘舞剑。后来，他在夔州（今重庆奉节）观看公孙大娘弟子李十二娘舞剑，忆起儿时观看公孙大娘舞剑的情形，有感而发，写了一首传诵千古的著名诗篇——《观公孙大娘弟子舞剑器行》，详细描述了当时的情景。杜甫这首诗歌被后人收在《唐诗三百首》中。

这段文字，对于杜甫的记载并无新意，却有"郾城人公孙大娘"这个令我醒脑的新提法。长期以来，公孙氏的生卒地皆是空白，当地人为何如此笃定她就是郾城人？

更多的传闻，一度让我坚信公孙大娘就是西域美女，或者说是胡女。理由是公孙大娘擅长的剑器舞和浑脱舞，虽被列入唐代的武舞，英姿雄健的健舞，却也确与西域有关。彼岸寺的文史资料和当地文博专家研究显示：公孙大娘，实是中原人，而且就是河南郾城人。我对此一直存疑。

二十一、谁是剑圣

公孙氏是不是郾城人，目前缺乏可靠依据。杜甫晚年在夔州见到的临颍李十二娘，这个"临颍"在唐代属于许州，相距郾城不到八十公里，也许这个距离适合公孙大娘收徒。但也只能说明，适合在郾城表演舞剑时期的公孙大娘收徒。至于公孙大娘在郾城的其他行踪，无史料可查，杜撰也无用。

从杜甫《观公孙大娘弟子舞剑器行》序文"昔者吴人张旭，善草书帖，数常于邺县见公孙大娘舞西河剑器"这些文字可知，公孙大娘到过邺县（故址大约在今河南安阳与河北临漳之间）舞剑，而且不是演完一场就走，数次被草圣张旭看到其行迹其舞姿。那么，由此推断公孙大娘在郾城的舞剑应该也不止一次，所以，她在郾城把临颍李十二娘收为传人，可以相信。

再查古书，提到公孙大娘的文字，在晚唐音乐理论家段安节《乐府杂录》里，还有寥寥几行。他在《乐府杂录》"舞工"篇序言里说，

"开元中有公孙大娘善舞剑器，僧怀素见之，草书遂长，盖准其顿挫之势也"。怀素？怎么不是张旭？作为研究唐代宫廷乐舞的权威，诗人温庭筠的女婿，宰相段文昌的孙子，段安节不该忽略草圣张旭啊。段安节言尽于此，别说张旭，吴道子和杜甫也是一字未提。看来，他对公孙大娘和怀素均有偏爱。

怀素，跟张旭一样，也是以草书至草圣，相传他们还有师承关系。不过，在段安节眼里，似乎晚唐时期的人更认同怀素为草圣。尽管有些意外，我却在段安节的"舞工"篇里有了一个新发现，便是公孙大娘的"新影响"，原来她不仅刺激书法家张旭成为"草圣"，还让怀素得其抑扬顿挫的剑器舞蹈之韵蜕变为另一个"草圣"。怀素，俗姓钱，在后世的书法评价体系里与张旭齐名，并称"颠张狂素"或者"张颠素狂"，他们被后人誉为中国草书史上的两座高峰。的确，他们写字都挺疯狂。相对而言，怀素的传世书法更多，其藏于台北故宫博物院的《自叙帖》，尽管仅存一卷，也被赞为"中华第一草书"。书法师承张旭的颜真卿曾作《怀素上人草书歌序》赞扬怀素草书："虽姿性颠逸，超绝古今，而模样精详，特为真正。"难得的是，怀素不仅年龄小于张旭、颜真卿，比杜甫也小十三岁（一说小二十五岁），传说他竟然与杜甫、李白皆有交往，关键是他还看过公孙大娘的剑器舞。

那么，怀素见公孙大娘又是哪一年的事？再寻觅《草书歌行》，相传此诗正是李白专门为怀素所写的七言长诗。不过，苏轼曾将此诗疑为伪作。此诗，《中国诗词大会》列为一道考题考验过选手的书法常识。读《草书歌行》，起句便是"少年上人号怀素，草书天下称独步"，临尾对比了怀素与张旭的书法"张颠老死不足数，我师此义不师古"，末句也提到了公孙大娘"古来万事贵天生，何必要公孙大娘浑脱舞"。李白这些话的意思是说，草圣跟当时已死的张旭没什么相关，真正用草书独步天下的人是面前这个叫怀素的年轻和尚，这人的书法虽然师从古人之意，却又不拘古人之形，这种书法天才属于自然天生，何必要等到公孙大娘跳了浑脱舞后，怀素的书法才有所长进呢？如果此诗确为李白所作，段安节之言就和李白对草圣该是怀素而非张旭的判断一致了。只是，李白和段安节提到怀素受惠于公孙大娘的舞蹈名字不一样，一个说是剑器舞，另一个说是浑脱舞。

当然，李白可能是自己特别喜爱怀素书法，才会用许多夸张的溢美之词，比如此诗"墨池飞出北溟鱼，笔锋杀尽中山兔"就说怀素的笔锋犀利，是因制笔杀尽了中山之兔，用尽了中山兔毛，引申之意是说怀素写字很能吃苦，耗掉不少笔毛。《草书歌行》一诗，据说作于七五九年秋天。这年，李白五十八岁，杜甫四十七岁，怀素三十四岁，公孙大娘如若还活着至少六十多岁了，她此时还在世的可能性不大。再按段安节《乐府杂录》反推，唐玄宗的年号"开元"终于七四一年十二月，这年，怀素十六岁，他若在开元年间观看公孙大娘舞剑器，必是在七三五年至七四一年这六年之间，因为怀素十岁便已出家为僧。至于一个小和尚何时遁出空门来到街上看公孙大娘的舞蹈，则无从可查了。

至于怀素与杜甫的交往，传说是杜甫晚年流亡湘江时期，怀素因此书写过草书版《秋兴八首》传世。据传中间朋友是蜀地眉州诗人、侍御史苏涣，当时他在湖南任职，事从潭州刺史、湖南都团练观察处置使崔瓘。可是细查之后发现，杜甫虽与苏涣有赠答之诗，如其七六九年秋在潭州（今湖南长沙）先后所作《苏大侍御访江浦赋八韵记异》《暮秋枉裴道州手札，率尔遣兴，寄递近呈苏涣侍御》，而且他们都给一个叫李勉的人写过诗，但是通查《杜诗全集今注》，杜甫并未给怀素留下诗句。按照杜甫的性格，他也喜欢书法，晚年尤喜拜僧访道，若在湘江一带遇见怀素，他不可能不写诗记录。

与怀素的朋友苏涣相交，是七六九年春夏之交，杜甫的确在湖南衡州写过一首《衡州送李大夫七丈勉赴广州》。诗题中的李勉是李唐宗室子弟，应为杜甫外祖母那边的中表亲，称其为丈人则因对方班辈高于自己，其时此人将赴广州任刺史。苏涣也为此事给李勉写过名为《变律》的十九首诗，得到对方赞赏，却并无诗篇记录杜甫和怀素同时在场的情景。不过，在杜甫与苏涣的交往时段，以及苏涣与怀素的赠诗时段，杜甫与怀素应该完美错过，或者没有相互在场。据苏涣写给怀素的诗《赠零陵僧》，大约作于七六七年或七六八年，疑似提到了公孙大娘的《西河剑器》舞，比如"西河舞剑气凌云，孤蓬自振唯有君。今日华堂看洒落，四座喧呼叹佳作"。然而，此诗又有"忽如裴旻舞双剑，七星错落缠蛟龙"，似乎苏涣写怀素草书灵感源自《西河剑器》舞，并非公孙大娘，而是遥指"剑圣"裴旻。

当然，公孙大娘的《西河剑器》舞实则与裴旻一脉相承，二人应当属于师徒关系。按《明皇杂录》记载："上（玄宗）素晓音律。时有公孙大娘者，善舞剑，能为《邻里曲》《裴将军满堂势》《西河剑器浑脱》。遗妍妙，皆冠绝于时。"从《明皇杂录》提及的《裴将军满堂势》不难推断，公孙大娘的舞蹈技艺，传承于唐代开元年间善于剑舞被称为"剑圣"的左金吾大将军裴旻。她在继承裴旻剑舞《裴将军满堂势》基础之上，还新创有多种剑器舞，最具盛名的剑器浑脱舞正是由剑器和浑脱两种舞曲融合而来。至于《西河剑器》和《邻里曲》这两种舞曲，属于公孙大娘原创，还是取自裴旻之源，暂无史料佐证。《明皇杂录》所称"《西河剑器浑脱》"应为笔误，是因《西河剑器》舞和《剑器浑脱》舞实为两种舞蹈，而且产生时间尚有先后之分。按杜甫诗歌记载，他看到的公孙大娘舞蹈是剑器浑脱舞，张旭先于他看到的公孙大娘舞蹈则是《西河剑器》舞。

裴旻，兖州人，杜甫生父杜闲有一任官职便是兖州司马。这人剑术极高，在唐文宗时期，曾与李白的诗歌、张旭的草书一起被李昂御封为"唐代三绝"。《新唐书》便有记载："文宗时，诏以（李）白歌诗、裴旻剑舞、张旭草书为'三绝'。"《新唐书》还称，裴旻实为唐玄宗开元时期的人物，官至左金吾大将军。关于裴旻的传说有很多，在其镇守北平郡期间最为传奇，说他曾在一天之内射杀三十一只老虎，看似奇闻，实则不虚，因为王维有诗《赠裴旻将军》记录："腰间宝剑七星文，臂上雕弓百战勋。见说云中擒黠虎，始知天上有将军。"在书法家颜真卿眼里，裴旻既是猛将，也是舞剑器的绝顶高手，见其《赠裴将军》"大君制六合，猛将清九垓""剑舞若游电，随风萦且回"。我以为，公孙大娘善舞的《裴将军满堂势》应是裴旻给吴道子表演过的那支舞蹈，因为此舞凌厉无比，需要执剑舞者满地飞舞，体力跟不上的话很难完成这支舞曲。

再回首细品"绛唇珠袖两寂寞"，公孙大娘在杜甫诗中，在杜甫心中，只是一个嘴唇大红的公孙大姐，好看、耐看、百看不厌的姑娘。受其剑器浑脱舞影响，留其绛唇珠袖印记，杜甫在七岁那年情不自禁地开始写诗。杜甫人生的第一首诗，主题是歌咏凤凰，诗名应是《凤凰》或者《咏凤凰》，具体叫什么名字，因没有流传下来，成为一个千古之谜。杜甫到了晚年追忆此事，在其自传体长诗《壮游》中感慨"七龄思即壮，开口咏凤凰"，可是说完凤凰二字，他又不再说了。四十岁那年，杜甫给唐玄宗进献的《进雕赋表》，则是他在现存诗文里第一次谈到七岁写诗，如"自七岁所缀诗笔，向四十载亦"，似乎有些碍口识羞，连代指公孙氏的凤凰二字也省略了，难道是因为她做过李隆基的爱妃，仍是避讳？确有这种传闻，可惜没有证据坐实。

郑嵎在《津阳门诗》中，描写唐玄宗于千秋节在宫中举行盛大乐舞表演时"公孙剑伎方神奇"，并自注："有公孙大娘舞剑，当时号为雄妙。"郑嵎所写的公孙大娘，和杜甫笔下的公孙大娘，其实基本一致。他们都没有明确这个公孙氏是否被唐玄宗选为后妃。杜甫在《观公孙大娘弟子舞剑器行》序里，只说："公孙氏，舞剑器浑脱，浏漓顿挫，独出冠时，自高头宜春梨园二伎坊内人，洎外供奉，晓是舞者，圣文神武皇帝初，公孙一人而已。"翻译过来，则是：公孙氏跳剑器浑脱舞，流畅飘逸，抑扬顿挫，舞技超群，其时当代第一，从皇宫内的宜春院、梨园弟子到宫外供奉的舞女中，懂这种舞蹈的舞者，在唐玄宗初年唯有公孙氏一人而已。郑嵎的《津阳门诗》不过是多了一层含义，即是证实李隆基过生日时会邀请公孙大娘入宫舞剑助兴。仅此而已。

"昔有佳人公孙氏，一舞剑器动四方。"从杜甫《观公孙大娘弟子舞剑器行》对唐代健舞"剑器舞"的描述，到段安节《乐府杂录》对唐代舞工的总结，他们都牢牢锁定公孙大娘一人，那么杨贵妃呢？她会不懂如何跳剑器、浑脱或者剑器浑脱舞？史书记载的杨贵妃，可不只是古代四大美女之一，还是一个通晓音律、擅长歌舞的宫廷音乐家、舞蹈家。对于唐代歌舞的认识，杜甫和段安节是不是都孤陋寡闻了一点？李隆基是唐代在位最长的皇帝，其在位的四十四年史称"盛唐"，难道就没有一位舞蹈家胜过公孙氏？

当我把代表唐玄宗的"圣文神武皇帝初",缩小至七一二年到七一七年这六年,杜甫之言似乎也就靠谱了。这几年,杜甫年幼,巩县杜氏家族没落,自是没有机会赴唐玄宗的宫宴感受宫廷乐舞。即使放大至七一三年十二月到七四一年十二月,整个"开元时期",他也毫无这种机遇。如果有,那也是后来出任唐肃宗时期的左拾遗,或许才有机缘得看宫廷乐舞。段安节在《乐府杂录》"舞工"篇序言里忽略杨贵妃,则不该如此。要知道唐玄宗和杨贵妃联袂缔造的盛唐舞曲《霓裳羽衣曲》,不仅被后人誉为中国舞蹈史上的巅峰之作,即使是中唐时期此曲因安史之乱战争之辱一度被列为禁曲,白居易和元稹可是皆有诗作唱和,称为最爱。白居易《霓裳羽衣舞歌》一诗便说:"我昔元和侍宪皇,曾陪内宴宴昭阳。千歌万舞不可数,就中最爱霓裳舞。"

在唐代,尤其是唐玄宗时期,流行的舞蹈有很多,比如胡旋、胡腾、剑器等舞,因为节奏明快、舞姿矫健、表现阳刚之美,被段安节列为"健舞"类;还有绿腰、凉州、甘州等舞,又因节奏舒缓、舞姿轻盈、表现柔婉之美,被段安节列入"软舞"类。"飘然转旋回雪轻,嫣然纵送游龙惊。"从白居易《霓裳羽衣舞歌》中的诗句可见,当年杨贵妃跳的霓裳舞,即霓裳羽衣舞,应属"软舞"。此诗还说"虹裳霞帔步摇冠,钿璎累累佩珊珊",由此可知,舞者装饰华丽,头上有闪亮的金饰头冠,肩上有织绣精美的披肩,身上有缀满金花、贝片、玉珠、珊瑚等装饰物的华衣,皇宫舞女尚且如此,想那已是贵妃的杨玉环的装扮必定更为惊艳,否则有机会近侍她的李白不会写出"云想衣裳花想容,春风拂槛露华浓"这类溢美之词。若是凭此就断定杨贵妃只会跳软舞,那就大错特错了,因为她还会跳健舞类的胡旋舞。因此,说她不会跳另一种健舞"剑器舞",我也不太相信。看来,段安节偏爱公孙大娘的剑器舞是一回事，对杨贵妃的霓裳舞和胡旋舞的忽视又是另一回事。

"来如雷霆收震怒，罢如江海凝清光。"再读杜甫《观公孙大娘弟子舞剑器行》对剑器舞（实为"剑器浑脱舞"）的描绘，我忽然对唐代这种融合剑器和浑脱两种舞蹈的健舞，多了几分可以抓拿的感知。剑器舞，一般是先奏鼓乐直至喧阗，达到一种紧张的战斗状态，鼓声一落，舞者才登场，所以杜甫形容为"来如雷霆收震怒"，此舞结束要求舞者静止不动，于是他称之为"罢如江海凝清光"。诗中"霍如羿射九日落，矫如群帝骖龙翔"，则可想象公孙大娘的身姿异常矫健，只憾杜甫没对她的衣着打扮有更多描述。

若按浑脱舞要求舞女的装扮，公孙大娘应是头戴浑脱胡帽，脚蹬软底胡靴，身着一身戎装锦衣，完成杜甫六岁所观的剑器浑脱舞。剑器舞之舞剑，中原自古有之，早在秦末，刘邦灭掉楚王项羽建立汉代之前便有"项庄舞剑，意在沛公"之典故。到了尚武之风更强烈的唐太宗与唐玄宗时代，战时杀敌之剑，已成政局稳定时常见的宴会取乐之剑。浑脱舞，没有史料说有舞剑，其起源则并非中原，而是来自西域龟兹、高昌等古国的胡舞。浑脱就是囊袋的意思，原指牛羊皮制作的革囊，用于盛水或奶的工具，舞女在跳舞时用油囊装水，互相泼洒，为了不使冷水泼到头上，她们便戴上一顶涂了油的防水帽，高昌语叫"苏幕遮"。此舞从西域传入中原，最初多是群舞，往往是戴着兽面、身着胡服、骑着骏马的娇艳舞女们，在一阵鼓声震天的气氛中打马而来，有的舞女甚至裸露身体，相互泼水嬉戏，你追我逐，大喊大叫，成群结队地高歌"苏幕遮"，像战争中的战士杀敌一样疯狂。这样的浑脱舞，在唐代的名字不雅，被称为"泼寒胡戏"，其舞曲也非雅乐，而是胡乐。对于此类来自西域的风俗性歌舞，《资治通鉴》有记载："己丑，上（唐中宗，李隆基的伯父李显）御洛城南楼，观泼寒胡戏。清源尉吕元泰上疏，以为'谋时寒若，何必裸身挥水，鼓舞衢路以索之！'疏奏，不纳。"这个清源尉吕元泰，应该是个正人君子，武后退位李显复位之后的一股清流，他在神龙元年（七〇五年）上奏唐中宗，请令禁止时称"泼寒胡戏"的浑脱舞，理由是说，寒冬腊月多冷啊，一群裸女当众乱跳，还相互泼水投泥，简直是成何体统啊，她们跳起舞来，旗鼓喧哗，像打仗一样惊心动魄。宋代文学家洪迈编著的史料笔记《容斋四笔》"浑脱队"条还有补记，称"苏幕遮"为波斯语译音，"苏幕遮"的曲名正是源于歌舞者的这种服饰。至今还在云南傣族流行的泼水节，相传就是源于这种浑脱舞，只是表演文雅多了，泼水上升为礼遇，大抵是图个热闹。可在神龙元年，被武则天高压了多年的唐中宗并未准奏，怕是太压抑之后的压力大释放之需吧。还有另一种可能，比如混迹武后、中宗两朝的胡僧慧范，做过太平公主面首，也曾侍从中宗宠幸的韦后，此人虽然劣迹斑斑，却因擅长迷信之术，常引李显微行其家，或是因此致使"泼寒胡戏"未被禁止。到了唐玄宗开元元年，由于大臣不断上疏此戏为胡虏之俗，有伤风化，加上即位不久也需笼络朝臣，李隆基便在这年十二月七日颁布诏书《禁断腊月乞寒敕》，下令禁止上演"泼寒胡戏"。从此，浑脱舞消失于京城，散落于民间。也许此舞在民间流行开来之际，发现"泼寒胡戏"有激昂的战争特点，公孙大娘便取其精华去其糟粕，把它与剑器舞相融，改群舞为独舞，化为更为霸道的剑器浑脱舞，才又从民间起舞复兴于唐玄宗宫殿。

这次到郾城彼岸寺实地探寻杜甫与公孙大娘交集的古迹，最大收获不仅仅是搞清楚了她的舞蹈来历，而是对于唐代舞蹈尤其是唐玄宗时期的舞蹈又多了几分新知。

二十二、无母孤雏

郾城之行，最让我挥之不去的记忆，是彼岸寺石碑上那个巨大的"舞"字，格外飘逸，让人沉醉，浮想联翩。伫立于此，看着看着，我就走了神，仿佛又一次穿越回到唐代，撞见了身着唐装的杜甫与一身锦衣的公孙大娘，目瞪口呆的人是杜甫，英姿勃发的人是公孙大娘，一脸迷茫的人则是我这个后来者。仿佛流经于此的沙河，都被公孙大娘这惊世一舞扭弯了腰。

在郾城，反复拿捏杜甫对公孙大娘的这份崇敬之爱与憧憬之情，直到把爱捏出水来，我想象着这来自沙河的水，就洞穿了彼岸寺石碑上隐藏的秘密。就在彼岸寺，我手舞足蹈，对心里幻化的杜甫说：你开口咏出的凤凰，成了我一生需要破解的方程式，缓过神来，我才发现你走过的土地是因为种下太多的诗歌才肥沃。

当然，自从七岁咏出凤凰一诗后，凤凰不仅是杜甫多次讴歌的对象，也成了他一生的神秘方程式。即使是躲避战乱逃至陇右同谷（今**甘肃成县**），杜甫忍饥挨饿时也在用"凤凰"慰藉旅愁，如其《凤凰台》所言："恐有无母雏，饥寒日啾啾。我能剖心出，饮啄慰孤愁。"这里的"凤凰"，是生母崔氏还是二姑母杜氏或者是公孙大娘，我们无法断定，只能触摸到杜甫心中不断涌现的孤独。

人们不禁要问：六岁的杜甫本该在洛阳仁风里到处奔跑嬉戏，为何会出现在离洛阳很遥远的郾城？一种说法是杜甫跟随二姑母杜氏，到郾城的彼岸寺来烧香拜佛。另一种说法则是杜甫的父亲杜闲时任郾城县尉，他们姑侄二人正是过来探亲。还有一种说法是杜甫这一时期就跟着父亲杜闲在郾城生活。我以为，探亲一说可能性更大。甚至，我还以为杜甫这次的郾城之行是因观赏了公孙大娘的奇妙舞姿，才开始读书写字，并尝试用写诗的方式来赞美留在心底的美妙事物。

至于李白和公孙大娘是否都曾师从裴旻学剑，这一传说尚无实据。后来的唐文宗，御封李白的诗歌、张旭的草书、裴旻的剑舞为"唐代三绝"，把李白和裴旻扯到一起，但并未交代二人有无剑舞交集。

不过，有诗可证，李白有舞剑的爱好。从得意时的《送羽林陶将军》"万里横戈探虎穴，三杯拔剑舞龙泉"，到失意时的《玉壶吟》"三杯拂剑舞秋月，忽然高咏涕泗涟"，再到落难时的《送张秀才谒高中丞》"酒酣舞长剑，仓卒解汉纷"。李白几乎是剑不离身，既借剑舞传送万丈豪情，也用剑意释放精神压力。李白的一生，不仅仅是仗剑走天涯的浪漫与快意，他跟杜甫一样：潦倒于晚年，停杯于浊酒。

舞剑和剑舞，对于杜甫来说，又比李白多了一些内涵，那就是公孙大娘的舞姿雄妙，犹如凤凰展翅，点燃了他的向往之情与翱翔之梦。从此，执剑起舞成为杜甫信仰的一部分，歌咏凤凰成了杜甫诗歌追求的象征。当他忽闻吴音吟咏，勾起泛舟江南记忆，剑舞就在眼前，于是有了《夜宴左氏庄》"检书烧烛短，看剑引杯长"。当他目睹兵荒马乱，忧思国破家亡之乱，舞剑练兵又成了安禄山的包藏祸心，于是有了《后出塞五首》"拔剑击大荒，日收胡马群"。当他听到友人怀才不遇的叹息，怜其悲惜其哀，杜甫的劝慰是拔剑不如放下佩剑，于是有了《短歌行赠王郎司直》"王郎酒酣拔剑斫地歌莫哀，我能拔尔抑塞磊落之奇才"。更多年少时光，尤其是放荡齐赵间那快意八九年，杜甫不仅是一个"拔剑或与蛟龙争"的剑客，而且还是一个"射飞曾纵鞚，引臂落鹙鸧"的弓箭手。即便饥寒交迫身陷囹圄，杜甫也是手执长剑向坎坷命运挥舞的勇者，一声声"我行怪此安敢出，拔剑欲斩且复休"响彻凤凰台下的同谷。

后来去《乾元中寓居同谷县作歌七首》所指引的成州同谷县凤凰台（今甘肃省陇南市成县杜公祠附近）考察，遥想杜甫又逢儿时的"凤凰"，再联想他在自传体叙事诗《壮游》倾吐的"七龄思即壮，开口咏凤凰"，以及《凤凰台》诗中长叹的"亭亭凤凰台……凤声亦悠悠"，我总怀疑公孙大娘以及她灵动的剑舞身姿，在他六岁那年泛起的记忆长河里从未消散。

不只是杜甫，也不止于盛唐，公孙大娘还在晚唐诗里发光发热。比如晚唐诗人、礼部尚书司空图，还赋有给公孙大娘的诗《剑器》："楼下公孙昔擅场，空教女子爱军装。潼关一败胡儿喜，簇马骊山看御汤。"宋代音乐理论家、礼部尚书陈旸所著《乐书》在介绍"剑器"时，仍有杜甫与公孙大娘的传闻，如"剑器，剑器之舞，衣五色绣罗襦，折上巾交，脚绛绣靴，仗剑执械，唐开元中有公孙大娘善舞剑器，能为邻里感激。怀素见之，草书遂长，盖状其顿挫势也。老杜有舞剑器行辞，亦其事欤？今教坊中吕宫有焉"。

当然，代表母爱的真人化身，不能遥指公孙大娘，而是二姑母杜氏，最让杜甫终生难忘。

冯至曾说，杜甫少小多病，不是一个健康的儿童，"但他生长在一个健康的时代"。这个时代，就是云集李白、杜甫、王维、高适、岑参、孟浩然等大诗人，以及张旭、怀素、吴道子、颜真卿、李龟年、公孙大娘等大艺术家的"盛唐"。

"七龄思即壮，开口咏凤凰。"此刻，再吟杜甫自传体叙事诗《壮游》这两句，可以认定，给予杜甫诗歌密钥令他打开神秘诗歌之门的人，说不定并非让他生前引以为傲的祖父杜审言，而是让他一生心心念念的舞女公孙大娘。此女，甚或还是少年杜甫成为游侠的揭幕人。

第五章

翰墨场

二十三、少年杜甫

七岁写诗，杜甫在哪里开口咏凤凰？郾城人认为在郾城。

九岁写字，杜甫又在哪里作成一囊？郾城人认为在郾城。

甚至在洛阳出游翰墨场，走进岐王宅里、崔九府邸之前的杜甫行踪，郾城人还是认为在郾城。

迄今，不少郾城人爱把杜甫的整个少年生活"安置"在郾城，认定是郾城助力他完成诗圣的初级修炼。理由似很正当，却也牵强。正当，是因杜甫生父杜闲的确在郾城担任过郾城尉，正好给了后人无穷无尽的想象空间。牵强，则因与郾城仅有一河之隔的召陵便是东汉经学家、文字学家许慎的故乡，于是有人判断杜甫习字写诗的生活就在郾城开启，还说其父杜闲是用许慎《说文解字》一书为他启蒙文字学，走遍郾城的山山水水。说少年杜甫是在郾城练就诗书之才，有可能吗？有可能，却无更多实在的墨汁支撑这些虚构的线条构成令人信赖的证据。

杜甫七岁至十三岁的经历，恍若一幅烟雨朦胧的山水画，难以开门见山，让人看个明白。史书像是被虫掏空，缺乏他的身影显山露水。即使是杜甫五十一岁所作的《送路六侍御入朝》"童稚情亲四十年，中间消息两茫然"，这两句诗提到他十一岁的行踪也很模糊，只知这年他交往了一个叫路六的儿时旧友，至于路六的真名，以及二人是否为同学，依旧是一个悬念。

其实，不用凭空猜想，至少在十四五岁这两年，现存杜甫诗歌中便有诗句明确记录"少年杜甫"行迹不是在郾城，而是在洛阳与巩县两地奔走。

"即今倏忽已五十，坐卧只多少行立。"在成都草堂，自称五十岁实为四十九岁的杜甫通过《百忧集行》自描了一个体格强健的"少年杜甫"形象。这个十五岁的杜甫，有着孩童般的纯真，初生牛犊般健壮，天真烂漫，甚至有些顽皮。此诗所记之事，看似小事，却把少年杜甫在自家庭院前来来回回爬树摘梨取枣的活泼一面描绘得栩栩如生。如果说杜甫这次返乡，是给尚在世的继祖母卢氏请安，那么诗中的"庭前"之庭所指，就应是巩县杜氏老宅。

忆年十五心尚孩，健如黄犊走复来。
庭前八月梨枣熟，一日上树能千回。

这个"少年杜甫"形象比较写实，也很夸张。一日上树能千回，精力充沛得像只灵猴，自然是杜甫的艺术夸张之词。此诗读来像是年老的杜甫在遥望并召唤年少的杜甫。召唤自己，就这四句，便让一个生龙活虎的"少年杜甫"扑面而来，也让巩县笔架山下的杜甫故居跃然纸上。在《百忧集行》里，实际上有两个杜甫穿梭其间，"健如黄犊走复来"说的是他十五岁时的好动，"坐卧只多少行立"则是说他五十岁左右的难行。为何难行？这年快满五十岁的杜甫，早已未老先衰，因为多病才会行动不便。其病很多，仅说疟疾，杜甫在长安、秦州两地均有一次突发，两次皆是差点要了他的命。在成都草堂定居初期，杜甫仍旧过着长安时期"卖药都市，寄食友朋"般的困苦生活。解决吃药问题，还好，他在建好茅屋时，就把茅屋前的一块空地作为药圃，栽种了多种药草。解决吃饭问题，就很难了，因为杜甫这年没有正式工作，生活全靠朋友接济，全家老小都眼巴巴地指望着他。偏偏这时家无余粮，老妻满面愁色与他相对无言，儿子饥肠辘辘面朝茅屋东面厨房发怒要饭。诗中所描绘的"入门依旧四壁空，老妻睹我颜色同""痴儿未知父子礼，叫怒索饭啼门东"等画面，便是杜甫这年生活困苦的写照。同一时期，杜甫还有《因崔五侍御寄高彭州一绝》"为问彭州牧，何时救急难"，向时任彭州刺史的好友高适发出求救信。此时，回想起自己少年时期的无忧无虑，联想到五十岁的"强将笑语供主人，悲见生涯百忧集"，杜甫从无忧到百忧，仿佛是一瞬间的人生反转，故有诗题《百忧集行》。

还有一个诗赋才华惊人的"少年杜甫"形象，出自杜甫晚年所作的《壮游》。具体在七六六年，五十四岁的杜甫已经老眼昏花一身是病，他在夔州草堂写了一首形同自传的长诗。

往昔十四五，出游翰墨场。
斯文崔魏徒，以我似班扬。

《壮游》里的这个"少年杜甫"虚实相映。虚，在于杜甫并未细描自己提笔写字抬头吟诗的实在画面。"出游翰墨场"，寥寥几个字，字面是说出入挥毫泼墨地，字外还可引申为闯荡盛唐文坛。实，在于他有具名，被当时的文坛名士"斯文崔魏徒"盛赞，具有东汉史学家、文学家班固和西汉文学家、哲学家扬雄的才学。这时，杜甫只有十四五岁，他的诗赋已经驰名洛阳，字里行间洋溢着自信。他在《壮游》里还说，"脱略小时辈，结交皆老苍"，又给人少年老成的印象。由此可知，杜甫少年时期喜欢跟饱读诗书的文坛前辈结交。凭什么？

当然是他非凡的诗赋才学。这些事，不可能发生在郾城，也不会定格在巩县，应该定位于机会更多扬名更快的东都洛阳，寄居于二姑父裴荣期在洛阳担任济王府录事参军所在的仁风里时期。

除了自描的上述 A、B 两面"少年杜甫"形象，杜甫还在《江南逢李龟年》里对开元初期的鼎盛表达过眷怀，并用"岐王宅里寻常见，崔九堂前几度闻"记录了自己的"少年杜甫"C 面印记。只憾这段时期的杜闲官踪不详，难以精准还原杜甫的少年过往。

因为《旧唐书》和《新唐书》皆无"杜闲传"，加上至今没有杜闲墓志出土盖棺定论，杜闲何时从郾城尉（或从武功尉）擢升为奉天县令、兖州司马，杜甫十九岁漫游之前的行踪，不得不留下太多难以填充的空白。后世学者在研究"少年杜甫"这段经历时，大多从简，或者干脆转头跳进他诗文记录依旧偏少的漫游吴越时期，忽视洛阳给他"出游翰墨场"初露诗名锋芒这个其实不能回避的舞台。包括后世诗人在感怀杜甫时，往往只描只述只叹他颠沛流离的下半生，比如王安石的《杜甫画像》："惜哉命之穷，颠倒不见收。青衫老更斥，饿走半九州。瘦妻僵前子仆后，攘攘盗贼森戈矛。吟哦当此时，不废朝廷忧。常愿天子圣，大臣各伊周。宁令吾庐独破受冻死，不忍四海赤子寒。"

二十四、远师书圣

然而细览杜甫中晚年时期的回忆性诗文，结合近年来出土的崔尚、魏启心等人的墓志碑文，我们依稀可以窥探出"少年杜甫"在洛阳扬名且多才多艺的关键过往。

比如书法家杜甫这个身份，及其从小习字的字迹和词源。杜甫的书法基本可以坐实，主要取法于初唐四大书法家之一的虞世南，其字从起笔到收笔，构图造型必问来源，喜欢从词海里寻找属于自己的跌宕起伏舒适感。如何舒适？杜甫表述为"书贵瘦硬方通神"。

杜甫写字这一特点，与其写诗注重用典追求"下笔如有神"一样讲究传承和传神。关于书法师承，杜甫所作《赠虞十五司马》一诗便有明确指向："远师虞秘监。"虞世南因在唐太宗贞观年间任过秘书监，获封永兴县公，又称"虞秘监"和"虞永兴"。诗题中的"虞十五司马"，杜甫也有交代"今喜识玄孙"，即虞世南的玄孙，其名不详，其职是司马，在虞氏玄孙辈中排行十五。在此诗中，杜甫还谈到虞十五司马的笔法"凄凉怜笔势，浩荡问词源"，又说"爽气金天豁，清谈玉露繁"。

远师虞世南，实质上就是远师东晋书圣王羲之。说来，杜甫这一字体取向，又跟其祖父杜审言的书法之见相悖。"吾文章当得屈宋作衙官，吾笔当得王羲之之北面。"杜审言生前这一狂言，换成今天的话来说，可以这么翻译：我写文章，屈原、宋玉只配给我当跟班，打下手；我写书法，王羲之见了也得认输，必须认我为老师。是不是觉得杜审言比"天子呼来不上船"的李白狂多了？但他的确有狂妄的资本。在唐代之前的诗，一般被称为古体诗，没有什么格律限制，李白的《将进酒》就属于这类古体诗，一句诗往往不是规规矩矩的五字或七字，而是三字、五字、七字、十字不等地跳转，重在自由表达。初唐兴起讲究格律的诗，则被称为近体诗，或者格律诗，分律诗（特点是八句）、绝句（特点是四句）两类，杜审言正是初唐近体诗的奠基人之一或者定型之人，尤其是其五言律诗堪称一绝，这也是杜甫的律诗家学来源。明代胡应麟《诗薮》便说："初唐无七言律，五言亦未超然。二体之妙，杜审言实为首倡。"首创一说，或许过誉，因为南北朝时期便有律诗出现，说杜审言定型甚或引领初唐五言律诗更为准确。在《诗薮》里，胡应麟还说，初唐五言律，杜审言的"独有宦游人"第一，此句来自《和晋陵陆丞早春游望》，全诗为："独有宦游人，偏惊物候新。云霞出海曙，梅柳渡江春。淑气催黄鸟，晴光转绿蘋。忽闻歌古调，归思欲沾巾。"当然，胡应麟也认为杜审言、陈子昂、沈佺期、宋之问、李峤、苏颋、孙逖等初唐诗人的五言律诗各有特色，评价他们"皆气象冠裳，句格鸿丽。初学必从此入门，庶不落小家窠臼"。初唐书法呢？ 在继承汉隶之后，欧阳询的楷书（后世称为欧体）、行书，虞世南的楷书、行书、行草，褚遂良的楷书，薛稷的隶书、行书，这四人的声望最高，被称为"初唐四大（书法）家"。实际上，在唐太宗李世民的推崇下，王羲之的书法一直是初唐各大书法家修习笔意的典范。杜审言的书法虽无真迹可考，却也应有独到之处，否则他连书圣王羲之也不放在眼里，就是夸夸其谈，形同伪君子了。或许杜审言的狂妄本意，只是想让世人更加关注他的诗书才华。其诗文才学当然有口皆碑，只是其书法水准暂无碑文替他言明。如在洛阳出土的《大周故朝散郎检校潞州司户参军琅邪王君墓志铭并序》碑文里，墓志署名"吉州司户参军杜审言撰，洛州参军宋之问书兼篆额"。撰文是杜审言，写字却是宋之问，看来墓主亲属就更看重杜审言的文章才学，而非其"吾笔当得王羲之之北面"之书法。长期以来，杜审言凭借五言律诗在初唐诗歌中占据不可或缺的一席之地，人们谈到他的文学贡献时也仅以其诗论断，其赋文却不见踪迹。这是目前所能见到的杜审言的唯一一篇墓志，可谓弥足珍贵。通读此文，可以看出杜审言写文章喜欢用典，且用典频出，极尽典雅文辞。其实，杜审言生前也非常推崇王羲之的书法。"太保以忠孝在躬，誉称家国；将军以风流冠俗，声驰毫翰。"仅从杜审言这几句对墓主生平事迹的描绘可见，两处用典，其中一个典故就是借助王羲之书法说事，不再用自己书法来给人抬轿子。墓主，叫王绍文，和西晋官拜太保的王祥、东晋右军将军王羲之皆是琅邪（琅琊）临沂人，杜审言因此给予赞誉，大赞此人忠孝可追卧冰求鲤的"孝圣"王祥，美誉此人书法犹如声驰毫翰的"书圣"王羲之。王羲之，人称"王右军"，其横扫千军如卷席的书法气象，岂是人人皆能拥有？谁也不会相信。显然，杜审言这篇辞藻华丽的碑文，更像是墓主亲属花高价买来的吹捧文章，甚至可说是马屁文章。在唐代墓志中，很少有子女给父母写墓志的情况，以免被人指责过于吹捧，那些所谓盖棺定论的墓志即便另请高人援手，实则仍然难以规避追捧之风。如今，杜审言墓志和杜闲墓志尚未出土，想必也非杜甫之作。杜审言在诗文里的用典家学，杜甫自然是全力继承了，而且处处用典皆有出处。奇怪的是，杜甫在自己的诗文里从未谈及其书法是否跟杜审言有关。从现存杜甫诗文显示，他从祖父身上获得的自豪感，多是律诗。其父杜闲是否继承祖父诗学，很难去断定，杜甫提到父亲往往选择回避，即便是无法回避时，最多是在给二姑母杜氏、继祖母卢氏等亲人的墓志里罗列父亲官职及其带给家族的荣耀而已。杜甫对杜闲的极度避讳，像是关闭了一扇窗，让人永远捉摸不定。

在虞世南的书法世界里，杜甫究竟汲取了什么笔法与写意？虞世南的书法，若讲传承，无疑是取法于俗称"二王"的王羲之、王献之。张怀瓘所著《书断》便将虞世南的隶书、行书列为妙品，称其书法"得大令（王献之）之宏观，含五方之正色，姿荣秀出，智勇存焉。秀岭危峰，处处间起；行草之际，尤所偏工。及其暮齿，加以遒逸"。迄今，虞世南有不少的书迹刻石传世，其中，楷书有《孔子庙堂碑》《破邪论》，行书有《汝南公主墓志铭》《摹兰亭序》。"文字经艺之本，王政之始也。仓颉象山川江海之状，虫蛇鸟兽之迹，而立六书。战国政异俗殊，书文各别，秦患多门，定为八体。后复讹谬，凡五易焉。然并不述用笔之妙，及乎蔡邕张索之辈，钟繇王卫之流，皆造诣精微，自悟其旨也。"虞世南《笔髓论》中说，他用笔讲究手腕轻虚、指实掌虚，太缓而无筋，太急而无我骨，侧管则钝慢而多肉，竖管则乾枯而露骨，追求"粗而不钝，细而能壮，长而不为有馀，短而不为不足"，方能"得之于手而应于心，口不能言"，直至"气如奔马，亦如朵钩，变化出乎心，而妙用应乎手"。"右军（王羲之）云：书弱纸强，笔强纸弱。"虞世南自言写字取法于王羲之此观，笔强者弱之，弱者强之也。同时，他不怎么看重纸笔，即便是手提秃笔面对粗糙的纸，只要坐立姿势端正，运腕得心应手，笔下的字也能挥洒自如，别出新意。"右军云：游丝断而能续，皆契以天真，同於轮扁。又云：每作点画，皆悬管掉之，令其锋开，自然劲健矣。"虞世南诠释行书与行草，还说"字虽有质，迹本无为，禀阴阳而动静，体万物以成形，达性通变"。后来，写字索源，论书说法，杜甫多是紧随虞世南后尘，力求劲健与瘦硬。虞世南这些书法观，可以看成打开杜甫书法之门的第一道门。

只是甚憾，杜甫的书法尚无真迹传世，无法用来与虞世南笔迹进行比对。至少后世书法鉴定专家无人敢确定某件作品是杜甫真迹。包括相传现存唯一的"杜甫墨宝"，说是杜甫于乾元二年（七五九年）

所作《俯太中严公九日南山诗》一诗的石碑墨拓本，"藏于"西安杜公祠，但是，此诗存于哪本杜诗集、谁将这件书法作品制成石碑、石碑传自何人何处、拓本源于何年何月，皆无依据。有人扬言，杜甫这件"墨宝"来自四川巴中南龛古窟造像老君洞，甚至当地导游词还诠释为"唐代乾元三年（七六〇年）杜甫赴巴拜访好友严武时所作《判府太中严公九日南山诗》"。怎么可能呢？据我考据，网传的《严公九日南山诗》拓本，传说藏于西安杜公祠的《俯太中严公九日南山诗》拓本，包括所谓的源于巴中的《判府太中严公九日南山诗》刻本，均是伪造，相关"杜诗"也是伪作。乾元二年（七五九年），杜甫的确写过一首诗给严武，名为《寄岳州贾司马六丈、巴州严八使君两阁老五十韵》，其时严武被贬谪到巴州（今四川巴中）担任刺史不假，杜甫有"衡岳啼猿里，巴州鸟道边。故人俱不利，谪宦两悠然"的记述。然而，杜甫当时并未前往巴州，诗题里的"寄"字已经言明，此诗还有"陇外翻投迹""他乡饶梦寐"诸句透露自己的行迹，其实在陇右，也就是在秦州或同谷一带避难。另从《杜诗全集今注》考据，杜甫和严武因为一同所依的宰相房琯打了败仗被贬，他们受此牵连双双贬出长安，二人再次见面则是七六一年，而非杜甫在成都忙于修建草堂的七六〇年。七六一年，严武第一次以剑南节度使身份到成都任职，在他走马上任不久，就给杜甫写了一首《寄题杜二锦江野亭》邀其重返官场担任自己幕僚，杜甫则以《奉酬严公寄题野亭之作》《严中丞枉驾见过》等诗表示谢绝。当然，杜甫的确还写过《奉寄别马巴州》《送鲜于万州迁巴州》《九日奉寄严大夫》等几首与巴州有关的诗，却并无诗句印证他去过巴州。其中，杜甫所作《九日奉寄严大夫》一诗，应是后人伪造"杜诗""杜甫墨宝"的源头，比如《判府太中严公九日南山诗》《严公九日南山诗》《俯太中严公九日南山诗》三首伪作的诗题，都有"九日"字样，并且强拉"南山"入诗，试图坐实杜甫作于巴州。可是，锁定《九日奉寄严大夫》，便知此诗才是杜甫于宝应元年（七六二年）九月九日在梓州创作的作品，当时严武迁任京兆尹、御史大夫，从巴州绕道去长安赴任，故有"严大夫"之称，而非伪诗所指在巴州担任刺史之职，两人也不可能有闲情逸致在徐知道兵变引发的兵荒马乱那年跑到巴州挥毫泼墨写诗。为此，我曾专门前往西安杜公祠求证，因工作人员说不清楚，后又不得不委托当地学者帮忙转求，得到的答复终于让我释怀，说该馆藏有杜甫墨宝一事纯属误传，实则仅藏清代人所绘杜甫石像碑而已。这就对了。后来，我又因受邀去巴中主讲一场杜甫诗学讲座，顺便去巴中南龛古窟造像老君洞实地考察，再次证实所谓的"杜甫墨宝"仅为当地人的猜测。此地，还有一处"纪念性的池子"，立碑命名"杜甫洗墨池"，上刻："相传，唐代巴州刺史严武于乾元二年奏肃宗皇帝为南龛敕名'光福寺'后，居住在成都浣花草堂的好友杜甫前来恭贺，在南龛同严武吟诗作赋数日，于池内淘洗笔砚。友别，严武追忆与好友同乐之兴，对池子进行了扩建，修假山建亭榭，并取名'洗墨池'。现亭榭虽毁，墨池尚存。"如此"虔诚"地纪念杜甫，给当地百姓增设观赏景点，真不好苛责什么。如同《三国演义》衍生的诸多"三国遗迹"，甚至比《三国志》诞生的三国遗迹还要多，小说和传说有什么错呢？我只能委婉地向陪同考察的巴中友人表示，与其把"相传""猜测"等不能坐实的杜甫传闻立碑，不如依据李商隐的《夜雨寄北》重点开发成巴中的文化景点，可能与"文化，是旅游的精髓"的景点开发理念更为贴切，也更令人信服。从此，所谓的"现存唯一的杜甫墨宝"，以及相关版本"杜诗"，实为伪作无疑，我可断定，皆是后来造碑刻字之人的一厢情愿和不负责任的误导。真正的杜甫墨宝，或许早已腐烂在泥土里，才不为人知。

那么，杜甫的书法有迹可循吗？有。除了杜甫自言"远师虞秘监"，他还有一百多首谈到书法的诗歌，详细记录了自己与书法家、画家的交往故事，以及对相关书法的评价与感悟。除了远师虞世南，杜甫更远的书法老师无疑是王羲之了。他常在诗里提到并多次品味王羲之书法，甚至在青年时期前往王羲之的归隐地溯源，如其《壮游》一诗感怀的"剡溪蕴秀异，欲罢不能忘"。在汉州（今四川广汉）外游时期，杜甫写的《得房公池鹅》"凤凰池上应回首，为报笼随王右军"，就直接表露自己的书法取法于王羲之。明末清初的杜诗研究学者王嗣奭所撰《杜臆》，诠释此句更是认定："公（杜甫）素善书法，故自比王右军。"在成都，严武二度入蜀担任剑南节度使平定成都兵变后，杜甫与因罪被贬为庶民的左武卫将军曹霸相会，作诗《丹青引赠曹将军霸》，再次提到王羲之书法"学书初学卫夫人，但恨无过王右军"。曹霸是曹操后人，因为精于画马，曾被唐玄宗多次诏令修葺凌烟阁二十四功臣像，御令他画马，杜甫诗中"开元之中常引见，承恩数上南薰殿。凌烟功臣少颜色，将军下笔开生面"等句便有描述。杜甫另一首《韦讽录事宅观曹将军画马图》，还以"婕好传诏才人索"表明曹霸的画在唐玄宗后宫也很抢手。

一边学书法，一边评书法，可说是杜甫书法人生的二重奏，也可看成他从书法家到书法评论家的蜕变。在梓州寓居时期，杜甫《观薛稷少保书画壁》"我游梓州东，遗迹涪江边"，谈到魏征（初唐名相魏征）外孙——精于模仿虞世南和褚遂良笔迹，又并列为"初唐四大书法家"之一的太子少保薛稷，时有书画笔迹存于梓州涪江边"画藏青莲界，书入金榜悬"。在开元元年，薛稷曾因参与太平公主政变失败被唐玄宗赐死，对于薛稷流传至唐肃宗时期的书法，杜甫并不回避，而是给予高度评价："仰看垂露姿，不崩亦不骞。郁郁三大字，蛟龙岌相缠。"杜甫所说的"垂露"，正是书法术语，意指收笔处如下垂露珠，垂而不落，具有藏锋的笔势。在夔州时期，杜甫和外甥李潮探讨书法，写的《李潮八分小篆歌》一诗，还可进一步发现杜甫习书写字追求的书法风格，及其纵论历代书家的书法评论家本色：

> 苍颉鸟迹既茫昧，字体变化如浮云。
> 陈仓石鼓又已讹，大小二篆生八分。
> 秦有李斯汉蔡邕，中间作者寂不闻。
> 峄山之碑野火焚，枣木传刻肥失真。
> 苦县光和尚骨立，书贵瘦硬方通神。
> 惜哉李蔡不复得，吾甥李潮下笔亲。
> 尚书韩择木，骑曹蔡有邻。
> 开元已来数八分，潮也奄有二子成三人。
> 况潮小篆逼秦相，快剑长戟森相向。
> 八分一字直百金，蛟龙盘拏肉屈强。
> 吴郡张颠夸草书，草书非古空雄壮。
> 岂如吾甥不流宕，丞相中郎丈人行。
> 巴东逢李潮，逾月求我歌。
> 我今衰老才力薄，潮乎潮乎奈汝何。

此诗，从仓颉造字到陈仓石鼓、大小二篆、峄山之碑，以及历代书法家的字体衍变，再到唐玄宗开元年间草圣张旭的草书，相当于杜甫写的一篇书法论文。其中，"书贵瘦硬方通神"就是杜甫追求的书法风格。字"肥"，是盛唐书法家崇尚的一个特点，宋代诗人、书法家苏轼写字也爱以肥为美，比如其承唐启后的苏体行书"东坡书法"，又如"东坡肘子"则是他发明的一道川菜，皆有肥美特质。杜甫与苏轼在书法理念上略有不同。不论是王羲之以"雄逸"而至遒美的书法，还是虞世南以"瘦劲"而达健秀的书法，都可归为杜甫力求"瘦硬"而通神的书法观。如果就此囫囵吞枣作罢，那便失去以杜甫此诗撬开大唐书法洞口窥探万千字姿的良机。

在《李潮八分小篆歌》里，杜甫重点提到三个人：韩择木、蔡有邻、李潮。他们都是唐玄宗开元年间的八分书名家。何为"八分书"？可以视为隶书的前身，或者隶书的一种，甚或就是隶书的繁体版。杜甫的解释是"大小二篆生八分"，也就是说这个"八分书"来自秦代的篆书幻化的隶书。显然，在杜甫诗里出现的礼部尚书、太子少保、集贤殿学士韩择木和翰林侍诏左卫率府兵曹参军蔡有邻，只是其外甥的陪衬，其论所指的唐代八分书第一人几乎锁定李潮了。杜甫说"况潮小篆逼秦相，快剑长戟森相向"，是说其外甥李潮的八分书渊源，来自秦相李斯的篆籀（一种流行于秦国的字体，亦称大篆）和东汉书法家蔡邕发明的"飞白书"（实为简化的八分书）。世人皆知，公元前二二一年，秦始皇是接受丞相李斯"书同文字"建议，才统一文字。李斯奉皇命制作秦时标准字样，实则已把大篆改为小篆，后又打破篆书曲屈回环形体结构形成新的书体"隶书"，作为官方正式书体通行天下。"惜哉李蔡不复得，吾甥李潮下笔亲"，杜甫此句看得出他写字极为尊崇古意，因而特别赞赏李潮取法古字。杜甫还说李潮的书法在当时很走俏，"八分一字直百金"，是因外甥笔法"蛟龙盘拏肉屈强"，炉火纯青于"书贵瘦硬方通神"。推己及人，杜甫写字也是这样追求"瘦硬"，重视从大小二篆生出的八分书里汲取古意。从评薛稷的字"蛟龙岌相缠"，到评李潮的字"蛟龙盘拏肉屈强"，还可看出杜甫写字不喜死板，颇爱求变，所谓的行云流水在他这儿可能如浮云，跌宕起伏、矫健如龙、迂曲强劲的书风才是他的菜。形容字如蛟龙，杜甫还有一个指向，他热爱的王羲之书法就是这个味。

杜甫外甥李潮真是唐代八分书第一人吗？也不尽然。据欧阳修的《欧阳修集》"集古录跋尾卷六"《唐蔡有邻卢舍那珉像碑》记载："右《卢舍那珉像碑》，蔡有邻书，在定州。唐世名能八分者四家，韩择木、史唯则世传颇多，而李潮及有邻特为难得。庆历中，今昭文韩公在定州为余得此本。余所集录自非众君子共成之，不能若此之多也。"欧阳修的意思是，流传到宋代的唐代八分书家字迹，李潮和蔡有邻的书法作品非常难得了，因为意外得到蔡有邻碑文，于是公之于众共享此书。实际上，单讲隶书，从后世出土的碑文来看，韩择木和蔡有邻既追古也创新的八分书，线条飞扬，钩沉雄健，字姿充盈，如同"八"字左右取势处处逢源，横卧丰茂，行立飒爽，可能更符合今人的审美。这或许是我与杜甫在书法上的唯一不同识见。事实上，唐玄宗御用的八分书名家，受命写文立碑的人多是韩择木，而非杜甫的外甥李潮。

欧阳修提到的唐代四大分隶名家，或者唐代四大八分书名家，还有杜甫诗文漏掉的史唯则。不知是杜甫无心还是有意，反正这个史唯则在宋代书法家眼里评价甚高，其八分书被宋人称为"迫近钟书，发笔方广，字形俊美亦为时重。又善篆籀、飞白"，也就是说他和李潮一样善于取法李斯的篆籀和蔡邕的"飞白书"。按照常理，史唯则在唐玄宗、唐肃宗两朝为官，杜甫不应该不知道这人，可他谈论唐代八分书时偏偏就把此人忽略了。

其实，在杜甫生活的时代还有一个八分书名家，姓顾，名诚奢，目前还有其八分书碑文流传于世。杜甫在《送顾八分文学适洪吉州》里，也详细记录并评述了此人的书法风格："中郎石经后，八分盖憔悴。顾侯运炉锤，笔力破馀地。昔在开元中，韩蔡同靧厕。玄宗妙其书，是以数子至。御札早流传，揄扬非造次。三人并入直，恩泽各不二。顾于韩蔡内，辨眼工小字。分日示诸王，钩深法更秘。文学与我游，萧疏外声利。追随二十载，浩荡长安醉。高歌卿相宅，文翰飞省寺。视我扬马间，白首不相弃。"顾诚奢，在唐玄宗开元时期担任太子文学，工于八分书，有"顾八分"之称，杜甫因此在诗题里称其为"顾八分文学"。从杜甫写给顾诚奢的另一首《醉歌行，赠公安颜少府请顾八分题壁》又有新发现，两人经常在一起切磋书法技艺，如"君不见东吴顾文学，君不见西汉杜陵老。诗家笔势君不嫌，词翰升堂为君扫"，便是说他们的笔法彼此皆很欣赏。顾诚奢的书法风格是"顾于韩蔡内，辨眼工小字"，即工于小篆类的八分书。在唐玄宗天宝时期，顾诚奢还任过太子率更丞、翰林院侍诏等职。一九八四年，在西安出土，现藏于西安碑林博物馆的《大唐故明威将军检校左威卫将军赠使持节陈留郡诸军事陈留郡太守上柱国高府君墓志铭并序》(又称《高元珪墓志》)就有记载，"国子司业苏预撰""太子率更丞翰林院侍诏顾诚奢书"。顾诚奢在墓碑上留下的隶书，笔力雄健，线条丰茂，字姿挺拔，清新脱俗，堪称唐代八分书的大家之作。其书能受到唐玄宗和诸王的垂青，真有独到之处。其弯钩沉郁顿挫，回旋昂扬，与杜甫评语"钩深法更秘"也大致吻合。应是北宋就有顾诫奢的八分书碑传世，北宋书法家黄伯思《东观余论》便说："观其余迹，乃知子美弗虚称之。"由此可见，除了评价外甥李潮之书尚有勉励之嫌，杜甫在诗文里针对其他唐代书法家的评语倒是颇为中肯，并无浮夸。巧合的是，《高元珪墓志》的撰写者苏预和书写者顾诫奢，皆是杜甫一生交往时间最长的重要朋友。苏预，即是杜甫诗里多次提到的苏源明，他的生死之交。顾诫奢，杜甫用句是"追随二十载，浩荡长安醉"，可见二人非常亲密，直到晚年仍是"白首不相弃"的至交好友。

至于张旭的草书，和顾诫奢的隶书一样，因为在继承前人书法成就之上勇于创新，最终达到各自的巅峰。关键是张旭寻找书法突破的灵感，格外特别，其听闻鼓吹可以悟出草书笔法的轻重徐疾之道，其观剑器舞可以幻化飘浮多变的狂草神韵。从观物到入心再到释放，张旭草书深受道家思想影响，与王羲之也遵从道法自然追求放浪不羁的字迹与心迹高度一致。这些是青少年时期的杜甫最向往的东西，他因此称张旭草书"草圣秘难得"，又赞其"挥毫落纸如云烟"。初到长安时，杜甫《饮中八仙歌》描写的张旭草书颇为传神，说"张旭三杯草圣传，脱帽露顶王公前，挥毫落纸如云烟"。卧病夔州时，杜甫在《观公孙大娘弟子舞剑器行》序文里说，张旭善草书帖，数常于邺县见公孙大娘舞西河剑器，自此草书长进，豪荡感激。仍在夔州写的《殿中杨监见示张旭草书图》一诗，则是杜甫近观张旭草书之后的直面评价。

> 斯人已云亡，草圣秘难得。
>
> 及兹烦见示，满目一凄恻。
>
> 悲风生微绡，万里起古色。

锵锵鸣玉动，落落群松直。

连山蟠其间，溟涨与笔力。

有练实先书，临池真尽墨。

俊拔为之主，暮年思转极。

未知张王后，谁并百代则。

呜呼东吴精，逸气感清识。

杨公拂箧笥，舒卷忘寝食。

念昔挥毫端，不独观酒德。

    这时，杜甫用"俊拔"概括自己晚年对书法的精益求精。从"瘦硬"到"俊拔""转极""逸气"，可以看出杜甫的书法也像张旭一样在不断地追寻字海里的定海神针，堪称楷隶行草兼工，颇为崇尚雄壮古意，又时不时创新求变。

    即使极为推崇王羲之的行书，杜甫也有自己的求变。在写给从侄杜勤的《醉歌行》一诗中，杜甫说的"词源倒流三峡水，笔阵独扫千人军"，便是强调用笔的雄健，而非一味地追求行草的神速与飘逸。

    瘦硬、俊拔、雄健，杜甫追求的这些遒劲风格书法，实际上还与同时代的另外两个书法家近身影响有关。不仅如此，杜甫还深情款款地给他们写过诗传。一个是李邕，他的书法初学王羲之行书，得其顿挫起伏之妙，后又参考北魏碑刻及唐初诸家楷书及行书笔意，变法图新，用笔转为瘦劲，这类书法新风正对杜甫口味。在《八哀诗》之《赠秘书监江夏李公邕》里，杜甫便用"声华当健笔，洒落富清制"给予仰慕之情，又以"风流散金石，追琢山岳锐"绘其所书碑版有魏碑之巍峨壮丽。李邕所书《李思训碑》，全称《唐故云麾将军右武卫大将军赠秦州都督彭国公谥曰昭公李府君神道碑并序》，又称《云麾将军碑》，对盛唐包括后世书法家影响很大，此碑用笔瘦劲，方圆兼备，字体略呈斜势，在奇险中再求稳健。这种豪爽雄健之气，被认为是东晋"二王"（王羲之和王献之）以来的行书所没有表现出来的新风。尤其是李邕的《麓山寺碑》，又名《岳麓寺碑》，碑额有阳文篆书"麓山寺碑"四字，原石在长沙岳麓书院，今有宋拓本传世，此碑是其行书代表作，被明代书法家董其昌赞为"右军如龙，北海如象"。右军，代指王羲之。北海，则指李邕生前曾担任北海太守，故以"北海如象"赞其书法有稳健雄姿。因为《麓山寺碑》，李邕成为唐代书法家中唯一一位让后人将其与书圣王羲之比肩并立的人物。苏轼的行书，自出新意，不践古人，被后人尊为天下第三行书，他融会贯通众家之长的众家，就包括李邕的笔法。另一个对杜甫写字影响很大的书法家，和李邕一样，也是他的忘年交，叫郑虔，杜诗里常见的"郑广文"。据《新唐书》记载，郑虔也曾家境贫寒，因为买不起练习书法所用的纸笔，他便捡拾满地柿叶当作纸来练字，如痴如醉，让其草书终至"疾风送云，收霞摧月"的境界。另据《郑虔墓志》称，郑虔"又工于草隶，善于丹青，明于阴阳，邃于算术，百家诸子，如指掌焉。家国以为一宝，朝野谓之三绝"，此说不虚，因为他在世时，唐玄宗就赞誉他的诗书画为"郑虔三绝"。郑虔比杜甫大二十一岁，二人因是近在咫尺的河南老乡，一个出生于河南巩县，一个出生于河南荥阳，加上都有落魄经历，相互之间都挺欣赏对方诗文才气，成为莫逆之交。在杜甫的唐代诗歌朋友圈里，他写给郑虔的诗比李白还多，达二十多首，最为脍炙人口的诗作当属《醉时歌》，并用"忘形到尔汝，痛饮真吾师"形容他们如胶似漆的师友关系。在《八哀诗》之《故著作郎贬台州司户荣阳郑公虔》里，杜甫对郑虔的书法评价有三十个字："圭臬星经奥，虫篆丹青广。子云窥未遍，方朔谐太枉。神翰顾不一，体变钟兼两。"杜甫的意思是，郑虔擅长小篆，又采众家之书，不断追求字体变化。遗憾的是，郑虔和杜甫一样皆无书法传世，后世传为郑虔的草书《大人赋》也是翻手难为云覆手不为雨，总之，无法证实。

从这些关于书法的审美诗篇可见，杜甫就是一个坚守"书贵瘦硬方通神"的书法家和书法评论家。其实，在那个人人皆可称为书法家的盛唐时代，杜甫或许就因没有书法传世，而被埋没了这一面才华。只恨亲眼见过杜甫诗书墨宝的元稹，虽给杜甫写了墓志铭，却是只谈杜诗未言杜字，留给后世一串串问号。

值得一提的是，杜甫评论书法堪称开了以诗论艺的先河。启功先生因此在《启功论书绝句百首》一书自序里便说："以诗论艺，始于少陵六绝句。"启功对杜甫研究很深，他的书法灵感多是来自杜甫诗句，如其《写字示友》谈到笔法时还说，行笔如"乱水通人过"，结字如"悬崖置屋牢"，直接引用杜甫《山寺》里的诗句"乱水通人过，悬崖置屋牢"。

上面，是因杜甫一句"九龄书大字"，牵引出的"书法家杜甫"和"书法评论家杜甫"过往。

二十五、读破万卷

下面，再说说杜甫"七龄思即壮"之后，走向"读书破万卷"的少年时代。俗话说，书山有路勤为径，学海无涯苦作舟。这是源自韩愈的一句名言。除此之外，韩愈还给杜甫与李白追赠了另一句名言"李杜文章在，光焰万丈长"。饱读诗书，是杜甫少年时期的追求，他的感悟如其《奉赠韦左丞丈二十二韵》所说"读书破万卷，下笔如有神"。到了晚年，杜甫依旧坚持认为"富贵必从勤苦得，男儿须读五车书"（《柏学士茅屋》）。在《柏学士茅屋》中，杜甫还说"古人已用三冬足，年少今开万卷余"，这是说每年农历十月、十一月、十二月代指的"三冬"，唐代读书人都将用来读书。

杜甫的读书学诗之路，始于何年？ 他说过，"七龄思即壮，开口咏凤凰"。杜甫从小读书习经写诗的故事，虽然欠缺，但是仍有浮萍可以打捞上岸。比如四十岁那年，杜甫在给唐玄宗写的《进雕赋表》里就有自述："臣之述作，虽不足以鼓吹六经，先鸣数子，至于沉郁顿挫、随时敏捷，而扬雄、枚皋之流，庶可跂及也。"这里的"六经"，便是杜甫"读书破万卷"和"男儿须读五车书"的万卷书或五车书中最重要的一部分古籍。

现在的人不是都说"四书五经"么，杜甫此文怎么又冒出一个"六经"来？ 追本溯源，并不难解。现存《三字经》中便说："诗书易，礼春秋，号六经，当讲求。"流传至今的"五经"之所以少了"一经"，指的是遗失了《乐》，即《乐经》。最早的"六经"，是指《诗》《书》《礼》《易》《乐》《春秋》的合称，始见于《庄子·天运篇》，也是经过孔子整理而传授下来的六部先秦古籍。这六部儒家经典著作的全名，依次为《诗经》、《书经》（《尚书》）、《仪礼》（《礼记》）、《易经》（《周易》）、《乐经》、《春秋》。长期以来，因为孔子推崇，《周易》长期被儒门弟子奉为儒家圣典，甚至被视为"六经之首"。有意思的是，儒门之外，

《周易》又有两支易学与之并列发展：一支是至今尚存的筮术易，另一支则是老子的道家易。易学，因此分为三支。除了老子开创的"道家易"，另一位道家学派代表人物庄子的《庄子》又被奉为《南华真经》，我因此说，儒家和道家其实同宗同源，杜甫的思想交融了儒道二家。

对于这些先哲巨著，杜甫的《进雕赋表》要进献给唐玄宗御览，自评所学经书自然会显得谦逊一些，故有"不足以鼓吹《六经》，先鸣数子"之说。至于杜甫在此文提到的"数子"，主要是孔子、老子、孟子、庄子，应该还包括学自"六经"的墨子、荀子，以及法家代表人物韩非子、阴阳家代表人物邹子（邹衍）、兵家代表人物孙子（孙武）等。对于汉代道家的继承者和发展者，也是辞赋名家的扬雄，包括汉赋大家枚皋，杜甫则说可以骑马驰逐，他的用语是"扬雄、枚皋之流，庶可跂及也"。对皇帝说话不能太自大，毕竟写这篇文章的目的是求官望赏，杜甫想不谦虚还不行。可是面对其他人时，他却并不把扬雄、曹植等历史名人放在眼里。在《奉赠韦左丞丈二十二韵》这首诗里，杜甫便说："赋料扬雄敌，诗看子建亲。"什么意思？我的辞赋能与扬雄匹敌，我的诗篇可跟曹植相近。接着，杜甫还说，"李邕求识面，王翰愿卜邻"。一代文宗李邕欣赏杜甫诗才不用多说，就像老顽童与郭靖、杨过之交，你是好苗，我便浇水，你是好汉，我便过招。况且李邕与杜甫祖父杜审言还是老友，对于故人之孙，且有惊人才华，他自然会多出几分抬爱。

我想多说几句王翰。在盛唐，有一个边塞诗人现象，带头大哥便是王翰，王之涣、王昌龄、高适、岑参虽在后世与他齐名，实则都是步其后尘。在盛唐边塞诗人中，王翰最年长，成名也最早，一首《凉州词》激荡多少诗人豪情满怀奔赴边疆，奋勇杀敌建功立业是一回事，另一回事则是只为共鸣他创造七言绝句中的无瑕玉璧："葡萄美酒夜光杯，欲饮琵琶马上催。醉卧沙场君莫笑，古来征战几人回。"多么豪放，又多么悲壮！其实，王翰并非武将，他是以驾部员外郎身份前往西北前线，目睹军中武将战前豪饮有感而发写了《凉州词》，共两首。此行，王翰的主要职责是给前线输送战马与粮草，其担任的驾部员外郎是因战事需要而临时出任的军需官，本质上属于文职官员。可是，此诗一出，无数学子争相跪拜求师。其中，有一个叫杜华的学士几乎成天紧随其后，其母崔氏有句名言传世，为了搬家去跟王翰做邻居，她对儿子说："吾闻孟母三迁。吾今欲卜居，使汝与王翰为邻，足矣！"这是王翰才名在民间的真实写照。在官场呢？据《旧唐书·王翰传》记载，王翰登第后，"并州长史张嘉贞奇其才，礼接甚厚，（王）翰感之，撰乐词以叙情，于席上自唱自舞，神气豪迈。张说镇并州，礼（王）翰益至"。时至今日，不少学者还在争论王翰与王之涣的同名诗《凉州词》，哪个是唐代诗人七言绝句压卷之作，如同对比杜甫与李白诗才一样令人为难，大抵是各有千秋，并列第一，各领风骚一千多年。按照王翰的性格，他应该会说，我的七言绝句才是天下第一。事实上，王之涣的《凉州词》诞生之前，王翰就已过世。

在《奉赠韦左丞丈二十二韵》里，在杜甫笔下，他却说"王翰愿卜邻"，也就是说王翰这样的盛唐文坛骄子居然会争着去做他的邻居。是事实还是狂妄？写此诗时，是七四八年，杜甫三十六岁（虚岁三十七），王翰早已亡故，他说"李邕求识面，王翰愿卜邻"，又说"甫昔少年日，早充观国宾"，目的是向尚书左丞韦济自荐，希望得到对方汲引做官，打破自己科举落第入仕无门的僵局。按王翰卒于七二六年，杜甫所说的"甫昔少年日"就在他十四岁这年，或者十四岁之前。

至于王翰何时说过愿意做他的邻居，二人是否在洛阳有过相会，史书均无记载。尽管此事已无对证，但是杜甫这些话仍有一定的可信度。因为在来到长安求官之前，韦济还在河南府尹任上就很欣赏杜甫的诗词才华，甚至登门拜访过杜甫安在洛阳偃师的家，把他视为那个时代的文坛新星。

杜甫狂不狂？狂。其狂，正是家传，来自他的祖父，初唐第一狂人杜审言。不过，相比王翰而言，杜甫算谦虚的了。从初唐到盛唐，诗人不狂一点，往往难以出人头地。比如王翰，生前有一个更惊人的传闻，说来比"天生我材必有用"的李白狂十倍，比"王翰愿卜邻"的杜甫狂百倍，堪称天下第一狂人。说王翰在唐睿宗景云元年（七一〇年）这年参加科举考试，考完试，他在自己家里拟了一个新科进士排行榜，分成三六九等，排了上百人的长名单。他要干吗？他把自己列为第一，同时把当时的宰相、文坛领袖、皇太子李隆基侍读张说和一代文宗李邕并列第一，也就是第二名直接从第四名开始排名，排在他后面的人有些多是名人，自然让人不爽。你以为他是自娱自乐？不。他把这个自制榜单贴到吏部外面大街的墙壁上，让一众官员和寻常百姓一览无遗。此事很快便传到张说的耳朵里，你以为张说会判他一个落第，视为耳里落花耳屎一粒？也许今人会说，枪打出头鸟，完了完了，王翰必挨枪子。不！张说很喜欢，尤其是看了王翰的考卷之后，他很欣赏这个喜欢自己夸自己且有真才实学的诗人。很快，王翰就被张说征召为秘书正字，不久又擢升为通事舍人、驾部员外郎。这个传说是不是太离谱了？有真，也有假。排行榜是真，张榜上街也是真，给自己排名天下第一还是真，只是这个榜不是科考及第榜，而是相当于一个文学成就排行榜。科举状元出身的张说欣赏他，多次提拔他也不假，但是王翰进士及第之后为人傲慢遭人嫉恨坐了几年冷板凳，他却没说，第一个帮他的人其实是后来的宰相张嘉贞，第二个帮他的人才是多次为相的张说。王翰生前曾写《奉和圣制同二相已下群官乐游园宴》《奉和圣制送张说上集贤院学士赐宴得筵字》《奉和圣制送张尚书巡边》等应酬诗奉承张说，别人会认为他是张说政治集团的文学侍从或者跟班，而王翰则可能认为才华彼此第一呢，谈不上谁追随谁，最多是相互欣赏。跟着张说，王翰尝到了从九品次第跃升为五品的官场甜头，也因张说七二六年被贬（被唐玄宗拿掉中书令），饱尝苦头，先是受到牵连被贬出京城，然后是接连被贬为汝州长史、仙州别驾、道州司马，直至死在赴任道州司马路上。所以说那时的官场亦如战场，树倒猢狲散，古来征战官场的人也没几人能真正昂首回头。

　　如此才华横溢又如此放荡不羁的人，真愿意低头给少年杜甫当邻居吗？其实，我们还可以这样去理解杜甫为何要说"王翰愿卜邻"：不是曹植《赠白马王彪》说过"丈夫志四海，万里犹比邻"吗，不是王勃《送杜少府之任蜀州》也说过"海内存知己，天涯若比邻"吗，我与王翰怎么就不可以是互为比邻的诗歌知音呢。

　　再读《奉赠韦左丞丈二十二韵》里的少年杜甫往事，我以为杜甫的自信依旧跟他苦读万卷书有关。他对韦济说，也对千年以来的天下读书人说，"读书破万卷，下笔如有神"。他敢这么跟尚书左丞韦济说话，还真不是浮夸或者自吹。他是四处求官无门，深感怀才不遇，才向大权在握的韦济大胆自荐，以求解决"残杯与冷炙，到处潜悲辛"这一现实困境。如同读书，不一定真正有用，杜甫因此还说原以为"自谓颇挺出，立登要路津"，梦想着"致君尧舜上，再使风俗淳"，竟然是"此意竟萧条，行歌非隐沦"。然而，杜甫千盼万盼的诗歌知音韦济，最终还是没有推荐他入朝为官。不过，此诗提到的"甫昔少年日，早充观国宾"，又一次描述了少年杜甫的风光一页，只憾不详，无法跟十四五岁的杜甫丝丝相扣。

二十六、我似班扬

回到洛阳，回到杜甫仍然万般自信仍然诗才惊人的十四五岁时，除了李邕和王翰，还有两个文学名士出现在他的生活里，他成了他们眼中的班固与扬雄。

"往昔十四五，出游翰墨场。斯文崔魏徒，以我似班扬。"这是杜甫晚年客居夔州时，在滚滚长江边发出的壮阔感慨，来自《壮游》的前四句。这时，杜甫早已卸掉"致君尧舜上，再使风俗淳"这一鸿鹄之志，纯属写诗怀恋一下青春年华，更无必要自吹自擂。他说，自己十四五岁的才学就已胜似扬雄与班固。从三十六岁到五十四岁，杜甫写诗多次自比班扬，那个时代诗人的文学偶像便是班固与扬雄。除了班固与扬雄，杜甫也崇拜庾信与宋玉，他在《咏怀古迹五首》中便说"庾信平生最萧瑟，暮年诗赋动江关"，其"摇落深知宋玉悲，风流儒雅亦吾师"更是追认宋玉为自己文章才学的老师。

从《壮游》到另一首同样精准提到十四五岁的《百忧集行》，我们可以将杜甫留在诗里的身影片段进行折叠，重新组装，勾勒出一个相对更清晰的"少年杜甫"形象。

把时间锁定在杜甫十四岁这年，便是唐玄宗开元十四年（七二六年），至少此时的他就在洛阳，继续跟随二姑母杜氏在洛阳仁风里生活。因为《壮游》《百忧集行》等诗已把此时的杜甫指引回洛阳。七岁至十三岁这几年，杜甫是否在郾城跟父亲杜闲生活，如今难以说清。一想到杜闲再婚之前，他成天忙于管理郾城司法工作，我就断定一个大男人没有时间独自照顾小杜甫。有一种说法是，杜甫继母卢氏大约是开元十一年（七二三年）与杜闲成婚，这年杜甫十一岁，此说如果属实，那么欲尽母亲职责的卢氏在郾城照顾他的时日也很短暂，最多不超过三年，这是因为杜甫写诗说到自己年龄多是虚岁。按《杜诗全集今注》显示，在开元二十九年（七四一年），杜甫弟弟杜颖已经出任齐州临邑县主簿。如果按弱冠之年不经科考就能赢得天恩出任此职，杜颖应当生于开元九年（七二一年），那么卢氏与杜闲的成婚时间又会大约是开元八年（七二〇年），这样的话，八九岁的杜甫便由卢氏代管了。其实怎么推算，杜甫十四五岁之前的行踪都是一笔算不清的糊涂账。我想，即使不在洛阳，他也经常在赶去洛阳的路上，吟诗作赋，交往朋友，初探自己的人生定位。

开元十三年（七二五年）七月，李溢（开元二十三年改名李环）被唐玄宗正式册封为济王。这年，杜甫正好十三岁半。杜甫的二姑父裴荣期，大约就是从这年开始担任济王府录事参军，才能给予少年杜甫在洛阳文坛闯荡的更大帮助。

这时的杜甫在洛阳建了一个什么规模的文学朋友圈呢？

先品味"斯文崔魏徒，以我似班扬"。崔魏，是谁？不是一人，实指两人。原诗有注：崔，崔郑州尚；魏，魏豫州启心。很多学者解读为，郑州刺史崔尚，豫州刺史魏启心。这二人的名字，现在看起来都很陌生。若不是杜甫有诗记载，他们更会显得寂寂无名，这就是唐诗的神秘力量，或者说是杜诗"力拔山兮气盖世"般的无穷神力。但在杜甫的青少年时期，他们可是文坛大家，当时的社会名流，而且官居要职，说话分量很重，堪称一句顶千万句。用如今的话来说，他们皆是大咖。他们的文章才名，以及与杜甫的交往，多亏后世出土的多篇碑文弥补了史书的空缺。

　　崔尚，生前有何名声？"崔为文宗，世擅雕龙，此也。"按二〇〇二年在洛阳出土的《唐故陈王府长史崔君志文》（简称《崔尚墓志》）碑载，崔尚生前文集二十卷行于世，"文章经国，不掌丝纶；名器在躬，未尝辅弼"。这简直是在打《全唐诗》编者的脸。《崔尚墓志》显示的崔尚，能文能诗，早在公元七〇一年就高中进士，起步于武则天朝，横跨唐中宗、唐睿宗、唐玄宗三朝，所任官职很多，包括秘书省著作局校书郎、氾水县尉、大理评事、右补阙、起居舍人、著作郎、汝阴郡太守、虞部郎中、祠部郎中、信王府司马、陈王府长史等职，终至从四品上的太中大夫、陈王府长史。尽管《全唐诗》仅给崔尚留有一诗《奉和圣制同二相已下群臣乐游园宴》，但是《崔尚墓志》丰富了他的诗才，恢复了他的文宗身份，记述其有《初入著作局》《温泉诗》等诗作，还称他常伴唐玄宗左右，"会驾幸温泉宫""时录诗者多，咸称纸贵"。其中，《崔尚墓志》谈到《初入著作局》一诗，还提及为崔融所激赏，而"中书舍人、修国史、太常少卿兼知制诰、国子司业、上柱国、清河子、赠卫州刺史文公（崔）融"还是崔尚的叔父。遗憾的是，传到后世的崔尚诗文很少，《全唐诗》仅收其诗一首《奉和圣制同二相已下群臣乐游园宴》，《全唐文》也只载有其文《唐天台山新桐柏观颂并序》《沁州刺史冯公碑》两篇。

回到崔尚进士及第走入仕途的七〇一年，李白和王维这年刚刚出生，杜审言因次子杜并为其报仇在吉州司马府杀人被时人赞为孝举即将改写命运，大约是在这年被武则天召回洛阳任著作佐郎。大概也是从这年起，崔尚成了杜审言的同僚，兼诗歌知音。

崔尚如何认识杜审言？尚无史书记载。《崔尚墓志》里却有补记："君国子进士高第，中书令燕国公张说在（担任）考功员外（郎）时，深加赞叹。调补秘书省著作局校书郎。校理无阙，鱼鲁则分。作《初入著作局》诗十韵，深为文公所赏。时有知音京兆杜审言、中山刘宪、吴兴沈佺期赞美焉。"何为国子进士？据《新唐书·百官志》记载，（国子监）掌儒学训导之政，总国子、太学、广文、四门、律、书、算，凡七学。简单地说，什么国子学、太学、四门学皆可看成统治阶级办的儒家高级教育机构，或者国立学校，统统属于国子监管辖。国子学，由晋武帝司马炎咸宁二年（二七六年）始设，掌教三品以上及国公子孙、从二品以上曾孙为生，所招学生三百人，这个门槛，杜审言、杜闲、杜甫均无身份踏入。太学，由汉光武帝刘秀在洛阳城东南的开阳门外兴建，在唐代的门槛略低一点，可以接受五品以上官员子弟入学受教，招生五百人。始设于北魏太和十九年（四九五年）的四门学，门槛更低，在唐代可招学生一千三百人，其中，五百人为七品以上及侯伯之男之子，八百人为庶人子弟之俊异者。律学、书学、算学，则面向八品以下子弟及庶人招生。这些学堂，入学年龄也有门槛，明确要求为十四岁至十九岁，唯有律学可放宽至十八岁至二十五岁。杜甫在二十四岁时曾试进士科考，说明他能进入的学堂只能是四门学或者太学。按照唐制，要考进士科必须入国子学、太学、四门学当中的一类，入学以后再根据学生志愿（将来考进士科还是考明经科）分科学习，所习儒家经典分为大中小三种，《礼记》《左传》为大经，《诗经》《周礼》《仪礼》为中经，《易经》《尚书》《公羊传》《谷梁传》为小经。崔尚，凭什么能上最高级的国子学？若按《崔尚墓志》记载，其曾祖父崔君实是唐代朝请大夫、许州司马，其祖父崔悬解为县丞，其父崔谷神也只是河北县尉，崔尚似乎最多能享受曾祖父从五品上的子孙入学待遇，进入太学罢了，其国子进士一说，墓志可能未尽全言。若是依据其十二世祖崔岳有晋代大司徒、忠诚公之显贵，崔尚便可进入国子学，那么杜甫岂不是也可根据十三世祖杜预的当阳县侯这一身世入读国子学？显然，这是扯远了，唐玄宗及其之前的唐代皇帝都不会同意。《新唐书》提到的"广文学"，实指唐玄宗在国子监增开的广文馆，设博士、助教等职，其实也是教授修进士科的学子学习儒家经典，不过这个学科相对冷清，杜甫老友郑虔就曾担任广文馆博士，主持国学期间由于俸禄太少有时连吃饭都成了问题，见其《醉时歌》一诗"诸公衮衮登台省，广文先生官独冷。甲第纷纷厌粱肉，广文先生饭不足"。

　　《崔尚墓志》把杜审言和崔尚的关系形容为"知音"，由此可知两人不局限于官场相交，私下生活也常以诗会友，且在双方私第皆有往来，崔尚亲属才敢用此词。据我推断，崔尚应是依托杜审言好友崔融的引荐，二人才成为诗歌知音。因为崔融是崔尚的叔父，这层隐秘关系本来史书也无记载，可是后世出土的《崔尚墓志》还原了真相。此外，墓志碑文的撰写者，署名"从父弟尚书左丞上柱国清河男翘撰"。翘，即唐玄宗天宝年间封为清河县开国男、时任尚书左丞的崔融之子崔翘，他和崔尚是从兄弟关系。从父弟，指伯父或叔父的儿子中年幼于己者，说明崔翘比崔尚小，他用"从父弟翘从王有限，涕泗题铭"

表达了二人的亲密之情。在初唐"文章四友"中，杜审言虽然为人孤傲却跟崔融关系最为要好，这是不争的事实。崔杜二人，堪称一对情深谊厚的知己，生前有多首唱和诗传递相互关心之情。《新唐书·杜审言传》有载，"膳部员外郎杜审言为崔融奖引"。崔融此举，不是锦上添花，而是在杜审言落难时的雪中送炭，此情可待成追忆，只怕当时也深谢，诗里没有谢字，无非是史书又一次偷懒了。据说崔融去世后，杜审言不仅给他写了悼词，而且为其服"缌麻"丧，视同亲人。在古代丧服礼仪中，参加直系或旁系亲属葬礼，披麻戴孝的服丧期限及丧服粗细皆有亲疏等级，分为斩衰、齐衰、大功、小功、缌麻等"五服"。即便是"五服"最后一个等级"缌麻"，那也是远亲才会去干的事，比如族曾祖父母、族伯叔祖父母、族伯叔父母、族兄弟等亲人过世，才服"缌麻"丧，杜审言此举，显然是把崔融当成同族兄弟看待。由于二人关系实在太好，多位后世学者均猜测崔融是杜甫的外公（外祖父），我也曾怀疑这个来自清河郡的崔融与杜甫生母清河崔氏有血缘，实则皆是过度解读崔杜之间的友谊罢了，因为杜甫后半生极为艰难的求官与漂泊生活，都无崔融后人给予看得见摸得着的帮扶。在武则天去世前后，杜审言先是担任著作佐郎，后是出任修文馆直学士，这两任官职期间皆有可能与崔尚有来往，并且与其讨论诗学成为知音。崔尚出任秘书省著作局校书郎那年，应是七〇一年，因为张说这年就以修书之功升任右史、内供奉，负责考功、贡举等事务。出任校书郎之后，或因皇帝更换太快，崔尚有好几年均未得到提拔。后世出土的《唐故滑州匡城县丞范阳卢府君墓志铭并序》碑文显示作者和官职，为"秘书省校书郎清河崔尚撰"，此碑立于景龙三年（七〇九年），杜审言死于七〇八年，至少在七〇九年，崔尚还在担任校书郎。

尽管崔尚墓志交代，杜审言视他为诗歌知音，但是他们极有可能是师生关系，或亦师亦友。因为杜审言不仅在武则天时期当过著作佐郎，而且在唐中宗时期任过修文馆直学士，这两个时期均以律诗教授太多学子。甚至还有一种可能，比如从武则天至唐玄宗几朝的科考试题，都选用过杜审言的律诗，否则杜甫后来给唐玄宗进献的《进雕赋表》不会有这样的表述："亡祖故尚书膳部员外郎先臣审言，修文于中宗之朝，高视于藏书之府，故天下学士，到于今而师之。"

　　杜甫十四五岁这两年，崔尚又是担任何职？他们如何相识？据出土墓碑《唐故京兆府蓝田县主簿李府君墓志铭并序》记载，"著作郎上柱国清河崔尚撰文"，是说崔尚于开元十二年（七二四年）写此墓志时任著作郎。著作郎属于从五品上官阶，负责掌撰碑志、祝文、祭文，也就是说，崔尚在开元十二年前后便有资格伴驾唐玄宗，成为近臣？是的。崔尚也参加过唐玄宗召集的群臣宴会。《全唐诗》收录的崔尚诗《奉和圣制同二相已下群臣乐游园宴》有载："春日照长安，皇恩宠庶官。合钱承罢宴，赐帛复追欢。供帐凭高列，城池入迥宽。花催相国醉，鸟和乐人弹。北阙云中见，南山树杪看。乐游宜缔赏，舞咏惜将阑。"此诗写于何年？诗中二相是谁？这要追溯至李隆基作的一首《同二相已下群官乐游园宴》。此诗，从李隆基感叹"兴阑归骑转，还奏弼违书"来看，正在开创开元盛世的他，尚能听得进谏臣们的逆耳之言，故称"弼违书"。说来，盛唐的应制诗或者唱和诗、应酬诗，就是唐玄宗推向极致，其实多是歌功颂德，没啥诗学价值。不过，唐玄宗一写诗，群臣只好赋诗奉和其好，顺便抒发一下承蒙圣恩共享盛世的溢美之情，如王翰有《奉和圣制同二相已下群官乐游园宴》，如宋璟也有《奉和圣制同二相已下群官乐游园宴》，他们二人连诗题都一样，呼应唐玄宗的"群官"一说，《全唐诗》收录的崔尚诗题也应是"群官"，其"群臣"一说当属编书之人手快出错。宋璟当过宰相，诗题还称"二相"，暗指自己非相，显然崔尚和李隆基所指的"二相"并没有他。再搜索唐诗选集，还有苏颋《奉和恩赐乐游园宴应制》、张说《恩赐乐游园宴》、张九龄《恩赐乐游园宴应制》，他们仨都当过宰相，但却不在同一时期。苏颋和宋璟倒是并相三年，可是这个"二相"没有宋璟，便也不会有他。宋璟另有一首《奉和御制璟与张说源乾曜同日上官命宴都堂赐诗应制》，似乎解密了"二相"真容，他对唐玄宗说："丞相邦之重，非贤谅不居。老臣慵且惫，何德以当储。"诗题里的张说、源乾曜，正是唐玄宗于开元十三年（七二五年）封禅泰山前后御封的右丞相和左丞相。在开元十三年，玄宗将丽正书院改为集贤殿书院，任命张说为集贤院学士、知院事，同年封禅泰山前任命张说为右丞相兼中书令，封禅结束后又升源乾曜为左丞相兼侍中。如此推断，就说得通了，因为这年前后两年，张九龄只是中书舍人，宋璟、苏颋均已罢相。在张说担任中书省中书令期间，崔尚正是他的得力手下，应当颇受器重才会委于从五品上重任。因为崔尚早先科考就已深得张说赞赏，此时应是依附张说门下的门生。否则按张说顺我者昌逆我者亡的为官作风，若非一个政治阵营成员，崔尚可能早就被踢出中书省了。杜甫与崔尚的相识，应是崔尚伴驾唐玄宗行幸洛阳期间，也就是开元十三年从长安到洛阳再去泰山封禅前后。

"往昔十四五，出游翰墨场。斯文崔魏徒，以我似班扬。"此时，再读杜甫自传长诗《壮游》，便能相对精确到十四岁这年，也就是开元十三年，作为当时的文宗，也是杜审言的小字辈诗友，崔尚出于礼尚往来式的抬轿子，便在洛阳鼓励了一番杜甫，夸赞他的赋才堪比班固与扬雄。至于二人见面是否有杜甫二姑夫裴荣期的引荐，目前尚缺依据。不排除一种可能，刚满十四岁的杜甫因为祖父杜审言官终从五品上的著作郎，有了在洛阳入读太学的机会，或者因为父亲杜闲（七年之前已任郾城尉，此时应该升为七品或以上官职）获得入读四门学的机会，在此期间，崔尚和魏启心均给他上过课，于是有了"斯文崔魏徒，以我似班扬"这种对恩师般的评价。

那么"斯文崔魏徒"所指的"魏"，是魏启心吗？ 他和杜甫又是如何认识？ 由谁引荐？

魏启心，相比崔尚，史料更少。杜甫晚年以"斯文"一词冠之于儒学名士，《全唐诗》和《全唐文》却双双把魏启心无情忽略，一诗一文均未收录。直到署名"太子中舍魏启心撰"的《唐故冀州刺史姚府君夫人弘农郡君杨氏墓志铭》出土，《全唐文》才赶紧新增了他的补遗篇，大概也是因为杜甫的光芒返照，魏启心的才名才得以在后世回炉。就像杜甫的诗《返照》所说"返照入江翻石壁"。也如教育界的"期待效应"，又称"罗森塔尔效应"。当年，因为魏启心和崔尚赞扬杜甫赋才直追班固与扬雄，我们可以把他们视为杜甫的文学老师，最早发现杜甫这块诗中玉璧的人。当十四五岁的杜甫把诗文呈给他们虚心请教时，他们异口同声：这不就是盛唐的班固与扬雄吗？ 说起来，他们的初衷也许只是鼓励，可是这种鼓励背后的期待效应很大，至少给了杜甫更大的自信，最终以诗至圣，并以诗圣之光返照识破石壁有玉的他们。因此，研究杜甫时，我们无法忽视他们。杜甫《返照》一诗，产生于夔州的长江边。作为推动杜甫更加自信地闯入盛唐诗坛的前浪，魏启心和崔尚同样"光芒于金石"，被水洗亮。

魏启心和杜甫是如何认识的？ 除了杜甫《壮游》一诗，其他史书没有交代。不过，后来发现出土《大唐故河南府汜水县尉长乐冯君墓志铭》的碑文落款，竟然是"庆王府司马魏启心撰"，我立即拍手称快，并且恍然大悟，原来二人可能是来自杜甫二姑夫裴荣期的推荐。这需要厘清庆王与济王的关系。据《旧唐书·李琮传》记载，李琮便是庆王，原传称："奉天皇帝琮，玄宗长子也，本名嗣直。景云元年九月，封许昌郡王。先天元年八月，进封郯王。开元四年正月，遥领安西大都护，充安抚河东、关内、陇右诸藩大使。十三年，改封庆王，仍改名潭。十五年，遥领凉州都督，兼河西诸军节度大使。二十一年，加太子太师，改名琮。二十四年，拜司徒。天宝元年，兼太原牧。十一载薨，赠靖德太子，葬于渭水之南细柳原，仍于启夏门内置庙祔享焉。至德元年建寅月九日，诏追册为奉天皇帝。"在唐玄宗时期，李琮死后只是被追赠靖德太子，其"奉天皇帝"则是其弟唐肃宗的追封。我是想说，庆王李琮与济王李环皆是开元十三年（七二五年）晋封为王，他们都在东京洛阳建有王府宅邸。裴荣期在济王府任录事参军，魏启心在庆王府担任司马，他们可能由此认识，从而汲引给杜甫相识。

传至后世的魏启心文章，目前有两篇碑文，即《唐故冀州刺史姚府君夫人弘农郡君杨氏墓志铭》和《大唐故河南府汜水县尉长乐冯君墓志铭》，都是他的手笔。两碑显示的落款时间和官职不一，前者是"太子中舍魏启心撰"，写于开元二十一年（七三三年），这年杜甫已经二十二三岁；后者是"庆王府司马魏启心撰"，写于开元二十六年（七三八年），杜甫这年二十七八岁，看上去均与十四五岁的杜甫没有关联。从这两处碑文可知，魏启心在唐玄宗时期担任的官职，太子中舍在前，庆王府司马在后，也就是说他与十四五岁的杜甫相识时尚未出任庆王府司马。看来，他们相识是由裴荣期推荐的可能性不大了。

不少学者根据杜甫《壮游》"斯文崔魏徒"之注，即"崔郑州尚，魏豫州启心"，一边认定为郑州刺史崔尚、豫州刺史魏启心，一边又认为他们在杜甫十四五岁期间并未担任郑州刺史和豫州刺史。严谨，没错。可是，杜甫《壮游》作于七六六年，此诗关于崔尚、魏启心的官职注释，是否为杜甫原注，说不好又是一桩悬案，即便是杜甫亲注，那也可能是他们担任过相关职务，而他们的墓志并未完整记载。就像元稹给杜甫撰写的墓志铭，提到杜闲时仅有奉天令，并无郾城尉、兖州司马等职。毕竟，《壮游》不是杜甫十四五岁写的诗作，是五十四岁的杜甫追忆崔尚、魏启心给予自己少年时期的知遇之恩。这时，唐玄宗已经作古，崔尚和魏启心对于杜甫的赏识也成往事，最高统治者不再是唐玄宗，也不是唐肃宗，而是李隆基的孙子唐代宗李豫，崔魏二人是否被追赠为郑州刺史、豫州刺史，也很难说没有这种可能。退一万步说，"崔郑州尚，魏豫州启心"两人是否以郑州刺史、豫州刺史身份和杜甫在洛阳相识，并不影响他们对少年杜甫诗学成就的评价。其实，我们只需认同他们在唐玄宗开元时期非常看重杜甫少年时期的诗赋才华，足矣。

至于魏启心的文学成就，除了记载有限的出土墓志碑文，《唐会要》等古籍还有一些零散资料可以局部弥补。通过《唐会要》查证唐代科举制度，对于探究杜甫的科考经历，仍有不少收获。比如，《唐会要》载："神龙二年，才膺管乐科，张大求、魏启心、魏情、卢绚、张文成、褚璆、成廙业、郭璘、赵不为及第。"由此可知魏启心于唐中宗神龙二年（七〇六年）经"才膺管乐科"科考及第。同年，张九龄是"才堪经邦科"及第。什么是才膺管乐科及第？ 唐代用人制度是"科举制"，分科考试，分科举人，针对不同人才设置不同科目考试录制，文试常考科目包括秀才、明经、进士、明法、明书、明算等，武试科目有马射、步射、平射、马枪、负重摔跤等。当朝廷需要非凡人才时，皇帝又会打破常规临时增设某科举人。比如魏启心及第的"才膺管乐科"，就是选拔文能治国武能安邦的大才。管，即管仲；乐，即乐毅。管乐，是管仲和乐毅的合称，诸葛亮就曾如此自比。唐中宗以此科举人，正是渴求一个唐代的诸葛亮。也就是说，称赞杜甫有班固、扬雄之才的魏启心，在唐中宗看来，属于济世之才。这种特殊科举，在唐代不胜枚举，如王勃，少年时应"幽素科"及第，就获封朝散郎，他以为前程似锦，后来竟因一篇斗鸡檄文惹怒唐高宗丢官，到蜀地散心好几年。本来在神龙二年（七〇六年）应"才堪经邦科"及第的张九龄，已凭特长入仕，却在先天二年（七一三年）又以"道侔伊吕科"及第，留有散文《应道侔伊吕科对策》传世，目的正是展示自己的不同才能。在唐代，难度最大的科考是"进士科"，也就是入读国子学、太学、四门学三学之一的学子才有机会考进士，一旦及第，会让文人们深感身披最为荣耀的外衣，时有"三十老明经，五十少进士"一说。考进士，难在哪里？唐太宗喜欢问策或者策问，就是主考学子们面对社会问题的观察能力和解决问题的能力。唐高宗加试了帖经、杂文，形成"杂文、帖经、策问"三场考试。唐玄宗喜欢吟诗，则把诗赋作为"进士科"的主要考试内容。看上去，唐玄宗像是给杜甫提供了一个以诗入仕的捷径。结果，精通诗文的杜甫初考进士就是落第，第二次应诏考才艺，又因宰相李林甫上奏唐玄宗"野无遗贤"再次落选。中唐诗人、文学家韩愈也是考了四次才中，说明"进士科"的确太难及第。王维是个例外，他算科举学霸，二十岁考进士，直接及第，任太乐丞，可他因频频接触唐玄宗弟弟岐王李范（杜甫《江南逢李龟年》所写的岐王李隆范），触碰了龙鳞，李隆基找了个理由就把当官不久的他贬为济州司仓参军，从此王维踏入一段凹凸不平的坎坷仕途，甚至后半生也因此在不断喘气。

　　王维触碰了唐玄宗龙鳞中的哪一块？那是开元八年（七二〇年），杜甫刚满八岁。这年，唐玄宗下令严禁群臣与诸王交往。表面上看，李隆基对于诸王极其友兄爱弟，比如其弟、太子太傅、岐王李范，于开元十四年（七二六年）四月十九日卒，他不仅赠谥惠文太子，还为此不食十余日，等到百官上表固请，他才开始停止绝食。这场戏演得很好，李隆基不愧是盛唐第一男主角。就是如此浓墨重彩的兄弟情，当然给唐玄宗留下美名，却也给很多臣子留下噩梦。掀开其表，深入其里，唐玄宗的手段可谓狠辣，比如开元八年十月九日，因为光禄少卿、驸马都尉裴虚己与岐王游宴，还私谈谶纬，很快被判流放，并判公主离婚。说来，这个裴虚己也是皇亲国戚，他娶唐睿宗女儿霍国公主为妻，实打实的唐玄宗妹夫，也是岐王的妹夫，然而，触碰龙鳞，便是深渊。其时，京兆府万年尉刘庭琦、太祝张谔因多次与岐王饮酒赋诗，也被唐玄宗双双贬出京城。等到收拾完这些"不专不忠之臣"，李隆基又笑着与弟弟李范把酒言欢，说："我们兄弟之间本来没有隔阂，只怪阿谀小人趋炎附势而已。但我绝对不会为此而责怪自己的兄弟。"这年，在唐玄宗系列严惩措施抛出之前，王维与岐王李范接触频繁，时有《从岐王夜宴卫家山池应教》"座客香貂满，宫娃绮幔张"、《从岐王过杨氏别业应教》"严城时未启，前路拥笙歌"等你侬我侬莺歌燕舞醉生梦死的应酬诗句传入李隆基的宫殿。对于这个在开元五年（七一七年）就以"每逢佳节倍思亲"（《九月九日忆山东兄弟》）名扬长安城的文坛新秀，李隆基怎会孤陋寡闻？也就是从开元五年开始，喜爱诗词歌赋的岐王李范把王维列为座上宾，迄今可查，王维于开元六年（七一八年）曾随岐王在九成宫避暑，写有早期的七言律诗《敕借岐王九成宫避暑应教》。

> 帝子远辞丹凤阙，天书遥借翠微宫。
> 隔窗云雾生衣上，卷幔山泉入镜中。
> 林下水声喧语笑，岩间树色隐房栊。
> 仙家未必能胜此，何事吹笙向碧空。

此诗流传度不算很高。不过，一读到山泉、水声、碧空等词，脑海里立即会跳出他另一首名动千年的五言律诗《山居秋暝》："空山新雨后，天气晚来秋。明月松间照，清泉石上流。竹喧归浣女，莲动下渔舟。随意春芳歇，王孙自可留。"两诗看似意境差不多，王维的心境却是迥异。两诗一前一后，王维分别是十七岁、三十九岁，政治热情由热转冷。前诗，王维奉迎岐王，无非是想走走捷径，他哪里知道这条捷径是遍地荆棘，还会深深扎伤自己。

开元七年（七一九年）七月，在长安，王维应京兆府试，没戏。开元八年（七二〇年）春，在长安，王维就试礼部，落第。到了开元九年（七二一年），可能是唐玄宗极为宠信的妹妹玉真公主在皇兄面前帮他说了好话，王维中进士，任太乐丞。史书记载，这年，王维因伶人舞黄狮子受累，被贬为济州司仓参军。其实，王维还是经受不住岐王的热情邀约，在上任太乐丞后，他依旧跟李范打成一片，自以为官小没事，终究还是出了事，甚至可说摊上了大事。贬为济州司仓参军，就是李隆基对王维不守"严禁群臣与诸王交往"这条禁令的惩罚。从此，王维步入半官半隐的生涯。我想，他后来坚信佛家思想，应该也跟此事有关。

二十七、诗圣初光

杜甫呢？他十四岁这年，看上去很机敏，应是不懂政治的文学少年一枚。即使王维已是前车之鉴，大约在开元十三年（七二五年）十月前后，他还是义无反顾地去了李范设在洛阳的岐王府邸，吟诗，听李龟年唱歌。为什么是十月前后？因为这年十月十一日，唐玄宗从东都洛阳出发，要去泰山封禅。先前已说，出生于东都的李隆基只要关中缺粮便会行幸洛阳，伴驾的王侯将相均在这里建有府邸，以便近诏。因此，我推测杜甫大约就在这年十月前后认识了岐王李范和殿中监崔九。到底是姑父裴荣期推荐，还是李邕、王翰或者崔尚、魏启心汲引，没有史书记载，只能按此推算。

毕竟，杜甫晚年在潭州写的千古名诗《江南逢李龟年》不会作假：

岐王宅里寻常见，崔九堂前几度闻。
正是江南好风景，落花时节又逢君。

此诗，作于唐代宗大历五年（七七〇年）春，杜甫在这年冬天就将驾鹤西去。诗中暗藏的"盛"与"衰"两个关键意象，可以说浓缩了李隆基统治的盛唐盛衰史。一场安史之乱引发的持久战争，此时让杜甫和宫廷乐师李龟年同为天涯沦落人，相逢必是以泪洗面以酒慰肠。清代的乾隆皇帝特别喜欢杜甫这首七言绝句，认为此乃千秋绝调，后世休唱贞元供奉曲，他在敕编《唐宋诗醇》时还说："（杜甫）言情在笔墨之外，悄然数语，可抵白氏（白居易）一篇《琵琶行》矣。"

诗中的前半截，大约是说杜甫十四岁左右经常出入岐王府邸的风光经历。岐王，本名李隆范，唐睿宗李旦的第四子，唐玄宗李隆基的弟弟，因无争皇位野心，且支持李隆基登基，被封为岐王。后来为避李隆基的名讳改为李范。这是个什么王？李范和大哥李成器一样，都热爱音乐和诗文，并以此避免在皇权争斗中受伤，算是潇洒派王爷。按《资治通鉴》记载，李范于唐玄宗开元十四年（七二六年）四月十九日去世，陪葬桥陵。在李范去世之前的开元十四年前三个月，没有史笔书写唐玄宗到过洛阳。杜甫认识他，可能性最大的时间段便是十四岁前后。十四岁？没错，杜甫就是在这个年龄便可出入岐王李范在洛阳的尚善坊，与之吟诗，对酒当歌，得缘耳闻目睹李龟年和他的嘹亮歌声。

崔九呢？在《江南逢李龟年》里出现的崔九，本名崔涤，唐玄宗一朝的中书令崔湜的弟弟，因在崔氏家族兄弟中排行第九，故称崔九。崔九，又名崔澄，这个名字是唐玄宗御赐，他深受李隆基宠信。这人也算是一个眼光极好的人。早在李隆基还不是唐玄宗只是皇子的时候，因为与崔九居住在同一个里弄，二人便有来往。世人皆知，李隆基在青少年时期最为艰难，比年幼丧母的杜甫还要艰难。五岁时，其父李旦被祖母武则天废除帝位，一年之前他就被武则天命令过继给李弘为子。八岁时，因其母亲窦妃被人诬陷为"厌蛊咒诅"冤死于宫中，李隆基又从楚王降为临淄王，从此全靠姨妈窦氏和李旦另一位妾室豆卢氏抚养。十四岁时，在深宫幽闭接近七年的李隆基终于可以出来，出任潞州（今山西长治）别驾，对于这样的倒霉鬼，大家都避之不及，谁都想不到他有一天会当皇帝，有一个人却有不同看法，这个人便是崔九。当饯行的朋友皆在国门止步时，崔九站了出来，一直把李隆基送到华州，这份情谊，后来让他受宠多年。李隆基摇身一变唐玄宗后，门荫入仕的崔九几乎是以火箭般的速度不断升官，秘书监、殿中监、金紫光禄大夫，赐名崔澄，册封安喜县子，即便死后也被追赠礼部尚书、兖州刺史。唐玄宗对崔九的宠信，还有一件事不得不提。那是开元元年，太平公主试图效仿其母武则天废除唐睿宗李旦那样，召集崔湜、窦怀贞、岑羲、薛稷、萧至忠等人，密谋废掉刚刚当了一年多皇帝的唐玄宗。原本也被李隆基视为心腹的崔九哥哥崔湜，已经位极人臣，时任俗称宰相的中书令，他却誓死追随太平公主，并在密谋时出计，要在唐玄宗使用的赤箭粉中下毒。当然太平公主这场政变没有成功。这年七月，唐玄宗追查元凶，还将崔湜召去询问，临行前，崔九劝哥哥这次觐见不要对皇帝有任何隐瞒，结果崔湜没有采纳。直到谜底被揭开，唐玄宗虽然果断赐死了崔湜，也未牵连崔九。

巧合的是，四弟岐王死于开元十四年（七二六年），这个比亲兄弟还亲近的九弟崔九也是死于这一年，唐玄宗犹如马失前蹄，他在这年想立武惠妃为后又遭多名朝臣反对，作罢。非常郁闷的他，不知这时有没有注意到刚在洛阳闯出声名的杜甫。这年五月，全国人口激增，户部奏报的数目是四千一百四十一万九千七百一十二口。这年九月，镇守在龟兹的安西副大都护、碛西节度使杜暹入朝，官拜黄门侍郎、同平章事，成为宰相。武将升相，是尚武的唐玄宗在开元、天宝两个时期最常用的策略，一方面是给武将更高荣誉，另一方面则是压制功高盖主的封疆大吏，以免做大后难以管束。四年之前，时任兵部尚书、同中书门下平章事的张说以朔方节度使巡边平乱，唐玄宗亲自赋诗《送张说巡边》，引发众多朝臣掀起一股应制诗热潮，除了张九龄的诗题是《奉和圣制送尚书燕国公赴朔方》，其他朝臣的应制诗皆是雷同的诗题《奉和圣制送张说巡边》。让宰相出任边疆大将，也是唐玄宗玩于掌心的乐子。三次为相的张说，总的来说还是很受唐玄宗信任，这次巡边平反回到长安，张说仍然担任宰相，实职又从兵部尚书、朔方节度使升为中书令，由临时武将转为核心文臣。之后的两年，张说一直顺风顺水，到了开元十三年（七二五年）加官修书使、集贤院学士，唐玄宗再次赋诗相赠《集贤书院成送张说上集贤学士赐宴得珍字》："广学开书院，崇儒引席珍。集贤招衮职，论道命台臣。礼乐沿今古，文章革旧新。献酬尊俎列，宾主位班陈。节变云初夏，时移气尚春。所希光史册，千载仰兹晨。"如果在微信朋友圈发布此诗，下面便是无数跟帖的应制诗：第一个回帖的当然是张说《赴集贤院学士上赐宴应制得辉字》，接着是贺知章《奉和圣制送张说上集贤学士赐宴赋得谟字》、徐坚《奉和圣制送张说赴集贤院学士赐宴赋得虚字》、苏颋《奉和圣制送张说上集贤学士赐宴得兹字》、源乾曜《奉和圣制送张说上集贤学士赐宴·赋得迎字》、萧嵩《奉和圣制送张说上集贤学士赐宴赋得登字》、裴漼《奉和圣制送张说上集贤学士赐宴赋得升字》、赵冬曦《奉和圣制送张说上集贤学士赐宴赋得莲字》、刘升《奉和圣制送张说上集贤学士赐宴赋得宾字》、韦述《奉和圣制送张说上集贤学士赐宴赋得华字》、韦抗《奉和圣制送张说上集贤学士赐宴赋得西字》、陆坚《奉和圣制送张说上集贤学士赐宴赋得今字》、李暠《奉和圣制送张说上集贤学士赐宴赋得催字》、李元纮《奉和圣制送张说上集贤学士赐宴赋得私字》、褚琇《奉和圣制送张说上集贤学士赐宴赋得风字》、王翰《奉和圣制送张说上集贤学士赐宴得筵字》。这一次盛唐雅集，张说、苏颋、贺知章、王翰等多个盛唐笔杆子都站了出来附和，所应得字竟然与众不同，算是奇观。杜甫的恩师崔尚、魏启心也许参与了，只是没有诗歌流传下来。可是，风向很快就将逆转，就在杜甫十四岁这年，张说被唐玄宗罢相，缘起是宇文融和李林甫联合弹奏他"引术士占星、徇私僭侈、受纳贿赂"，给张说写过奉和诗的尚书左丞相、侍中源乾曜和刑部尚书韦抗也在其状之列。另一位后来把持盛唐宰相之位长达十九年的李林甫，是开元十四年拖张说下水的主谋，从此，他开启了历经九年之久只为自己上位的清除异己行动。

李林甫，与杜甫，像是一山难容二虎，也如一林不容二甫，我总感觉李林甫是杜甫生命中的克星。事实也是如此，他在担任宰相期间，杜甫就是进不了士当不了官报不了国。

现在，杜甫才十四五岁，他还想不了那么多，只想一心多读圣贤书，多见一些老字号文学前辈，夯实自己的文学基础。

当李邕、王翰、崔尚、魏启心、崔九、李龟年等人，相继涌向开元十三四年这两年的东都洛阳，少年杜甫与他们交杯换盏吟诗品乐赏舞的画面，终于可以叠在一起，化出一道最初的"诗圣光芒"。我以为，他们与杜甫相会相识相知，就在杜甫十四岁和十五岁这两年，不一定在同时，却应在洛阳城。又不在同一个府邸或者场地。崔九的府邸，相传在洛阳遵化里，离唐玄宗行幸东都洛阳的行宫最近，也靠近岐王李范在洛阳的尚善坊。杜甫在《壮游》里说"往昔十四五，出游翰墨场"，如今基本能够划定他在洛阳建立的朋友圈。

在这个可说是上流社会也可称之为盛唐权贵圈子的朋友圈里，十四五岁的杜甫能够自由出入，用他的话说"岐王宅里寻常见"，可见他当时的诗赋才名就已声震洛阳，并非一些学者所说的杜甫生前寂寂无名。如果杜甫那时才疏学浅，且只是一个官宦家庭出生的纨绔子弟，又有哪个老师敢如此夸赞自己学生，不怕世人耻笑？显然，崔尚、魏启心对他的点赞是发自内心，李邕、王翰对他的亲近也非完全不可相信。只是可惜，后人把杜甫二十四岁成名作《望岳》之前的大多诗文都弄丢了。这种失不再来的遗憾，也包括杜甫生平写的第一首诗《凤凰》或者《咏凤凰》，以及他在洛阳呈给李邕、王翰、崔尚、魏启心、崔九、岐王、李龟年等人的诗赋。

十四五岁，在今天，与杜甫同龄的男孩，不过是在经历或者即将经历中考。杜甫却说："脱略小时辈，结交皆老苍。"也就是说，他十四五岁喜欢交往的对象都是老字号文人，而同辈中人及其诗文并不能入他的法眼。

从十四岁有资格入读太学或者四门学，到十九岁左右开始外出漫游，这几年没有史书表明杜甫参加过进士科或者明经科考试，他应该还在洛阳读书。

应须饱经术，已似爱文章。
十五男儿志，三千弟子行。

公元七六八年，离开夔州之前，二儿子杜宗武十五岁，杜甫有诗《又示宗武》诫子，这个年龄应当博览群书，希望他成为曾参、子游、子夏之类的贤人。这年大年初一，杜甫还有《元日示宗武》"训喻青衿子，名惭白首郎"，也是满满的训子之意舐犊之情弥漫在字里行间。其实，早在梓州时期，杜甫就对此子寄予厚望，其诗《宗武生日》便说："诗是吾家事，人传世上情。熟精文选理，休觅彩衣轻。"在此诗中，杜甫不仅用"诗是吾家事"诫子，还要求其子宗武继承父志"熟精文选理"，这里的"文选"指南朝梁国人萧统所编先秦至梁的诗文总集《文选》。或因少年时期的杜甫读书写诗就深受《文选》一书的影响，到了中年时期还如此告诫跟他学写诗的宗武要熟读此书，不要像古代的老莱子老了还是成天无知地在父母面前嬉戏。萧统《文选》里收录了一首汉乐府诗《长歌行》，其中的"少壮不努力，老大徒伤悲"，既可看成中年杜甫对儿子的训喻，也可视为少年杜甫对读书惜时如命的追求。

在洛阳读书这些年，洛河与伊河跟随黄河无数次远行至东边的大海。水的尽头，会是哪里？或许在书海里深扎的杜甫也无数次想过这样的问题，可能每次这样想皆是心潮澎湃。尚未行弱冠之礼的杜甫，于是在十九岁这年走出了洛阳城。那时，唐代疆域超过一千万平方公里，唐代诗人流行读万卷书行万里路，杜甫此次离开东京是谁邀约，我们不得而知，只知他从十九岁起开启了人生第一次与水相逐与马同行的漫游。

第六章 郇瑕游

189
－227

二十八、郁闷皇帝

一直以来，杜甫的第一次远游常被锁定为吴越。其实，《杜诗全集今注》有诗可循杜甫最早的一次远游，不是吴越，而是郇瑕。他纵马前往郇瑕那年，虚岁十九，实则刚满十八。早在初唐时期就兴起的诗人漫游风气，到了唐玄宗统治的开元年间，随着国富民安，尚武与游学之风更甚，杜甫受之影响，多次远游，纵横贯穿于他的整个青少年时期。其中，郇瑕游堪称杜甫成长为盛唐游侠的开端。

那是开元十八年（七三〇年）。这年，契丹入贡，吐蕃乞和，护蜜来拜，东西突厥纷纷遣使前往长安俯首称臣，大唐边境迎来难得的和平，唐玄宗李隆基真正迎来他开创的开元盛世。这年新春，大唐大显国富民安气象，李隆基感觉再无什么棘手事急着去办，便将一切公务从简，他依照祖父唐高宗李治制定的"旬假"旧制，也给百官放了一次长假，准许官员们在春月旬休期间自选胜地，自行宴乐，并且御赐了不少钱物，诏令近臣对酒当歌，共享太平。这种君臣联欢好事，《资治通鉴》有记载："（七三〇年）二月（《唐会要》载为'开元十八年正月二十九日敕'），癸酉，（唐玄宗）初令百官于春月旬休，选胜行乐，自宰相至员外郎（《唐会要》载为'自宰臣及供奉官'），凡十二筵，各赐钱五千缗，上或御花萼楼邀其归骑留饮，迭使起舞，尽欢而去。"其中，员外郎的官阶为从六品上，宰相的官阶没有定数，只要皇帝高兴给谁加同平章事，正二品的尚书令、从二品的尚书左右仆射、正三品的中书令甚至从四品的黄门侍郎都可以称为宰相，像时任宰相张说便是正三品的中书令，也就是说，李隆基这次施恩上至正三品下至从六品，几乎恩泽全国所有州郡主要官员。换算为今天某个超级企业高管和中干的待遇，便是：不仅让你安心休假，给予休假补贴，还有老板亲设的盛宴，上下畅欢。

就在这年，尚无官职傍身的杜甫开启了人生第一次远游，目的地是郇瑕。

杜甫这年虽无记述百官春游的诗歌传世，但在三十四年之后，他的《忆昔二首》却从民间视角吹奏了一曲盛世唐音。

> 忆昔开元全盛日，小邑犹藏万家室。
> 稻米流脂粟米白，公私仓廪俱丰实。
> 九州道路无豺虎，远行不劳吉日出。
> 齐纨鲁缟车班班，男耕女桑不相失。
> 宫中圣人奏云门，天下朋友皆胶漆。
> 百余年间无灾变，叔孙礼乐萧何律。

"宫中圣人奏云门"，是说天子享受的乐曲名为《云门》。"天下朋友皆胶漆"，是说当时的社会风气很好，人人友善，如胶似漆一般亲密。不过，杜甫在《忆昔二首》中也批评了唐肃宗李亨和唐代宗李豫，比如"张后不乐上为忙，至令今上犹拨乱"，正是讽刺李亨极度宠幸张良娣致使纲纪坏国政乱，导致当今圣上李豫仍在劳心劳力去肃清朝纲。"犬戎直来坐御床，百官跣足随天王"，则是指责李豫听信宦官谗言夺去郭子仪兵权，时逢吐蕃入侵，苦果是两京沦陷，跟随他逃往陕州的官员甚至连鞋子都来不及穿。接着，杜甫又感叹"愿见北地傅介子，老儒不用尚书郎"。什么意思？他是说：何时才能出现勇猛斩杀楼兰王头的傅介子这样的人物一雪前耻，只要能灭寇，让国家中兴，我个人做不做尚书郎其实也无所谓。

不当官，也无所谓？杜甫的人生理想不是"致君尧舜上"吗，怎么又会感慨"老儒不用尚书郎"？时过境迁。这时的他很矛盾，却并非很矫情。

杜甫写《忆昔二首》的一年前，也就是唐代宗广德元年（七六三年），随着史朝义首级传至长安，长达八年之久的安史之乱终于平息，李豫便把"宝应"年号改为"广德"，大赦天下，广施恩德。因为战争沦为流民的杜甫，其实因此获得一次难得的重返仕途且是升官的机会，他却放弃了。当时，李豫想到了写"国破山河在，城春草木深"名动全国且任过华州司功参军的诗人杜甫，打算以正七品下的京兆府功曹参军一职将其召回长安，以施皇恩，以显圣明。缘由来自时任吏部侍郎杨绾的上疏。杨绾的请奏是："朝廷择儒学之士，问经义二十条，对策三道，上第即注官，中第得出身，下第罢归。又，道举亦非立国所资，望与明经、进士并停。"显然，杨绾这个奏折所言之事有些敏感，如崇道尚武的唐玄宗开启的"道举"科举制，岂能说废就废止？李豫有些犹豫不决，便命诸司通议，结果给事中李栖筠、尚书左丞贾至、京兆尹严武纷纷赞同杨绾的提议。与杜甫在唐肃宗主政初期一同共事过的贾至还提议广置学校，给因为战乱散落各地的流寓学子一个读书、入仕的机会。其中，当地学子由乡里推荐，流寓学子则由学校推荐，以让他们均可参加新置秀才科考试，等同于国子监举人科考。大概因为杜甫曾在华州司功参军任上主管官员考课、祭祀、礼乐、道佛、教育、选举、表疏等工作比较出色，加上其文《乾元元年华州试进士策问五首》适合这年的举人用人之需，昔日好友严武和贾至双双推荐了他，于是李豫便诏令杜甫前往长安出任京兆府功曹参军。在唐代，此职在府称功曹参军，在州称司功参军，职能差不多，级别却差很多，一般而言，上州中州下州的司功参军分别为从七品下、正八品下、从八品下，京兆府功曹参军则是正七品下，李豫这时起用在李亨时期退职的杜甫到长安任职，不仅明确为京官，而且升了几个官阶，堪称重用。正在阆州（今四川阆中）嘉陵江边寄居的杜甫，对于这道圣旨却没有任何惊喜，也没有选择赴任，心境恰似他所写的初到长安时的李白那样"天子呼来不上船"。杜甫以《奉寄别马巴州》一诗，自注"时甫除京兆功曹在东川"，解释："勋业终归马伏波，功曹非复汉萧何。扁舟系缆沙边久，南国浮云水上多。独把鱼竿终远去，难随鸟翼一相过。知君未爱春湖色，兴在骊驹白玉珂。"显然，杜甫这时对朝政之事寒心了，在他看来，如今的时局，即便是去长安担任这个京兆府功曹参军，也很难再像汉代的萧何那样建立非凡的勋业，况且成也萧何败也萧何，李亨、李豫皆非时时事事听得进逆耳忠言的皇帝，不如做个闲人算了。到了七六四年，李豫还想起了李白，他又发出一道圣旨，宣召李白入朝出任杜甫曾经担任过的左拾遗，可是李白已经去世一年多了。这两年的李豫应当非常郁闷，老实忠厚的杜甫不听话也就算了，仙气飘飘的李白怎么就死了呢？不能憎恨祖父李隆基和父皇李亨都怠慢过他们，李豫显然是想弥补什么，或者就是想借助重新任用杜甫、李白这样的落魄诗人以显自己的胸怀博大，然而事与愿违。插入这两个故事，我想说的是，李豫的眼光真的不错，他先后想量才而用的杜甫与李白，终究成了后人尊称的诗圣与诗仙。或许李豫当时还想不到这么远，可是从他想重用已经五十二岁的杜甫来看，杜甫之诗，子美之名，至少在唐代宗广德年间已经和李白诗名并驾齐驱。若从宣召先后次序看，在安史之乱战争时期表现出忧国忧民精神的杜甫，在李豫心中的分量似乎比李白还略高一点。

开元十八年（七三〇年）十二月，最郁闷的皇帝是李豫的祖父唐玄宗，他甚至把次年元旦朝会也叫停了。年初元旦朝会散会不久，令百官于春月旬休，他是与群臣共欢。年底叫停次年元旦朝会，他是与群臣举哀。为谁举哀？近身辅佐李隆基长达十九年的宰相张说，说没就没了。在唐玄宗时期，因在位时间长，出了多位宰相，但要讲合拍，最懂隆基心，无疑是左右丞相都干过的燕国公张说，两人时有诗词往来，以示君臣关系亲密无间。就在一年前的八月初五，右丞相张说还联合左丞相源乾曜上奏，请示唐玄宗以其生日这天创设"千秋节"，正合圣意。但想不到明年的"千秋节"再也无法给张爱卿送"千秋镜"了，呜呼哀哉。"兵部尚书同中书门下三品燕国公张说，道合忠孝，文成典礼，当朝师表，一代词宗。有公辅之材，怀大臣之节。储宫侍讲，早申翼赞，台座訏谟，备陈匡益。入则式是百辟，出则赋政四方，嘉绩简于朕心，茂功著于王室。赍予良弼，光辅中兴，乃眷专车，是称枢密。故开府仪同三司、尚书左丞相、集贤院学士知院事、上柱国、燕国公张说，辰象降灵，云龙合契。元和体其冲粹，妙有释其至赜。挹而莫测，仰之弥高。精义探系表之微，英辞鼓天下之动。昔侍春诵，绸缪岁华。含春容之声，叩而尽应；蕴泉源之智，启而斯沃。授命兴国，则天衢以通；济用和民，则朝政唯允。司钧总六官之纪，端揆为万邦之式。方弘风纬俗，返本于上古之初；而迈德振仁，不臻于中寿之福。"悲痛之余，李隆基为张说亲自撰写了神道碑文，追赠他为正一品的太师，赐谥"文贞"。太师，是唐代最高官职，由此可见唐玄宗对张说的认同，可追他对唐太宗的崇拜，因为李世民称帝前的官职就是"太师"。一九九九年在洛阳出土的《张说墓志》，全名《唐故尚书左丞相燕国公赠太师张公墓志铭并序》，署名撰者"族孙九龄"的张九龄也提到张说当年被唐玄宗追赠"太师"一事。有人落幕，就有人开幕。其实，还在张说去世前的开元十八年四月，身居相位的吏部尚书裴光庭就已始奏"循资格"，推行他发起的吏制改革。顾名思义，循资格就是根据一个人的资历选拔官员，通俗地说便是论资排辈。只凭资格，不问才能，实则是盛唐选官制度的倒退。唐玄宗这时尚不昏庸，连老相宋璟的反对声也听不进去，竟然准许裴光庭大搞"循资格"。如果单讲资历，哪怕杜甫生父杜闲还在郾城担任郾城尉，裴光庭玩的这次"循资格"选官"新制"，对他来说也是有益无害，至少从这年起，杜闲应该升官为县令，或者召回上都长安担任更为显赫的官职。

有学者考据，说杜闲出任郾城尉之后的下一任官职就是武功尉，依据是《元和姓纂》卷六"姆韵"杜姓条记载："杜审言生闲，武功尉、奉天令。"如果《元和姓纂》没有作假，而且杜闲在出任武功尉之前，其官职又的确停留在郾城尉任上，那么开元十八年这年，他极有可能受惠于"循资格"前往长安任职了。别以为武功尉和郾城尉同级，杜闲真若任过武功尉，那便是高升了。在唐代，级别最高的县令是正五品上，比如京兆府长安县、万年县两个京县的县令。京兆府其他县则称为畿县，或者次赤县，在畿县任职的县令在全国所有县令里官阶排名第二，为正六品上。所谓的宰相门前七品官，所谓的皇城根下官阶高，说的就是京畿之地的所有官员官阶都比地方官员高许多。我说杜闲高升，在于唐代的武功县属于京兆府的畿县，武功县令官阶为正六品上，和太学博士、中州长史、朝议郎同级，而鄠城最高长官，最多是个正七品上的中县令，说不定还是从七品下的下县令。从鄠城尉到武功尉，杜闲起码连升三个官阶。当然，还有一种可能，中间还有鄠城县令这个过渡。目前，没有更权威的史料证实杜闲当过鄠城令、武功尉，我们只能推算杜闲在杜甫十九岁这年可能有升迁。否则，杜甫从此拉开长达十年之久的漫游，花费从何而来？只能是父亲杜闲备上丰厚的旅行费用，杜甫才能无忧无虑地骑马上路，实现他游侠般的"裘马颇清狂"。

二十九、少年游侠

在开元十八年夏天，杜甫本想沿着横穿洛阳城的洛河，走水路去江南开启远游模式。不巧的是，这年洛河泛滥成灾，洪水不仅冲毁了洛阳的天津桥、永济桥，从扬州开过来的船只也沉溺了，甚至包括洛阳的上千户民房都纷纷倒塌。洛阳这次洪灾，《旧唐书》"玄宗本纪"有记载："东都瀍、洛泛涨，坏天津、永济二桥及提象门外仗舍，损居人庐舍千余家。"然而，这场大洪水却并未淹没杜甫外出的念想。他选择了一个叫郇瑕的地方，开启人生的第一次远游。

从读万卷书，到行万里路，杜甫后来把自己的几次远游称为"壮游"。也许他的"第一次远游"更早，因为生活在长安、洛阳两京的唐代少年常常受到英雄情怀的感召，很早便外出闯荡江湖。这种源自万朝来拜持续涌现大国自信的英雄情怀，在多位盛唐诗人笔下皆有诗歌留影。比如王维、李白、高适的同名诗《少年行》里，都有耳闻目睹的唐代少年游侠形象，剑指江湖，诗咏豪迈。少年行，属于汉代乐府旧题，唐代诗人一般都爱以此题吟咏少年壮志，抒发慷慨激昂之情。

王维笔下的《少年行》，有四首，其中一首是：

新丰美酒斗十千，咸阳游侠多少年。

相逢意气为君饮，系马高楼垂柳边。

李白写的《少年行》，有两首。其一是：

击筑饮美酒，剑歌易水湄。

经过燕太子，结托并州儿。

少年负壮气，奋烈自有时。

因击鲁勾践，争博勿相欺。

其二是：

五陵年少金市东，银鞍白马度春风。

落花踏尽游何处，笑入胡姬酒肆中。

李白和王维同一年出生，吟咏的唐代少年皆是意气风发的游侠形象，都有马、酒、酒肆等意象，烟火味极浓。写游侠，佛系的王维是点到为止，给人遐想空间较大；道家的李白则是放荡不羁，颇有把人直接拉入酒肆尽欢的气概，更为生动。其实，李白自己就是这样的游侠。

高适大约于开元二十一年（七三三年）结束燕赵游，在返乡途经邯郸时写的《邯郸少年行》，则是一群聚众赌博的游侠形象。

> 邯郸城南游侠子，自矜生长邯郸里。
> 千场纵博家仍富，几度报仇身不死。
> 宅中歌笑日纷纷，门外车马常如云。
> 未知肝胆向谁是，今人却忆平原君。
> 君不见即今交态薄，黄金用尽还疏索。
> 以兹感叹辞旧游，更于时事无所求。
> 且与少年饮美酒，往来射猎西山头。

杜甫呢？他也写过《少年行》，而且有三首。其中一首实写的一个唐代少年，恍若游侠，又似乎更像缺少教养的纨绔子弟。

> 马上谁家白面郎，
> 临轩下马坐人床。
> 不通姓字粗豪甚，
> 指点银瓶索酒尝。

诗中"临轩"，一作"临阶"。这个少年从下马坐床到指瓶索酒，不报姓甚名谁，只说快拿酒来，举止粗豪，谈吐粗野。对于突然闯入眼帘的这个不速之客，杜甫之笔犹如工笔，描人绘景细腻逼真。与李白、王维、高适诗里速写的唐代少年游侠不同，杜甫笔下这个骑马而来的少年一屁股坐上床便要这要那，看似有游侠般的豪气，实则是目中无人的趾高气扬。有人说，此人造访之地是杜甫住在成都的草堂。草堂毕竟是私宅，并非随意寻欢的酒楼，我以为杜甫素描的人物场景应是在某个酒家，而非草堂。杜甫以过来人身份审视这个少年，无非是写诗记录一个意外所见，其不待见的话就隐藏于白描的诗句里。

若讲少年游侠的豪饮、酩醉与痛快，王维的早年诗意似乎跟以"三杯吐然诺，五岳倒为轻"（《侠客行》）留下酒仙形象的李白更接近。包括杜甫的好友岑参，也是一位典型的游侠，在他出塞游历的诗篇《凉州馆中与诸判官夜集》中，便有开怀畅饮的豪爽一面，如"一生大笑能几回，斗酒相逢须醉倒"。

酒水，仿佛是一面镜子，镜中的唐代少年游侠，一旦肝胆相照，要么不醉不归，要么结伴远游。他们追求仕途便在京城出没，他们寻求功名则在边塞闯荡，大多出身于闾里市井之中。司马迁在《史记·游侠列传》里早就把这类少年称之为"闾里之侠"。这类"闾里之侠"在唐代千姿百态，有的纵情山水，有的志在庙堂，有的慷慨仗义，有的放荡不羁，有的左右逢源，有的视死如归，在王维、李白、杜甫、岑参等人的诗篇里，他们闯荡京城远游边塞多是如影随形。

唐人盛行的这种壮游，跟今人的春游秋游或者游学迥异。没有老师带队，没有家长陪伴，不用缴纳保险，不会担心出事。他们，既读书也练武，会骑射，懂剑术，大多文武双全，似乎浑身是胆，只要父母给足盘缠，便会自选旅游项目，独自或结伴闯荡江湖。独自带剑远游，王维《送从弟蕃游淮南》有记载："读书复骑射，带剑游淮阴。淮阴少年辈，千里远相寻。"李白旅居洛阳时，其诗《结客少年场行》更是描述过云集东都洛阳的游侠们结伴出行的宏大场面："平明相驰逐，结客洛门东。少年学剑术，凌轹白猿公。珠袍曳锦带，匕首插吴鸿。由来万夫勇，挟此生雄风。"李白是说天刚亮时，精通剑术的少年游侠们便会腰插匕首手持长剑竞相驰逐，在洛阳东门相会，然后结伴出行。

李白的英雄气概对杜甫的成长影响很大。在后来与李白、高适结伴出行的日子里，杜甫也有"杀人红尘里，报答在斯须"（《遣怀》）等杀气腾腾的诗句扑面而来。这是后人很难想象的画面。因为教科书里的杜甫总是满目愁苦的印记，仿佛只有忧国忧民的病恹恹身躯，他怎会有如此生猛一面？其实，青少年时期的杜甫就是一个艺高胆大的游侠。杜甫诗歌记录的人生，大约有三四次壮游，勾勒着他的骑射、剑术等功夫，与侠客般的豪迈，如"射飞曾纵鞚，引臂落鹙鶬"（《壮游》），又如"肉食三十万，猎射起黄埃"（《昔游》）。还原杜甫，尤其是还原青少年时期的杜甫，我们有必要摘掉后人贴在晚年杜甫脸上的愁苦标签，才便于洛阳的洛河水以及洛阳附近的黄河水映照出一个快意驰骋江湖的游侠形象。

杜甫的骑射功夫跟谁学来？无书也无诗记载。据我推测，或是其二姑夫、济王府录事参军裴荣期近身传授。这可能是他在开元十八年的发洪季节冒险北渡黄河，前往郇瑕增长阅历的远游前提。

还有一个前提，是十九岁左右的杜甫没有任何后顾之忧。其时，杜甫家境渐渐殷实，在洛阳，身旁有当官的二姑父裴荣期照应，远方也有做官的父亲杜闲关心，可谓衣食无忧，实打实的公子哥。祖父杜审言的流放史带给杜氏家族的阴影，幼年丧母带来的可怜身世和另一层阴影，也都逐渐散去。此时的杜甫，已是一个拥有浑身本领的有志青年。运气好一点，就考个进士，光耀一下门楣。运气差一点也无妨，反正有父亲、姑父、伯父、舅父等一大堆在朝为官的亲人，在他身后提点。杜甫诗歌可以证实他的第一次远游，就是去郇瑕长长见识，顺便结交一些情投意合的朋友。

李白就不一样了，他的人生起跑线从一出生便被划定在千里之外。李白是商人家庭出身，据其散文《上安州裴长史书》自述，他"五岁诵六甲，十岁观百家"，从小苦读百家经典。李白十四岁也就是岑参出生这年便开始闯荡江湖，一边接受道家思想洗涤，一边拜访各界名人求知，求知不是长知识而是求知音。李白另一篇散文《与韩荆州书》还说，"十五好剑术，遍干诸侯"。可能是"遍干诸侯"没啥效果，也可能是诗赋才华有待提升，他又回到匡山读书，继续操练剑术。那个时代的人看不起商人，李白从小就想当官的志向实施起来很难，比官员家庭出身的王维、杜甫要难百倍千倍。杜甫出生于洛州巩县，很早就生活在东京，游走并成名于王侯将相宅邸。王维出生于河东蒲州（今山西永济），地处长安、洛阳两京之间，从小受到的教育比杜甫、李白都要优越，琴棋书画样样精通，十六岁便因写出《九月九日忆山东兄弟》而轰动盛唐诗坛，二十岁又进士及第且高中状元，让所有欲凭诗赋才华入仕的盛唐少年诗人望尘莫及。

"安能摧眉折腰事权贵，使我不得开心颜！"这是《梦游天姥吟留别》述说的李白形象，蔑视权贵，追求自由，千年以来安慰了不少怀才不遇的读书人。杜甫诗歌里给我们介绍的又是另一个李白形象，"天子呼来不上船，自称臣是酒中仙"（《饮中八仙歌》），放荡不羁，非常任性，甚至有些飞扬跋扈，"痛饮狂歌空度日，飞扬跋扈为谁雄"（《赠李白》）。李白真是这样的吗？如果一个人可以拆分成无数个人，这样的李白只是李白的千万分之一。其实，李白也很乐于给权贵做事，甚至一生都在孜孜不倦追求当官。因为长期找不到工作，大约三十三岁的李白有点着急了，他给荆州长史、襄州刺史韩朝宗写了一封自荐书《与韩荆州书》，希望对方重视自己，并且推荐自己做官。为了当官，他把自己的姿态放得很低，不惜笔墨大夸韩朝宗："白闻天下谈士相聚而言曰：'生不用封万户侯，但愿一识韩荆州。'何令人之景慕，一至于此耶！岂不以有周公之风，躬吐握之事，使海内豪俊，奔走而归之，一登龙门，则声价十倍！所以龙蟠凤逸之士，皆欲收名定价于君侯。愿君侯不以富贵而骄之、寒贱而忽之，则三千之中有毛遂，使白得颖脱而出，即其人焉。"然而，这位韩荆州并未出手帮扶身在襄阳一筹莫展的李白。这种热脸贴冷屁股、马屁拍在马腿上的磕磕碰碰，李白经历了很多次。包括他写给唐玄宗的《明堂赋》和《大猎赋》，溢美之词几乎可填满脸沟壑，目的皆是谋求官位。尤其是《明堂赋》，李白"以大道匡君"，他阐述的政治主张是："建翠华兮萋萋，鸣玉銮之鉠鉠。游乎升平之圃，憩乎穆清之堂。天欣欣兮瑞穰穰，巡陵于鹑首之野，讲武于骊山之旁。封岱宗兮祀后土，掩栗陆而苞陶唐。遂邀崆峒之礼，汾水之阳，吸沆瀣之精，黜滋味而贵理国，其若梦华胥之故乡。于是元元澹然，不知所在，若群云从龙，众水奔海，此真所谓我大君登明堂之政化也。"因是商人家庭出身，李白无法应制举而入仕，只能走献赋之路求官。其《明堂赋》和《大猎赋》是否送达唐玄宗行幸东都洛阳的明堂，很难说清。仅从一次次石沉大海的结果推断，李白的献赋或许只是他的一厢情愿。李白名作《蜀道难》说，"蜀道之难，难于上青天"。商人家的孩子李白想当官，实则也是难于上青天。

后人认定一生鄙视权贵追求自由风度翩翩的李白，实际上不得不很早就外出远游，持续不断献诗献赋攀附权贵，寻找出路。那个时代的民间英雄大多皆是如此，自家无权无势，只能自寻出路。他认清一个现实：窝在匡山无出路。他抱定一个信念：天生我材必有用。大约从十八岁起，李白就带上诗稿和长剑在剑南道开始第二次漫游了，行迹主要在梓州（后来的东川节度使治所）、成都（后来的西川节度使治所）、渝州（今重庆市）三地晃晃悠悠，其间又断断续续回到绵州（今四川绵阳）匡山读书练剑。在杜甫十二岁这年，也就是公元七二四年，二十三岁（古人爱称二十四岁，实为虚岁）的李白做出一个艰难的决定，踏上永不返乡的征途，史称"辞亲远游"。李白对此的解释至少有两次，一次是告别家乡时写的诗《别匡山》"莫怪无心恋清境，已将书剑许明时"，一次是多年以后写的散文《上安州裴长史书》："以为士生则桑弧蓬矢，射乎四方，故知大丈夫必有四方之志。乃仗剑去国，辞亲远游。"李白离开蜀地的行迹，先是从江油的匡山读书地到达时称蜀郡也称益州的成都，然后去峨眉山走水路，下嘉州、戎州、渝州、夔州、荆州，直到又从扬州北游汝州辗转来到湖北安陆，成为已故宰相许圉师的孙女的上门女婿，才算勉强安定下来。杜甫离开蜀地的踪迹跟李白几乎一致，只是他路过荆州以后一直在湘江一带打转，命运终结于岳州（今湖南岳阳）平江。

对比李白的经历来看杜甫的人生，是因为他们的很多路径几乎雷同，包括早年的远游初衷和晚年的狼狈流浪，以及借助道佛思想慰藉历经安史之乱的内心创伤，皆是惊人相似。

李白最初离开蜀地，仗剑走天涯，以诗名江湖，既是问道，也问前程。杜甫最初离开洛阳，纵马黄河边，远行至郇瑕，不问前程，只是问道。问道，对于深受儒家思想影响且年仅十九岁的杜甫来说，看似朦胧，实则贯穿其一生。如果说杜甫一生的主题曲是奉儒守官，那么道家、佛家就是令他多次徘徊的两支插曲。其中，问道，在杜甫人生中的多个时期均有尝试，而且还不是浅尝辄止，一旦在青少年时期尝过自由自在的道法自然滋味，他便终生放不下，临终吟诗也在惦念。如远游鲁郡东石门时，杜甫写给李白的《赠李白》"秋来相顾尚飘蓬，未就丹砂愧葛洪"，感慨的是：学道，无所成就，没去求仙，真是愧对晋代炼丹大师葛洪。如定居成都时，杜甫写给自己的《为农》"远惭勾漏令，不得问丹砂"，又一次感叹：我自惭形秽不能像晋代葛洪那样炼成丹砂，弃世成仙。如旅居夔州时，杜甫写《昔游》（自注昔谒华盖君）"妻子亦何人，丹砂负前诺"，再一次感怀：身边有妻子儿女不能辜负，尝丹修道成仙这个诺言至今没有兑现，真是有负前诺。如漂泊湘江时，现存最后一首杜甫诗歌《风疾舟中伏枕书怀三十六韵奉呈湖南亲友》，他无力呐喊，只能是老泪纵横地低吟："葛洪尸定解，许靖力还任。家事丹砂诀，无成涕作霖。"杜甫这是在说，我已没有体力远行，自知定如葛洪的尸解，死于途中，若论家事，想到空有丹砂诀这种成仙之方却炼不成金丹，不觉泪如雨下。

相比杜甫这种问道修道的徘徊，李白更胜一筹。尤其是道家宗师司马承祯和贺知章相继赞许其为谪仙人之后，特别是唐玄宗用重金将其遣出长安城以后，李白更加坚信，只要专心修道，采集真气来强身，便能羽化升天为仙。"余昔于江陵，见天台司马子微，谓余有仙风道骨，可与神游八极之表。因著大鹏遇希有鸟赋以自广。"李白在《大鹏赋》中就说，我呼尔游，尔同我翔，"于是乎大鹏许之，欣然相随"。在《庐山谣寄卢侍御虚舟》中，几乎彻底放下功名利禄的李白甚至说："闲窥石镜清我心，谢公行处苍苔没。早服还丹无世情，琴心三叠道初成。

遥见仙人彩云里，手把芙蓉朝玉京。先期汗漫九垓上，愿接卢敖游太清。"可以说李白的大半生都在努力践行他说的"五岳寻仙不辞远，一生好入名山游"。只是这种践行，李白并不十分坚定，他终其一生都是徘徊于修道与从政之间，忽左忽右，很想两不放弃，如同脚踩两船，总是顾此失彼。即便是在山东入了道箓成了真正的道士，李白五十六岁那年依旧经受不住权力的诱惑，还想在永王军营建功立业，又因兵败入狱浔阳。他只恨站错了队，被唐肃宗李亨扣了一顶谋反的帽子，成了流刑犯，直至流浪到安徽当涂，黯然归天。

三十、走向郇瑕

　　杜甫第一次远游，为何是郇瑕？郇瑕，又在哪里？

　　定位郇瑕。历代以来，注解甚多，仿佛难有定论。其实，可用杜甫远祖杜预的儒学名著《春秋左氏经传集解》注解的"郇"先来定位："晋人谋去故绛，诸大夫皆曰：必居郇瑕氏之地。"杜预对"郇"的注解为"解县西北有郇城"，解县，是西汉时置县，属河东郡，故址在今山西临猗县临晋镇。明末清初地理学家顾祖禹《读史方舆纪要》又进一步解释，"郇城在（解）县东北十五里，（周）文王庶子所封郇国"，"河东解县西南五里有故瑕城"。顾祖禹认定的周文王庶子，就是《诗经·下泉》"四国有王，郇伯劳之"所指的郇伯。郇，是西周的诸侯国，因在春秋时被晋国所灭，后来又称晋国故地。初唐时，唐高祖李渊在郇瑕之地置蒲州，领河东、猗氏、桑泉、虞乡四县。蒲州，在唐玄宗开元年间改为河中府，升级为"中都"，又于天宝年间更其治所"桑泉"为临晋，临晋县名从此诞生。如今的山西临猗县，正是一九五四年从临晋、猗氏两县合并而成，因地处古郇国又称"郇阳"。厘清这些历史沿革，可知杜甫远游的"郇瑕"，需锁定今天的临猗县，并辐射山西省运城市。为何还要辐射运城市？已故语言学家杨伯峻《春秋左传注》对"郇瑕"有注"郇在解池西北，瑕在解池南"，在他看来"郇瑕之地"面积甚大，不可能全部划为晋国都城，他说的"解池"是指山西运城的盐池，也即运城盐湖。

定位初衷。我推测杜甫此次郇瑕之行，应是从小受二姑夫裴荣期教育影响所致，他不仅去了当时的蒲州猗氏县（今山西临猗），或许还到过王维成长之地蒲州古城，甚或亲临过王之涣赋诗之地鹳雀楼，因为这一带属于河东。裴荣期，来自河东裴氏家族，这个家族在唐代出了十七位宰相，光耀了整个河东。河东，顾名思义，即是黄河以东，成为县，始置于隋文帝杨坚开皇十六年（五九六年），后与蒲坂县合并仍然叫河东县，故址在今天的山西省永济市蒲州镇附近，与陕西省潼关县隔河相望。这里曾是杜甫崇拜的舜帝的都城，既是兵家必争之地，也是文人荟萃之地，更是河东裴氏发迹之地，江淮粮食从蒲州南面黄河运送至长安的中枢之地，民谚"三十年河东，三十年河西"诞生之地。司马迁《史记》称之为"天下之中"，唐玄宗将河东所在的蒲州升为"中都"，并在蒲州东西门建蒲津桥铸铁牛造铁人，正是看重它的军政战略地位。安史之乱期间，郭子仪收复两京的关键点，实际上也是智取了河东，这个处于长安与洛阳之间的要冲。如今，在蒲州古城以东大约九里之外，有两个靠近黄河的景点不得不去，一个是根据唐玄宗铸铁牛史事重建的黄河大铁牛，一个是王之涣《登鹳雀楼》吟诗之地鹳雀楼，楼上塑有王之涣铜像供人怀古。"白日依山尽，黄河入海流。欲穷千里目，更上一层楼。"在黄河边的鹳雀楼，王之涣大约于公元七〇三年（一说开元十五年之后）登上此楼眺望黄河，留下这首五言绝句，后被乐工制曲歌唱名动一时，一度引发无数盛唐诗人蜂拥而至，如后来的河东诗人畅当、耿湋均有《登鹳雀楼》等同题诗唱和，让鹳雀楼成了炙手可热的赛诗楼。欲从读书生活更上层楼的杜甫，有诗可证的第一次远游，他去郇瑕，也就是唐时的蒲州猗氏县，我以为不应当错过这里。若是王之涣创作《登鹳雀楼》的年代在开元十五年之后，说不定杜甫还能跟处于辞官隐居时期的这位诗坛前辈见上一面。其实，在开元年间，但凡有王之涣的吟诗行迹，就有诗人前去寻踪，如高适《蓟门不遇王之涣郭密之因以留赠》"行矣勿重陈，怀君但愁绝"，便因见不着这位边塞诗领军人物而顿感落寞。

冯至《杜甫传》在提到杜甫郇瑕之游时用词极少，只说"杜甫曾经北渡黄河，到了郇瑕（山西猗氏）；这里他停留的时间很短，不能算是漫游的开始"，然后补了一句"杜甫一度到郇瑕，可能是躲避水灾"，再无笔墨触及郇瑕之地。事实呢？杜甫在郇瑕游历的时间并不短。郇瑕，不仅是杜甫漫游或者壮游的开端，而且是他一生也无法忘怀的第一个远游胜地，更是其实地寻仙访道接受道教思想的初探之地，以及结交诗友提升名气的初游之地。

十四五岁的杜甫不是已在洛阳闯出声名了吗？为何十九岁了还要借助外出游历提升名气？说来，除了受游侠之风影响，还跟唐代科举选人制度有关，据《新唐书·选举志》记载："唐制，取士之科，多因隋旧，然其大要有三：由学馆（由国子学、太学、四门学等官办学堂推荐）者曰生徒，由州县（举荐）者曰乡贡，皆升于有司而进退之。其科之目，有秀才，有明经，有俊士，有进士，有明法，有明字，有明算，有一史，有三史，有开元礼，有道举，有童子。而明经之别，有五经，有三经，有二经，有学究一经，有三礼，有三传，有史科。此岁举之常选也。其天子自诏者曰制举，所以待非常之才焉。"《新唐书》提到的道举，由唐玄宗首创，杜甫好友高适就是通过道举入仕。至于杜甫的科考之路，学界普遍认为有两次，一次是二十四岁左右在洛阳参加进士考试落第，一次是三十五岁左右在长安参加唐玄宗一时兴起的临时诏试，又因李林甫一句"野无遗贤"再次落第。其中，第一次在洛阳这次科考，学者说法不一，一说是从巩县"乡贡"荐至洛阳考进士，一说是由学馆生徒荐至洛阳考进士，若是"乡贡"则推翻其可能在太学、四门学读书的经历。有一点倒是可以确认，科举并非每年都有而且很难考中，很多唐代学子便想方设法抬高才名，以求考官阅卷时能多得一些印象分。另一条路，则是拿上自己满意的诗文去结交权贵，重点对象是皇帝近臣，寻求推荐入仕。这种"结交"，说好听点叫寻找知音，说难听点则是攀附权贵，还有一种说法是"干谒"，唐代很多诗人的应酬诗题就常出现"谒"字。科举大门，对于饱读经书又有官员家庭出身背景的杜甫而言本来不难，结果却是很难，于是他后来也选择了李白那样的献诗献赋之路以求入仕。

十九岁开启的郇瑕之旅，杜甫自我感觉良好，还不着急去科举入仕。这次远游，他结交了哪些朋友？

从洛阳到郇瑕，行程有四百六十多里路，如今开车三个多小时就可到达。对于古人来说却是远游，且很折腾，得先找个渡口借助船只北渡黄河，再换骡马等交通工具辗转前行，总之耗时很长。幸好杜甫家乡巩县北面黄河就有渡口，他可就近北渡，也可从洛阳孟津的古渡口北渡。只是这年洪水滔天，想必从这两个渡口找船过河都不容易。即使费尽周折过了黄河，杜甫到达郇瑕也非一天半日就行，因为唐代的驿站设置很多，大约每三十公里便有一个驿站，专供外出远行的人歇脚，也给跑累了的骡马歇气。出来玩，又不是去送"八百里加急"代表的边疆军情或者战报，就算是使用这样的快马也得在驿站换马，杜甫此行显然不急。说不定来到一个驿站就会停留两三天，看看附近的风景，品品当地的好酒，碰见说话投机的人，再结伴前往下一个驿站行侠仗义，如此算来，杜甫到达郇瑕至少也要二三十天。从其有友可追有迹可循的郇瑕之行看，杜甫在古郇国一带漫游，或有三个月之久。

此行，杜甫晚年诗歌提到了两位诗友，一个是韦之晋，另一个是寇锡。临终之前，杜甫有两年时间漂泊于湘江，辗转于衡州、潭州、岳州之间，分别给韦之晋、寇锡写诗追忆过他们当年远游郇瑕的往事。

> 凄怆郇瑕邑，差池弱冠年。
>
> 丈人叼礼数，文律早周旋。
>
> 台阁黄图里，簪裾紫盖边。
>
> 尊荣真不忝，端雅独翛然。
>
> 贡喜音容间，冯招病疾缠。
>
> 南过骇仓卒，北思悄联绵。
>
> 鹏鸟长沙讳，犀牛蜀郡怜。
>
> 素车犹恸哭，宝剑谷高悬。
>
> 汉道中兴盛，韦经亚相传。

冲融标世业，磊落映时贤。

城府深朱夏，江湖眇霁天。

绮楼关树顶，飞旐泛堂前。

苒幕疑风燕，筇箪急暮蝉。

兴残虚白室，迹断孝廉船。

童孺交游尽，喧卑俗事牵。

老来多涕泪，情在强诗篇。

谁寄方隅理，朝难将帅权。

春秋褒贬例，名器重双全。

　　杜甫这首《哭韦大夫之晋》比较长，按《杜诗全集今注》作于大历四年（七六九年）盛夏，仅从前两句便知当年的郇瑕之行，有韦之晋与他并肩前行。诗题称韦之晋为大夫，是因此人于大历四年二月由衡州刺史、湖南都团练观察使迁任潭州刺史，加封御史大夫。人在衡州（今湖南衡阳）的杜甫听闻韦之晋病逝于潭州的噩耗，于是哭之悼之。为何哭他？此诗前两句，杜甫有交代，"凄怆郇瑕邑，差池弱冠年"，是说二人相交很早，在杜甫二十岁之前，他们同行的地点就在郇瑕。诗里提到的郇瑕邑，一作"郇瑕地"。

　　对于诗中起句"凄怆"二字，后人有两种解读，一种指杜甫回忆当年在郇瑕干谒效果不好，另一种则暗指杜甫此行是躲避水灾。在我看来，这两种解读都不准确。若是开元十八年（七三〇年）这场洪水大到淹没或者冲毁了二姑父裴荣期居于洛阳仁风里的家，依照杜甫对二姑母的依恋，他该留下来救灾才对。在父亲杜闲去世之前，杜甫可以说是衣食无忧，父亲杜家、母亲崔家留给他的政治遗产也足够他挥霍青春年华，不必去干谒外人。我更倾向于杜甫此行就是去开开眼界。此诗第三、四句"丈人叨礼数，文律早周旋"，似乎在说二人早就认识，且有诗文往来。如果二人认识于远游郇瑕之前，还可推断杜甫此行早就约好与韦之晋结伴同行。行船不易，有人相伴，回忆的色彩仍是"凄怆"，说明杜甫此行天色糟糕，甚至心情也不好。杜甫十九岁这年，韦之晋应该尚未做官，和他一样，喜欢远行，追风捕景。文律，即是"诗文"之意。从《哭韦大夫之晋》一诗可知，在杜甫早期结交的朋友中，韦之晋跟他比较亲密，直到晚年还有交往。杜甫对他评价颇高，除了用"丈人叨礼数，文律早周旋"赞其待人有礼，"尊荣真不忝，端雅独翛然"又称其做官称职，为人儒雅。在汉代，有个教授《诗经》闻名的丞相韦贤，此人淡泊名利，一心专注读书，兼通《礼》《尚书》等经，其子玄成也以明经成为一代大儒，担任过汉元帝时期的丞相，父子二人因此被唐代学子视为偶像。杜甫在《哭韦大夫之晋》一诗中说"汉道中兴盛，韦经亚相传"，正是称颂韦之晋的文章学说有韦贤、韦玄成父子遗风。

大约年长杜甫三岁的诗人刘长卿写给韦之晋的散文《首夏于越亭奉饯韦卿使君公赴婺州序》，也用"文律"一词赞颂其诗文之才堪称词雄，原文记述为"公实秉文律，将为词雄。逶迤退公，知《八咏》之有继作矣"。刘长卿此文，说的是韦之晋在唐肃宗时期由苏州刺史迁任婺州刺史，政绩突出，文采飞扬。其实，早在唐玄宗时期，韦之晋的仕途就很平顺，历任监察御史、吏部员外郎、司封吏部二曹郎中等职。此人，算是杜甫一生非常认同的挚友，不仅人品端正、举止文雅，而且当官十分称职，跟杜甫心中"致君尧舜上，再使风俗淳"那类为国为民的理想型官员很吻合。

秋风长啸：杜甫传（上部）——游侠杜甫

因此，在旅居夔州时期，杜甫还给韦之晋写过一首《奉送韦中丞之晋赴湖南》，并用诗句"王室仍多故，苍生倚大臣"给予厚望，希望他在安史之乱虽已平息、社会治安仍未安定的湖南有所作为。大概这时从夔州路过，前往衡州担任刺史兼任湖南都团练观察使的韦之晋也邀请过杜甫去湖南做客，杜甫离开夔州本想在江陵与暂居当阳县的弟弟杜观团聚，没承想江陵诸友并无实际上的热忱资助，于是后来辗转来到衡州投奔故友，结果韦之晋突然死于潭州成了真正的故友。终于赶到潭州后，杜甫当然再也无法得到这位故友的帮助了，他又写了一首《送卢十四弟侍御护韦尚书灵榇归上都二十四韵》，直呼"感恩义不小，怀旧礼无违"，此诗作于七六九年冬，"韦大夫"身份变成"韦尚书"，应是唐代宗李豫追赠的抚恤式新官。从政，纵横唐玄宗、唐肃宗、唐代宗三朝，且多是要职，韦之晋的人生可谓圆满。在《哭韦大夫之晋》这首诗里，杜甫还有两句"童孺交游尽，喧卑俗事牵"追述二人的友谊，自感只剩"老来多涕泪，情在强诗篇"。

韦之晋的为人为文，唐代宗时期的中书舍人、唐德宗时期的宰相（以门下侍郎、中书侍郎、同平章事官居宰相）崔祐甫也有文章记录。崔祐甫为人刚直，他所交往的朋友因此类聚，生前著有文集三十卷，死后收录于《全唐文》的文章有《广丧朋友议》《上宰相笺》《代宗睿文皇帝哀册文》等十四篇。苏轼曾评价崔祐甫为相："不及一年，除吏八百，多其亲旧，号称得人。故建中之政，几同贞观。"在此提及崔祐甫，是因为他和杜甫青年时期的挚友韦之晋关系密切。在崔祐甫的散文《广丧朋友议》里，韦之晋正直仁义，跟他属于可以交心的朋友，此文是追忆故友："因览斯议，忽忆永泰中于穆鄂州宁会客席，与故湖南观察韦大夫之晋同宴，适值有发远书者，知郑郴州炅、知庞歙州浚，或以疾而殁，或遇戕于盗。韦氏出涕沱若而言曰：二刺史之晋之交友也。于是敛匕箸，离筵席，因归于所次而哭之三日。人来吊之者，韦则尽哀长号，不徒戚容而已……今者追想，韦湖南犹孔门之训，其他则吾不知，因纵言之，以报公理。示之义当矣，又何以规？议既成，客谓祐甫曰：'韦湖南、魏江西二观察，颇尝知其风味，公直简谅，魏则先之，饰情强仁，韦之志也。今吾子之论，无乃剥魏而附韦乎？且子魏之上介也，论议不隐，恐非《春秋》内鲁故宋之义，盍辨焉？'祐甫应之曰：'噫！宁以他规我，是论也，吾复之熟之有日矣。韦湖南之晋饰情强仁，诚如来议。'"此文很长，为官正直的崔祐甫称韦之晋为"韦氏之丧朋友"，颇为看重韦氏的仁义之志。事实上，韦之晋为人确如崔祐甫所言，在杜甫历经安史之乱的后半生困苦生活里，他时不时会伸出援助之手。

杜甫在郇瑕结交的另一个诗友，叫寇十侍御锡，即寇锡。此人生卒不详，一生所任官职和行迹也难考据，只知杜甫是十九岁时认识的他。四十年后，在大历五年（七七〇年）暮春，二人在潭州重逢，以船为家的杜甫是在船上与寇锡完成重逢。大约是这年孟春，寇锡奉旨巡按岭南，路过潭州听闻杜甫在此避难，于是有了此次相逢。等到寇锡到达岭南给杜甫寄来问候诗篇时，已是暮春，杜甫这时一身是病，起床都很艰难了，只能口述，由爱子杜宗武代笔，写了一首五言律诗《酬寇十侍御锡见寄四韵复寄寇》回复老友的牵挂。

> 往别郇瑕地，于今四十年。
> 来簪御史笔，故泊洞庭船。
> 诗忆伤心处，春深把臂前。

　　　　　　　　秋风长啸：杜甫传（上部）——游侠杜甫

南瞻按百越，黄帽待君偏。

一晃四十年，对应二人初识之年，正好是开元十八年。"来簪御史笔，故泊洞庭船"，是说寇锡以殿中侍御史身份来到杜甫横卧于洞庭湖上的船中相访。一句"春深把臂前"则把二人相见时的亲热描绘得如同亲兄热弟。把臂，杜甫用典出自南梁学者、文学家刘峻的《广绝交论》："自昔把臂之英，金兰之交。"

四十年间，杜甫与寇锡还有没有往来？现存杜甫诗歌已无更多痕迹显露。后来在洛阳出土的《寇锡墓志》也无明确表述。寇锡墓志碑文显示，寇京书并篆额（盖）。寇京，是寇锡的侄子，身份写为乡贡进士，实为进士科考并未及第的举人。从杜甫的诗到寇京的文，大致可知寇锡担任过殿中侍御史、朝议郎、工部郎中等官职，卒于唐代宗大历十三年（七七八年）四月二十七日。殿中侍御史，属于实职，从七品上。朝议郎，属于文职散官，正六品上。工部郎中，从五品上。寇锡一步步晋升背后其实并不容易，因为他和很多唐玄宗时代的官员一样经历了安史之乱，被动甚至被迫沦为安禄山的伪官。不过，寇锡归正，即被唐肃宗李亨接纳之后，那段不得已的伪官经历对其后来的官运影响不大，而且屡次获得提拔。杜甫在《酬寇十侍御锡见寄四韵复寄寇》提到寇锡的官职，则是唐代宗御封的殿中侍御史。

在郇瑕之旅中，杜甫是与韦之晋、寇锡相约同行，还是在不同的途中所交，如今再无更多资料去细描。不过，杜甫此行留下了一个可供后人怀古的遗迹：杜甫村。

这个"杜甫村"，在山西省运城市盐湖区龙居镇以东，走到村口便见一个木质结构的门楼，上面刻有"莫言村小诗圣盘桓地"等字样的门联。门楼石碑记载："子美遗风，百世流芳；文化根脉，源远流长。祠堂庙宇，塔台门楼；教化村民，荫庇后人。欣逢盛世，家山繁庶。善士贤达，冯门文俊，年少离乡，难泯游子意；事业有成，不忘眷恋情。捐资建村门，传承希文义。彰诗圣之美德，佑里邻之安康。历经数日，即时竣工。古色古韵，大气恢弘。愿子孙后代，见贤思齐，承其善举，兴宗旺族，笃亲齐家，唯礼唯善，共建桑梓。是以勒碑，千秋永誌。"此碑，立于二〇一七年五月，属于后人新增纪念诗圣景点。

杜甫在十九岁那年是否真的路过这个村庄？其实，现存杜甫诗文均无记述。不过，"杜甫村"属于晋国故地，也是古郇国旧地，我们仍可遥想，背弓持剑的少年杜甫或许就曾纵马驰骋过这里。那样子，该是英姿勃发，还无满怀愁苦。如今这个"杜甫村"建门楼造石碑彰显子美遗风，倒也不必苛责。

这样的杜甫"遗迹"在后世还有很多。包括杭州市余杭区良渚镇境内，也有一个"杜甫村"。此村一说跟杜甫有关，便是因为杜甫青年时期曾漫游吴越；另一说则是"杜甫村"以庙得名，当地人最初建立的"杜庙"并非指杜甫，而是为了纪念为人忠良、惨遭官府错杀的杜姓兄弟，后来这个"杜庙"传讹为"杜甫庙"，于是以讹传讹成了又一个"杜甫村"。

三十一、驾临王屋

杜甫此次郇瑕之旅，可能还有一个停留之地，便是黄河途经小浪底水库以北的王屋山。

"太行、王屋二山，方七八里，高万仞，本在冀州之南，河阳之北。"由于战国时期的列子所写的寓言小品文《愚公移山》在教科书上广泛传播，今人对王屋山的山名并不陌生。列子用"冀州之南，河阳之北"形容王屋山的方位，其实对于今人而言仍然显得模糊，因为古代的冀州很大，包括山西、河北等几个省的疆域。广义的王屋山，位于河南省济源市、山西省阳城县、山西省垣曲县等市县之间，绵延两省多地。狭义的王屋山，则是如今归属于河南省济源市王屋镇的王屋山风景区，东依太行，西接中条，北连太岳，南临黄河，因为山中有洞且洞如王者之宫（或王者之屋），故名王屋。山顶的最高峰，相传为轩辕黄帝设坛祭天之所，又名天坛峰，当地人俗称天坛山。愚公欲靠锄头挖走的太行山和王屋山，当然只是传说，后人纪念愚公而产生的愚公村，目前划定为王屋山风景区的一部分。走进王屋山风景区南门，便是恍若世外桃源的愚公村，李白现存唯一书法真迹《上阳台帖》，据说就诞生于愚公村境内的王屋山阳台宫。

十九岁那年，杜甫为何要去王屋山游览？问道！其时，全国道教思想正在勃兴，战国时期的道家学派代表人物列子在《愚公移山》中描述的王屋山近在眼前。在唐代，王屋山隶属于河南府（洛阳）管辖的王屋县，王屋县置所在今天的济源市王屋镇一带，这里随着唐玄宗的重视已成道家第一洞天。洞天，指道家信仰的神仙居住的名山胜景，意谓山中有洞室通达上天，贯通诸山。道家所称的洞天福地，就是指地上的仙山，包括十大洞天、三十六小洞天、七十二福地。唐代道教上清派宗师司马承祯所著《上清天地宫府图经》最推崇的道家洞天就是王屋山洞，他说，"第一王屋山洞，周回万里，号曰小有清虚之天，在洛阳河阳两界，去王屋县六十里，属西城王君治之"。晚年隐居于第五洞天青城山的晚唐道门领袖杜光庭所著《天坛王屋山圣迹记》也称王屋山是"夫小有洞天者，是十大洞天之首，三十六小洞天之总首也"。后人辑录于北宋著作佐郎张君房编著《大宋天宫宝藏》的道教典籍《云笈七签》，还给天下十大洞天罗列了顺序："第一王屋山洞，第二委羽山洞，第三西城山洞，第四西玄山洞，第五青城山洞，第六赤城山洞，第七罗浮山洞，第八句曲山洞，第九林屋山洞，第十括苍山洞。"

　　我把杜甫此次王屋山之行称为问道，是因为他很早就留意了道术。"道术曾留意，先生早击蒙。家家迎蓟子，处处识壶公。"在杜甫《寄司马山人十二韵》一诗中，他曾交代自己学道的虔诚之心，且是很早便仰慕道术。此诗最后两句"相哀骨可换，亦遣驭清风"，杜甫更是希望得到这位法力高强的司马山人传授道法。司马山人，应是杜甫同时期的修道高道，并非李隆基和李白都很崇拜的道教上清派宗师司马承祯。很多杜甫研究者推测，杜甫首游王屋山以及此山中的阳台观（又名阳台宫）、华盖峰，是在七四四年与李白相会于洛阳之后。如果杜甫真与李白同游过王屋山，我以为也是杜甫故地重游，给李白充当导游。而其首游王屋山，或应提前至七三〇年。因为从唐玄宗开元初年起，道教已被他提升为位于儒教、佛教之上的国教，李隆基尊崇的道家始祖老子李耳悟道的王屋山，早已是道教第一名山。唐玄宗的尊道之心崇道之举堪称唐代皇帝中的第一人，为了推崇道教，他即位后多次强令僧侣还俗，削弱佛教人士力量，比如禁度僧尼、禁创寺庙、禁止僧尼与俗家往来，试僧尼经义，等等。据《资治通鉴》记载，开元十九年（七三一年）六月二十八日，唐玄宗敕"朕先知僧徒至弊，故预塞其源，不度人来向二十余载。访闻在外，有二十以下小僧尼（证明有人违敕度人），宜令所司及府县检责处分"，又曰："唯彼释道（此敕僧、道并提）同归凝寂，各有寺（僧）观（道），自宜住持。如闻远就山林，别为兰若（寺院），兼亦聚众，公然往来；或妄说生缘，辄在俗家居止，即宜一切禁断。"

对于唐玄宗把道教推崇为国教用于尽孝，杜甫后来写了不少诗歌赞誉。七五五年，杜甫写的《桥陵诗三十韵因呈县内诸官》便有"孝理敦国政，神凝推道经"，赞颂唐玄宗不仅有孝心，而且御注《老子道德经》在全国推行道经，以尽孝道。七五八年，皇帝早已由李隆基更换为李亨，杜甫仍有《送许八拾遗归江宁觐省》"圣朝新孝理，祖席倍辉光"等句，赞扬唐玄宗在开元年间力推的孝道文化。这些诗均写于二姑母杜氏去世之后，把她视为母亲的杜甫，正是一个极有孝心很讲孝道的人。以道入孝，是杜甫后来对道教的理解和身体力行。初访道家仙山，杜甫的王屋山之行可以视为慕道和游感。

为何仰慕王屋山的道教文化？王屋山道教，因为相传老子李耳在此悟过道，历来长盛不衰。在杜甫开启郇瑕之旅的三年前，这里的崇道之风达到鼎盛，主要跟两个道士有关。一个是相当于唐代国教学院院长的司马承祯，于开元十五年（七二七年）获得唐玄宗诏令，在王屋山自选佳地，建造阳台观。这年来到王屋山的司马承祯，除了建造阳台观并定居于此，还得忙里偷闲用篆、隶等三种字体为唐玄宗书《老子道德经》（一说《老子》，另一说《道德经》），总共定著五千三百八十字为其真本，后被刻为石经广传天下。另一个道士则是唐玄宗胞妹玉真公主，她大约是在这年（另有开元十年、开元十二年、天宝元年等说）被皇帝哥哥派到王屋山修道，师事道教上清派的宗师司马承祯，改号上清玄都大洞三景法师（一说是开元二年诏封此号）。其实，玉真公主入道修仙的时间很早，大约从七一一年也就是杜甫出生的头一年开始，她因一门心思入道修道，便由昌隆公主被唐睿宗改封为玉真公主，唐玄宗后来给她赐名"李持盈"，则是赞她修道圆满。相传唐代公主入道，分为盲道、慕道、游道、受道等几个阶段，其中慕道又按照道教授箓例制共有二十四个品阶，玉真公主就是因为授箓品阶达到最高阶被唐玄宗称为"持盈"。玉真公主修道的踪迹及故事，在李白和王维的诗中均有体现。李白《玉真仙人词》"玉真之仙人，时往太华峰"称她为仙人，说她"清晨鸣天鼓，飙欻腾双龙"，叹她"弄电不辍手，行云本无踪"，祝她"几时入少室，王母应相逢"，将她比作九天玄女。王维写给玉真公主的《奉和圣制幸玉真公主山庄因题石壁十韵之作应》显然要淡然一些："碧落风烟外，瑶台道路赊。如何连帝苑，别自有仙家。此地回鸾驾，缘溪转翠华。洞中开日月，窗里发云霞。"或因诉求不同，试图找玉真公主帮忙安排工作的李白，在开元十七年（七二九年）写给她的诗想象奇特，诗意浪漫，极尽吹捧。曾被玉真公主赏识，传说差点成为驸马都尉的王维，写给她的诗从诗题到诗句，除了恭维，似乎还有逃避某种情感纠缠的意味。又因李白与王维二人一生没有留下应酬诗，玉真公主常被后人解读为隔在他们之间的一堵墙，情敌之间难以逾越的那道墙。尽管后来正是依靠同为道士的玉真公主和贺知章联袂推荐而入仕，但是在入仕之前的李白也因没有得到想象的待见，发出过抱怨之声，如其《玉真公主别馆苦雨赠卫尉张卿二首》"独酌聊自勉，谁贵经纶才"，说的就是玉真公主这次并未出面接见他，于是有感而发：我一个人饮着闷酒，聊以古人自勉，但谁还重视治国的经纶之才呢？以"天生我材必有用"自居的李白，其实也曾多次彷徨，为没有得到权贵重视而深感苦闷。

　　玉真公主到王屋山以游道的方式修道，可能不止一次。据存于河南济源市济渎北海庙《玉真公主受道灵坛祥应记》碑文记载："上前年辉洒宸翰，光显宝额曰平阳洞府小有仙台，又于山门别署金榜。公主优游爱处将二十年，顷已四升仙阶。"此碑立于天宝二年（七四三年），李隆基亲笔隶书题额，弘道观道士蔡玮撰，李白的道友、西京大昭成观威仪使元丹丘奉敕修建。按碑文所记倒推二十年，便是开元十年左右，也就是大约在七二二年，玉真公主就已修道于玉阳山平阳洞，并在此创建了灵都观。玉阳山属于太行山脉，也是王屋山的重要组成部分，玉真公主在东西玉阳山之间的尚书谷口所建的灵都观，或许就是她初次游道王屋山的修道之地。至于天宝二年这次去王屋山游道，玉真公主受唐玄宗委派代巡天下名山，所到之处均举行过声势浩大的道场。她的游道踪迹是从长安出发，先登西岳华山，再沿着通往东都洛阳的官道一路东行，行至函谷关老子玄元宫，又拜天地、谒庙宇、投金简，然后驾游中岳嵩山，拜访太室山上清派道士焦守静，与焦共修养生内丹，最后是北渡黄河，朝拜于王屋山之天坛及仙人台，并在王屋山举行了规模盛大的授箓道场。至此，玉真公主已经"四升仙阶，五授真箓"，获得唐代公主中的最高道阶。一声声"公主驾到"响彻王屋山，可以想见代表唐玄宗巡山访道的玉真公主的到来，给这里带来的不只是人气，还给这一道教圣地增添了一道道神秘色彩。

　　先于玉真公主到王屋山修道的司马承祯，在此山建造阳台观之前应当也曾来过多次，并有客居痕迹，这可从唐玄宗李隆基大约于开元十年（七二二年）写的诗《王屋山送道士司马承祯还天台》找出端倪："紫府求贤士，清溪祖逸人。江湖与城阙，异迹且殊伦。"此诗说明司马承祯曾在河南王屋山的阳台观和浙江天台山的桐柏观两地修道。开元十五年（七二七年），唐玄宗诏令司马承祯入宫，他大概是从天台山的桐柏观入京进献了自己制造的道教铜镜和宝剑，李隆基又有赠诗《答司马承祯上镜剑》："宝照含天地，神剑合阴阳。日月丽光景，星斗裁文章。写鉴表容质，佩服为身防。从兹一赏玩，永德保龄长。"之后，司马承祯才在王屋山修建阳台观，并在此潜心修道，直至大约开元二十三年（七三五年）去世。司马承祯于开元十五年在王屋山修建阳台观一事，因是唐玄宗诏令，很快便传遍全国，其"仙宗十友"之一的李白因此写有《送司马炼师归天坛》一诗，既是祝贺，也有追随其后的强烈意愿。开元十五年这年，早因"青海长云暗雪山，孤城遥望玉门关。黄沙百战穿金甲，不破楼兰终不还"（《从军行七首》其四）闻名，却长期又因怀才不遇只能在边塞借酒消愁的"七绝圣手"王昌龄，终于进士及第，被唐玄宗授予秘书省校书郎，开始扬眉吐气大展宏图。刚刚在湖北安陆结婚的李白，按照常理，理应安心过小日子，他却面朝王屋山顶峰的天坛奋笔疾书："我昔东海上，劳山餐紫霞。亲见安期公，食枣大如瓜。中年谒汉主，不惬还归家。朱颜谢春辉，白发见生涯。所期就金液，飞步登云车。愿随夫子天坛上，闲与仙人扫落花。"想归想，说归说，做归做，要是李白这年真的前往王屋山跟随司马承祯修道，他的为官报国之志或能通过唐玄宗敬重的这位道士提前实现。不知为何，李白就是说说而已，真若践行了"愿随夫子天坛上，闲与仙人扫落花"之愿，次年结识孟浩然、后又写出"孤帆远影碧空尽，唯见长江天际流"（《黄鹤楼送孟浩然之广陵》）这些事怕是又没了。当李白尝到翰林供奉滋味又被唐玄宗遣出长安，再次想到司马承祯准备紧随其后潜心修道之时，他于七四四年在杜甫的陪

　　　　　　　　　　秋风长啸：杜甫传（上部）——游侠杜甫

同下，终于去了王屋山阳台观拜谒这位故人，可是他口中的司马炼师早已归天成了已故之人。"山高水长，物象千万，非有老笔，清壮可穷。十八日，上阳台书，太白。"在王屋山，置身深邃幽静的沟谷溪潭，面对起伏多变的远峰近峦，满目险峻恢宏的悬崖峭壁，泪流满面的李白忍不住提笔挥毫，写下了字体苍劲雄浑、参差跌宕而又气势飘逸的自咏四言诗《上阳台帖》。密布李白极为复杂情感的这一唯一存世书法真迹，正如他对司马承祯的仰慕与失落、反反复复决意修道的茫然与坚定，一一落在纸上，让人顾盼生情，直至一声叹息。

在司马承祯生前，唐玄宗按照他的意愿，在五岳各建真君祠一所，可谓隆恩一时。在司马承祯死后，唐玄宗又追赠其为银青光禄大夫，谥贞一（一说"正一"）先生。在王屋山，前有老子李耳停留悟道，后有司马承祯、玉真公主相继来此修道，从小就立志要在皇帝身边做事的杜甫，不可能置身于正处于大唐鼎盛期的道教影响之外，也不可能漠视离洛阳不远的王屋山这个道家第一洞天。

不过，根据杜甫现存诗歌所示，他似乎没有与司马承祯、玉真公主交往的迹象。他十九岁去王屋山游历，可能就是实地感受一下唐玄宗为何会号令全国学子尊道信道学道，又为何会尊王屋山为天下第一洞天。

忆昔北寻小有洞，洪河怒涛过轻舸。

辛勤不见华盖君，艮岑青辉惨么麼。

千崖无人万壑静，三步回头五步坐。

秋山眼冷魂未归，仙赏心违泪交堕。

弟子谁依白茅室，卢老独启青铜锁。

巾拂香馀捣药尘，阶除灰死烧丹火。

悬圃沧洲莽空阔，金节羽衣飘婀娜。

落日初霞闪馀映，倏忽东西无不可。

松风涧水声合时，青儿黄熊啼向我。

徒然咨嗟抚遗迹，至今梦想仍犹佐。

秘诀隐文须内教，晚岁何功使愿果。

更讨衡阳董炼师，南浮早鼓潇湘柂。

这是杜甫晚年记录往昔游览王屋山寻仙问道经历的诗《忆昔行》。"洪河怒涛过轻舸"一句，似乎就是在说他初游王屋山颇不容易，因为那年的黄河水大涨，满目皆是"洪河怒涛"。不巧的是，杜甫这年想要拜访的道士华盖君已经过世了。

杜甫的另一首写华盖君的诗《昔游》，则可能是七四四年与李白同游此地，对道家真经有了更深的理解，此诗起句因此有"昔谒华盖君，深求洞宫脚"之叹。李白此时已有加入道教成为道士之心，这对杜甫的影响很大，他在《昔游》中还说"余时游名山，发轫在远壑"。

杜甫欲拜谒的这个华盖君，其名不详。他跟司马承祯有无师承关系，也难考据。在华盖君生前，他应该长居王屋山的华盖峰。华盖峰位于王屋山主峰天坛峰以南，因仰视此峰状若华盖，俯视群峰簇拥如连珠，又称华盖连珠峰。东周灵王的太子姬晋，字子乔，又称王子晋或者王子乔，传说曾修道于华盖峰，道号华盖君，这是有神话味道的华盖君，汉族传说中的神仙。现实生活中的道士华盖君已经亡故，杜甫联想到的华盖君王子乔是传说中的神仙，于是其《昔游》一诗便出现了"王乔下天坛，微月映皓鹤"，像在呼应两个修道成仙的华盖君。

有史可查的司马承祯弟子，其中一个叫薛季昌的道士倒是定居过华盖峰。不过，薛季昌隐居的华盖峰不在王屋山，而是在南岳衡山。此人，一说是四川人，一说是山西人，主要修道踪迹在成都的青城山和南岳的华盖峰两地，因为学得司马承祯传授的《三洞秘录》《玉洞经箓》等道经，被唐玄宗呼为道兄封为天师。薛季昌离开长安宫廷之时，唐玄宗也给他写有赠诗《送道士薛季昌还山》："洞府修真客，衡阳念旧居。将成金阙要，愿奉玉清书。云路三天近，松溪万籁虚。犹期传秘诀，来往候仙舆。"杜甫晚年流寓衡州时，薛季昌早已于七五九年离世，他写的华盖君应非司马承祯弟子。

　　在王屋山，为何没有杜甫拜谒司马承祯的印迹传世，是个历史谜团。或许他写过相关的诗，只是没有留存下来。或许他那时的儒家思想更厚重，仅仅是去感受一下道家仙山的气韵。王屋山的幽静，倒是尽数收藏于杜甫《忆昔行》一诗里，"千崖无人万壑静，三步回头五步坐"正是让他流连忘返的心情写照。杜甫另一首写王屋山的《昔游》，"晨溪向虚驶，归径行已昨"是描王屋山的晨景，"林昏罢幽磬，竟夜伏石阁"则是绘王屋山的夜景。磬，即石磬，为古代乐器，用于道家和佛家则是法器。杜甫说的"伏石阁"，可能是今天横卧于王屋山顶峰老子祠不远处的"定心石"。这块古石，平放于王屋山顶峰的悬崖边，在道士眼里属于沟通天地的神石。它在杜甫来时尚未定名，而是晚唐道家丹鼎派祖师吕洞宾登上此山此石以一句"人心安定，方立此石"而得名。古往今来，凡是来朝拜王屋山的人，据说皆立于此石上，以验证其追道崇道的诚意。杜甫此时应当还没有坚定修道、炼丹、成仙的信念。走出洛阳城的世界太大，尚未建功立业，其实还不急于背负杜氏家族"奉儒守官"重任的杜甫，即使踏上此石，也是看看风景，尽兴一游而已。最多他会提剑起舞，再忆一下公孙大娘的剑器舞和浑脱舞，一展雄姿。

在去王屋山顶峰的路上，需要经过一条笔直的石阶路。石阶路的左侧有座"十大名医殿"，供奉着孙思邈、华佗、张仲景、李时珍、皇甫谧、扁鹊、叶天士、葛洪、王叔和、王唯一等医学家。杜甫在晚年多次写诗提到的道家炼丹大师也是医界名医的葛洪，如今就供奉在王屋山的"十大名医殿"内。令他晚年魂牵梦绕的另一位道家炼丹大师董先生（《昔游》"休事董先生"）、董炼师（《忆昔行》"更讨衡阳董炼师"），其实也是一位名医，只是并未位列如今王屋山的名医殿中。后人在王屋山顶峰的天坛阁第三层建的王母殿，纪念的是道家仙女西王母娘娘，她在杜甫的想象世界里出现频率很高，如《元都坛歌寄元逸人》"子规夜啼山竹裂，王母昼下云旗翻"，又如《奉同郭给事汤东灵湫作》"至尊顾之笑，王母不遣收"，再如《千秋节有感二首》"仙人张内乐，王母献宫桃"。包括杜甫晚年的七律代表作《秋兴八首》，其五"西望瑶池降王母，东来紫气满函关"提到的王母，杜甫是借王母下界瑶池、老子著书关口这两个典故，追忆他在长安大明宫担任左拾遗时的宏伟气象。相传老子李耳当年弃官归隐，遂骑青牛西行，到了灵宝（今河南三门峡）函谷关时，受关令尹喜之请在此创作了影响华夏文明几千年的《道德经》。晚年的杜甫回想从洛阳到长安这条看似宏大实则逼仄的为官之路，也是在弃官之后才发现他早就向往的仙道之路更为清幽壮阔。十九岁所见的王屋山和五十六岁所忆的王屋山，在杜甫的《忆昔行》里重叠，正如自号抱朴子的葛洪在道教典籍《抱朴子》中所说的"殊途同归"，他生发的感叹略显悔意："徒然咨嗟抚遗迹，至今梦想仍犹佐。"

从王屋山顶峰再往上走，登上天坛阁最高层便是玉皇殿，殿内供奉着传说中的玉皇大帝。从玉皇殿举目眺望四周远山以及不再遥远的黄河，我会情不自禁吟诵起杜甫的名句："会当凌绝顶，一览众山小。"这是杜甫在二十四岁那年造访东岳泰山时写的《望岳》，也是现存杜甫诗作中最早的一首诗。我们可以想象杜甫登顶比泰山海拔更高的王屋山，应当也会有俯视一切的豪情壮志。然而，王屋山留给杜甫更多的记忆，却是道家的丹药，如《昔游》"岂辞青鞋胝，怅望金匕药"，又如《忆昔行》"巾拂香馀捣药尘，阶除灰死烧丹火"。究其真相，我以为，一个原因是杜甫晚年多病，靠药物保命；另一个原因则是杜甫晚年崇道，想炼丹成仙。

十九岁这年，杜甫还很健壮。诗与远方，都在强烈地呼唤十九岁的杜甫，继续走出去，不断去翻越象征开元盛世的崇山峻岭，不断去寻找令人赏心悦目的曲水流觞。

在结束郇瑕游返回洛阳不久，杜甫几乎是马不停蹄地开始人生中最长的一次漫游：吴越行。

秋风长啸

杜甫传

上部

游侠杜甫

三十二、因人远游

一个人远行，想开阔眼界，向山水学习，最好的去处无疑是江南。

开元十九年，即七三一年，杜甫二十岁，他的远游选择就是江南。

江南，是一个地理概念，泛指长江以南，曾从贞观元年（六二七年）起以"江南道"这一地方监察区名，道治越州（今浙江绍兴），下辖今江苏、江西、浙江、湖南、安徽、湖北、四川、贵州等省的大部分地区。江南，也是一个文化概念，衍生了吴文化、越文化、江右文化、金陵文化、徽州文化、海派文化等众多文化，催生了中国山水诗鼻祖谢灵运、书圣王羲之、诠释"东山再起"传说的江左风流宰相谢安等文化名人。江南，最早在史书上出现，见于汉代文学家、史学家司马迁在《史记》首篇《五帝本纪》所记："舜年二十以孝闻，年三十尧举之，年五十摄行天子事，年五十八尧崩，年六十一代尧践帝位。践帝位三十九年，南巡狩，崩于苍梧之野。葬于江南九嶷，是为零陵。"司马迁是说，远古传说中的舜，接替尧登临天子之位有三十九年，后到南方巡视，死于南方苍梧的郊野，埋葬在长江南岸的九嶷山。如今，舜帝陵，就位于湖南省宁远县城南三十公里处的九嶷山。在七三一年，杜甫要去的"江南"，当然不是舜帝南巡路线，而是紧随谢灵运、王羲之等人留在吴越之地的遗踪前往考察。这个"江南"，亦是《吴越春秋》所指的吴国、越国等诸侯国旧地，堪称青年时期的杜甫最向往的"王谢风流"之地。

这年，杜甫尚未参加进士科举考试，却已生发一个宰相梦，用他的原话说，是"致君尧舜上，再使风俗淳"。他坚信"读书破万卷，下笔如有神"，也践行"读万卷书，行万里路"。就在这年春天，踌躇满志的杜甫，手执家信，腰缠诗书，肩负长剑，登上扁舟，从东京洛阳的洛河边出发了。从七三一年春到七三五年夏，杜甫的江南游行踪比较清晰：起于洛河，经黄河，转运河，入长江，登金陵，下姑苏，游鉴湖，泛剡溪，终于天姥山。持续四年有余的"吴越行"，不仅助力杜甫完成对江南的民生考察，为未来做官打下基础，而且使他早期追求清词丽句又充满才情灵性的山水诗显山露水。可以说，杜甫的山水诗源头，就是江南的山水。后来客居成都浣花溪畔，杜甫在《戏为六绝句》其五谈过自己这一诗观，是"清词丽句必为邻"。是的，这次去江南，学习山水诗，杜甫正是向谢灵运、谢朓取经。

江南，自东晋以来被谢灵运、谢朓、庾信等多位诗人、文学家用诗赋文章洗亮的"文化江南"，之前感召了李白、王维、孟浩然等人前往壮游，现在被感召的人是杜甫。

杜甫游历江南那几年，其父杜闲健在，且是朝廷官员，他为何不守在父亲身边聆听家教以尽长子之孝？"父母在，不远游"，这个古训和古礼约束了太多规规矩矩的文人，对于杜甫来说则完全是形同虚设的束缚。那时，杜甫有一个很具体的现实情况：母亲崔氏早亡，继母卢氏当家，父亲杜闲常在外地当官奔波，可能是这个继母不太好相处，他的很多时光都不在父亲身旁，而是在二姑母杜氏所居的洛阳仁风里家中成长受教。天宝元年（七四二年），杜甫在给这位形同慈母的二姑母撰写墓志时说过："至于星霜伏腊，轩骑归宁，慈母每谓于飞来，幼童亦生乎感悦。加以诗书润业，导诱为心，遏悔，吝于未萌，验是非于往事。"

从七三〇年西游郇瑕，到七三一年东游江南，杜甫持续不断地外出游历，其实还有一个原因，和李白一样，他在努力做游侠。当然，这次去江南远游，杜甫并未逞英雄。一方面，他在追赶盛唐诗人具有游侠精神的壮游潮流，开阔远见，增长阅历，结交友朋；另一方面则因缺少家的温暖，便把目光伸向外面的广阔天地，寻光，觅爱，以山水诗修补幼年丧母的创伤，创建并夯实自己的诗意世界。

是的，这年虚岁二十的杜甫，已有精湛的骑射技艺傍身，且在四五年前就因诗才名动洛阳，可以随意出入岐王宅里、崔九堂前等王侯名臣府邸。满腹诗书对谁吟？久练骑射给谁看？从十九岁到二十九岁，杜甫犹如一匹脱缰野马，驰骋于黄河边，放荡于长江边，他和他胯下的马一样如饥似渴。不过，他并非毫无规划地野游或者闲游。安史之乱期间，杜甫辞官远游至秦州避难，便说"满目悲生事，因人作远游"。杜甫青年时期的郇瑕游、吴越行，其实也是"因人作远游"。去郇瑕，造访河东蒲州，是因二姑夫裴荣期家族在那里，王之涣去过那里，王维出生在那里。到吴越，寻觅江南古迹，则因读书时代就视为学习榜样的谢灵运、谢朓、阴铿、何逊、鲍照、庾信等魏晋南北朝诗人，以诗歌咏过这里。他们，要么在这里出生，要么在这里当官，要么在这里旅行，给杜甫构建了两个令人向往的江南形象，一个是地理概念上的秀丽江南，一个是文学概念上的文化江南。如谢灵运写的《登江中孤屿》，起句便是"江南倦历览，江北旷周旋"，江南胜景恰似其句"云日相辉映，空水共澄鲜"。杜甫学写诗，除了取法祖父杜审言的五律，更多手法则来自"二谢"谢灵运、谢朓与"阴何"阴铿、何逊，其后来写的《解闷十二首》第七首就坦诚相告："陶冶性灵存底物,新诗改罢自长吟。熟知二谢将能事,颇学阴何苦用心。"杜甫认为,谢灵运和谢朓才思敏捷,诗有灵性。杜甫写诗,除了讲究才情灵性,还会向苦吟诗人阴铿、何逊学习,并且反复吟诵、修改。杜甫的写诗经验谈,类似的还有《江上值水如海势聊短述》所说的"为人性僻耽佳句,语不惊人死不休"。

更现实一点,是因为还有杜登、贺撝两位亲人,已在江南一带当官,才有了杜甫人生中这次最漫长的吴越行。杜登是谁?贺撝又是谁?据杜甫写给继祖母卢氏的悼文《唐故范阳太君卢氏墓志》记载:"(杜)登即太君所生,前任武康尉。二女:曰适京兆王佑,任硖石尉;曰适会稽贺撝,卒常熟主簿。"按杜甫此文记述的父辈排行,父亲杜闲是杜审言的长子,其下有五个妹妹,前三个妹妹为同父同母妹,后两个妹妹为同父异母妹,嫁给常熟县主簿贺撝的杜氏是杜闲的五妹,如此算来,贺撝便是杜甫的五姑父。杜闲之下还有三个弟弟,分别是杜并、杜专、杜登,也就是说,在武康当县尉的杜登是杜甫的四叔父。杜甫启程去吴越远游期间,其四叔父杜登、五姑父贺撝应已分别担任武康县尉、常熟县主簿。武康,初名永安,在三国时期就已立县,在唐玄宗开元年间属于湖州管辖,在天宝年间改为吴兴郡管辖,古县址大约在今天的浙江省湖州市德清县武康镇一带。常熟,在唐代是吴郡管辖的一个县,今属苏州代管的一个县级市,古县址在常熟市虞山镇一带。杜甫常说的"因人作远游",除了前朝诗人的诗意感召,更实在的一点当然是前方有人接待。于是,虚岁二十岁的杜甫便以自身为弓箭把自己远射了出去。在五十四岁那年,杜甫写于夔州的自传体长诗《壮游》,就用一句"王谢风流远"追忆过二十岁左右远游吴越两个故国所在的江南印象。

此次远游，杜甫有很多收获，甚至产生了两大梦想：航海梦和宰相梦。

三十三、维摩诘像

大约是落叶纷飞的秋天了，又称金陵、建业、建邺、建康的这座六朝古都，以江宁（今江苏南京）之名，迎来年仅二十岁的杜甫。在江宁，一座叫瓦棺寺（今名古瓦官寺）的寺庙，不仅让杜甫重温了二姑母杜氏给他耳濡目染的佛家思想，而且构建了他的美学思想雏形。更具体地说，是留在此庙照壁上的顾恺之壁画《维摩诘像》，打开了杜甫的绘画美学眼界。

自东晋以来，作为首都的建康城便是世界上最大的城市，也是世界上第一个人口超过百万的大城市，它与古罗马城并称"世界古典文明两大中心"。相传由东晋名士、宰相谢安主持改建的东晋皇宫建康宫，是当时中国规模最大的宫殿，史书记载"穷极壮丽，冠绝古今"。这里，建筑宏伟，山川灵秀，人物俊彦，文学昌盛，持续东晋、南朝的宋齐梁陈等整个六朝。六朝时期，建康的石头津，作为通江达海的国际码头，数以万计的中外船只停泊于此，其文化辐射力更因开辟海上丝绸之路东海航线可达整个东亚地区。在隋唐两代，杨姓李姓皇帝们仿佛是担心此地一不小心又冒出一个可以改朝换代的皇帝，这座古城屡屡受到北方朝廷的贬抑，尽管褪去首都光芒，政治地位一降再降降为江宁郡，但是地理上的优势并没有削弱它在经济、文化上的地位。在开元年间，盛唐的诗人们外出远行，往往都会光临这个文脉强健、经济发达的古城。开元十九年（七三一年），杜甫正是凭借运河的交通便捷，乘船从东京洛阳来到扬州，又从扬州赶至江宁。杜甫来时，江宁的码头、驿站乃至大街小巷皆是一片繁华，唯独寺庙冷清。为何？源于唐玄宗在开元十九年六月复申僧徒之禁。这年，唐玄宗敕令，不准僧尼与俗家往来，凡是有二十岁以下的小僧尼，所在府县均会被检责处分，而妄说生缘的僧尼一律被勒令还俗，并在俗家居止。这道禁令，属于复申，杜甫却并未当回事。因为从小跟随二姑母生活，她信仰佛教，他的儒家思想之外的佛教思想也已根深蒂固。

在江宁的驿站放下行李，杜甫就径直向集庆门附近的瓦棺寺走来。由于当时官府禁佛，眼前的瓦棺寺已是一座破败的古庙。当他推开庙门，只见院中杂草丛生，满地落叶翻滚，蛛网遍布屋檐，佛像沾满旧尘，一片凄凉景象。然而，远处照壁上斑驳的墨迹引起了杜甫的注意。当他用长袖拂去厚厚的积尘，一幅巨大的画像跃入眼帘，画中老者目光如电，恍若金光闪闪的菩萨以一双明眸与人对视，眨眼之间便能攫取人心，给人力量。"维摩诘菩萨！"杜甫脱口而出的维摩诘，与世人熟知的文殊菩萨、观音菩萨不同，他是一身儒者装束，就像一位在家修行的极其普通的居士。维摩诘，是在家修行的菩萨，也是居士佛教理想的象征，又名维摩罗诘、金栗如来、净名居士、维摩居士。其《维摩诘经》有载，他原是一位富家公子，后因勤于苦读、虔诚修行、擅论佛法、随缘度化，教导婆娑众生，终得圣果，修成菩萨。因仕途不顺而一心向佛的诗人王维，一生皆以维摩诘为修行楷模，甚至对外宣称自己，字摩诘，号摩诘居士，最终以诗入佛修炼为后人尊称的"诗佛"。此时，栩栩如生的维摩诘画像让杜甫流连忘返，久久不愿离去。就在照壁下方一个角落，"兴宁二年"的题字和壁画作者的落款，让杜甫陷入了沉思。

兴宁二年，是东晋时期晋哀帝司马丕的第二个年号，也就是公元三六四年。时值初春，主持修建瓦棺寺的慧力和尚向京城信众募捐，不料应者寥寥，唯有年轻画家顾恺之写下认捐一百万巨款的签名。顾恺之，字长康，小字虎头，出身于无锡顾族，是前朝的名门望族。在三国时期，顾家出过宰相、武官，进入西晋则已家道中落，到了东晋，顾恺之的父辈虽仍在朝廷做官却不再显赫。对于不到二十岁的顾恺之突然认捐百万，慧力和尚当然知道他拿不出这么多钱，便问缘由。于是，顾恺之出了一个主意，说给他留一个照壁供他画画，画像不是佛祖讲经论道之类的传统壁画，而是在京城上层名士中有巨大感召力的维摩诘菩萨像，特别之处在于，信众欲看此画必须先捐钱，第一天需捐十万，第二天减半需捐五万，第三天捐款多少可随意。消息放出之后，建康街头巷尾都在议论顾恺之会画一幅怎样的维摩诘像。信众观画当天，京城名士云集，他们都很惊讶：这个维摩诘菩萨，画的相貌、衣着都好，最大的遗憾就是没有眼睛。这时，顾恺之才举起毛笔走向照壁，接连两笔，补了眼珠。就这点睛之笔，维摩诘画像顿时灼灼生辉。顾恺之此举，其壁画《维摩诘像》不仅解了瓦棺寺的缺钱危局，也让自己迅速名扬京城，创造"点睛之笔"这个声震天下的新词。随着《女史箴图》《洛神赋图》等绘画名作的出炉，顾恺之更是被后人尊为东晋画圣、正统的中国画肇始鼻祖。

从东晋诞生，传至盛唐，这件三百多年前的壁画，没有被历代战火焚毁，没有因唐玄宗的僧徒禁令而灭迹，堪称完好无损的《维摩诘像》真是奇迹。杜甫意识到，自己面前的《维摩诘像》壁画，无疑是一件罕见的人间至宝。

就在两年前，归隐数年的王维便开始在大荐福寺跟随道光禅师学佛顿教。杜甫来到瓦棺寺这年，被贬出长安多年的王维回到长安闲居，已经物是人非，一方面因为爱妻去世坚定了终身不娶的信念，另一方面则在佛门与仕途之间徘徊。此时的他最为难熬，佛门清修也有好几年了，却找不到自己想要的另一个自己，于是在七三四年秋天从长安赶到洛阳，给时任工部侍郎、集贤院学士的张九龄献诗寻求汲引，并在嵩山隐居了很长一段时间，直到七三五年得到张九龄推荐，才又以右拾遗身份重返京都官场。在长安、洛阳两地都找不到工作的李白，这年正在洛阳滞留，有了归隐之心。不过，王维和李白的这些最新消息尚未流传开来。在江宁瓦棺寺，游兴正浓的杜甫当然不会追问王维为何会号摩诘居士，而是凭借儿时跟随二姑母杜氏学来的佛教常识，感受顾恺之所画的《维摩诘像》画风，好在哪里，妙在何处。面前这幅《维摩诘像》对杜甫的内心冲击很大。礼佛，赏画，这两件事，不仅成了杜甫在江南游历时期的美学主修课，其实也贯穿着他的人生始终。就像喜欢以诗写书法评论一样，杜甫诗歌中的绘画评论犹如一座座鳞次栉比的高楼，从此开始让人目不暇接。苏轼评价王维是"诗中有画，画中有诗"。杜甫诗歌之所以被元稹称为集大成者，在于他对万事万物都可以融化成诗，以诗勾勒书法的线条，以诗评论绘画的构图，对他而言可谓小菜一碟，对于后人而言则是蔚为壮观的一道道独特风景。

在唐代，瓦棺寺又名瓦官寺，今天名为"古瓦官寺"，至少在清代，人们仍然爱称它为瓦棺寺。清代诗人姚鼐《瓦棺寺》有句"虎头无影存金粟，马鬣何年出瓦棺"。不过，据《瓦棺寺碑》记载："江左之寺，莫先于瓦官，晋武（帝）时，建以陶官故地，故名瓦官，讹而为'棺'。或云昔有僧，诵经于此，既死，葬以虞氏之棺，墓上生莲花，故曰瓦棺。中有瓦棺阁，高二十五丈。唐为升元阁。"瓦棺寺，在唐代诗人中传有盛名，正是因为东晋画家顾恺之在此庙墙壁上画了一幅令人惊艳的《维摩诘像》。壁上作画，不仅是顾恺之的最爱，唐代画圣吴道子也爱在人来人往的寺庙里催生妙笔丹青。当时，在全国多个寺庙、道观里都有他们的壁画展陈，引领无数唐代诗人跟踪追访吟诗作赋，唐诗中的咏画诗层出不穷，甚至成为一大奇观，首功当属擅画佛像的顾恺之，其次则是受命创作道家始祖老子画像的吴道子。后来旅居梓州期间，杜甫前往位于隶属梓州中江县的乾昌寺（又名玄武庙，今已改为道士修行的玄武观，在玄武山顶）拜谒玄武禅师，留诗《题玄武禅师屋壁》（自注：屋在中江大雄山）"何年顾虎头，满壁画沧洲"，盛赞玄武禅师的禅房屋壁上不知道什么时候给大画家顾恺之留下了精美的壁画，壁画里满满全是佛山禅意的妙境。到了晚年旅居夔州时，杜甫还有一首属于五言排律的百韵长诗《秋日夔府咏怀奉寄郑监李宾客一百韵》又提到顾恺之，大赞其画艺"顾恺丹青列，头陀琬琰镌"，诗中"身许双峰寺，门求七祖禅"等句说明他已从内心皈依佛门。杜甫所说的"顾虎头"，与姚鼐所称的"虎头"，皆是代指东晋画家顾恺之。因为顾恺之的小字正是"虎头"，他和生于会稽郡（今浙江绍兴）的诗人、旅行家谢灵运皆是杜甫青少年时期崇拜的偶像。某种意义上说，这些魏晋南北朝时期的文人、画家，由于从不同艺术作品描绘了令人向往的江南美景，或者在江南留下了珍贵的墨宝，也是杜甫选择吴越行的一个理由。

其实，在杜甫来到瓦棺寺之前，李白大约四五年前就已捷足先登，写有《登瓦棺阁》（一作《登瓦官阁》）："晨登瓦官阁，极眺金陵城。钟山对北户，淮水入南荣。漫漫雨花落，嘈嘈天乐鸣。两廊振法鼓，四角吟风筝。"都说杜甫的诗多似画地图，想象自己置身其间，总能找到进出方位。实际上，李白有时也喜欢在诗中画地图，比如"钟山对北户，淮水入南荣"便是素描瓦棺寺的方位：北边是巍峨的钟山，南面的阁檐正对着浩荡的淮水（今江苏省南京市秦淮区境内的秦淮河）。唐代的淮水是一条很长很大的河，它连接着黄河，也可说是黄河改道前的一条支流。写此诗时，李白大约三十岁。三十岁的李白似乎像是晚年的杜甫，先是穷愁潦倒于长安，想见唐玄宗又苦于没有捷径可走，甚至有点自暴自弃，常常醉卧街头不知晨夕，不得不游荡于汴州（今河南开封，唐天宝元年改称陈留郡）、宋城（今河南商丘），一度生发隐居避世之意。得知唐玄宗将要行幸东都洛阳，李白便急匆匆地跟到了洛阳，结果依旧是无缘得见天子一展才华。从七三一年暮秋，到七三二年孟春，李白多是滞留在杜甫成长的洛阳，其实在遇到贺知章之前，他和唐玄宗皆是擦肩而过，无缘相见。于是在七三二年春天，李白开始思念故乡了，其诗《春夜洛城闻笛》便说："谁家玉笛暗飞声，散入春风满洛城。此夜曲中闻折柳，何人不起故园情。"思乡，萌生归意，自然是因为见不着唐玄宗油然而生的苦闷，或者发发一时的牢骚。杜甫呢？要是迟一年出发，可能会与李白在洛阳提前相会。七三一年秋天，杜甫踩着李白当年在瓦棺寺留下的脚印，意气风发，玉树临风，日日看不够江宁花，夜夜饮不尽金陵酒。

在江宁，杜甫的朋友圈又多了一个人，叫许八。此人姓许，名不详，可能叫许登，应是江宁本地人，因为排行老八，杜甫在诗里称他为许八。他们的人生多次交集，也算有缘之人。除了给杜甫这次吴越行充当导游，许八后来又与杜甫在唐肃宗李亨主政时期同朝为官，那是乾元元年（七五八年）的事了，杜甫在门下省担任左拾遗，许八在中书省担任右拾遗，皆是大事廷诤、小事上封之类的谏官。就在七五八年，许八获得唐肃宗恩准回江宁老家省亲，杜甫于是写了送别诗《送许八拾遗归江宁觐省》相赠。

> 诏许辞中禁，慈颜赴北堂。
>
> 圣朝新孝理，祖席倍辉光。
>
> 内帛擎偏重，宫衣著更香。
>
> 淮阴清夜驿，京口渡江航。
>
> 春隔鸡人昼，秋期燕子凉。
>
> 赐书夸父老，寿酒乐城隍。
>
> 看画曾饥渴，追踪恨渺茫。
>
> 虎头金粟影，神妙独难忘。

　　杜甫此诗，《杜诗全集今注》罗列的诗题为《送许八拾遗归江宁觐省。甫昔时尝客游此县，于许生处乞瓦棺寺维摩图样，志诸篇末》。从杜甫诗句显示，他到达江宁之前均是走水路，与许八大概认识于淮阴（今江苏省淮安市淮阴区），并在许八的陪同下从京口（唐属润州，今属江苏省镇江市京口区）乘船去的江宁瓦棺寺，从而观赏到顾恺之的壁画《维摩诘像》。在唐代，江宁县曾先后归属扬州、润州、江宁郡、升州管辖。据陶敏《唐人行第录正补》考据，这个许八名为许登，属于唐润州上元人。上元县，正是江宁县后来更名的县。如此推敲，也与杜甫诗题所说的"归江宁觐省"吻合。那时，两人均无官职，应是相互欣赏对方才华，故而相处投缘，杜甫说的"春隔鸡人昼，秋期燕子凉"，指他们从春到秋都是一路同行。杜甫生母崔氏去世得早，他对母亲的记忆模糊，却对尽孝一直倡导，此诗前四句因此对好友许八有寄语："诏许辞中禁，慈颜赴北堂。圣朝新孝理，祖席倍辉光。"从小缺少母爱的杜甫写此诗，由亲密的友情转为重视亲情，大意是说：圣朝实行的新理念是以孝治国，皇帝下诏准许你回家探亲，你可一定要先去看望慈祥的母亲。

作为江宁本地人，许八应当是个百事通，跟瓦棺寺的僧侣比较熟悉甚至要好，所以杜甫向他索求顾恺之《维摩诘像》的图样（相当于摹本），也能得偿所愿。"虎头金粟影，神妙独难忘"，杜甫以"虎头"称谓顾恺之，直言其画描人绘物颇为传神，微妙，让人难忘。"看画曾饥渴，追踪恨淼茫"，又可看出杜甫在七三一年秋天对这类绘画大家真迹的如饥似渴。从六岁在郾城街头看到唐代第一舞蹈家公孙大娘的剑器舞，到十四岁在洛阳岐王宅里听到唐代第一歌唱家李龟年的动人歌声，再到二十岁在江宁瓦棺寺见到东晋绘画名家顾恺之的珍贵墨宝，都能发现杜甫孜孜不倦的求知欲。诗圣是如何炼成的？杜甫早年频频接触到顶级文艺名家的作品，反复受之滋养，皆可视为其"诗圣的美学思想启蒙"。

杜甫这一时期结交的许八，他后来的好友岑参也有五言诗记录，如《岑参集》收录的《送许子擢第归江宁拜亲，因寄王大昌龄》一诗，大概是说许八在天宝元年甲科及第、告赐灵符、上加尊号。其中，"君家临秦淮，傍对石头城"是说许八家住金陵秦淮河附近，"青春登甲科，动地闻香名"则是说他科举及第，"到家拜亲时，入门有光荣"描绘的是他荣归故里，"玄元告灵符，丹洞获其铭"与"皇帝受玉册，群臣罗天庭"等句便是道出他得到唐玄宗的御赐灵符，正是许八金榜题名的高光时刻。这段时间，碰巧好友王昌龄被贬谪，于是岑参写给许八的诗里还有安慰王昌龄之语"王兄尚谪宦，屡见秋云生"。

在江宁赏画、礼佛的日子里，杜甫还交往了一个佛家友人。此人叫旻上人，可能也是江宁人。至于二人相识，是在瓦棺寺还是秦淮河，或者江宁的其他地方，杜甫没有详述。或许这个旻上人就是瓦棺寺的僧人，由热心肠的许八介绍认识，才有后来委托许八带话关心杜甫当官现状一事，杜甫《因许八奉寄江宁旻上人》一诗因此同时提到了他们二人。

> 不见旻公三十年，封书寄与泪潺湲。
> 旧来好事今能否，老去新诗谁与传。
> 棋局动随寻涧竹，袈裟忆上泛湖船。
> 闻君话我为官在，头白昏昏只醉眠。

此诗写于唐肃宗乾元元年，也就是杜甫在长安大明宫门下省时任左拾遗的七五八年，倒推三十年便是七二八年。七二八年，杜甫十六岁，尚在洛阳读书，两人不可能在江宁认识，诗中的"不见旻公三十年"当是夸张用语，接近三十年而已。

这首七言律诗对于研究杜甫的棋艺爱好，不失为一个小切口。"棋局动随寻涧竹"，杜甫此句细描了他与身着袈裟的旻上人泛舟下棋的悠闲画面。二人堪称棋友。杜甫爱水喜竹，即便是下棋，他也在漫不经心地寻找水边悠竹。其实，杜甫一生有不少诗歌提到下棋。最温馨的画面当属成都草堂时期，在水波荡漾的浣花溪畔，燕子在堂前屋檐飞来飞去，沙鸥在浣花溪里相亲相近，为了打发闲暇时光，杜甫与妻子杨氏随便找了一张纸画成棋盘，便开始夫妻之间的对弈，其诗《江村》就有浪漫而宁静的彩绘："老妻画纸为棋局，稚子敲针作钓钩。"此诗起句则是"清江一曲抱村流，长夏江村事事幽"，仿佛夫妻二人不仅仅是对弈，还有一起与流水下棋的惬意与写意。

对于杜甫而言，在江宁瓦棺寺与顾恺之的壁画《维摩诘像》劈头相遇，既可视为一次难得一遇的绘画美学课，也可看成他打通诗画任督二脉的诗歌美学修行。尤其是与旻上人在江宁的不期而遇，二人一同吟诗下棋，纵论诗意与棋艺，像是找到极为难得的人生知音，杜甫于是才会于多年之后还在感慨："旧来好事今能否，老去新诗谁与传。"写《因许八奉寄江宁旻上人》时，杜甫的为官之路正在经历一波三折，其所担任的左拾遗官阶虽小，却是在皇帝身边工作，属于有机会忠言直谏的近臣。然而唐肃宗当时非常排挤其父唐玄宗的旧臣，如杜甫依靠的宰相房琯，打了败仗就差点被杀头，杜甫出面谏言又差点被牵连下狱，于是这段时间的他有点丧气，难以施展"致君尧舜上，再使风俗淳"之类的政治抱负，便给旻上人写信发发牢骚，也深深怀念当年在江南客游无官一身轻的自由日子。这就是杜甫的矛盾之处，或者说他并不适合当官，至少不懂迂回与圆滑。要生存，他不得不入仕；求自由，他又无法轻易放弃当官。入世，而不世故，在今天看来，可说是杜甫的一大优点。入仕，不知如何有效作为，不论古人还是今人，又可说是杜甫和杜甫们的一大缺点。

或许杜甫此次吴越行也写了不少诗歌探讨佛理，只憾没有传承下来。

三十四、考察扬州

在杜甫后来的诗里，比如《解闷十二首》其二，他提到当年前往江南的另一个重要地方：扬州。

七三〇年三月，李白在长江边的武汉黄鹤楼目送孟浩然"烟花三月下扬州"，写出那首很有名的送别诗《黄鹤楼送孟浩然之广陵》（**另有说法是作于七二八年或者七三五年**）不久，就去长安开启了干谒求官路。四年之前的春天，李白也是从武汉走水路前往扬州，那是他离开蜀地之后的第一次远行。仿佛春天更适合远游。七三一年春天，杜甫接到一封家书，便从洛阳出发，大约是在初秋抵达扬州。依我看，杜甫的扬州行应在江宁行之前。杜甫在《解闷十二首》其二，说起扬州之行也是念念不忘，诗曰：

> 商胡离别下扬州，忆上西陵故驿楼。
>
> 为问淮南米贵贱，老夫乘兴欲东流。

在唐代，扬州与成都经济繁荣，有"扬一益二"之称。据《资治通鉴》记载："扬州富甲天下，时人称扬一益二。"《元和郡县制》也称："扬州与成都号为天下繁侈，故称扬、益。"安史之乱初期，唐玄宗选择逃往西蜀成都，一方面是想借助秦岭、蜀山的天险据守，另一方面则因时称蜀郡的成都经济发达，不愁吃穿，出行方便。黄巢之乱时期，唐僖宗也是选择到成都避乱。随着唐玄宗驾幸蜀郡，古称益州的成都一度升级为成都府，以"南京"为号作为唐王朝的陪都，政治地位等同于西京长安、东京洛阳。杜甫于七五九年冬天来到成都写的第一首诗《成都府》，就及时记录了这一变化。后来定居成都浣花溪畔的草堂，杜甫创作的千古名诗《绝句》"窗含西岭千秋雪，门泊东吴万里船"，不仅是在忆江南，也是在说停泊于成都草堂浣花溪的船可以走水路直达东吴。扬州，古称广陵、江都，正是依靠运河可以将江淮大米运抵长安、洛阳，解决关中和中原偶尔缺粮的问题。杜甫《解闷十二首》其二"为问淮南米贵贱，老夫乘兴欲东流"，道出了他当年吴越行的另一个缘由。仿佛一旦挨饿，杜甫就会想到江南以及那里白晃晃的稻米。

开元年间的唐玄宗也爱忆苦思甜，常常关心农事，时不时把农田作为奖品赐给他所赏识的官员们。这些小事，《资治通鉴》也有记录。如公元七三一年正月二十七日，唐玄宗躬耕于长安兴庆宫侧，尽三百步。这年四月，唐玄宗又敕天下诸州县并府镇戍官等职田顷亩籍帐，仍依允租价对定，无过六斗；地不毛者，亩给二斗。七三二年九月，唐玄宗发布《大唐开元礼》，修订了吉礼（祭祀礼仪）、凶礼（丧葬之礼）、军礼（军旅之事）、宾礼（宾客之事）、嘉礼（婚冠之事）等古代五礼，共计洋洋洒洒一百五十卷。同年，户部给唐玄宗的奏疏称，今年全国七百八十六万一千二百三十六户，四千五百四十三万一千二百六十五口。这两年，李隆基统治的唐王朝在经济上达到鼎盛。扬州，其时正是整个唐王朝的经济大动脉，也可以说是经济命脉。杜甫说是"为问淮南米贵贱"，无非是想亲眼看见东京洛阳与天下第一富饶的扬州的经济关系。那时，物产丰硕，人丁兴旺，物价低廉，四海昌平，一斗米不过十余文钱，一匹绢最多两百文钱，杜甫可能从这时起就开始关注国家经济和百姓收支。当官后的杜甫有篇散文《乾元元年华州试进士策问五首》，其从谷米到经济再到政事与用人之见皆有独到见解。

窃观古人之圣哲，未有不以君唱于上，臣和于下，致乎人和年丰，成乎无为而理者也。主上躬纯孝之圣，树非常之功，内则拳拳然事亲如有阙，外则悻悻然求贤如不及，伊百姓不知帝力、庶官但恭。已而已。寇孽未平，咎征之至数也；仓廪未实，物理之固然也。今大军虎步，列国鹤立，山东之诸将云合，淇上之捷书日至。二三子议论宏正，词气高雅，则遗寝荡涤之后，圣朝砥砺之辰。虽遭明主，必致之于尧舜；降及元辅，必要之于稷卨。驱苍生于仁寿之域，反淳朴于羲皇之上。自古哲王立极，大臣为体，眇然坦途，利往何顺，子有说否？庶复见子之志，岂徒琐琐射策、趋竞一第哉？顷之问孝秀，取备寻常之对，多忽经济之体，考诸词学，自有文章在，策以征事，曷成凡例焉？今愚之粗征，贵切时务而已。夫时患钱轻，以至于量资币、权子母。代复改铸，或行乎前榆荚、后契刀。当此之际，百姓蒙利厚薄，何人所制轻重？又谷者，所以阜俗康时、聚人守位者也。下至十室之邑，必有千锺之藏。苟凶穰以之，贵贱失度，虽封丞相而犹困，侯大农而谓何？是以继绝表微，无或区分逾越，蒙实不敏，仁远何哉？

杜甫这段文字，是在批评唐代科举过于重视考查学子文章才学而忽略了经济才能。在他看来，经济是国家的根本，因此提倡丰实仓廪，关心百姓疾苦。客居成都时期，杜甫《说旱》一文再次明确己见，称"谷者，百姓之本，百役是出"。不仅是说说而已，杜甫在成都草堂甚至开垦土地躬身为农，开始了自给自足的农夫生活，其七六〇年夏天所写的五言律诗《为农》便说："锦里烟尘外，江村八九家。圆荷浮小叶，细麦落轻花。卜宅从兹老，为农去国赊。远惭勾漏令，不得问丹砂。"

此次扬州之行，可以看作杜甫从官宦子弟成长为心系苍生的儒家仁者，迈出的第一步。

三十五、航海大梦

海子说，面朝大海，春暖花开。似乎每个诗人，甚或每个身在内陆的人，都有一个扬帆远游大海的梦。杜甫，也有。杜甫的"浮海梦"，即坐船去看海，并非一时兴起。孔子说，道不行，乘桴浮于海。孟子又说，观于海者难为水。年少苦读圣贤书，一生追求儒家仁爱精神的杜甫，在姑苏的运河边冒出这个想法，更大可能就源于孔孟言说。因为杜甫想当宰相，自然得有国际视野，也必须见多识广才能更好地辅助皇帝，实现"致君尧舜上，再使风俗淳"这一政治理想。

就在行游吴越期间，他后来在夔州回忆那段经历，很感慨地说"东下姑苏台，已具浮海航"，这是在说盛唐时期的大运河已经开通海航。只是，杜甫并未坐船远行去海上乘风破浪，因此到了晚年还在遗憾，说"到今有遗恨，不得穷扶桑"。其实，在成都客居期间，复归草堂的杜甫写的《破船》也以"平生江海心,宿昔具扁舟"传递过自己的航海梦,那是在说,他随时都备有小船有意浪迹江海,此诗故有"仰看西飞翼,下愧东逝流"之叹。

后半生多是在路上漂泊的杜甫,经常闪回自己年轻时壮游的身影。吴越之行,尤其是在吴地留下的一帧帧欢娱画面,时不时会脱口而出,吟诵成诗句,让他一次次憧憬着重游江南。在梓州,因为徐知道在成都兵变被迫困居于东川,也就是如今的四川三台县,杜甫在《春日梓州登楼二首》中感慨"厌蜀交游冷,思吴胜事繁"。在阆州,流寓于嘉陵江畔,杜甫又来了一首《游子》,直言"巴蜀愁谁语,吴门兴杳然",现实是拖家带口,他再难只身前往,求道修仙的愿望于是变得更加强烈,此诗尾句正是"蓬莱如可到,衰白问群仙"。从阆州重返梓州的路上,杜甫《桃竹杖引赠章留后》"老夫复欲东南征,乘涛鼓枻白帝城",再次表达重返江南的意愿。诗中这个章留后,叫章彝,以梓州刺史暂摄东川节度使职权,并未明确为节度使,所以称为留后。大概是章留后爱打官腔,平常与人交游忽冷忽热,并非可说知心话的朋友,让性格刚直的杜甫受不了,却又不得不在他管辖的梓州避乱并且奉迎,于是产生了厌蜀之感。厌蜀,只能看作杜甫困于东川的一时牢骚,毕竟成都时期先后有高适、严武等当官的好友悉心照顾,草堂邻居诸如黄四娘、朱山人也待他不薄,皆是他喜结交愿谈心的朋友。思吴,其实又不止于东川梓州,在西川成都,在夔州,在荆州,在潭州,在岳州,直至死于湘江之前的杜甫都有诗句提到当年游历吴越的胜事。

那么,问题来了:江南为何会在杜甫脑海里挥之不去?

七六六年,卧病于夔州的杜甫写了一首自传体长诗《壮游》。此诗勾勒吴越之行用了大量笔墨，可以作为杜甫念念不忘江南的注脚，节选如下。

> 东下姑苏台，已具浮海航。
>
> 到今有遗恨，不得穷扶桑。
>
> 王谢风流远，阖闾丘墓荒。
>
> 剑池石壁仄，长洲荷芰香。
>
> 嵯峨阊门北，清庙映回塘。
>
> 每趋吴太伯，抚事泪浪浪。
>
> 枕戈忆勾践，渡浙想秦皇。
>
> 蒸鱼闻匕首，除道哂要章。
>
> 越女天下白，镜湖五月凉。
>
> 剡溪蕴秀异，欲罢不能忘。
>
> 归帆拂天姥，中岁贡旧乡。

从《壮游》"越女天下白，鉴湖五月凉"，关联《送许八拾遗归江宁觐省》"春隔鸡人昼，秋期燕子凉"，可知杜甫离开江宁后有很长时间都在姑苏（今江苏苏州）等吴地畅游，加上去探访武康县尉杜登、常熟县主簿贺撝两位亲人，说不定他在吴地待了三年时间。直到七三五年五月才来到越地的镜湖、剡溪，然后又于年中赶回洛阳参加进士科考。也就是说，从七三一年春天启程，到七三五年夏天返程，杜甫的吴越之行历时四年之久。不用工作，不缺钱花，安心游玩，数年饱餐江南秀丽风光，江南自然成了杜甫心中一股清流。这样看来，杜甫不仅是个大玩家，而且俨然就是吴越文化的重要参与者。

除了江宁与扬州，现在就以《壮游》为地图，捋一捋杜甫的其他吴越踪迹，看看他在江南还经历了什么，他才会不断地感慨"思吴胜事繁"。

离开江宁之后，杜甫的诗歌行迹显示，他去了姑苏。"东下姑苏台，已具浮海航。"杜甫所说的姑苏并非仅指如今狭义的苏州市姑苏区，而是古称姑苏、平江、吴郡的苏州。其实，姑苏在唐玄宗开元年间已叫苏州，游访这里的诗人们仍然习惯性称它为姑苏，包括安史之乱后逃往这里避难的诗人张继，有首中小学生必背之诗《枫桥夜泊》便说"姑苏城外寒山寺，夜半钟声到客船"。前面已经说到，杜甫在吴越漫游，除了结交朋友，开阔眼界，还有一个重要目的：省亲。因此游完苏州城，他就得去拜访武康县尉杜登、常熟县主簿贺㧑两位亲人。再从地理方位看，以姑苏为中心，常熟在北，武康在南，依从就近出行原则，可能来苏州城前，杜甫就已先去了唐代也属苏州的常熟县，拜见此县主簿贺㧑，并在这位五姑父家里过七三三年新年。之后，杜甫又从姑苏去武康县（今浙江省湖州市德清县武康镇）看望担任县尉的四叔父杜登，他的七三四年新年可能就在武康度过。可惜，不论是常熟还是武康，均无杜甫诗歌流传于世。杜甫《壮游》一诗提到吴越之行，直接就是姑苏，及其姑苏台。

姑苏台，是个什么台？今在何处？其故址，大致在苏州市吴中区木渎镇的和合山墓区，现为公墓。嵌在苏州船坊头路与珠江路之间的一条姑苏路，西连和合山墓区，东接道观姑苏庙，仿佛在给后人指路。根据清代文学家、江苏巡抚、吏部尚书宋荦的散文《游姑苏台记》所记，姑苏台既不在灵岩山也不在虎丘山，他所见并形容的姑苏台旧址为："未至木渎二里许，由别港过两小桥，遂至台下。山高尚不敌虎丘，望之仅一荒阜耳。"宋荦此文还说，环望穹隆、灵岩、尧峰诸山，一一献奇于（姑苏）台之左右。对照宋荦游踪，木渎镇的和合山墓区可能就是姑苏台旧址，这里的和合山则是古代的姑苏山。姑苏山，又名姑胥山、胥台山，姑苏台就因建在此山而得名。如今，姑苏台早已荡然无存，姑苏山也已改名换姓，它们的故事却仍在当地流传。相传姑苏台的始建者，一说为春秋时吴王阖闾，一说为其子吴王夫差，也有一说是阖闾兴建、夫差增修的游乐之地。传得最为绘声绘色的传说，则是吴王夫差打败越王勾践收纳越国美女西施之后颇为得意忘形，说夫差极为贪恋西施美色，曾在姑苏山上建了姑苏台、春宵宫和天池，日日夜夜与西施纵情尽欢。然而，欢也姑苏台，悲也姑苏台。越王勾践后来带兵杀回姑苏台，不仅逼死吴王夫差，而且一把火烧毁了姑苏台。这个传说，先是吸引来了李白，他在吴地的诗多次提到姑苏台，其中描写夫差与西施穷奢极欲沉迷情爱的《乌栖曲》流传最广，诗曰："姑苏台上乌栖时，吴王宫里醉西施。吴歌楚舞欢未毕，青山欲衔半边日。银箭金壶漏水多，起看秋月坠江波。东方渐高奈乐何！"杜甫来到姑苏台时，他的脚印与李白的脚印又一次重叠。如果李白在姑苏山壁留下署名太白字样的《乌栖曲》，下马登临姑苏台的杜甫一定很兴奋。事实是，在此打望太湖和运河的杜甫想得更远，他说："到今有遗恨，不得穷扶桑。"扶桑，指日本，那时的运河开了海航路线，停在姑苏城外的客船就可东渡前往日本。在唐玄宗时期求学任官的日本遣唐使阿倍仲麻吕，便是通过这条海航路线先到姑苏，再经运河乘船来到东京洛阳，他从姑苏出发的入京之路与杜甫来到姑苏的出京之路属于同一路线，方向恰好相反。晚年的杜甫多病，因为出行不便，故而遗憾青年时期没有从姑苏远游至扶桑看看海外的世界。

走下满目沧桑的姑苏台，杜甫又快马加鞭来到神秘莫测的阖闾墓。此行，不仅是来追踪吴王阖闾的遗迹，他还有一个重要目的：寻剑。据《越绝书》记载："阖闾墓在虎丘山下，池广六十步，水深一丈五尺。"此池，被后人称为剑池，又名虎丘剑池，相传埋葬了铸剑大师欧冶子制造的湛卢、胜邪、鱼肠等名剑。这些名剑本是欧冶子为越王所造，后来被吴王阖闾收藏。另据《史记》所载，吴王阖闾葬于此，传说葬后三日有"白虎蹲其上"，此山故名虎丘。当地还有一说"丘如蹲虎"，虎丘山是以形为名。不管虎丘山如何得名，吴王夫差对父王阖闾的一片孝心，可说都淋漓尽致地体现在虎丘剑池了。比如葬剑，世人皆知阖闾爱剑，夫差便把"鱼肠"等三千把宝剑作为陪葬品沉入剑池，以供阖闾在阴间"使用"。其中，鱼肠剑，也称鱼藏剑，是阖闾从公子蜕变为吴王的勇绝之剑。此剑的传说很多，一说是藏于鱼腹的蟠钢剑因刺杀吴王僚而得名，一说是剑的纹理屈襞蟠曲如鱼肠而得名。相传夫差修建阖闾墓，动了十万民工搬运土石，历时三年才建好，最终选葬于三千剑池之下。从姑苏山到虎丘山大约三十多里路，杜甫也有一种可能，先是乘船从胥江转京杭运河来到苏州寒山寺外的码头，再换马赶往阖闾墓。虎丘山下的阖闾墓，或因那时被盗墓的人抽干了剑池的水，显得格外荒凉，什么鱼肠，什么湛卢，所有古剑统统不见踪影，杜甫于是有些感伤，他写道："王谢风流远，阖闾丘墓荒。"

毁于战火的姑苏台，可以在诗词里复活。冷冷清清的阖闾墓，只能在传说里荒芜。荒芜，还不只是属于阖闾，还有很多定居、游居于虎丘山的文人雅士均已远去，令人叹息生不逢时。在魏晋南北朝时期，很多官员、文人、名僧都爱在虎丘山修建别馆，比如东晋书法家王珣、王珉兄弟的别墅就曾建在此山，后来舍宅为寺，分为东西虎丘寺，最终又合二为一成了后世诗人追访的虎丘寺（今云岩寺）。杜甫来到虎丘山时，由于唐玄宗抑佛扬道，尽管漫山遍野皆是寺庙，但都是人去屋空，让人怅然若失。其诗《壮游》所说的"王谢"之"王"，可能是指定居于此的王珣与王珉，也可能是指在虎丘山游居过的书圣王羲之，相传虎丘剑池石壁上的篆书"剑池"就是王羲之所书。"王谢"之"谢"，则可能是"大谢"谢灵运，以及与谢灵运同族的"小谢"谢朓，他们都是南北朝时期的代表诗人，其中谢灵运之母还是王羲之的外孙女。李白、杜甫先后到江南追访谢灵运和谢朓的遗踪，正是因为他们的诗歌对唐代律诗、绝句的形成有重要影响，他们游山玩水产生的山水诗犹如一股股清泉洗涤着盛唐诗人内心的尘垢。某种意义上说，盛唐诗人流行的闲游（或者壮游、漫游）、宦游、边塞游，也跟"二谢"的山水诗有关，或被他们的山水诗点亮。杜甫来到虎丘山见到的剑池是"剑池石壁仄"，至今变化不大，置身其间最好独自行走，方能通过逼仄的石壁。阖闾墓，是否在剑池下面，这里尚未进行考古发掘，成了一个千古之谜。如今的虎丘山，虽然只有三十多米高，却已成为吴中第一名胜，江左丘壑之表。对于虎丘山和虎丘寺，苏轼最为动情，他写的《虎丘寺》"湛卢谁复见，秋水光耿耿"，也是听到吴王夫差在此葬剑"湛卢"的传闻而来，其另一名句"尝言过姑苏不游虎丘，不谒闾丘，乃二欠事"，则又成了当地享用至今的活广告。

紧跟杜甫"剑池石壁仄"的下一句"长洲荷芰香"，来到位于苏州市相城区望亭镇西北角的长洲苑湿地公园，一种沁人心脾的凉随着从太湖吹来的风渐渐弥漫开来。白鹭、戴胜、斑鸠、鹈鹕、鸳鸯，漫不经心地栖息在芦苇丛中，或者停靠在木栏构筑的长堤上，叽叽喳喳地叫个不停，此起彼伏，像在提示，这里就是杜甫在姑苏的另一个漫游地：长洲苑。

　　长洲，原是唐代苏州管辖的一个县，说来还是武则天的恩赐，她于六九六年割吴县东部分置长洲县，从此苏州便多了一个县。长洲县的名字并非凭空而来，而是源于苏州北部有一个靠近太湖约四十平方公里的长洲苑。长洲苑，在春秋时是吴王阖闾植林木养禽兽的地方，也是他追鹰逐鹿的游猎场，因此还有吴王苑、吴苑之称。到了汉代，被汉高祖刘邦封于江南的吴王刘濞又重新修葺了长洲苑，使得此苑更加富丽堂皇，其景致甚至胜过汉武帝刘彻在长安扩建的上林苑。汉代的长洲苑，通常被认为是苏州园林的发源地。尽管长洲苑和上林苑如今均已无存，但是西汉辞赋家枚乘、东汉史学家班固都有文字记录这两个林苑，班固《汉书·枚乘传》便说：“修治上林，杂以离宫，积聚玩好，圈守禽兽，不如长洲之苑；游曲台，临上路，不如朝夕之池。”在班固和枚乘的眼里，汉代第一园林竟然不是首都长安所在的皇家上林苑，而是地处江南的吴王长洲苑。班固所说的朝夕池，就是古长洲的乌角溪，太湖泄入望虞河不远的沙墩港，这一带因受太湖风向影响常见潮汐现象，又称潮汐池。宋代书法家米芾《阊门舟中戏作呈伯原志》其二“吴王故苑古长洲，潮汐池边一伫留”，就称朝夕池为潮汐池。如今，在长洲苑湿地公园临近太湖处，立有一个牌坊，上面便刻着米芾印象中的潮汐池名句。长洲苑，又因地广被称为茂苑，据西晋文学家左思《吴都赋》记载，“造姑苏之高台，临四远而特建，带朝夕之浚池，佩长洲之茂苑”，正是说吴王阖闾营造的这个长洲苑非常广袤。年长杜甫十六岁的盛唐诗人孙逖有首《长洲苑》，描述的长洲苑也称茂苑：“吴王初鼎峙，羽猎骋雄才。辇道阊门出，军容茂苑来。”帝王的游猎之风，从来都是有盛无衰，远在吴地的长洲苑不仅是诗人们常来常往的游玩之地，更是历代帝王心之所向的游猎之地。西晋史学家、《三国志》作者陈寿在《魏太祖谓徐祥曰》里就提到曹操有此爱好，说，"孤比志，愿济横江之津，与孙将军游姑苏之上，猎长洲之苑，吾志足矣"。杜甫从逼仄的剑池石壁来到广袤的吴王旧苑，可以想见他的心情舒坦多了，说不定还会纵马引弓驰骋长洲苑，猎杀一些野兽，就地烧烤下酒。不过，杜甫留给长洲苑的诗句不多，仅有一句"长洲荷芰香"，荷芰，指荷叶与菱叶，又称芰荷，谢灵运有首《石壁精舍还湖中作》便说"芰荷迭映蔚，蒲稗相因依"。贺知章描写绍兴镜湖的风景也爱用芰荷，见其《采莲曲》"莫言春度芳菲尽，别有中流采芰荷"。菱，分两角和四角，一般而言，两角称菱，四角称芰。如今，生长在太湖的菱，因有四角又叫四角菱，常常聚生于浮水形成的莲座状菱盘，易被误认为莲。

在长洲苑湿地公园北面的望虞河，是苏州与无锡的分界河，南起太湖边的沙墩口，北至长江边的耿泾口。这条河，从太湖引水，沿途经过苏州市相城区、常熟市、无锡市的新吴区和锡山区，在常熟市的海虞镇附近汇入长江。杜甫当年若是从长洲苑的太湖边乘船去常熟拜会五姑父贺撝，就得走这条越国上大夫范蠡开凿的望虞河。一想到范蠡，想到范蠡帮助越王勾践灭掉吴国的故事，便会让人心酸。杜甫在长洲苑游玩，目睹这条望虞河，心情应当异常复杂。尤其是行至苏州阊门附近的泰伯庙时，杜甫已是泪水滂沱，他写道："嵯峨阊门北，清庙映回塘。每趋吴太伯，抚事泪浪浪。"

在清庙，也就是唐代苏州人纪念吴地开发始祖泰伯的庙宇（今称泰伯庙），杜甫留下的一个泪目侧影，很是耐人寻味。他的内心似乎也有一个太湖，并且突然涨潮般泛滥了。泰伯，又称太伯，周王族诸侯国勾吴的第一代君主，他在长江下游地区开创吴国及其东吴文化是个意外。杜甫远祖杜预作为西晋灭掉东吴的统帅之一，最终协助司马氏皇帝荡平东吴又是另一个意外。作为周太王、周王朝的奠基人公亶父的长子，泰伯本来可以按照古礼顺理成章继承王位，但因父亲有意传位给三弟季历，其实是公亶父偏爱季历的儿子、后来的周文王姬昌，以便姬昌继位，于是便与二弟仲雍迁居别处成全父意。在公亶父死后，面对回来奔丧的大哥，季历请求泰伯继位，他拒绝了。在季历死后，侄儿姬昌又请求泰伯继位，他仍然拒绝了，毅然和二弟仲雍在长江下游地区开创勾吴。后来临终，无子无女的泰伯再次把勾吴王位让给了仲雍，留下三让王位的美德。孔子在《论语·泰伯》里评过此事，说："泰伯可谓至德矣，三以天下让，民无德而称焉。"其实，唐玄宗李隆基的父亲唐睿宗李旦也是多次让出帝位，可李旦之让是形势所逼的不得已，泰伯之让则是出于一片真心。在泰伯庙，目睹泰伯塑像，想起他的礼让美德，再回想自己的身世，杜甫眼眶里一片汪洋。幼年时期，杜甫与表弟同时感染一场时疫，二姑母杜氏正是因为怜爱自己，表弟才过早地失去生命。二姑母的割爱，吴太伯的礼让，对后来的杜甫影响巨大。父亲杜闲去世后，杜甫作为长子，其实本该首先享受荫封获得一官半职，事实上，他把这个机会让给了同父异母的弟弟杜颖。礼让，恍若杜甫人生里最隐秘的一缕光，只是，暖了别人，冷了自己。要是没有礼让，也就没有杜甫困守长安求官十年的艰难苦恨了。

三十六、追风王谢

　　五十四岁这年，杜甫卧病夔州，一边回忆吴越之行的往事，一边老泪纵横地吟诵他新写的长诗《壮游》："每趋吴太伯，抚事泪浪浪。枕戈忆勾践，渡浙想秦皇。蒸鱼闻匕首，除道哂要章。越女天下白，鉴湖五月凉。……"

　　一幕幕往昔游历吴越的画面，如同快闪，杜甫的身影很快就从苏州的泰伯庙切换到绍兴的镜湖。仅凭"枕戈忆勾践，渡浙想秦皇"两句，追踪杜甫从吴地到越地的行迹，显然很难。秦始皇在位时，先后多次巡视全国，其最后一次巡游是公元前二一〇年，途经越地的线路，按《史记·秦始皇本纪》记载，大致是"过丹阳，至钱塘。临浙江，水波恶，乃西百二十里从狭中渡，上会稽，祭大禹"。如今，命名在杭州市余杭区鑫城路一带的杜甫村，只能是后人心中一个美好的想象。杜甫到底有没有在杭州这个杜甫村游走过，谁也说不清。不过，从吴地到越地的交通工具，杜甫另一首五律《夜宴左氏庄》倒是有记录，他称之为"诗罢闻吴咏，扁舟意不忘"。也就是说，杜甫此行是走水路，沿着唐代的运河告别吴地，站在船上看风景的他仍感意犹未尽。从运河穿过杭州转钱塘江，必须经过西陵渡口，杜甫这段行迹比较模糊。然后，他应是从钱塘江上岸，寻索秦始皇的行踪，登上地处萧山的西陵古驿楼（杜甫《解闷十二首》其二有句"商胡离别下扬州，忆上西陵故驿楼"），并在会稽体会勾践卧薪尝胆的仇恨，再从会稽纵马跃至镜湖。从他登上萧山的西陵古驿楼开始，可以遥想，退掉船只，身披长剑，腰挂弓箭，再次跨上一匹白马的杜甫，朝着会稽郡这个秦代辖郡最广的大都市打马而来的畅快。会稽郡，因会稽山而得名，最早设立此郡，可追溯到公元前二百二十二年秦始皇的摇手一指。会稽郡初置时，领有吴、越两国之地，大致相当于今江苏长江以南、安徽东南、上海西部以及浙江北部。杜甫踏入这片沃土时，历经多次改名的会稽郡还叫越州，到了天宝元年（七四二年），越州又一次改回会稽郡，领会稽、山阴、诸暨、余姚、剡县、萧山、上虞等七县。大约是七三四年暮春，杜甫心里规划着越地出游路线，一时想入非非，他要拜会的名胜古迹实在太多，他要参详的书法也有很多，必须先尝试舞一舞古越国的剑，"枕戈忆勾践，渡浙想秦皇"，他不知道自己又要莫名其妙地重蹈李白的覆辙，从吴地深入越地，从佛教寺庙踏入道家仙山，在质疑求索中寻找属于自己的快意人生。

杜甫在《壮游》诗里提到的镜湖，今名鉴湖，相传因黄帝在此铸镜而得名，驰名中外的绍兴黄酒就是用镜湖之水酿制而成。镜湖与剡溪所在的绍兴，古称越池，属于春秋时越国的都城，在唐代又称越州、会稽郡。杜甫来到镜湖时，已是七三五年五月，荷花正在绽开，整个镜湖芳香四溢，清澈见底的湖水波光粼粼，竟然并不令人闷热，而是凉爽如秋。湖畔浣衣的越地女子，不施粉黛，依旧一脸洁白貌美如花，这让二十三四岁的杜甫有些入迷，他由此想到那位艳绝古今的越国美女西施。杜甫因此感慨，"越女天下白"，怕是这一夜，他夜不能寐，直到晚年还难以忘怀。

也许，此次江南之行，杜甫还在越地邂逅了在此吟游的大诗人孟浩然。"春眠不觉晓，处处闻啼鸟。夜来风雨声，花落知多少。"孟浩然这首名叫《春晓》的五言绝句，今天的小学生必背，那时的杜甫也是烂熟于心。他早就想结识这位久负盛名的诗坛前辈，在于孟浩然开创了盛唐山水田园诗的先河，是继陶渊明、谢灵运之后的山水田园诗集大成者。杜甫的五言律诗《春夜喜雨》，虽然很讲平平仄仄的格律，但是从气质上讲，似乎就有孟浩然的《春晓》遗风。不只是杜甫崇拜，李白和王维在生前都和孟浩然交好，正是青睐并且崇拜这位孟夫子俨然已超越陶渊明和"二谢"（谢灵运、谢朓）的诗才。就在七三一年春天，杜甫从洛阳出发去江南之际，孟浩然正在江浙一带会友吟诗，游居于山水之间。孟浩然一生，在江南游踪甚广，包括苏州、杭州、绍兴等多地，这些地方基本可与杜甫足迹重叠。孟浩然曾多次到吴越远游。早年在长安应举不第，来到越地，孟浩然所作《宿桐庐江寄广陵旧游》所说的桐庐江，就在今天的杭州市桐庐县境。第二次吴越行，孟浩然又写了《问舟子》《宿建德江》等表现越地风光的诗。孟浩然的最后一次吴越游，与杜甫的这次江南行时空交接，他们如果相交，可能就在绍兴云门寺附近的若耶溪，时间大约在杜甫于七三五年返回洛阳参加乡贡考试之前。若耶溪，又称耶溪，在今浙江省绍兴市南若耶山下，传说是西施浣纱的地方。孟浩然在晚年游居越州停留时间较长，其《久滞越中贻谢南池会稽贺少府》便说"怀仙梅福市，访旧若耶溪"。孟浩然另一首《耶溪泛舟》又称若耶溪为耶溪，其中，"白首垂钓翁，新妆浣纱女"这两句诗描写了一位楚楚动人的盛唐越女在溪边浣纱的场景。若耶溪，是孟浩然乐于驻留之地，他还有一首《送谢录事之越》说"想到耶溪日，应探禹穴奇"。在镜湖漫游时，杜甫长诗《壮游》回忆的画面是"越女天下白，镜湖五月凉"，他在这一带游玩也就近去了若耶溪，其后来所作《奉先刘少府新画山水障歌》"若耶溪，云门寺。吾独胡为在泥滓，青鞋布袜从此始"，弥补了《壮游》没有记录若耶溪这一空白。其实，李白也到过这条溪流，其《和卢侍御通塘曲》就说

"君夸通塘好,通塘胜耶溪",另一首《越女词五首》更有对越地美女的细致描绘,如"耶溪采莲女,见客棹歌回。笑入荷花去,佯羞不出来",又如"镜湖水如月,耶溪女似雪。新妆荡新波,光景两奇绝"。孟浩然、李白、杜甫这三大盛唐诗人似乎都对越地美女赞不绝口。至于杜甫与孟浩然在若耶溪初识的故事细节,我们无法还原了,但是孟浩然及其诗歌留给他的印象相当不错。在晚年,杜甫所写《解闷十二首》其六就专门描写了他眼中的孟浩然印象:"复忆襄阳孟浩然,清诗句句尽堪传。即今耆旧无新语,漫钓槎头缩颈鳊。"如此看来,杜甫与孟浩然可能在绍兴若耶溪结识时,还有一起钓鱼、吟诗的风流逸事呢。

"剡溪蕴秀异,欲罢不能忘。"按照《壮游》记述,离开念念不舍的镜湖不久,杜甫便去了一条堪比文化大河的剡溪,也就是今人命名的唐诗之路。显然,剡溪的风景相比镜湖,更令杜甫欲罢不能。

剡溪,是绍兴嵊州(古称剡县)的母亲河,由南来的澄潭江和西来的长乐江汇流而成,行至上虞,便与曹娥江相接。剡溪上游有诸多山涧溪流,众源并注,万壑争流,其势或奔或旋或急或缓,浅而为滩,深而为潭,曲折迂回,全长三十多公里,一路有东门、艇湖、竹山、禹溪、杉木潭、仙岩、清风、崿浦、鼋头渚等景点,后人统称剡溪九曲胜景。置身其间,两岸青山草木葱茏,阵阵松涛竹影拂面,整条溪流水明沙净,素有"越地山水剡为最""自爱名山入剡中"之誉。爱拿月亮作诗的李白曾说,"湖月照我影,送我至剡溪"。剡溪留给杜甫的印记则是,"剡溪蕴秀异,欲罢不能忘"。

不论是李白还是杜甫,前往剡溪,皆非单纯地游山玩水,而是一心追逐王谢足迹而去。王谢,是指王羲之和谢安、谢灵运。剡溪,正是因为这三位名士在这条溪流附近隐居而极负盛名。晋代以来，名流逸士如戴奎、戴勃、王羲之、许询、谢安、谢灵运，或寄游踪，或定居宅，在有意无意之间给剡溪营造了一条绵远悠长的文脉，恰似毓秀钟灵川流不息的剡溪。在剡溪沿岸，杜甫至少在三个地方有过停留，即东山、嵊浦、金庭。

在东山，谢安遗迹、李白行迹比较清晰，杜甫行踪较为模糊。东晋名士、太傅谢安，曾隐居于会稽郡的东山，即今绍兴市上虞区赏浦镇东山村。这位江左风流宰相，在四十岁之前基本上都甘愿做一个无所事事的隐士，多次拒绝朝廷征召入仕，直到谢氏家族被排挤出核心政治圈且尽数逝去，他才出山，前往京都建康做官，目的当然是重新振兴谢氏家族。后来，治理朝政，平定战乱，能文能武的谢安皆是无可挑剔，他不仅成就"东山再起"这个美谈千年的成语，而且成为后世读书人立志效仿的榜样。李白的人生理想，正是治国平天下，其《代寿山答孟少府移文书》"奋其智能，愿为辅弼，使寰区大定，海县清一"背后之意，无疑是当宰相。不论是早年立志还是多次归隐，李白都在效仿谢安，并视其为人生偶像。致敬并垂怜李白，杜甫一生给他写过十多首诗。致敬并追逐谢安，李白更是不遗余力地写出十多首诗，而且跟杜甫一样，走到哪里也要惦记，如《忆东山二首》"我今携谢妓，长啸绝人群。欲报东山客，开关扫白云"，又如《游谢氏山亭》"谢公池塘上，春草飒已生。花枝拂人来，山鸟向我鸣"，再如《登金陵冶城西北谢安墩》"冶城访古迹，犹有谢安墩……我来酌清波，于此树名园。功成拂衣去，归入武陵源"。可以说，谢安在哪里隐居到哪里做官，李白的行迹几乎必须与他的足迹重叠，就连墓地也不放过，如《东山吟》："携妓东土山，怅然悲谢安。我妓今朝如花月，他妓古坟荒草寒。白鸡梦后三百岁，洒洒浇君同所欢。酣来自作青海舞，秋风吹落紫绮冠。彼亦一时，此亦一时，浩浩洪流之咏何必奇？"对于前朝宰相，杜甫虽在心中对诸葛亮更为崇拜，却也有不少诗歌提到谢安，如《戏作寄上汉中王二首》"谢安舟楫风还起，梁苑池台雪欲飞。杳杳东山携汉妓，泠泠修竹待王归"，又如《宴王使君宅题二首》"汉主追韩信，苍生起谢安。吾徒自漂泊，世事各艰难"，再如《别房太尉墓》"对棋陪谢傅，把剑觅徐君。唯见林花落，莺啼送客闻"。七三五年五月至六月之间的剡溪行，多次写诗引用谢安隐居之地"东山"意象的杜甫，乘船从曹娥江去剡溪的路上，一定不会忘记登临东山。正如在草堂隐居期间拒绝出山做官的杜甫，写给严武的诗《奉酬严公寄题野亭之作》，他也提到谢安隐居拒官的典故"谢安不倦登临费，阮籍焉知礼法疏"。不过，就在东山，还是二十出头的杜甫，因被江左宰相谢安的事迹打动，悄悄滋生了一个宰相梦，直到三十多岁去长安求官时，才向外人吐露，即《奉赠韦左丞丈二十二韵》所说的"致君尧舜上，再使风俗淳"。

在嵊浦，造访谢灵运遗迹，李白是激情万丈，杜甫则是异常感叹。谢灵运跟谢安的血脉紧密相连，其祖父谢玄正是谢安的侄子，算起来谢安就是谢灵运的从曾祖。作为中国山水诗的鼻祖，谢灵运对盛唐诗人影响深远，李白、杜甫、王维、孟浩然不仅都曾到访过他的归隐地，而且皆在他的山水诗里取法传承。绍兴下辖嵊州市的三界镇，因地处绍兴、上虞、嵊州三县市交界而得名。相传三界镇嵊浦村，就曾有谢灵运的故居"始宁墅"，而嵊浦、车骑山一带则是谢灵运的谢氏家族在东晋时期的封地。据谢灵运《山居赋》记载：（故居）在距嵊浦十里处的谢岩，有弹石处。谢灵运的另一首诗《过始宁墅》，则明言其故宅名为"始宁墅"，留有描写相关环境的诗句"白云抱幽石，绿篠媚清涟"。不过，始宁墅到底该归属于嵊州还是上虞，目前没有定论，可能就跟三界镇在不同朝代划归不同县有关。倒是因嶀山而得名的嶀浦，更多当地人倾向于是谢灵运的隐居地，还称他曾游息、垂钓于嶀浦潭，因此在潭边塑有高大的谢灵运像。如今，在临水的嶀山峭壁处，刻有"嶀浦潭"题字，后人还在附近筑有一个亭子，指认此地尚有谢康乐钓台、石床等古迹。这是源于《剡录》有载："北有石床，谢灵运所垂钓也。下为剡溪口，水深而清，曰嶀浦。"李白来时，赞不绝口，在其名作《梦游天姥吟留别》留下诸多关于剡溪的诗句，"湖月照我影，送我至剡溪。谢公宿处今尚在，渌水荡漾清猿啼"，而他梦游绍兴新昌天姥山的情景，更是脚踏谢灵运发明的登山鞋，"脚著谢公屐，身登青云梯"。在第一次前往剡溪之前，李白就很向往这里，他在《秋下荆门》诗中说"此行不为鲈鱼鲙，自爱名山入剡中"。可能李白还不止一次到达剡溪，如《东鲁门泛舟二首》"若教月下乘舟去，何啻风流到剡溪"、《赠王判官，时余归隐，居庐山屏风叠》"会稽风月好，却绕剡溪回"、《淮海对雪赠傅霭》"兴从剡溪起，思绕梁园发"、《经乱后将避地剡中，留赠崔宣城》"忽思剡溪去，水石远清妙"、《秋山寄卫尉张卿及王征君》"虽然剡溪兴，不异山阴时"、《叙旧赠江阳宰陆调》"多沽新丰醁，满载剡溪船"，可见其对剡溪的秀丽山水一直念念不忘。也许青年时期的杜甫也写过很多与剡溪有关的诗句，但是他四十岁之前的千余首诗留存太少，唯有《壮游》留句"剡溪蕴秀异，欲罢不能忘"，即便如此，这也足以佐证他对剡溪人文风光的格外赞赏和流连忘返与欲罢不能。事实上，在长安求官期间，杜甫所写《送裴二虬尉永嘉》一诗，也以"隐吏逢梅福，游山忆谢公"提到当年在浙江追寻谢灵运足迹一事，还以"扁舟吾已具，把钓待秋风"表露心迹：随时备好船只，只待重游越地。

在金庭，尤其是在王羲之故居，后人难以看到李白和杜甫的足迹。不过，在唐代辖地广阔的会稽，正是杜甫五姑父、常熟主簿贺㧑的家乡，说不定杜甫当年从去常熟探亲起，贺㧑就充当导游，一路相伴，全程陪游，游历之地就包括金庭。因为九岁开始写字的杜甫特别喜欢王羲之的书法，他一定不会忽略《兰亭序》诞生的书法圣地"兰亭"，王羲之和王献之的练笔之所"鹅池"，以及绍兴市下辖嵊州市金庭镇羲之村所在的王羲之故居和王羲之墓地（晋王右军墓）。"此地有崇山峻岭，茂林修竹，又有清流激湍，映带左右，引以为流觞曲水。"今人大多熟知，王羲之于永和九年暮春之初邀约众东晋名士，在兰亭举行雅集，创作绝世书法名作《兰亭序》的故事。然而，可能很多人并不了解王羲之的晚年归隐地：金庭。就在永和十一年（三五五年），王羲之因与骠骑将军王述不和，于是称病弃官，迁居金庭，即今绍兴市下辖嵊州市的金庭镇羲之村，直至去世也安葬于此。这一处王羲之故居，据说王氏后人曾舍宅为观，被唐高宗李治赐名金庭观，观内原奉有王羲之塑像，建有右军书楼、玩鹅庭、右军祠。如今的金庭观，则是王氏后嗣在清代所建的家庙，王羲之故居、王羲之墓地就在附近。与羲之村相邻的华堂村，相传是王羲之后裔的另一个聚集地，此村也建有一个华堂王氏宗祠。尽管《壮游》一诗没有提及金庭，但是酷爱书法又极其崇尚王羲之行书的杜甫，来到剡溪游历，沿着在嵊州万年亭注入剡溪的黄泽江，造访一下在唐代还很壮观的金庭观，拜祭一下王羲之墓，研修一下王羲之留在当地的墨迹，我以为这种可能性还是很大的。杜甫一生言及书法，他写诗用典几乎都会引用王羲之行书，如在汉州写《得房公池鹅》，他说"房相西亭鹅一群，眠沙泛浦白于云。凤凰池上应回首，为报笼随王右军"，就是在说自己写字力求追随王羲之。如在成都写《丹青引赠曹将军霸》，他评价曹霸绘画落款及其写字追求"学书初学卫夫人，但恨无过王右军。丹青不知老将至，富贵于我如浮云"，其实也可看作杜甫的写字追求。去剡溪，杜甫一定绕不开金庭这个王羲之的归隐地。

有意思的是，谢灵运的母亲正是王羲之的外孙女，那么王羲之便是他的曾外祖父，谢安又是他的从曾祖父。如此回溯杜甫追逐王谢风流的剡溪游，他的足迹似乎也显得更加清晰起来：先是谢安归隐的东山，接着是谢灵运归隐的嵊浦，然后是王羲之归隐的金庭。至于李白是否到过金庭，这说不准，他写的《王右军》倒是提到了王羲之书法之精妙，如"右军本清真，潇洒出风尘。山阴遇羽客，爱此好鹅宾。扫素写道经，笔精妙入神。书罢笼鹅去，何曾别主人"。

行文至此，杜甫历时四年的吴越行，就将画上句号了。当然，杜甫在越地的足迹应当远远不止上述所言，至少从其长诗《壮游》可知，游历剡溪之后，他还去过绍兴市新昌县儒岙镇的天姥山，只因家人催促尽快赶回东京洛阳参加科举考试，天姥山便成了杜甫吴越行的最后一站。天姥山，风景如画，当杜甫后来在京兆府奉先县得赏新画时，他的《奉先刘少府新画山水障歌》"悄然坐我天姥下，耳边已似闻清猿"，还很向往再次登临此山。至于《壮游》所写的"归帆拂天姥，中岁贡旧乡"，正是说杜甫的吴越行脚步停摆于天姥山，其返回洛阳的起点也是天姥山，"归帆"二字阐明自己选择走水路北返，而叫停此行的原因就是七三五年这年要赶回故乡，争取进士科考的资格。

从此，吴越、江南，成为杜甫后半生回忆中的关键词。风光旖旎、美不胜收的吴越山水，无疑给杜甫后来的诗歌种下清丽的种子。在杜甫客居成都时期，有"随风潜入夜，润物细无声""窗含西岭千秋雪，门泊东吴万里船""锦江春色来天地，玉垒浮云变古今"等诸多清词丽句喷涌而出，大抵就跟其青年时期这段吴越行有关，运河、长江、太湖、钱塘江、镜湖、剡溪等吴越之水犹如他的清词丽句之源，只要提笔写诗，皆有清新词句从笔管涓涓淌出。事实上，在《戏为六绝句》里论及写诗经验，杜甫就以"不薄今人爱古人，清词丽句必为邻"拒绝齐梁以来的浮艳文风，要求自己转变为清丽诗风。这次吴越行，杜甫除了在绘画、书法、诗词等方面有了新的美学养成与诗技提升，可能最大收获便是深入吴地巷陌之间、出没越地山水之间感知的百姓生活，让他对全盛时期的大唐经济有了初步的掌握，从而启发他后来写诗更重视安史之乱带来的民生疾苦。"性豪业嗜酒，嫉恶怀刚肠""朱门酒肉臭，路有冻死骨"，在诗中拯救自己，见众生写苍生试图拯救黎民百姓，杜甫回归百姓这一布衣身份时，他和他语不惊人死不休的诗句，相比更多歌功颂德的盛唐诗歌，则又是无法超越的存在。

"气劘屈贾垒，目短曹刘墙。"杜甫在吴越行之后的感慨，意思是，我的心志和才学不输于屈原与贾谊，世人仰视的曹植与刘桢也并非高不可攀。现在回味这两句诗，不得不赞叹，贵为诗圣的杜甫即便狂傲也有他可以狂傲的资本。可是在那时，尤其是在吴越游兴正浓之际忽然被一场即将到来的科考中断，杜甫仍有这份狂傲之心，就不得不说他在青年时期还是大意了一些。至少，年少意气过重，他应该没有充分准备这次科考，否则他不会落第，也不会接着在《壮游》这首自传长诗里写下"忤下考功第，独辞京尹堂"之类的文字。

不过，经过江南山水滋养的杜甫，在返回洛阳不久就诞生了现存杜诗中的第一首杜氏风格山水诗《夜宴左氏庄》。

> 林风纤月落，衣露净琴张。
>
> 暗水流花径，春星带草堂。
>
> 检书烧烛短，看剑引杯长。
>
> 诗罢闻吴咏，扁舟意不忘。

是的，只要听到有人用江南的吴音吟诗，杜甫就会回想当年游历吴越的泛舟快意。至于这首怀念江南的《夜宴左氏庄》，是《杜甫年谱》所示的七四一年，还是洪业猜测的七三五年，已不重要了。因为《夜宴左氏庄》呈现的杜甫形象，不是晚年漂泊各地的羁旅哀伤，而是青年看剑引杯的游侠豪情。至少，江南给予了杜甫无忧无虑的快意时光，催生了子美壮志豪情类山水诗的新篇章。

江南，杜甫念念不忘的江南，无疑是他最珍爱的青春时光。

就在终结江南之行的七三五年夏天，杜甫从天姥山匆匆返乡，开始追求仕进之路，其《壮游》一诗形容为"归帆拂天姥，中岁贡旧乡"。纵横江南的游侠杜甫，从此试着践行他的宰相梦，直至梦灭。

第八章　齐鲁望

269
－306

三十七、进士落第

"放荡齐赵间，裘马颇清狂。"公元七三六年春天，二十四岁的杜甫在科考落第之后，他又开始了一次长达五年左右的漫游。

从吴越游到齐赵游，杜甫足足放纵了八九年，每每读到他在长诗《壮游》里书写的"快意八九年，西归到咸阳"这两句诗，我都忍不住想注解杜甫西游郇瑕之后的人生，那真是：第一次落第岂能谈忧愁，原谅我放荡不羁爱自由。如果横跨七三五年和七三六年这次科举是杜甫第一次进京赶考，那么考场在哪里？ 十四五岁就已名扬东京洛阳的他，这次为何落选？ 同科考中进士的盛唐诗人又有谁？ 他这一时期又交往了哪些执念一生的挚友？

按照惯例，以往进士考试一般多在西京长安设置考场。偏偏在七三六年这次科举，考场改在东京洛阳。这不是唐玄宗一时兴起，而是缘于七三三年的一次次滂天大雨，让关中平原的五谷杂粮遭到大面积损伤，长安又一次闹饥荒，由于粮食紧缺，到了第二年正月，他不得不行幸备有粮仓的洛阳。唐玄宗这次迁居洛阳，一直持续到七三六年十月才起驾返回长安。从七三三年十月到七三六年十月，这三年，大唐王朝彻底解决了关中遇到雨灾长安便会缺粮的老大难问题。七三三年十月，唐玄宗重用了献策救灾的京兆尹裴耀卿，任命其为黄门侍郎、同中书门下平章事，充任江淮河南转运使，负责征集天下租粮，疏通直抵长安的江淮漕运，沿着黄河向西建置多处粮仓。与杜甫二姑父裴荣期同属河东裴氏家族的裴耀卿，无疑是个能人，他历时三年，在河口（古汴河入黄河处）、三门（今河南三门峡）建成河阴仓、集津仓等多个大粮仓，积存粮米七百万石，确保江淮大米通过建在黄河、渭河边的粮仓可以持续不断地转运到长安。唐玄宗后来可以高枕无忧安居长安，裴耀卿当属首功大臣。事实上，从七三六年十月西归长安之后，解决了长安常因雨灾、蝗灾而缺粮的问题，唐玄宗就很少行幸洛阳了。他的后期政治生活基本集中在西京，指点江山，激扬文字，注意到这一时局变化的李白和杜甫皆是在天宝年间相继前往长安谋求前程。

在唐代的科考，考生一般有两个来源，一个是生徒，即在京师或州县学馆求学的考生，在学馆考试合格者，直接由学馆送入尚书省应试；另一个是乡贡，往往是不在学馆上学的私学学生，要先经州县考试，合格者为举人，再由州县推荐举送到尚书省应试。其中，在京都朝廷设置的学馆，国子监、弘文馆（也称修文馆）、崇文馆最为有名。据《新唐书·选举志上》记载："唐制，取士之科，多因隋旧，然其大要有三：由学馆者曰生徒，由州县者曰乡贡，皆升于有司而进退之 …… 其天子自诏者曰制举。"杜甫晚年在《壮游》一诗追忆七三五年这次投考，称之为"中岁贡旧乡"，也就是通过"乡贡"这个复杂渠道获得七三六年的制科考试资格。如此看来，杜甫从小可能并未在东京洛阳的学馆求学读书，他的诗赋才学多靠亲人私授。说来，这算是一桩悬案，因为祖父杜审言死后已经被追封为五品官员，五品官员的子嗣正好就有资格到京师或州县学馆求学，杜甫却并没有相关求学痕迹。当然，也有一种可能，杜甫享受过官宦子弟在学馆读书的待遇，却因在学馆考试不合格，不得不走乡贡之路。

怎么走？得层层选拔。在杜甫故乡的巩县、河南府（**开元元年改洛州为河南府**）的几个选举环节，他都得过关，才能获取乡贡资格，然后到长安或洛阳所设的尚书省参加科考。不仅如此，获得七三五年的乡贡资格后，杜甫还得和其他乡贡考生一样，按照当时的一种潜规则，于当年冬天带上价值不菲的贡品同时启程，赶在七三六年元旦新春前把贡品及时献上，以求博得皇帝欢心，留个好印象。唐末进士王定保所撰《唐摭言》一书专门描述过这类贡品制度，称："自武德辛巳岁四月一日，敕诸州学士及早有明经及秀才、俊士、进士明於理体、为乡里所称者，委本县考试，州长重覆，取其合格，每年十月随物入贡。斯我唐贡士之始也。"好在这些陈年旧制为难不了逐渐中兴的杜氏家族。这年，唐玄宗李隆基钦定的进士科考是在洛阳，杜甫的贡品自然不会让他操心，父亲、二姑母和二姑父都有能力就近操办，他也不用舟车劳顿远至长安赶考。因为早在前几年杜甫去吴越游历期间，父亲杜闲已大约于七三二年擢升为长安京兆府奉天县令。说不定杜甫这年作为乡贡考生贡献的贡品，正是其父杜闲在奉天提前准备的，不用他再担心唐玄宗究竟喜好什么奇珍异宝。乡贡，又称乡赋、乡举。称乡赋，杜甫在长安求官时期另有一首《奉赠鲜于京兆二十韵》便说"学诗犹孺子，乡赋忝嘉宾"。这样看来，有了父亲杜闲在京畿之地任官的政治背景，加上自己卓尔不凡的文学才华，杜甫在七三五年赢得乡贡资格自是顺畅。这年冬天，年仅十六岁的杨玉环也是全身上下散发着光芒，她于十二月二十四日被册封为寿王妃，对，此时的身份是唐玄宗的儿媳。俗话说，男怕入错行，女怕嫁错郎。杜甫、李白，这些天才似乎都不适合科考这条路。杨玉环这个科考的看客，只需嫁人嫁好了，就可一步登天，她从这天开始改变了唐代老百姓的生育观：

生子不如生女，生才子不如生美女。

七三五年岁末，是杜甫父亲杜闲的人生转折点。可能就在杜甫回到洛阳取得这年乡贡考生资格前后，其父杜闲已经接到唐玄宗诏令，远赴兖州出任司马。从地处长安的关内道京兆府奉天县令，擢升为河南道兖州司马，杜闲的仕途又进一步。从京兆杜氏到襄阳杜氏再到巩县杜氏，一直有着"奉儒守官"传统的杜氏家族，终于有人远赴儒家创始人孔子的故里任官，杜氏家谱无疑在这年被儒家思想擦亮了底色。或许从王羲之归隐的金庭，或者从天姥山赶回洛阳获得乡贡考生资格前后，杜甫专程去过一次长安，拜见即将赴任兖州司马的父亲杜闲，既是恭喜父亲，也去聆听教诲。杜闲此喜，似乎已将杜氏家族的勃兴家运享尽，杜甫虽在这年获得考生资格，但其参加第二年新春的进士科考却以落第收场。

转眼到了七三六年新春，在东京洛阳的崇业坊福唐观，来自全国各地的学子摩拳擦掌，云集于此，焚香祈福，跃跃欲试。没错，这年科考地点，就在这个叫福唐观的道观。追踪溯源，则跟唐玄宗李隆基有关。李隆基一直崇尚道教，他登基后不久，便敕令全国王公百官和学子学习道家始祖老子的《道德经》，先后给老子加封玄元皇帝、圣祖大道玄元皇帝、大圣祖高上金阙玄元天皇大帝等多个封号，这种追捧类似造神运动，以求以道护国，以孝服人。七三五年三月，唐玄宗又把他呕心沥血注疏的一部大作《注〈老子〉》(今称《唐玄宗御注道德真经》)，颁示公卿士庶及道释二门，犹如当今的教科书一样广泛传播，这年他还准许日本使者请《老子经》及天尊像归国，恨不得把大唐道学传遍世界各地。就在七三六年，唐玄宗给他器重的方士邓思瓘赐名为紫阳，东京福唐观于是成为此人入住的道观。当时的文豪李邕撰有《唐东京福唐观邓天师碣》一文，记述过此人修道事迹，尊称其为邓天师。可能杜甫这次科考，除了主考诗赋文章，还增试了道家经学，否则考试地点不会改在福唐观。

不仅是考试地点换成道观，这年试贡举人的考官品阶也大大提升了。按旧制，本该由吏部的考功员外郎掌试贡举人。然而，时任考功员外郎李昂拒绝考生走后门，偏偏是其岳父大人的邻居李权拿着推荐信来走后门，两人因此发生了言语冲突，最后闹到朝堂之上，不少大臣当时奏议，认为仅是从六品上的考功员外郎位卑，出任考官不能服众，于是唐玄宗这年就敕令官阶正四品下的礼部侍郎试贡举人。考官，从吏部换成礼部官员，级别如同由教育厅副厅长调整为教育部副部长，唐代礼部选进士自此开始，《旧唐书》记载为"（开元二十四年）三月乙未，始移考功贡举遣礼部侍郎掌之"。《旧唐书》记述此事时还明确，这年科考的主考官是礼部侍郎姚奕，唐玄宗敕令他请进士帖《左传》《礼记》等，通五及第。这场科考随着一系列变动，似乎让进士考试变得难上加难。当时，有两三千名考生角逐二十七名进士，相当于在全国各州县的尖子生中再进行掐尖，自负有屈原、贾谊、扬雄、曹植之才，又有远祖杜预注疏《左传》家学功底的杜甫竟然落第了。这次落第，让杜甫一生也就有个乡贡举人的士子身份。不过，杜甫似乎并未把这次进士落选当回事，他说"忤下考功第，独辞京尹堂"。看上去，独辞二字显得有些寂寞与凄凉。实际上，杜甫是在说，我由着性子参加这次科考，名落孙山又算什么，独自辞别京都而已，因为吴越游还未尽兴，齐赵行迫在眉睫。也就是说，对于这次科考，他本来就不在意，那个"忤"字就有违逆之心和抵触之意。

"子美兄，别丧气，你的才学广为人知，来年再考必定高中！"

当七三六年的进士科考成绩在洛阳一发榜，杜甫找了很久也未找到自己的名字，自然会有些失落，不过其内心深处仍然有一抹暖色在急速升腾，从抬头到低头再转身笑脸相迎，他对宽慰自己的身旁这人行了一个唐代拱手礼。"季友兄，初试第三，复试第一，恭喜你最终高中状元！"榜单上，排在最前面的这人，站在杜甫身旁的这人，被杜甫唤为季友兄的这人，叫王季友，本名王徽，时人都爱以字相称以示亲热。王季友，来自江西豫章（今江西南昌）东湖之滨，是杜甫在洛阳投考进士科期间认识的新朋友。此人生于公元七一四年三月，比杜甫还要小两岁。按照杜甫的交友风格，本来应是"脱略小时辈，结交皆老苍"之类的老学者方能进入他的法眼，王季友例外，在于此人和他家境相似、气味相投、才学相近。

杜甫出生时，祖父杜审言已过世四年，父亲杜闲依旧赋闲在家，正值家道中落的艰难时期。出生不久，母亲崔氏又过早离世，杜甫在童年时期几乎都寄居在洛阳仁风里的二姑母家，实为单亲家庭的孩子。王季友的家境也很惨淡，其父王景肃可能是在丹阳太守任上犯了事，在他年轻时不仅与其兄迁居豫章的丰城云岭读书，而且因为家里贫穷不得不靠卖草鞋为生，这一期间出身于河东富家的妻子柳氏为此嫌弃他一事无成，丢下一封休书便离家出走。不知道早婚又遭遇妻子抛弃的王季友这段苦难经历，是否影响了杜甫后来选择晚婚，反正杜甫在没有遇到爱情之前，都是独自前行。对于这位于青年时期在东都洛阳结识的好友，杜甫留下了一首长诗《可叹》：

> 天上浮云如白衣，斯须变幻如苍狗。
>
> 古往今来共一时，人生万事无不有。

近者抉眼去其夫，河东女儿身姓柳。

丈夫正色动引经，丰城客子王季友。

群书万卷常暗诵，孝经一通看在手。

贫穷老瘦家卖屐，好事就之为携酒。

此诗很长，仅节选前十二句便可将王季友的前半生一览无遗。在古代，世人眼中的读书人向来是"万般皆下品，唯有读书高"，可在杜甫这首为其友鸣不平的《可叹》诗里，王季友的窘境与不易，果真让人哀叹不已。贫寒，如苍狗；读书，诵万卷；生存，靠卖鞋；好事，为携酒。这样的王季友出现在杜甫的生命里，可谓同病相怜的知音。因为单就饮酒吟诗、性豪嫉恶这些事，既主张"性豪业嗜酒，嫉恶怀刚肠"，也坚持"饮酣视八极，俗物都茫茫"的杜甫，无疑跟王季友是很聊得来的挚友。性情相投的二人在洛阳一相逢，正是千杯难醉的知己。白云苍狗，这个传至后世的成语，原来竟是来自杜甫写给王季友的一首诗。不管王季友怎么看待这份友情，至少杜甫会牢记一生。事实上，就在李林甫担任宰相期间，与杜甫性格同样刚直的王季友，在雁塔题名之后，因不愿意与这位奸相同流合污，毅然弃官而去，选择归隐山林，不问腌臜政事。当李林甫化为历史尘埃，太子李亨成了唐肃宗，时任左拾遗的杜甫眼见朝堂之上风清气正，他又想起了命运坎坷、性格刚直、饮酒豪迈的旧友王季友。于是，杜甫联合好友、左补阙岑参，与礼部尚书崔颢等人向唐肃宗大力推荐，请奏朝廷下诏起用远在丰城隐居的王季友。这种成人之美的美事，杜甫一生没少干，他总是希望朋友走出泥潭，过上可以施展人生抱负的好日子。通过杜甫这位贵人的鼎力推荐，王季友因其为官清正廉明很快成为朝廷重臣，一度官至御史中丞。相传再度回到西京长安任职之后，王季友与杜甫、岑参、钱起、郎士元等盛唐诗人皆有唱和之诗，可惜，除了杜甫《可叹》、岑参《送王七录事赴虢州》、钱起《送王季友赴洪州幕下》、郎士元《酬王季友秋夜宿露台寺见寄》《酬王季友题半日村别业兼呈李明府》，与之对应的那些唱和诗都未传下来。

三十八、仰望泰山

　　都说李白一生都在路上云游，纵情于山水之间，酣醉于诗文深处。青年时期的杜甫，又何尝不是这样，痴迷于游学，仗剑于远方，沉醉于诗赋？

　　就在洛阳落第不久，一身锦衣、背负宝剑、腰藏弓箭的杜甫，再次与形同父母的二姑母、二姑父行了告别礼，便跨上马鞍，沿着黄河边，紧勒着缰绳，朝着齐鲁大地打马而去。

　　这一次远游，杜甫的目的地是父亲杜闲就任兖州司马所在的兖州。杜闲的升迁背后，首先是其俸禄的新增，也让杜甫的行囊变得更加夯实。不过，杜甫并未因此心急火燎地直奔兖州而去，而是先去燕赵之地游历，再往齐鲁之地省亲。这段意气风发且放荡不羁的远游经历，在杜甫晚年的长诗《壮游》里历历在目……

　　　　放荡齐赵间，裘马颇清狂。
　　　　春歌丛台上，冬猎青丘旁。

呼鹰皂枥林，逐兽云雪冈。

射飞曾纵鞚，引臂落鹙鶬。

苏侯据鞍喜，忽如携葛强。

快意八九年，西归到咸阳。

　　丛台，始建于赵武灵王赵雍时期，是检阅军队和观赏歌舞之地，因此又称武灵丛台，旧址在今天的河北邯郸。据东汉张衡《东京赋》记载："是时也，七雄并争，竞相高以奢丽，楚筑章华于前，赵建丛台于后，秦政利觜长距，终得擅场，思专其侈，以莫己若也。"在战国前期，那些身穿轻巧窄衣作战勇猛快捷的北方少数民族时称"胡人"，时时威胁着在夹缝中生存的赵国，尚在少年时期的赵雍就想学习胡人战术提升赵国国力。等到赵雍以赵武灵王即位后，他便力推军事改革，实行胡服骑射，也就是要求赵国军士改穿胡服，并在邯郸建筑丛台以供精英操练骑射，最终使得赵国脱胎换骨，蜕变为可以抗衡秦国、齐国、楚国等大国的战国七雄之一。

　　大约是七三六年暮春，纵马来到邯郸古城的武灵丛台，生在盛唐这个极为尚武环境的杜甫，在路人看来，晃眼也是英气逼人的少年英雄。没有铠甲，就用当时最流行的披肩式鹤氅代替，以动物毛皮所制的裘衣抵御北方春暖乍寒的寒流。没有头盔，就把长弓伸过头顶，再一一把腰间箭羽劲射出去，射鹰，逐兽。若用苏轼的《江城子·密州出猎》诗词形容这一期间迅猛狩猎的杜甫，恰似："左牵黄，右擎苍，锦帽貂裘，千骑卷平冈。"这时的杜甫，俨然就是一位威风凛凛的武将，或者行侠仗义的游侠。也许从武灵丛台开始，杜甫也做过从军杀敌的美梦，幻想着担任过灭吴之战统帅的远祖杜预能赐予他一些神力。其时，唐人尚武，尤好狩猎，上至达官，下至平民，无不以此为荣。杜甫，当然在身手不凡、出手阔绰的青年时期，喜好骑射，爱做游侠，甚或就在这个旌旗猎猎的丛台，亲手造了一个从军戍边报国的英雄梦。就连佛系的王维，其实也有游侠之风，类似的英雄之梦，其早期诗作《观猎》（一作《猎骑》），便有写意："风劲角弓鸣，将军猎渭城。草枯鹰眼疾，雪尽马蹄轻。忽过新丰市，还归细柳营。回看射雕处，千里暮云平。"

这样的游侠杜甫形象，是后人难以想象的诗圣杜甫。因为他刚刚经历一次葬送前途的科考落第。然而重新开启远游模式，杜甫犹如从禁锢考场放归山林的野马，也似重返天空的雄鹰，反正是哪里舒服就在哪里放纵自己。只可惜，从军戍边曲线入仕报国这种事，杜甫终究是放弃了，反倒是其好友高适、岑参如此践行，成了盛唐名动一时的边塞诗人。

行至寒冬，杜甫的行迹早已从赵国故地邯郸丛台，跨过黄河，来到青丘。青丘，在《山海经》中是一个神奇古国，此地有异兽，为四足九尾狐。到了唐代，青丘又在何处？ 仇兆鳌注引《太平寰宇记》称，青丘在青州千乘县。此说《元和郡县志》也有，"齐景公有马千驷，田于青丘"，故将青丘改名为千乘。千乘，在今何处？ 所有指向皆是山东，且有高青、广饶、菏泽等多种说法。不过，对比杜甫后来从泰山至兖州的足迹，若是从菏泽出发就太绕路了，他的行踪应当是，先至邯郸，再到高青（青丘），继而才从泰安的泰山游走到父亲杜闲就职的兖州。其实，杜甫晚年在夔州所写的《虎牙行》"渔阳突骑猎青丘，犬戎锁甲围丹极"，再次提及的"青丘"，是说引发安史之乱的安禄山的胡骑突袭过青丘。安禄山在范阳起兵，用的是渔阳郡的精锐骑兵

（杜甫《渔阳》"渔阳突骑犹精锐"）开道，先是河北沦陷，接着是山东，然后才是洛阳、长安两京，其反唐掠城路线涉及的青丘，当是更靠近河北境域的山东高青县。

杜甫为何要来青丘？狩猎。他倒不是来猎传说中的九尾狐，而应是兔、鹿、麋。司马相如《子虚赋》曾记载，此地"列卒满泽，罘罔弥山，掩兔辚鹿，射麋脚麟"。自古以来，青丘就是帝王们乐于前往的游猎之地。司马相如的辞赋对于杜甫的影响，非常巨大。事实上，杜甫一直认为自己的辞赋才华不输于扬雄、司马相如，其《酬高使君相赠》一诗就说："草玄吾岂敢，赋或似相如。"另一首《又作此奉卫王》还有"白头授简焉能赋？愧似相如为大夫"之语。

在来青丘之前，杜甫交往的诗友，都难以在其后来求官、落难、漂泊的艰难日子里给予实质上的帮助。进入齐鲁大地，杜甫结识了一位能文能武的挚友，叫苏预，后来因避讳唐代宗李豫之豫，改名苏源明。这个苏源明，和杜甫在长安求官时期认识的郑虔一样，皆是他的生死之交，一生最亲密的挚友，他在杜甫后来缺钱吃饭喝酒时常常是那个眼睛都不眨一下就豪爽救济的买单人。苏源明，原名预，字弱夫，京兆长安武功县人，大约生于六九七年，比杜甫大十五岁。此人命苦，从小失去父母，靠吃百家饭长大，可他少而好学，贫能苦志，整个少年时期皆在泰山苦读，流寓于兖州、徐州之间。此人也命好，在杜甫十七岁那年，也就是开元十五年，凭借时任兖州刺史柳绛、兖州莱芜县令柳国表荐，上书自举，登高才沉沦、草泽自举科，很顺畅地走入仕途。此人似乎很喜欢在考场较劲，以证明自己博学，其在开元二十一年（七三三年）考进士科，又及第，更试集贤院，多次书写考场不败神话。苏预最初的官职不详，与他同年进士及第的元德秀（元结宗兄），在进士及第不久就出任鲁山县令。大约从七三五年起，苏预开始出任正六品下的监门胄曹参军，属于左右监门卫的武官。在唐玄宗开元、天宝两个时期，苏预官运不错，正五品上的河南县令、正四品下的太子谕德、从四品下的国子司业，包括一方诸侯式的东平郡太守都干过。到了唐肃宗朝堂，历经安史之乱称病不受安禄山伪官的苏预，先后担任过考功郎中、中书舍人，充翰林学士。直到七六二年唐代宗李豫即位，苏预为避讳皇帝之豫才改名苏源明，并于七六四年饿死于秘书少监任上。对于这位年少沦为孤儿，又靠个人才能崛起于盛唐政坛的挚友，童年丧母也在少年时期发奋读书的杜甫很是仰慕。杜甫在苏预逝世后所写的《哭台州郑司户苏少监》一诗，其中"童稚思诸子，交朋列友于"两句，就是说早在童年时期，苏预便是他极想结交的异姓兄弟。苏预死前最后一任官职，是秘书少监，杜甫此诗故称苏少监。在杜甫眼中，早年的苏预就是"词伯"，其《壮游》一诗便说"许与必词伯"，这也是他去长安求官时期与苏预打成一片的吟诗饮酒生活写照。

在七三六年冬天，杜甫骑马跨入青丘期间，他二十四岁，正在齐地外放任官的苏源明这时还叫苏预，已是三十九岁的中年大叔了。交朋友有时候跟谈恋爱一样，年龄不是问题，气息进入不同的鼻孔感觉不顺畅不投味，才是问题。他俩一相见，竟非常合拍，真是惺惺相惜，一见如故，暖如故人。"呼鹰皂枥林，逐兽云雪冈。射飞曾纵鞚，引臂落鹙鸧。"杜甫在《壮游》里形容二人一起狩猎嬉游的画面是，两骑快马穿过皂枥林，连停在树上的老鹰也被惊飞，追着一群野兽翻过白雪皑皑的山冈，只要引臂张弓，就有难得一见的鹙鸧中箭落地。这样的生平快意，当然是骑射功夫更甚一筹的杜甫带着年长的苏预，如同后浪推着前浪前行。"苏侯据鞍喜,忽如携葛强",杜甫这两句诗就是说,苏预每次一跨上马鞍都很欢喜,带着他去狩猎,便如同携带晋代征南将军山简的随从部将葛强同游。在兖州、徐州两地游居多年,苏预早已不是当年的武功县可怜人或者愣头青,堪称有头有脸的地头蛇,其实应是苏预带着杜甫游猎更为恰当。在晋代,葛强常以随从身份陪同将军山简游猎、游宴,后来成为同游士子或者同行游侠以表内心欢畅的典故。山简与葛强的典故,其他盛唐诗人也爱引用,比如李白《留别广陵诸公》"临醉谢葛强,山公欲倒鞭",又如孟浩然《九日怀襄阳》"宜城多美酒,归与葛强游"。最爱引此典故的人,可能就是杜甫了,他的《清明》一诗曾言"马援征行在眼前,葛强亲近同心事",另一首《送田四弟将军将夔州柏中丞命起居江陵节度阳城郡王卫公幕》又称"空醉山翁酒,遥怜似葛强",仿佛一生都在认定自己也形同葛强。

杜甫晚年,由于一身是病,无力再骑马狩猎了,青年时期与苏预纵横齐赵之地的打猎画面,时常会闪回于他的眼前:那年放荡齐赵之地,轻裘肥马自在轻狂,春天还在赵王听歌赏舞操练骑射的丛台高歌,冬天已到齐公狩猎过的青丘打猎。在皂枥林中,惊鹰博鸟;在云雪冈上,纵马逐兽;引弓射飞鸟,弯弓落秃秋。多美好的日子啊!杜甫恨不得时间永远停留在七三六年。从开元二十四年(七三六年)春离开科考失败的东都洛阳,到天宝四载(七四五年)冬奔向长达十年苦求官职的西京长安,这漫长的八九年,杜甫遇到了很多人,经历了很多事,但是深烙脑海的青春记忆,尤其是三十岁之前的放荡不羁记忆,无疑是齐赵游所遇的苏预。当然,杜甫人生中的"齐赵游",包括两次齐鲁游,其中也包括他与李白、高适的梁宋游,他与李白在兖州的二度相逢与终极离别。

　　此时，杜甫眼里只有气概豪迈的苏预。李白、高适、郑虔、岑参、严武等好友的身影，暂时还没有闯进杜甫的视线。一方面，杜甫在频频穿过的丛林中依靠狩猎的快意把这次科考失败的失意彻底释放；另一方面，他在纵情山水的游学途中积累新知，当然也会把他的诗赋才华尽情输出。苏预，极有可能就是杜甫于二十四岁在泰山写出现存最早杜诗《望岳》的见证者。

　　七三六年冬天，从青丘去泰山，杜甫纵横驰骋，他手里摇晃的缰绳就像起伏的毛笔，纵横交错于齐鲁山水之间，驰骋于山东礼仪之邦，作诗犹如绘画。泰山，就快闯入眼帘，杜甫喜出望外。他的身后，不断传出叮嘱苏预快马加鞭的呼喊。古往今来，一代代皇帝乐于去泰山封禅，泰山早已成为学子们心中的圣地。在唐代，泰山的地位更是随着唐玄宗在开元年间的封禅大事无限提高。皇帝们都追着去的这个泰山，究竟是座什么神山？

　　就在十一年前，也是一个冬天。"吾皇就在这座泰山，举行封禅大礼，追封泰山神为天齐王，为天下苍生祈福。"此时的杜甫很兴奋，他就好比当年的金銮随从，一路跟随唐玄宗从东都洛阳出发直至泰山脚下一样。据《资治通鉴》记载，开元十三年（七二五年）十月辛酉，（唐玄宗）车驾发东都，百官、贵戚、四夷酋长从行。每置顿，数十里中人畜被野；有司辇载供具之物，数百里不绝。十一月，丙戌，至泰山下，己丑，上备法驾，至山下，御马登山。留从官于谷口，独与宰相及祠官俱登，仪卫环列于山下百余里。上问礼部侍郎贺知章曰："前代玉牒之文，何故秘之？"对曰："或密求神仙，故不欲人见。"上曰："吾为苍生祈福耳。"乃出玉牒，宣示群臣。庚寅，上祀昊天上帝于山上，群臣祀五帝百神于山下之坛；其余仿乾封故事。辛卯，祭皇地祇于社首。壬辰，上御帐殿，受朝觐，赦天下，封泰山神为天齐王，礼秩加三公一等。这段逸事，早在全国百姓中间口口相传，杜甫和苏预均有耳闻，并不陌生。

相传，唐玄宗这年为了宣扬国力，命人挑选了各种颜色的马各一千匹，组织了浩浩荡荡的队伍来泰山，举行封禅大典。在他封泰山神为天齐王后，还在泰山的大观峰下凿出巨大的摩崖石碑。后人俗称"唐摩崖"。唐摩崖，今在泰山玉皇顶盘路东侧，大观峰削崖为碑，布满了历代题勒，其中最著名的是唐玄宗于开元十三年（七二五年）登封泰山时御制御书的《纪泰山铭》，这篇千字文包括题"纪泰山铭"和"御撰御书"等字。除"御撰御书"四字和末行年、月、日为正书外，其余均用隋唐风行的八分字体（又称隶书）凿就于石崖之上，相关字迹浑厚苍劲，整个形制典雅雄伟。如今传世的碑文，记述了唐玄宗封禅告祭始末，申明封禅的目的是为苍生祈福，铭赞高祖、太宗、高宗等先皇之功绩，表明自己宝行三德（慈、俭、谦）之诺言。其中，最后的"道在观正，名非从欲"两句，实际上仍是彰显他崇尚道教的拳拳之心。在泰山，不难看出唐玄宗开创开元盛世的雄心壮志，跃然于石刻之上。这些传说中的唐玄宗书法，因为长期遭受风雨剥蚀和人为破坏，铭文如今已残二十六字，尚有六字不可辨认，今人在碑下设砖砌栏加以保护，视为国宝，只是遗憾难见完整的书法作品了。

唐玄宗留下的此碑、此志，对于一心怀揣"致君尧舜上，再使风俗淳"这一政治抱负的杜甫而言，有着无以复加的向心力。当他还在泰山脚下遥望巍峨泰山时，一首同样展露自己豪情壮志的五言诗犹如冲天红日喷薄而出，这就是杜甫迄今最早存世也最有名的《望岳》。

岱宗夫如何？ 齐鲁青未了。

造化钟神秀，阴阳割昏晓。

荡胸生曾云，决眦入归鸟。

会当凌绝顶，一览众山小。

服了，服了，服了，如此美妙的诗，必须感叹三遍。苏预望向杜甫的目光，多了一些亲切和由衷的敬重，他在内心预感，身旁这个叫杜甫的小兄弟，未来前程不可估量，至少在诗歌成就方面，可能远超早已成名的王维，甚至不亚于久负盛名的李白。

"子美啊，一路上都在与君唉酒吟诗，今天就冲着'会当凌绝顶，一览众山小'这一绝顶佳句，我们一定要带上酒樽，在泰山绝顶大醉一场！面对泰山，我们这些文人士子其实多么渺小，听君如此歌咏泰山，仿佛我已身处泰山之巅，只见它的巍峨磅礴之气扑面而来……痛快，果真快哉！君这一吟，我再也吟不出更好的泰山诗了。"

"弱夫兄，谬赞也。一时兴起，胡思乱想，这首《望岳》尚需推敲，哪有什么绝顶佳句？小弟真是不敢当啊。"

"怎会不是绝顶佳句？全诗八句，句句皆是。东岳泰山，美景如何？走出齐鲁，郁郁苍苍无边无际的山色依旧历历在目。鬼斧神工，大自然的神奇造化，给予泰山，也给君无穷的想象力，看那山景，一阴一阳，正是鬼斧所为，这个'割'字就是神来之笔。层层白云，涤荡胸中沟壑；翩翩归鸟，尽返山林，挤入眼帘，眼眶几乎快要裂开，这个'荡'字，还有'决'字，又是鬼斧所为也。最后两句，'会当凌绝顶，一览众山小'，把君欲登顶泰山之巅俯瞰群山之小的雄伟抱负袒露无遗，坦坦荡荡，诗中君子，陡峭、遒劲、开阔、辽远，亦如君之书法。不赞？不行！君不敢当？放眼朝野，谁敢当哉？"

从小吟诗写字，杜甫不缺赏识之人。这次游历孔子、玄宗都曾登临的泰山，苏预之言更似定海神针，坚定了杜甫在盛唐诗坛开宗立派的自信，也让他坚定了"致君尧舜上，再使风俗淳"这一为国为民必有作为的政治理想。

三十九、拜见父亲

羸弱，愁苦，郁郁不得志，这些字眼皆不属于这一时期的杜甫。因为父亲杜闲志得意满，正在兖州出任司马。意气风发的杜甫此行的最大目的，就是从洛阳远至兖州拜见父亲，聆听教诲。身旁这个苏预，让杜甫倍感亲近，除了气味相投、武功相当、诗才相近，可能还有在一路上给予他如父般的关爱与激励。这是杜甫青少年时期比较缺乏的情感。或许这年春雪送来的元日，就是苏预从泰山一路把杜甫护送至兖州城门外，从而让他与父亲杜闲，以及杜颖、杜观等同父异母弟妹，过了一个表面上和和美美的新年。

面见这个被二妹养大又在这年科考落第的长子，已经五十四岁的杜闲五味杂陈。读了多年诗书，扬了多年诗名，你怎会过不了进士科考这一关？学了多年骑射，败了多少骁马，你来兖州省亲，为何还像去吴越之地漫游一样慢悠悠不上心？杜闲见到杜甫，很想如此苛责一番。可他放弃了在鸡蛋里挑骨头，既说不出口，也翻不了脸。毕竟自己这些年在外做官给予杜甫的陪伴实在太少，应尽的父爱又随着继室卢氏的入门加上家中不断添丁更是有心无力，除了给钱，除了荐书，除了家书，杜闲在兖州司马府邸面对长子杜甫，只能改以慈父口吻问寒问暖，难用严父之言教授家规。可是，杜甫不会这样去想，因为杜闲既是慈父更是严父。没有父亲在身边的日子，当然可以放荡不羁，没心没肺。有了父亲在眼前的日子，那就必须有礼有节，毕恭毕敬。

兖州在地缘上属于鲁文化区域，鲁文化也可称为儒家文化，其中一个最重要的特点就是特别重视个人的品格修养和道德完善，端信、乐善、尚贤、兼容，正是这种风气和精神的概括。来到兖州这个礼仪之邦，崇信儒家思想的杜甫做好了向父亲虚心求教的准备。甚至在踏入兖州城之前，杜甫已先追踪了孔子的讲学踪迹，备好了儒家思想功课，以便父亲随时查考。因此，在杜甫离开泰山之后，他没有急着走进兖州城，而是选择了游学于另一座山：峄山。他想先在此缅怀两个重要历史人物，一个是孔子，另一个则是秦始皇。然后再进城拜见父亲。

峄山，又名东山，位于山东省济宁市邹城市（唐代又称邹县）的峄山镇峄山村。此山不高，海拔还不到六百米，算不上巍峨高大。此山也高，在于孔子和秦始皇都曾登临，故有中国"儒家文化第一山""天下第一奇山"美誉。先说峄山之奇，在于石头奇、洞穴奇、泉水奇、碑刻奇、神话传说奇，以小巧之体、玲珑之态，集泰山之雄、黄山之奇、华山之险于一身。此山能与五岳相比，石巧是其主要特点。不论是远观还是近临，诸如元宝石、五巧石、骆驼石、鹦鹉石、试剑石、八卦石等野趣十足的怪石，满山遍屿，参差嶙峋，玲珑剔透，可谓千姿百态，令人大感神奇。峄山之奇，还有一奇就是书法碑刻林立，其中最负盛名的当属秦始皇东临此山后留下的《秦峄山碑》。据司马迁《史记·秦始皇本纪》记载，"二十八年，始皇东行郡县，上邹峄山。立石，与鲁诸儒生议，刻石颂秦德，议封禅望祭山川之事"。始皇二十八年，也就是公元前二一九年，秦始皇统一六国之后，有五次东巡，曾首登峄山，有感于峄山独特的奇石地貌，即封峄山为"天下第一奇山"。后来，丞相李斯用小篆为秦始皇此次东巡峄山撰写了秦代刻石最早的一块记功碑《秦峄山碑》，内容为歌颂秦始皇统一天下，以及废分封、立郡县的功绩。此碑，原石传说被北魏太武帝摧毁，现已不存。《秦峄山碑》摹本，在山东峄山的峄阳书院里有存。陕西西安碑林博物馆馆藏的《峄山碑》，则是南唐人徐铉在长安摹刻的石碑。杜甫登临峄山所见的《秦峄山碑》可能也是摹本，其《登兖州城楼》一诗有"孤嶂秦碑在，荒城鲁殿余"记录此碑。杜甫诗里所说的"孤嶂"，正是代指秦代所置的邹县东南方向的峄山，"秦碑"则是李斯所书的《秦峄山碑》摹本。在唐代，邹县属于河南道兖州，其实，从杜甫登临泰山开始，他的双脚就已踏入父亲杜闲任职兖州司马所管辖的地盘范围。

此刻，杜甫眼中的峄山是儒雅而高大的象征。因为儒家创始人孔子曾在峄山讲学，留有"孔子登临处"石刻。孟子曾说"孔子登东山而小鲁，登泰山而小天下，故观于海者难为水，游于圣人之门者难为言"，意思是说，孔子登上了东山，便觉得鲁国变小了，登上了泰山又觉得天下变小了，所以看过大海的人就难以被别的水吸引，在圣人门下学习的人就难以被别的言论吸引。孟子所说孔子登临的东山，正是一生深受孔孟之道影响的杜甫造访的峄山。在七三六年冬天，杜甫与苏预同登泰山时，他发出"会当凌绝顶，一览众山小"

这样的感慨，看似沿着唐玄宗泰山封禅足迹表达豪迈之情，实则是追逐孔子踪迹，共情于孟子说孔子"登泰山而小天下"。孔子不仅开启了文人士子登泰山的先河，也借助泰山将儒家思想发扬光大，明代《泰山志》因此说"泰山胜迹，孔子称首"。传说孔子在泰山，不仅考察封禅制度，梳理治理国家的政治主张，还曾写过《龟山操》《邱陵歌》等为泰山为儒家抒怀之诗，其中《丘陵歌》"仁道在迩，求之若远"等句诱发屈原诞生了《离骚》中的佳句"路漫漫其修远兮，吾将上下而求索"。这类共情，中唐诗人元稹的名作《离思五首》其四"曾经沧海难为水"，也是与孟子《孟子·尽心上》"故观于海者难为水"遥相呼应。要用超然物外的眼界观看世间的变幻纷扰，这种儒家思想，杜甫当然具备。去泰山，来峄山，杜甫不是单纯地游山玩水，而是躬身前往，虚心求教，实地攫取孔子的儒家思想，验证杜氏家族"奉儒求仁"的仁爱与仁道会有多么宽广。

在抵达峄山之前，从泰山南至峄山之间，杜甫绕不开一个必经之地：孔子的故乡曲阜。这里，同时还是黄帝生地、神农故都、商殷故国、周汉鲁都。在曲阜所在这座东方圣城，除了研习孔子儒家学说，杜甫重点去了一个叫鲁灵光殿的地方。此殿，由汉景帝时期的鲁恭王刘余所建，东汉辞赋家王延寿有赋《鲁灵光殿赋》记述"鲁灵光殿者，盖景帝程姬之子恭王余之所立也"。不过，杜甫来时，鲁恭王所修的灵光殿只剩下一片荒芜的城池，这让他非常感伤，因为此殿就在兖州曲阜县城中。于是，在其随后即将创作的《登兖州城楼》里，他说"孤嶂秦碑在，荒城鲁殿余"。

念念不舍地离开峄山，杜甫才慢悠悠地来到他人生中又一个很重要的城池：兖州。

兖州，古称沇州，古代的九州之一，在古黄河与古济水之间。其名，最早出现于先秦著作《尚书·禹贡》，传说大禹治水成功后，划天下之地分为冀州、兖州、青州、徐州、扬州、荆州、豫州、梁州、雍州等九州。古兖州辖地较大，大致包括今河南东北部、河北东南部和山东西部。兖州的"兖"字，来自兖水，兖水又称济水，发源于今河南省济源市的王屋山中。在拥有三百余州的唐代，兖州辖地较小，下辖七八个县。在初唐武德五年（六二二年），唐高祖李渊所置兖州，仅领任城、瑕丘、曲阜、邹、泗水等七县；在贞观十四年（六四〇年），唐太宗李世民又置兖州都督府，辖兖州、沂州等三个州，使得兖州辖地大了一些。在开元二十一年（七三三年），唐玄宗李隆基将天下分为十五道，兖州归属河南道，是河南道下辖的一府（河南府）、二十九州之一。到了天宝元年（七四二年），兖州改为鲁郡。杜甫来时，兖州不叫鲁郡还叫兖州，大约下辖七八个县，相当于如今一个较大的地级市，仍旧以瑕丘为治所，辖县除了孔子故里曲阜，还包括今山东泰安对应的唐代乾封县。

快马闯进兖州城，加鞭直入城中心，杜甫首先登上兖州城楼，写出他早期的五言律诗《登兖州城楼》。

　　　　东郡趋庭日，南楼纵目初。
　　　　浮云连海岱，平野入青徐。
　　　　孤嶂秦碑在，荒城鲁殿余。
　　　　从来多古意，临眺独踌躇。

这也是现存杜诗中最早的一首五言律诗。兖州，在汉代为东郡，在唐代又称鲁郡，杜甫在《登兖州城楼》诗中因此称兖州为东郡。此诗起句中的"趋庭"，杜甫用典源自《论语·季氏》"（孔子）尝独立，鲤（孔子之子）趋而过庭"，他的本意正是来兖州拜见父亲，子承父教。他的感慨则是：我来到兖州看望父亲，初次登上兖州的南城楼放眼远眺，飘浮的白云连接着东海和泰山，一马平川的原野直入青州和徐州。秦始皇的石碑像一座高高的山峰屹立在这里，鲁恭王修的灵光殿只剩下一片荒芜的城池。我从来就有怀古的伤感之情，在城楼上远眺，独自徘徊，心中十分感慨。

孔子之子鲤"趋而过庭"的教子故事，传到唐代，所谓的"趋庭"，就是子承父教的意思。除了杜甫，初唐诗人王勃《滕王阁序》也有类似的比喻，如"他日趋庭，叨陪鲤对；今兹捧袂，喜托龙门"。唐人还爱以"过庭"喻指长辈对晚辈的训诫，如晚唐诗人李商隐便有《五言述德抒情诗一首四十韵献上杜七兄仆射相公》"过庭多令子，乞墅有名甥"。在兖州，结合杜甫《登兖州城楼》，再读《论语·季氏》原文，我另有惊喜发现。

陈亢问于伯鱼曰："子亦有异闻乎？"

对曰："未也。尝独立，鲤趋而过庭。曰：'学诗乎？'对曰：'未也。''不学诗，无以言。'鲤退而学诗。他日又独立，鲤趋而过庭。曰：'学礼乎？'对曰：'未也。''不学礼，无以立。'鲤退而学礼。闻斯二者。"

陈亢退而喜曰："问一得三，闻诗，闻礼，又闻君子之远其子也。"

不学诗，无以言。不学礼，无以立。这些是孔子教育儿子要学诗、学礼的传世名言，更是他的儒家思想箴言。杜甫借此比喻自己跟父亲的家学与家风，可见杜闲不仅重礼而且善讲诗写诗。否则，杜甫面对杜闲，步步为趋，恭敬求教，不请教诗，不请教礼，仅拉家常？千年以来，杜甫的诗学来源，一边倒地指向其祖父杜审言。在孔子故里重读杜甫此诗，我以为，杜甫如此虔诚地向父亲趋庭承教，杜闲不该只是一个懂政事善理事的盛唐官员，而应也是一个传承了杜审言五言律诗家学衣钵的诗人。只憾新旧唐书没有杜闲传，也憾杜甫诗里没有过多提及杜闲诗才，更憾杜闲墓志尚未出土给后人解密。

在兖州，杜甫留给兖州人的遗产，不仅是吟诵至今仍旧倍感亲切的那首《登兖州城楼》，还有此诗衍生的一处可供后人络绎不绝前来怀古的朝圣地，也可说是一件文创产品。如今，在山东省济宁市兖州区北护城河南侧，建有一个占地两百亩的"少陵公园"，兖州人就是以此纪念杜甫当年登临兖州城南楼赋诗《登兖州城楼》一事，此园取名少陵，源于杜甫自号"少陵野老"。要是沿着兖州区的中御桥北路，一路北行至护城河南侧，便可见到一座雕梁画栋、古色古香的门楼，门楼正上方门额书有"少陵公园"四个大字。这个"少陵公园"，始建于一九八五年，传说此地正是唐代兖州城南楼门旧址。步入少陵公园，便有青松翠竹相迎，各种奇花异草点缀其间，各式楼阁亭榭散布其中，最是令人心旷神怡处，无疑是园中的一个微波荡漾的人工湖，美其名曰：秋水湖。在秋水湖西侧，耸立着一座巍峨的亭台，当地人称为"少陵台"，若是在此偶遇一个男子身着唐装舞剑，他当然不是杜甫，却可想象就是那个初游兖州城的游侠杜甫。

四十、初识高适

　　杜闲在七三六年前后担任的兖州司马，究竟是几品官员？至少是从五品下的官阶。在唐玄宗开元年间，太平时久，户口日殷，州分上中下三等，以四万户以上为上州，二万五千户为中州，不及二万户为下州，兖州应属四万户以上的上州，兖州刺史为从三品，兖州别驾为从四品下，兖州司马则是从五品下。在安史之乱之前的州司马，并非中唐诗人白居易担任江州司马那样有俸无权的闲职，而是管理军赋、组织军训、执行军法的实职。在唐太宗贞观年间，兖州甚至因为地处要冲、治理紧要之地，还被升级为兖州都督府，相当于如今一个有战略定位的军分区。在唐肃宗乾元年间，他下诏在兖州治所瑕丘又设兖海节度使，下辖兖州、海州、沂州、密州等四州。杜闲出任兖州司马时，是否仍设有兖州都督府，迄今史料不详，若是兖州都督府司马，则为正五品下的官职。对应杜闲的另一个文散官"朝议大夫"，此职官阶正是正五品下。杜甫后来撰写的《唐故范阳太君卢氏墓志》提到父亲的官职，便是"朝议大夫、兖州司马"二职连写。跟刺史一样，司马也是中央朝廷派往地方巡视或者监察的中高级官员。在唐代，职事官有三十阶，文散官有二十九阶，杜闲出任的朝议大夫属于文散官第十一阶，其担任的兖州司马，若仅是上州司马则为职事官第十四阶，若是都督府司马便是职事官第十二阶。赘述这些闲话，在于杜闲看重，杜甫也看重，整个秉承"奉儒守官"家族传统的杜氏家族都很看重。对于这年只有二十四岁的杜甫而言，杜闲这个较为显赫的官职带给他的益处不仅是衣食无忧，更重要的一点，是他这一时期结交的朋友，多是在其中晚年落魄飘零之时给他很大帮助的人，或者中晚年还在交游之人。

从七三六年至七四〇年这五年，杜甫皆在父亲杜闲所在的兖州游居。同父异母的弟弟妹妹，诸如杜颖、杜观、杜丰、杜占，年龄都还较小，在杜甫初次抵达兖州时，可能只有年龄稍大一点的杜颖可以沟通诗文，聊聊他之前的远游故事。继母卢氏，除了对杜甫进士科考落第一事表示失望，或许对他并无视如己出之心，让他感受不到母爱。杜甫这五年除了新年元日必须返回兖州的家过年，其他时间极有可能皆在兖州周围游荡。这一时期，兖州隐士张玠及其子张建封，兖州瑕丘县令郑瑕丘、法曹刘九，兖州任城县许主簿，兖州兵曹参军房兵曹，一生挚友高适，都将次第闯入杜甫的游侠生活。

转眼，兖州告别白雪皑皑的冬日，迎来阳光明媚的春日。盛唐的日历翻到了七三七年春天。过完新年不久，杜甫整装待发，选择独自外出。这年，杜甫没跑多远，就在兖州地盘转悠。其从兖州城外游的第一个行迹，可能是曲阜县东北方向的石门。石门，因山有石峡对峙如门，又称石门山。不过此时，杜甫要拜访的人，不是后来与他在此分别的诗仙李白，而是隐居于石门山的隐士张玠。

相对孔子故里曲阜县城而言，张玠的隐居之地实则有些僻远，杜甫打马而来，历经雪地、雨路、晴空三重天，他要穿过山丘树林，下马乘舟渡过深潭，再走山谷危险涧道，方能抵达目的地。一路上，春草深处时不时传出鹿鸣，深潭之中随处可见鲤鱼活蹦乱跳。他乘兴而来，也杳然若失，好在有杜康酒，给其解忧，为其缓乏。此行，杜甫写了两首诗记述，一首是七律，一首是五律，见其《题张氏隐居二首》。

其一为：

春山无伴独相求，伐木丁丁山更幽。

涧道馀寒历冰雪，石门斜日到林丘。

不贪夜识金银气，远害朝看麋鹿游。

乘兴杳然迷出处，对君疑是泛虚舟。

其二为：

之子时相见，邀人晚兴留。

霁潭鳣发发，春草鹿呦呦。

杜酒偏劳劝，张梨不外求。

前村山路险，归醉每无愁。

杜甫在石门山停留的时间较长，从春到秋，常常与张玠一同早出晚归交游于此，然后在深潭边的张玠居室品梨吃鱼啖酒，不醉不眠，倒也逍遥。其时，张玠之子张建封大约六七岁，也是天天陪伴杜甫游宴于此。杜甫晚年漂泊潭州（今湖南长沙）期间，恰逢张建封在湖南观察使韦之晋幕府担任左清道兵曹参军，作有赠诗《别张十三建封》，留句："相逢长沙亭，乍问绪业馀。乃吾故人子，童卯联居诸。"此诗所说的"故人"便是张玠，"童卯"一句则是追述张建封在其童年随父张玠客居兖州招待杜甫之事。

除了张玠，杜甫在兖州漫游期间还结识了一个叫巳上人的隐士，写有一首五言咏物言志诗《巳上人茅斋》："巳公茅屋下，可以赋新诗。枕簟入林僻，茶瓜留客迟。江莲摇白羽，天棘梦青丝。空忝许询辈，难酬支遁词。"巳上人是一个隐居兖州某个偏僻山林的佛门修行者，在盛唐颇负盛名，精于佛理，擅长辩论，和杜甫在吴越游时期结识的旻上人一样，堪称杜甫一生中研修佛家思想的早期传教人。此诗，可能作于杜甫齐鲁游后期的一个夏天，是杜甫慕名而来拜访此人，被其高深禅论折服，因此有感而发。那时，在巳上人隐居的茅屋前，有一个小池塘，池塘里的白莲刚刚盛开，迎风飘扬，恍若鸬鹚的白色羽毛一般轻盈，一种名为天棘又称天门冬的植物也随风摇曳出青青的丝蔓，二人席地而坐于僻静竹林下的竹席上，一边品茶，一边咀嚼新鲜瓜果，此情此景生发了杜甫创作新诗的激情。"空忝许询辈，难酬支遁词。"满腹经纶的杜甫又一次毫不谦虚地自比参加王羲之兰亭集会的东晋玄言诗代表人物、清谈家领袖许询，他认为自己有许询的清谈玄理之才，可是面对如同东晋佛学家支遁这样的巳上人，他却难以酬答对方高深的佛理与追问。

　　游居兖州时期，杜甫交往的隐士张玠、巳上人，让他分心两半，一半是飞鹰走狗、裘马清狂的游侠之心，一半是道法自然、佛门清净的隐士之心。前者，因尚未入仕途，杜甫保留着强烈的进取之心，还想效仿远祖杜预，练就文武双才，期盼有一天能有所作为。后者，适逢高人指点，杜甫因此深受启发，于是打开参禅悟道的隐秘心镜，为其中晚年频频访僧寻道追求心安埋下一截因缘。当然，杜甫这段时期还没有生发真正的归隐之心，正在兖州司马任上的杜闲已是整个杜氏家族的楷模，杜甫尚无官职，要学儒释道，首先是近在身边继承家学的父亲。牢牢抱定"奉儒守官"的政治理想，学习父亲及其下属官员如何为官处事，当是杜甫那时最要紧的事情和动力。

　　时间穿梭在七三七年秋天，兖州的山林间。或因时任兖州司马的父亲杜闲打了招呼，骑马路过石门山外出办事的兖州法曹参军刘九和兖州瑕丘县令郑瑕丘，专门在石门设宴款待了游居于此的杜甫。刘九和郑瑕丘，真名不详。他们皆是杜闲的下属，在杜甫的印象中都是"能吏"。实际做东之人，应当是郑瑕丘。这次晚宴规格较高，有擅吹横笛、善弹琵琶、能吹玉箫的诸多乐伎助兴，名酒和佳肴自是不缺，杜甫因此说这顿饭价值一斤黄金。此宴引得杜甫现场作诗一首《刘九法曹郑瑕丘石门宴集》："秋水清无底，萧然净客心。掾曹乘逸兴，鞍马到荒林。能吏逢联璧，华筵直一金。晚来横吹好，泓下亦龙吟。"那时的他写诗神速，往往在推杯换盏之间，或者是摇头晃脑走几步，从大脑记忆深处搜索而来的词语，就能被一种叫灵感的锤子锤炼成句，然后豪迈地吟唱出来，语惊四座，仿佛连酒杯里的酒水也会随着能吏们的朝贺声四处飞溅。

诗名，这个东西说来很玄，看重的人会比黄金看得更重，不看重的人则会视为一堆废纸。自《望岳》一诗传遍孔子故里以来，兖州司马杜闲有个作诗厉害的长子杜甫这事，在齐鲁大地，就像一棵小树忽然长成参天大树，颇为招眼。曲阜石门之后的杜甫行踪，是兖州下辖的任城县（今山东省济宁市任城区），一个叫南池的地方。这次，兖州任城县许主簿可能就是仰慕杜甫诗名，遣人持书相邀前往任城南池游玩。

此事，或许发生于七三七年秋天，因为杜甫尚在与任城不远的曲阜石门游荡；也或许在七三八年秋天，杜甫是从二度云游东岳泰山之后才赶往任城赴约。得到杜甫应约文书，许主簿是在一个雷雨天，还晚杜甫一步抵达约好的任城南池。杜甫的《对雨书怀走邀许主簿》一诗，因此心怀浓浓的愧疚之情："东岳云峰起，溶溶满太虚。震雷翻幕燕，骤雨落河鱼。座对贤人酒，门听长者车。相邀愧泥泞，骑马到阶除。"显然，对于年长于自己的许主簿冒着雷雨踏着泥泞路骑马赶来赴约，杜甫在字词之间嵌入了深深的愧意。杜甫深知，此时的自己毕竟只是一个无官无职的公子哥，受此礼遇，除了诗词才华有些力量，更大的可能则是沾了父亲担任朝廷要职的光，才让许主簿这位热忱的老者一路奔波，无怨无悔。

暴风骤雨之后，兖州任城县的南池，碧空如洗，迎来最易思乡的白露节气。与许主簿终于同游了南池，杜甫还有一首《与任城许主簿游南池》，记录了二人在白露时节看游人在河沟里洗马，听蝉鸣在森林里穿越，这些引来思乡心绪的闲事。"秋水通沟洫，城隅进小船。晚凉看洗马，森木乱鸣蝉。菱熟经时雨，蒲荒八月天。晨朝降白露，遥忆旧青毡。"杜甫在此诗中怀念的"青毡（一作青毡）"是何物？在《晋书·王羲之传》里，王献之说，"青毡，我家旧物"。后来，青毡便成了士人故家旧物代称。杜甫引用此典，非指实物，而是白露牵引天气转凉，动了思乡之念。一逢白露，便会思乡，似乎是杜甫的乡愁象征物，他后来写的《月夜忆舍弟》就有"露从今夜白，月是故乡明"回响。

思乡，杜甫此刻是在思念谁？父亲、继母和兄弟姐妹皆在兖州定居，生母早已不在人世，大概是尚在洛阳仁风里一年又一年渐渐老去的二姑母杜氏吧。任城南池之游，若是七三八年秋天，杜甫就已外出两年半了。而其二姑母杜氏死于天宝元年，也就是七四二年，这与七三八年仅隔四年，或许在这年秋天游历兖州诸地之际，杜甫收到了她也挂念他的家书，"青毡"二字才会脱口而出，恰似一种母爱的遥远呼唤。

思乡归思乡，杜甫这年并未急于返回东都洛阳，因为他并不知道二姑母杜氏正在日日衰弱。

杜闲深知长子杜甫喜欢骑马射箭，他在兖州司马任上本就负责管理马匹，州里豢养了各个品种的良驹，这些奔走于齐鲁大地的战马，可能是杜甫愿意久留兖州策马巡游的另一个重要因素。其中，最令杜甫难以忘怀的马，无疑是杜闲直接下属兖州兵曹参军房兵曹的坐骑，那是一匹神清骨峻可以驰骋万里的胡马。

> 胡马大宛名，锋棱瘦骨成。
>
> 竹批双耳峻，风入四蹄轻。
>
> 所向无空阔，真堪托死生。
>
> 骁腾有如此，万里可横行。

此诗，名为《房兵曹胡马》，大约作于七四〇年，是杜甫最早也最有名的一首咏马诗。可能就在杜甫即将西归东都洛阳的前几天，杜闲安排下属房兵曹牵出了这匹产自大唐西北的大宛马，用于满足擅于骑射、渴望建功立业的长子那时昂扬的英雄情结。这种胡马，是西域古国大宛国产千里马的后裔，骁勇快捷，筋骨清瘦犹如刀锋一样突出分明，两耳尖峭好比斜削的竹筒一样竖立，跑起来四蹄轻快恰似卷动的劲风，就好像万里无阻随意横行的马中勇士。骑上此马，杜甫感觉自己不仅是个游侠，更像一个可以借助这匹勇猛良驹托付生命的战将。这仅仅是一首诗？分明是一幅神妙千古的绘马图画。如此骁勇的胡马，又岂止是一匹矫健豪纵横行万里所向无敌的良马？分明是青年气盛英勇无畏的杜甫，以马为镜，照出自己的高远志向。当然，杜甫此诗也有寄语房兵曹为国立功的善意。此时，杜甫显然更加坚定了纵横万里为国立功为己扬名的决心。

在尚武的盛唐，唐玄宗开元年间的气象正是这样，他喜欢开疆拓土建立不世功勋，不论是文臣武将还是寒门士子，只要骁勇善战，都有机会建功立业封侯万里。在兖州出现的这匹大宛马，激发了杜甫极其强烈的报国之志。这与杜甫中晚年爱用病马（《上水遣怀》"我衰太平时，身病戎马后"）的悲悯表达忧国忧民的仁爱情怀，又是两种心境，不可同日而语。

在兖州，杜甫还有一大收获，是在汶上初识生平良友高适。

据四川省文史研究馆于一九五八年编撰的《杜甫年谱》记载，公元七四〇年，"高适正客游梁（开封）宋（商丘），且已先于开元二十七年（七三九年）六月抵山东，在齐南与鲁北之地汶上与杜甫相逢"。也就是说，闲游于齐鲁大地的杜甫是在七四〇年与高适完成初逢相交。久远的时间由此聚拢，又展开一个画面：高适从七三九年六月从宋州（今河南省商丘市睢阳区）踏入齐鲁大地，尽管壮志未酬，他和杜甫之间似乎却有一种逐渐增强的磁力，相互拉扯，直至碰面，再难分开。

不过，据刘开扬撰写、中华书局于一九八一年出版的《高适诗集编年笺注》所示的《高适年谱》，七四〇年这年，高适尚在宋州定居，该版《高适年谱》记载高适在七四五年秋天才赴鲁郡（此时兖州已改名鲁郡），后又游历东平郡，将其齐鲁游时间定在唐玄宗天宝年间，其间甚至没有与杜甫在汶上的相逢经历。历代杜诗注家，多倾向于高适与杜甫的交游，始于七四四年，且是杜甫与高适、李白三人同行，他们先是梁宋游，再是齐鲁游。若据仇兆鳌《杜诗详注》"（杜甫与高适）汶上相逢，盖开元间相遇于齐鲁也"，那么杜甫在成都客居时期所写的《奉寄高常侍》（一作《寄高三十五大夫》）一诗"汝上相逢年颇多，飞腾无那故人何"，极有可能就是追忆他与高适于七四〇年在兖州初逢往事。

七四〇年，杜甫二十八岁，高适三十六岁。论家境，杜甫父亲杜闲是外放兖州的五品大员，出身于贫苦家庭的高适自是无法比，这年之前一直在苦苦地自寻出路，先杜甫一年考进士不中，早些时候投靠朔方、幽州两地节度使幕府，欲从军又未被录用。比诗歌，杜甫尚未写出《丽人行》《兵车行》等新乐府诗，拿得出手的诗就是《望岳》，高适在两年前已有革新乐府旧题的《燕歌行》，这首与辅国大将军、御史大夫张守珪唱和的边塞诗，开创了用"燕歌行"曲调书写边塞将士生活的新风，对于杜甫后来进一步在乐府旧题里开疆拓土，可谓大有裨益。"汉家烟尘在东北，汉将辞家破残贼。男儿本自重横行，天子非常赐颜色。……战士军前半死生，美人帐下犹歌舞。……相看白刃血纷纷，死节从来岂顾勋。君不见沙场征战苦，至今犹忆李将军。"二人相逢，交流着这些杀气腾腾、气势畅达、雄浑深远的诗句，那时正在迷恋骑射的杜甫，可以想见，他对边塞从军报国的向往，他对高适反思战争的悲悯情怀的认同。遗憾的是，杜甫四十岁之前的诗大多散失，我们只能从其中晚年的追忆诗里掘出一些，他对高适、岑参等友人的边塞诗很赞赏，如《寄彭州高三十五使君适、虢州岑二十七长史参三十韵》便有"高岑殊缓步，沈鲍得同行。意惬关飞动，篇终接混茫"。再讲交情，高适之于杜甫，相比李白之于杜甫，肯定深厚许多，杜甫在二十年之后所作《奉简高三十五使君》就说"行色秋将晚，交情老更亲"，此时的高适刚从彭州刺史调任蜀州刺史。

我以为，杜甫与高适初逢时日应为七四〇年，交游初地当是唐玄宗开元二十八年的兖州所辖的汶上。此时，因为父亲杜闲在任兖州司马，杜甫属于无权有势的公子哥，高适却是四处漫游的落第士子和落魄诗人。那年，应是出手还很阔绰的杜甫在兖州一路尽心招待高适，后来落魄的杜甫客居成都，高适持续赠予米蔬钱财救济老友，报答当年恩遇，似乎才说得通。而杜甫在成都时期一旦缺衣少食，他首先毫无禁忌想到的求助对象，便是高适。如杜甫自称年过半百（实为四十八岁）那年，他刚到成都客居的次年，没有官职和俸禄，沦为一介农夫，全家上下常常忍饥挨饿，于是在难以养家度日之际，给时任彭州刺史高适发出求助信，所谓的求助信其实是一首五言诗《因崔五侍御寄高彭州一绝》，曰："百年已过半，秋至转饥寒。为问彭州牧，何时救急难。"看看，杜甫与高适的交情，索要钱财养家糊口，他没有什么客套话，一点也不觉得难为情，那意思是说，当年那个穷困潦倒的达夫兄，如今这个飞黄腾达的彭州牧，我是快年过半百仍饥寒交迫的子美弟啊，上次你给的救济粮早就吃完了，快快救急解难。

沿着杜甫诗句"汶上相逢年颇多，飞腾无那故人何"所说的"汶上"，我坚持"以杜诗证杜迹"这个观点，一路追踪到他们的初遇之地：汶上。

唐代的"汶上"，还不叫今天的汶上县，它在唐玄宗开元年间的县名应当仍是隋代所称的"平陆"，于天宝元年（七四二年）改称中都县，李白曾在此写过多首以"中都"为题的诗，如《别中都明府兄》"吾兄诗酒继陶君，试宰中都天下闻"，其《酬中都小吏携斗酒双鱼于逆旅见赠》"鲁酒若琥珀，汶鱼紫锦鳞"更是盛赞过当地产于汶河的鱼紫鳞似锦。其实，汶上作为专用地名，始于金泰和八年（一二〇八年）然后沿用至今。七四〇年，也就是开元二十八年，此地还叫平陆县，杜甫与高适在此初遇，后来称为"汶上"，是指"汶水之上"之意，非指"汶上县"。开元二十四年（七三六年），李白游历于此，其诗《五月东鲁行答汶上君》"举鞭访前途，获笑汶上翁"，所说的"汶上"也是指"汶水之上"之意。东临古城兖州、西靠梁山、北枕东岳泰山，归属古兖州，又因古汶水而得名的"汶上"，即如今临近大汶河的山东省济宁市汶上县，在历史上有多次县城迁址，现在不好说杜甫与高适初识的精准地方了。因此很遗憾，这里没有杜甫与高适相逢的仿古遗迹传承下来。

自高适于七三五年参加进士科考落第，他与七三六年进士科考落选的杜甫一样，几乎都是离开考场不久，就选择外出漫游散心。略显不同的是，高适在落第后有较长时间以宋州为相对固定的客居地，即使这样，在客居宋州前后，他也多次外游。到了七三九年六月，仍无官职傍身的高适，开启第一次齐鲁游，无非也像很多唐代士子一样，借助漫游干谒一些当朝权贵，以求未来再次参加进士科考时有人关照。当时间定格在七四〇年的汶上，诗人高适很意外地遇见了同样没有一官半职的诗人杜甫，完成了盛唐两大诗人的初次相逢。

那场面，只可想象，无法描绘。二人当是一见如故，皆对彼此的诗学才华非常感佩。他们一路骑马射箭，饮酒赋诗，唱和怀才不遇，偶尔怕是还会埋怨几句当朝科考官员有眼无珠，埋没了大量的民间才子。杜甫后来在成都客居时，以一首《奉寄高常侍》追忆他们最初的友情，诚如"汶上相逢年颇多，飞腾无那故人何"两句，正是感慨，当初有无奈，此时也无奈。诗中"无那"，就指"无奈"，六朝以来的诗人多爱书"奈"为"那"，深受谢灵运等六朝诗人影响的杜甫，此刻亦是如此书"奈"为"那"。此时，高适已高升为刑部侍郎，转散骑常侍，再也不是当年的无官无名诗人，杜甫因此尊称其为"高常侍"。有了七四〇年在汶上这段初逢友谊，杜甫与李白于七四四年拉开的漫长旅行，后来有了高适的加入，三人结伴而行的路线，又在梁宋至齐鲁的长路上多了一抹欢愉的底色。在杜甫看来，年长八岁的高适，不仅为人仗义，而且诗才高远，他在《奉寄高常侍》诗中还说"总戎楚蜀应全未，方驾曹刘不啻过"，大赞高适才兼文武。由此可见，在兖州遍游齐鲁时期，杜甫与高适在吟诗、骑马、射箭、饮酒等诸方面皆是并驾齐驱，无话不谈。然而，他们留下的诗，很难看到高适对杜甫诗歌的赞赏，多是对杜甫辞赋的认可。相反，在杜甫的诗歌里，他从不吝啬词句去赞美高适诗歌的高妙与高适为人的仗义。

在兖州汶上初逢，杜甫与高适的友谊之船，从此起航，正可谓：金风玉露一相逢，便胜却人间无数。

如果在盛唐诗人中做官最大的高适是金风，那么杜甫就是美玉无瑕般的玉露。从七四〇年与高适在汶上相逢，到七四四年与高适、李白壮游于梁宋，又从七五二年与高适、岑参、薛据、储光羲在长安同登慈恩寺塔，再到七六〇年在成都多次求高适救济，杜甫与他的生命交集最多，二人以诗唱和持续了二十五年。直到七七〇年人日节翻出高适写于七六一年的赠诗《人日寄杜二拾遗》，此时高适已去世五年，杜甫仍然念念不忘这位生死之交，感念他"呜呼壮士多慷慨，合沓高名动寥廓"。

七四〇年，杜甫与高适在兖州骑马逐鹿，坐看云起云落，笑谈人间诗风，那些欢快时日到底有多久，如今难以考证了。这年发生的很多大事倒是有据可查，比如二月，一代名相张九龄卒于荆州，盛唐山水田园诗派第一人孟浩然也死于襄阳；又如三月，大唐的天空出现罕见的日食现象；再如十月，寿王妃杨玉环被唐玄宗敕书出家为女道士，道号"太真"，不久就将改嫁唐玄宗，成为权倾朝野的"杨贵妃"。也是在这年，唐玄宗率领他的梨园弟子，在华清池亲自演奏盛世舞曲《霓裳羽衣曲》，杨玉环初次进见，就跳火了《霓裳羽衣舞》，一个励精图治的大唐王朝从此就要转为享乐为主的腐烂王朝。这些朝堂、后宫与远方的变故，当时均是无官无职的杜甫与高适最多有所耳闻，难有机会亲眼见。就在七四〇年底与七四一年初之间，一件人生大事催促着杜甫从兖州西归东都洛阳，他才与高适分道而行。之后，杜甫在洛阳偃师筑室而居长达三年，要等到七四四年，又才与高适重逢，在陈留郡（天宝元年之前叫汴州，今河南开封）"气酣登吹台"（《遣怀》），然后在宋州单父县（今山东省菏泽市单县）"晚登单父台"（《昔游》）。

时间，真像一匹快马，杜甫在《壮游》诗里感慨的"快意八九年"仿佛是勒紧缰绳那一转身，他的健硕身影就从兖州切换为洛阳。作为游侠一面的杜甫，也将从此逐渐退出他的人生舞台。

谁又能想得到，这次西归洛阳，花钱大手大脚成习惯的杜甫因为一系列的家庭变故，也会身不由己，不得不从官宦世家的公子哥沦落为精打细算过日子的无业游民？是的，他的愁苦一面，他的儒者一面，他的仁爱一面，都将在洛阳徐徐展开。

第九章

婚与丧

307
−333

四十一、盛唐道科

开元二十九年，也就是七四一年，唐玄宗开创的开元盛世即将画上句号的尾年。这年正月庚子日，唐玄宗在骊山泡了个舒心的温泉，他想到了"物华天宝"，动了改元"天宝"的念头。说来，这还跟已故的初唐诗人王勃有点关系。王勃有篇骈文《滕王阁序》，别名《秋日登洪府滕王阁饯别序》，留下"物华天宝，龙光射牛斗之墟；人杰地灵，徐孺下陈蕃之榻"等名句，其中的"物华天宝"四字，让时不时拥杨玉环入怀的唐玄宗有些慵怠，且想改元"天宝"了。在他看来，一生的大事都快要办完，该是享受成果的时候了。当然，这只是唐玄宗改元天宝的初念，真正促成此事，是因这年有两位同辈兄弟去世，为了避晦气，加上地方官员不断上报出现祥瑞，他才决心于七四二年正月以"天宝"年号改天换地。眼下，还有一件大事要办，却又不太好办，他在筹谋如何推行。就在唐玄宗返回西京长安皇宫不久的一天晚上，他做了一个梦，这个梦随即将改变天下读书人的命运。

唐玄宗梦见老子李耳对他说，"我有像在京城西南百余里，你遣人求之，我与你在兴庆宫相见"。老子像无非是他早年在盩厔（今陕西周至）目睹过的一座塑像，与其说是老子给他托梦，不如说是他在梦里的盩厔与老子像重逢，正所谓：日有所思，夜有所梦。那么，他究竟在思考什么？到底想推行什么？

唐玄宗自登基到这年已快三十年整，可是崇道抑佛多年，不论是叽叽喳喳的朝堂上，还是已达千万平方公里的广袤民间，很多人的道心都还不够坚定，在山水之间修行的僧尼，在田野巷陌奔走的百姓，并未与他统治的中央朝廷拧成一根绳合成一条心。以道治国，仿佛他过去多年在这方面的言传身教，对于沉默的大多数人而言，一直是个屁，而且是同一个屁。于是，唐玄宗这年想干一票大的，来个更大的刺激。第一把火，他亲自烧，具体是遣使到盩厔寻来老子像，迎置兴庆宫，又命供奉画师吴道子绘制多件玄元皇帝（老子）画像，分置诸州开元观。意为暗示百官：见老子像如同见朕，不是都想见朕并以见朕为荣吗，你们看着办。第二把火和第三把火是接连放出，就像火炬接力，点燃星星之火，他先下诏，令两京诸州各置玄元皇帝（老子）庙，接着在全国推崇玄学，明令生徒学习《老子》（又称《道德经》）、《庄子》、《文子》、《列子》"四子"，每年明经考试准许玄学的习成者科举，谓之"道科"。这意思更明白：不修道学，何以为官？

道科，由此成为大唐一项科考，正式打开文人入仕为官的另一道门。

科举，源于隋代，唐代的诸多皇帝皆有革新，若要颁发最具创新精神奖，恐怕必须同时颁给两个人，一个是唐玄宗，另一个则是武则天。他们先后推出的武举、道举两项新科举，相隔约三十年，似乎有意无意之间诠释了吴敬梓在《儒林外史》所说的"三十年河东，三十年河西"。七〇二年，唐玄宗的祖母武则天还在位时，她始创选拔武将的武举考试，也就是在历史上第一次设置武科，并把武科与进士、明经两科放在同等地位，尽管参加武举出身的人实际上的地位不及文举（进士或明经科举）的进士，却也在全国上下兴起一股浓郁的尚武之风。武则天策划推出的武举，吸引力很强，在于强身健体这件事干好了也可当官，不仅解决了一部分普通人做官难的问题，而且激发了老百姓尤其是习武者的报国之心和强国之志。武举制度，后来一直沿用到清代，可见首功当属武则天。崇道也尚武的唐玄宗，则是两手抓，其中，在其开元年间对武举制度还有三次革新，一是开设武学，即开设专门培养军事人才的学校，从顶层设计上着力培养将帅之才；二是诏令武贡举人，可与明经、进士科考出身的文官同行乡饮酒礼，给足武官日常待遇；三是诏令兵部侍郎取代兵部员外郎主持武举考试，提升考官级别，以显皇帝恩宠。其实，如此出炉的武举人，或者都尉、都督、将军、大将军，皆是用于为尚武好战的唐玄宗去开疆拓土，而非全是保家卫国。杜甫后来困守长安时期创作的叙事长诗《兵车行》，就批评过唐玄宗穷兵黩武，打的多是不正义战争。

唐玄宗于七四一年发明并在七四二年具体实施的道举，也是历史首创。道举，主要测试考生对《老子》《文子》《列子》《庄子》是否精通，考试形式和明经科相同，合格及第者称为道学举士。道举一出，道学在开元末年达到极盛，天下士子争相交锋，源于道科被唐玄宗列入岁举常科之列，也就是每年都会举行考试，这无疑拓宽了文人士子的入仕门路。毕竟，进士科最难考中，明经科也不容易，因为及第之人由来较少。道举的出现，说到底还是大唐王朝竭力崇道的结果，具体是唐玄宗殚精竭虑极力推崇的结果。早在唐初开国，皇族李氏并非历史悠久的名门望族，李渊也好，李世民也好，不过是原赵郡李氏分属于陇西李氏的分支。那时，汉代以及魏晋南北朝遗留下来的门第观念还相当强烈，他们抬出姓李名耳的老子，不仅可以抬高李姓皇室的门望和地位，而且更重要的一点，李唐皇帝一下子成了天下第一望族。将李氏定调为天下第一姓氏的人，当然是开创贞观之治的唐太宗。把尊老子崇道学之风推向极致的人，无疑是开创开元盛世的唐玄宗。以道治国这个算盘，大唐皇帝从初唐一直打到唐亡，近三百年，有始有终，也算为弘扬道家学说呕心沥血了。而在七四一年、七四二年这两年，正是唐玄宗开元、天宝两个年号的交替节点，加上他对推崇道学的重视程度无以复加，真正首开道科，初选道贡举人，他是亲自出马，亲试竞争到最后的四子举人，敕中有话相传，说："朕听政之暇，常读《道德经》《文》《列》《庄子》，其书文约而义精，词高而旨远，可以理国，可以保身，朕敦崇其教以左右人子也。"七四九年，杜甫的好友，四十五岁的高适，就是以道科中第，赢得唐玄宗赞赏，授封丘县尉，踏入官场。

《资治通鉴》记载，在七四一年的六月和七月，分别有吐蕃寇边、突厥内乱两场战事。吐蕃号称有四十万兵力直入今青海一带，结果被大唐五千将士击溃于石堡城（今青海西宁西南）。突厥则因登利可汗去世发生内乱，唐玄宗趁乱命令左羽林军将军孙老奴招谕回纥、葛逻禄、拔悉密等部落。击溃外患，收服外敌，唐玄宗大概是高枕无忧闲来无事，才有心思冒出以道举强力推行道学这个鬼点子。而在天宝元年（七四二年），唐玄宗在推行道举不久，又敕两京玄元庙改为太上玄元皇帝宫。老子的"住地"从"观"升级为"宫"，唐玄宗似乎是要坐实李氏皇帝的正统性，又逢太平盛世，朝堂和民间哪有商量的余地？皇帝嘛，他说老子也是皇帝那就是皇帝啰，与其辩驳，不如从命。况且，学什么都是学，学道学还能当官，本身也非坏事。大概那时的道学兴盛，除了皇权强推的信仰，更多跟风的人则是看重眼前的实惠。

不知道杜甫在七四六年去长安求官之前为何没有参加道科考试，也再没有进士科举考试的记载。士人皆知进士最为难考，但为求进士这一至上荣誉往往是学到老考到老，也孜孜不倦。杜甫仿佛是一朝被蛇咬十年怕井绳，自从七三六年春天那次进士科考落第，他似乎就放弃了选走这条最为艰难的入仕路。对于唐玄宗于七四一年首设并在七四二年推行的道科试举，杜甫也没在意，可能是他此时的道学修习欠缺火候，也可能是从七三六年去兖州省亲漫游这五年把全部身心都用来骑射，没有深研或者温习《老子》《庄子》《文子》《列子》"四子"，哪怕练就八块腹肌又有何用？

　七四一年初，杜甫急匆匆赶回东都洛阳，究竟是去办理一件什么人生大事？自然不是去洛阳参加道举，因为道举是从七四二年才真正设科，考场也不在洛阳而是在长安。七三六年那次进士科考设在洛阳福唐观，是因唐玄宗在那里临幸。在七三六年十月西归长安之后，唐玄宗的政治中心不再一分为二，不再分心于长安、洛阳两京，而只在西京长安了。洛阳，在这之后的更多时候因此增设了一个叫东都留守的官职，这个东都留守也就是留守东都代管洛阳罢了。朝会、巡游、祭祀，君臣唱和的天下事，皆跟洛阳关系不大了。杜甫干吗不去长安谋求发展，偏偏赶至洛阳呢？

　这年还有两件大事发生，一是善于奉迎的平卢兵马使安禄山于八月受到唐玄宗重用，出任营州都督，充平卢军使，兼任两蕃、渤海、黑水四府经略使；二是李隆基长兄、宁王李宪（**本名李成器**）于冬天在长安去世，唐玄宗大哀"天下，兄之天下也；兄固让我，为唐太伯，常名不足以处之"，随后追谥"让皇帝"。李宪长子、汝阳郡王李琎上表追述先志谦冲，不敢当帝号，唐玄宗却不许，甚至以手书放于长兄灵座，书称"隆基白"，又名李宪墓为惠陵，追谥其妃元氏为恭皇后。安禄山得宠，是养虎为患。李宪被追谥"让皇帝"，又理由应当，其子李琎在服完父丧孝礼之后还被封为"特进"，杜甫后来曾献诗《赠特进汝阳王二十韵》，以"特进群公表，天人凤德升"赞其为群公表率，靠美德荣登高位。这个汝阳王，也是杜甫名诗《饮中八仙歌》以"道逢麹车口流涎，恨不移封向酒泉"美誉为酒仙的"汝阳王"。什么安禄山、宁王李宪、汝阳王李琎，这年都还入不了杜甫的法眼。当然，尚无官职的他也没闲心去管那些朝堂大事。用四川话说，杜甫这年最要紧的事，是先吹冷自己那碗滚烫的稀饭。

这碗滚烫的稀饭，热时是喜气的婚事，冷时是丧气的丧事。这是属于杜甫人生中的悲喜二重奏，别人无法代劳，都得由他亲自弹奏。杜甫精通琴艺，他懂得如何去弹奏其间的悲欢。

四十二、礼让二弟

就在唐玄宗梦见老子起念崇玄学推道举那些天，杜甫父亲杜闲的身体却每况愈下，即将走完人生最难熬的一程路。

七四一年，虚岁六十的杜闲，本可借病退居二线享享清福，可他还不能辞官，因为儿女们的前程一个都没着落，他气喘吁吁的背后也挺顽强，仿佛不干到七十岁绝不退休。不过，由于身体有恙，杜闲不得不按照唐制请了两个月的病假，假期大约是从新年元日（七四一年正月初一）参加大朝会之后就开始了。

这年元日之前，身体堪忧的杜闲已偕一大家子人从兖州返回洛阳老家过新年。这个老家，不再是河南府（洛阳）巩县祖宅，巩县祖宅早在杜闲和弟弟们纷纷外放当官、妹妹们全部出嫁之后就已闲置，甚或废弃，只留一众仆人看管。大约从杜闲上任从五品下的兖州司马时起，其继母卢氏就已母凭子贵获得"范阳（县）太君"封号和诸多赏赐，并在汴州（天宝二年改为陈留郡，今河南开封）新筑私邸安度晚年。

"维天宝三载五月五日，故修文馆学士著作郎京兆杜府君讳某之继室范阳县太君卢氏卒于陈留郡之私第，春秋六十有九。"杜甫在《唐故范阳太君卢氏墓志》一文有记述，"太君之子，朝仪所尊。贵因长子，泽就私门"。这个老家，可能是杜审言留给长子杜闲在洛阳城的私邸，又极有可能是杜闲于长安京兆府担任奉天县令时期在洛阳购置的私邸。因为其担任的奉天县令属于京官，每天都得上早朝，唐玄宗这一时期多是在东都洛阳行幸。早朝会，凡是京官皆必参会，而且参加早朝不能迟到只能早起，杜闲因此不仅在洛阳皇宫附近置有私邸，而且在长安皇宫附近也会购买私邸，以便临朝听召。这个老家，应在洛阳城里，而非偃师祖茔附近，具体在哪里，无从查证了。从杜甫长诗《壮游》所说的"快意八九年，西归到咸阳"等诗句来看，他结束齐鲁游的西归之处，又并非洛阳，而是咸阳。咸阳，是中国首个封建王朝秦帝国的都城，在唐代隶属于长安京兆府的一个畿县，虽是长安西北方向的郊县，却有六十多里之遥，杜甫西归到咸阳的落脚地可能是杜闲添置的另一处家产，非指杜闲为了参加两京早朝而购置的两处老宅。然而，咸阳这处私邸，应是一个温情流溢的佳居，因为杜甫后来于七四五年秋天结束第二次齐赵游（亦称齐鲁游），迁居长安求仕的最初就在这里落脚，其七四六年除夕有诗《今夕行》"咸阳客舍一事无，相与博塞为欢娱"，并自注此诗"自齐赵西归至咸阳作"。洛阳，尤其是洛阳下辖的畿县偃师，则是杜甫结婚生子的第一个家，他后半生最牵挂的故乡，因为他最崇拜的远祖杜预、祖父杜审言都葬在洛阳偃师，甚至父亲杜闲也很有可能葬在这里，最后连他自己也叮嘱子女把他葬在这里。

时间，还在七四一年之初犹豫不前。魂魄，还在洛阳城里城外来回游荡。因为杜闲在这年要办的大事，有好几件都尚未办理。

第一件大事，是解决杜甫入仕为官的官员身份问题。这又直接牵涉第二件大事：杜甫的结婚大事。可谓：一环扣一环，环环都得解。

七四一年，要过了元日，长子杜甫才满二十九岁，虚岁三十。从七三六年考进士落第至今一直沉迷于四处漫游，诗赋才华虽有一些声名，但他特别固执，并不着急去考进士找工作，像是一匹不知疲倦也不知天高地厚的野马，在杜闲的眨眼之间可能就见不到人影。这年，次子杜颖快二十岁了，也无一官半职，他和他的母亲卢氏都在呼唤一个像模像样的弱冠礼。至于杜观、杜丰、杜占那三兄弟，还有小女杜氏，都在渐渐长大，皆是眼巴巴地指望着杜闲拆分一些父爱恩赐他们。最近倒是有个好机会，可以先解决一个儿子的前途问题，然而，杜闲左右为难，有很多天都是彻夜难眠，这又加速了他的衰老。

杜闲因何为难？ 次子杜颖的弱冠礼，全家上下都很期盼，继室卢氏更是天天在给他吹枕边风：颖儿的弱冠礼，你到底准备好没有啊？ 就是举荐，举荐没有？ 这次不给他安排一官半职，你就别想睡个安稳觉！ 还有甫儿，你就好好劝他去长安再考一次进士啊，他那么有才华，闲着也是闲着，干吗不去试试？ 万一就考中了呢？ 况且甫儿老这么闲着，成天呼朋唤友到处野游，一年到头都在花钱，你那点俸禄也不够用了吧，看你惯吧，总有一天你会被他掏空一切。

中不中？

不中！

对于一个五品官员而言，兖州司马杜闲其实有能力给儿子举荐一个小官小吏先干着，等今后有了政绩也能把官做大，即便没有什么大的政绩，任官做吏期间还有机会参加科考，考中了自然会升级并且光宗耀祖，考不中并不影响现职和俸禄。事实上，杜闲正是承袭父荫走上仕途，从郾城县尉到奉天县令再到兖州司马，一路干得顺风顺水。那他还担心什么？为难什么？忧心忡忡什么呢？

杜闲父亲杜审言是进士出身，又凭借文学才华晋升修文馆直学士，成为天下文人表率和杜氏家族"奉儒守官"的典范。长子杜甫若能高中进士当然好，问题是没考中，仿佛他还不在意，当然也有散心之意，催促他再去考进士显然是为难他违背他本意了。所谓的光宗耀祖，本来也不一定非得走明经、进士等正式科举考试这条曲折入仕路。在唐代，若非无能为力，若非走投无路，大多数骨子里很高傲的读书人其实都不屑于走后门，凭借某个高官举荐去当个小官小吏。干谒求官，虽在唐代非常普遍，如此行事的士子或者学者，却又有很大期望，比如一心想当宰相的李白，最初遍干诸侯，写了很多吹捧权贵的辞赋文章，其实他心里很清明，也有算盘，至少也是跟着一个州的刺史或者长史当个秘书一样的幕僚，否则免谈。杜甫这时还很骄傲，他已跟父亲杜闲多次说过，做官，必须抱定"致君尧舜上，再使风俗淳"这样的政治抱负，否则劝他去干某个县主簿之类的小官吏，他是打死不从。杜甫比李白的出身好，他的骄傲不是孤傲，而是来自世代"奉儒守官，未坠素业"的杜氏家族，根深蒂固于远祖杜预所在的魏晋门阀士族为官之风："上品无寒门，下品无士族。"诚然，杜甫的先祖多显公侯之贵，如他最仰慕的远祖杜预，用他在七四一年寒食节所说的话正是"晋驸马都尉、镇南大将军、当阳成侯"(《祭远祖当阳君文》),这足够他在当官之前骄傲整个上半生。

这该怎么办? 就在兖州以北的齐州(今山东济南)临邑县,杜闲早已举荐并且疏通关系,他打算让杜甫前往临邑县出任主簿,弥补一下长子过早失去生母崔氏的创伤。可这孩子,过于执拗,说等几年会再去考进士,眼里处处都是不愿意,心里时时皆是要游学。进士,哪有那么容易考中? 这些日子,其实不用卢氏耍嘴皮子,杜闲也是夜夜难眠。倒是杜颖这个孩子,为人机巧,也挺孝顺,不会挑三拣四,让杜闲比较心宽,要不就是他了?

还在兖州司马府邸的一天,杜闲再次劝了一回杜甫,若是愿意去临邑县发展,他便亲自送这位高傲的长子前往齐州临邑县,促成出任主簿一事。可是杜甫仍不松口。于是,杜闲有些愠怒,说,"你不愿意,那就把这个机会让给你弟弟杜颖,正好你母亲(继母卢氏)也想给他准备一个有纪念意义的弱冠礼"。杜甫几乎不用经过大脑就回了父亲,说,"正合我意,成人之美不如两全其美"。讨好继母,杜甫心有不愿,但这是成全弟弟杜颖,他便愿意了,况且这也是成全自己,可谓两全其美。

因此,我们欠杜甫一个荣誉或者身份,就叫"让主簿"。

杜甫,字子美,他有这种成人之美的气度和胸怀。事实上,就在七四一年秋天,杜甫弟弟杜颖已在齐州临邑县担任主簿,大概就是父亲杜闲最终举荐了这个二弟。当时,杜颖上任临邑县主簿不久,偏偏恰逢黄河泛滥这种棘手事,他一边忧心忡忡地身体力行救灾,一边忙里偷闲给长兄杜甫去信陈述灾情。此时早已西归洛阳的杜甫,用一条一尺见方的绢,及时给这位弟弟回了家书,留有一诗《临邑舍弟书至苦雨黄河泛溢堤防之患簿领所忧因寄此诗用宽其意》。这是杜甫反映民间灾难现实情况最早的诗歌，也是当时河南道一带历经惨重水灾的真实反映，可这算不上他的现实主义诗歌代表作。因为没有做官理事经验，缺乏对人民疾苦的体验，其所思所言，还稍显空泛无力，甚至很不切实际。

> 二仪积风雨，百谷漏波涛。
>
> 闻道洪河坼，遥连沧海高。
>
> 职司忧悄悄，郡国诉嗷嗷。
>
> 舍弟卑栖邑，防川领簿曹。
>
> 尺书前日至，版筑不时操。
>
> 难假鼋鼍力，空瞻乌鹊毛。
>
> 燕南吹畎亩，济上没蓬蒿。
>
> 螺蚌满近郭，蛟螭乘九皋。
>
> 徐关深水府，碣石小秋毫。
>
> 白屋留孤树，青天矢万艘。
>
> 吾衰同泛梗，利涉想蟠桃。
>
> 却倚天涯钓，犹能掣巨鳌。

此诗，杜甫交代，杜颖身在齐州临邑县抗洪，因为官为主簿，具体负责救灾。尽管用了大量诗句铺陈灾情之惨，但是杜甫并无切实救灾之计，唯有关心弟弟的一片真情跃然纸上。"吾衰同泛梗，利涉想蟠桃。却倚天涯钓，犹能掣巨鳌。"最后这四句，杜甫是说，我就想泛梗一样无能，却很想涉水渡海去摘下《山海经》所说的蟠桃，并用蟠桃作为钓钩，倚在天边，钓起那只引发水灾的巨鳌，把它制服，永绝水患。从开元十九年到开元二十九年，持续经历九年多快意漫游生活的杜甫，在开元盛世的确难以接触到民间疾苦，他的救灾之法，竟是神话故事，果真如其诗题，只能借此宽慰一下在抗洪救灾一线的弟弟杜颖了。

不过，杜甫大力书写黄河泛滥的这年灾情倒是不假。《资治通鉴》就有记载，开元二十九年，七月乙亥，东都洛水溢，溺死者千余人。《新唐书》也有"开元二十九年秋，河南河北郡二十四，水害稼"之类的表述。由此可见，七四一年这年，黄河这只猛兽一发难，河南河北二十四郡哀号声遍地，仅是洛阳段暴涨的大水就溺死千余人，二十四郡的受害百姓真是难以计数。

其实，不必苛责诗圣这首现实主义诗歌不尽如人意。毕竟这年的诗人杜甫还没有做官，并未切身感受到真实的民情。若是往后看，杜甫于七五四年秋天所作的《秋雨叹三首》也是写雨灾，他再次呈现的民间疾苦，就不再停留于灾情表面，而是既有百草烂死、雨幕下难辨牛马、原本混浊的泾河与清澈的渭河如今混淆难分等雨灾中的实景实情素描，更有"禾头生耳黍穗黑，农夫田妇无消息。城中斗米换衾裯，相许宁论两相值"这些揭露贪官污吏舞弊、奸商见利忘义、灾民无可奈何等极具现实主义情怀和放射儒家仁爱精神的灾后监督画面。这时，杜甫笔下的灾民疾苦，有天灾和人灾两重创伤，给人关爱，引人深思，可谓：见字如面，触目惊心。这时的杜甫正是一只脚深扎民间另一只脚迈入诗圣大门的诗圣雏形。其时，唐玄宗还是一个好皇帝，眼见这场秋雨导致物价飞涨，也在同期暴涨的人口自然缺少食物，于是诏令长安及诸州开仓放粮一百万石，而且随着灾情加剧又开仓十场救济。其实，这个巨大窟窿，是时任宰相杨国忠拉扯大，填窟窿的人则是唐玄宗。为何？杜甫此诗说了，雨灾最初，谷穗生了芽子，黍穗霉烂变黑，农民的这些灾情却传不到朝廷；城中买米，奸商坐地起价，仅一斗米得要一床被褥才能交换，饿着肚子的灾民哪还顾得了被褥，只要谈拢了交换价格，填饱肚子当然是第一要事。杜甫此诗还暗讽了一件事，即《资治通鉴》记载的一件事，说这年八月见大雨不停，唐玄宗便问身旁的杨国忠灾情如何，他很担忧这场持续大雨会害了百姓的庄稼，可这位国舅爷手持一些未被损害的谷禾竟然说"雨虽多，不害稼也"。不仅如此，当扶风郡太守房琯欲给杨国忠报告其部灾情严重时，他却指派御史将之挡于门外，自此，天下无官敢言灾情，唐玄宗于是成了睁眼瞎。杜甫因此有"无消息"之叹，所谓的忧国忧民情怀，其《秋雨叹三首》早已从此诗生发，之后再遇安史之乱则更广袤。而其《秋雨叹三首》其三"老夫不出长蓬蒿，稚子无忧走风雨"这两句，还是杜甫现存诗歌中最早提到儿女的诗句。此诗也横陈一个事实：在七五四年之前，杜甫就已成婚。

四十三、神秘婚事

那么，杜甫究竟是在哪一年完成结婚大事？他于七四一年赶回洛阳办的大事会不会就是成婚这件事？

这是学界尚未解开的千古之谜。

原因很简单，杜甫在四十岁之前的诗文大多散失。最早谈到妻子杨氏，现存杜诗只能追踪到七五五年十一月，也就是安史之乱爆发

（七五五年十二月十六日）前夕，杜甫所作的《自京赴奉先县咏怀五百字》。就在一年之前，因为京都长安遭遇雨灾导致米价上涨，杜甫不得不省吃俭用，甚至不惜骨肉分离，忍痛把妻子儿女安置到遥远的奉先县客居。到了七五五年十月，因给唐玄宗多次献赋终获人生第一个官职河西尉，又因不作（《官定后戏赠》"不作河西尉"）改任右卫率府兵胄参军（一说兵曹参军），杜甫上任这个参军不久就从长安赶往奉先县探亲，此时所写《自京赴奉先县咏怀五百字》"老妻寄异县，十口隔风雪"，可以用来追踪他的婚事。这年，杜甫一家有十口人，除了他、妻子和此诗提到刚饿死的幼子，其他七人皆是子女？杜诗研究学者洪业推断，"恐怕有两对孪生的"，这个猜测可能源于杜甫在七五七年的两诗所记，《得家书》"熊儿幸无恙，骥子定怜渠"，《北征》"床前两小女，补绽才过膝"。按杜甫于七六八年元日所写《又示宗武》"十五男儿志"倒推，次子宗武生于七五三年秋天，再以七五五年有八个子女继续倒推，即使杜甫每年都生双胞胎子女，长子宗文最快也只能在七五一年降生。显然，这不太现实。若按一年一子（或女）推测，杜甫的结婚之年可能是七四五年或七四六年。

杜甫有无可能是在开元二十九年（七四一年）完婚的呢？很多人认为是。冯至《杜甫传》、郭沫若《李白与杜甫》、陈贻焮《杜甫评传》三书，皆把杜甫与妻子杨氏的结婚年锁定于开元二十九年，其实都跟杜甫在这年寒食节写的一篇散文《祭远祖当阳君文》有关，此文中的"小子筑室，首阳之下，不敢忘本，不敢违仁"等文字，常被后人解读为盖新房娶媳妇。甚至后来的中国文学史也认定，杜甫结婚之年就是七四一年。真若如此，杜甫在七四一年至七四五年之间经历的很多大事，都难以推衍下去了，如七四四年孟夏至七四五年晚秋近一年半的时间，他怎么会撇开妻子跟随李白、高适等人漫游梁宋、齐赵等地？从七四二年到七四五年，正值壮年的杜甫为何没有儿女降生？又如二姑母杜氏、继祖母卢氏分别于七四二年、七四四年去世，常把妻子挂在嘴边写在诗里的杜甫，描写这一时期生活的诗文里怎么没有提及她？还有一个最大疑问：杜甫于天宝三载（七四四年）八月所作《唐故范阳太君卢氏墓志》一文，提到父亲的身份为"故朝议大夫兖州司马"，也就是说杜闲已先于卢氏去世，那么他究竟在哪一年去世？弟弟杜颖于七四一年秋天在任齐州临邑县主簿，若是杜闲在生前举荐此官职，那么杜甫后来为何没有子袭父荫入仕，反而是凭借给唐玄宗献赋获赠官职？在唐代，父亲去世是天大的事情，意味着所有子女还包括妻子均要居丧三年，虽然这个"居丧三年"并非实打实的三十六个月，但是按照儒家改造后的唐代居丧制度也要守孝二十七个月。杜颖若是在七四一年秋天因袭父荫入仕，那么杜闲去世的年月至少该在七三九年四五月份，杜甫结婚的年月最快也得是七四一年八九月份。这样推算，杜闲或许没意见，杜颖也说得过去，还可看成是杜甫把袭父荫入仕的机会让给了担任临邑县主簿的这位弟弟，可是又与杜甫的行踪年表严重冲突。比如，杜甫长诗《壮游》所说的"快意八九年，西归到咸阳"，常有两种解读，一是包含四年的吴越游和四五年的齐赵游，于七四一年西归；二是还包含与李白的一年半梁宋游和齐鲁游，于七四五年西归。七三九年四五月份，对应的杜甫齐鲁游年表才刚刚三年，如果父亲这时去世，他就应当立即终止远游，赶回咸阳或者洛阳守丧。显然，杜闲去世的时间无法提前至七三九年，若是于七四〇年或者七四一年去世，杜甫就不可能在七四一年结婚，其弟杜颖不管是举荐还是袭父荫、考进士走上仕途，在居丧期间也不该于七四一年出任齐州临邑县主簿。

据《唐律疏仪》规定：居父母之丧，"丧制未终，释服从吉，若忘哀作乐，徒三年；杂戏徒一年""父母之丧，法合二十七月，二十五月内是正丧，若释服求仕，即当不孝，合徒三年；其二十五月外，二十七月内，是'禫制未除'、此中求仕为'冒哀'，合徒一年""居父母丧，生子，徒一年""居父母及夫丧而嫁娶者，徒三年，居期丧而嫁娶者杖一百""父母之丧，解官居服，而有心贪荣任，诈言余丧不解者，徒二年半"。这些规定都在否定，否定杜甫于七四一年结婚，也否定杜颖是袭父荫或考进士入仕。否则，杜甫和杜颖不仅不孝，而且都会受罚。要知道"居丧三年"不只是唐代礼仪，早在魏晋时期，杜甫远祖杜预撰写的儒学名著《春秋左氏经传集解》，就有相关注解"天子绝期，唯服三年，故后虽期，通谓之三年丧"，这已衍变为整个杜氏家族的儒家礼仪，用杜甫写给杜预的祭文原话正是"小子筑室，首阳之下，不敢忘本，不敢违仁"。

那么，杜闲到底是在哪一年去世？我推测，应在七四一年秋天至七四二年春天之间。七四五年，杜甫和李邕、李之芳、李白等诗友在齐州、兖州漫游期间，有诗《暂如临邑至㟙山湖亭奉怀李员外率尔成兴》"暂游阻词伯，却望怀青关。霭霭生云雾，唯应促驾还"提到，他这次齐鲁行有一个重要目的，正是专门到齐州临邑县探望在此县任主簿的弟弟杜颖，顺便会会其他诗友。在唐代，官员一般是任职三年有一次重新甄选，干得好的提拔，干得不好的降级。杜颖于七四一年秋天担任临邑县主簿，参与救灾，若是不力早就被免职或降级了，若是有功也早就擢升了，他在七四五年还是担任主簿，应是救灾之后或在救灾途中忽闻父亲去世便赶回洛阳守孝，才会在结束孝礼后官复原职。杜甫约从七四五年冬天或于七四六年春天来到长安，由此开启长达十年的献诗求官献赋谋职生活，《杜甫传》作者冯至推断杜闲这时还在世，几乎没这种可能。杜甫只能是服完父丧礼后，才能与李白于七四四年夏天外出远游，以此倒推二十七个月，杜闲的去世日期大约就在七四一年秋天至七四二年春天之间。也就是说，在七四一年秋天之前，杜闲还在世，因为杜颖这年秋天的踪迹是在齐州临邑县担任主簿扑救水灾，杜甫这年寒食节正在洛阳定居祭祀远祖杜预。

由此可见，杜甫的实际结婚年，最大可能是在七四五年秋天之后。不排除另一种可能：在杜闲于七四一年秋冬之交去世之前，他安排了杜甫与未婚妻杨氏的见面礼甚或订婚礼，却因突然去世，杜甫才无法在其守孝期举行正式婚礼，也就不能在这一期间与杨氏同房生子。

要厘清杜甫的神秘婚事，除了从《自京赴奉先县咏怀五百字》"老妻寄异县，十口隔风雪"推测，还可跟踪他结束齐鲁游返回东都洛阳后的足迹，因其《壮游》"快意八九年，西归到咸阳"所至的咸阳，再无其他诗文进行有效追踪。不妨先细读他于七四一年寒食节在洛阳偃师首阳山下写的《祭远祖当阳君文》，全文如下：

维开元二十九年岁次辛巳月日，十三叶孙甫，谨以寒食之奠，敢昭告于先祖晋驸马都尉镇南大将军当阳成侯之灵：初陶唐出自伊祁，圣人之后，世食旧德。降及武库，应乎虬精。恭闻渊深，罕得窥测，勇功是立，智名克彰。缮甲江陵，裖清东吴，建侯于荆，邦于南土。河水活活，造舟为梁。洪涛，莽沱，未始腾毒，《春秋》主解，膏隶躬亲。呜呼笔迹，流宕何人？苍苍孤坟，独出高顶，静思骨肉，悲愤心胸。峻极于天，神有所降，不毛之地，俭乃孔昭。取象邢山，全模祭仲，多藏之诫，焯序前文。小子筑室，首阳之下，不敢忘本，不敢违仁。庶刻丰石，树此大道，论次昭穆，载扬显号。于以采蘩，于彼中园，谁其尸之？有齐列孙。呜呼！敢告兹辰，以永薄祭。尚飨！

其中，"谨以寒食之奠"是说杜甫写此文的时间是开元二十九年（七四一年）寒食节。寒食节，按照古人习俗，是在清明节前的一二日，也就是冬至后的第一〇五日，因此又称"百五日""一百五"，杜甫《一百五日夜对月》一诗就说"无家对寒食，有泪如金波"，苏辙《新火》一诗又以"昨日一百五，老榾俱寒食"称宋代的寒食节为"一百五"。在唐代，寒食节属于全国性法定假日，常与清明节合二为一休假，也是中国传统节日中形成最早的节日，据《唐会要》记载，"（唐玄宗）开元二十四年二月十一日敕：寒食清明，四日为假。（唐代宗）大历十三年二月十五日敕：自今已后，寒食通清明，休假五日"。此外，唐玄宗还曾顺应民意，颁诏将寒食节拜扫展墓行为编入《开元礼》，定为官方认同并倡导的吉礼之一，民间因此常见一家或一族人同到先祖坟地祭祖，意沾先祖德泽。如此看来，杜甫在《祭远祖当阳君文》里所说"小子筑室，首阳之下"的"室"并非新婚居所，而是为了祭祖才就近修筑住房，古称庐墓，以尽孝道，以泽祖德。

庐墓，在唐代风行，主要是这种事亲以孝的行为常被官方和民间赞扬。隔了十三代，杜甫在洛阳偃师所在的杜预墓前，筑居室，写祭文，刻丰碑，说尽孝肯定有，但他的最大初衷其实是慕祖明志。其祭文里的心思字字句句昭然若揭：昭告这位生前赢得太多丰功伟绩的先祖，期望继承杜预遗志，坚定入仕进取之心，坚守杜家仁爱传统。作为杜闲长子，杜甫自是想尽早建功立业，做好弟妹们的表率。

杜甫这样做，可能还有一个原因：父亲杜闲的身子在这年寒食节前就快不行了。

四十四、爱妻杨氏

把时间从七四一年寒食节倒退，依次有春分、惊蛰、雨水、立春等多个节气，然后锁定在立春这天，大约是二月四日。由于年代久远，我们不知这年立春的农历是在腊月还是正月，不过就在这年立春前后，还在担任兖州司马的杜闲必须赶在元日之前快马加鞭赶回长安，参加元日大朝会，给唐玄宗述职。大约从七三六年起出任兖州司马，到七三八年底或七三九年初，可能杜闲就因任职三年政绩优异加封了朝议大夫这个正五品下的文散官虚职，不再只是实职为从五品下的兖州司马，于是每年岁末年终，他都要返京述职，并参加唐玄宗在元日举行的大朝会。朝，是臣见君的意思；会，是君见臣的意思。所谓的元日大朝会，就是皇帝于新年第一天在皇宫正殿召见文武百官，会见各地前来汇报工作的朝臣以及赶来朝贺的各国使者，以显唐代皇帝威加四海恩泽九州之强盛。元日，在唐代又称元正，依唐制，元正和冬至都会给百官放假七天。不过，元日当天的大朝会，皇帝会以衮冕隆重登场，文武百官这天实际上也无法休假，必须按照各自官阶所配官服盛装出席。七三六年十月之前，唐玄宗是在东都洛阳乾元殿举行元日大朝会，这年十月之后则在西京长安大明宫的含元殿举行。从兖州到长安，大约有一千六百多里，也就是说，杜闲上任兖州司马之后每年岁末都是千里奔袭赶往长安赴会。如此劳苦奔波，或许让晚年杜闲的身体吃不消，才加重了病情，不到六十岁便溘然长逝，这是坏的一面。

参加元日大朝会，杜闲当然也有好的一面。除了面见君主，以朝议大夫身份参议政事，倾吐从政策略，以显外放政绩，杜闲也可趁机结交官场盟友，为儿女们的前程铺路。大约从七三九年加封朝议大夫开始，仕途冉冉上升的杜闲就已与素来交情甚笃的时任司农少卿杨怡谈到儿女之事，并于七四〇年元日大朝会前后一拍即合定下长子杜甫与杨怡之女杨氏的见面礼，放在七四一年元日大朝会后促成。见面礼，见面得有礼，杜甫不缺才华和钱财，此时最缺的是官职。于是，有了杜闲在七四一年初的焦虑，他本想安排杜甫去齐州临邑县担任主簿，结果这个长子满脑子皆是壮丽山河不可轻易辜负的游侠思想，劝不动，说不得，只好把这个入仕为官的机会给了次子杜颖。

杜甫没有官职傍身，如何赢得未来岳父大人杨怡的青睐？除了杜氏杨氏两大名门望族联姻可以解读为官场相卫，恐怕主要是靠杜甫闪耀夺目的非凡才华了。杜甫十四五岁时，一代文宗崔尚、魏启心都在夸赞他的辞赋才华可与班固、扬雄媲美，书法名家李邕、边塞诗人王翰皆是争相与他结识，岐王李范、唐玄宗宠臣崔九、大唐乐圣李龟年赏识他的诗才之声不绝于耳，这些少年天才传说，官阶为从四品上的司农少卿杨怡早有耳闻。杨怡肯定很想亲自见见这位才华惊人的未来女婿。那么杨怡之女杨氏呢？毕竟杜甫在七四一年已经是快三十岁的大龄青年了，而杨氏不过十八九岁。

从七三九年元日到七四一年元日，这两年之间，可能杜甫的《望岳》《登兖州城楼》《房兵曹胡马》等早期诗作，已经过杜闲、杨怡两人的二传手，一次次传至杜甫未婚妻杨氏手里，让她通过绢上的字句，欣赏到杜甫在事业方面追求的雄心壮志，心灵相通于杜甫在处事方面践行的仁义为先，一段美好姻缘，早已千里情牵。于是，杜甫在七四一年初从兖州西归咸阳不久，就与杨氏在京兆府长安下辖的畿县咸阳，杜闲早先购置的私邸里完成了他们的人生初见。

这次杜杨夫妻二人初会，是慵懒的史书没有记载的一笔。这一相逢，清秀可人文采同样飞扬的杨氏，她的玉臂美鬟，她的知书达理，她的一颦一笑，填满了杜甫内心所有凹凸不平的沟壑。什么游侠，什么游荡生涯，统统终结，唯有做官奔个好前程才不辜负如此绝世佳人。虽然杜甫没有留下他与杨氏初逢的诗文，但是从其后来的诗文可知，杨氏是一个才貌双全之人。杨氏有才，懂诗赋，会下棋，杜甫《江村》有赞颂"老妻画纸为棋局"；杨氏有貌，如花似玉，我见犹怜，杜甫《月夜》有追忆"香雾云鬟湿，清辉玉臂寒"，另一首《一百五日夜对月》"仳离放红蕊，想像嚬青蛾。牛女漫愁思，秋期犹渡河"更是比喻她有传说中的仙女嫦娥一般的娇美容颜。她很性情，也很真实，跟他一样真情，杜甫《闻官军收河南河北》一诗有记"却看妻子愁何在，漫卷诗书喜欲狂"。她很贤惠，也很会持家，认定一人便是终生，不论日子是喜是忧，不论生活多么艰苦，她和他都是不离不弃，杜甫《遣兴》一诗有录"世乱怜渠小，家贫仰母慈"。

与杨氏相见不久，自己尚无官职，父亲也还在世，杜甫却在寒食节这天破天荒地祭祀文治武功冠绝杜氏家族的远祖杜预，而不是仅以诗才安身立命的祖父杜审言，很多疑问便不攻自破。他在这天，写下宏伟祭文，发表壮志宣言，包括他在洛阳偃师首阳山下的杜预墓附近修筑居室，计划庐墓，以泽祖德，那就不是一时的心血来潮般尽孝，而是期望自己能够像远祖杜预一样建功立业，为己为妻打开那道"奉儒守官"的入仕大门，有朝一日可以为国为民"致君尧舜上，再使风俗淳"。

时间，开始像杜甫诗里描绘的胡马一样马不停蹄地奔跑。杜甫一生最爱良马，其咏物言志诗《房兵曹胡马》就大赞兖州那匹大宛马"所向无空阔，真堪托死生"。这时的未婚妻杨氏，又何尝不是一匹可以托付终身的良马？七四一年寒食节，杜甫自定居洛阳偃师首阳山尸乡之后，满脑子都是杨氏激发他的壮志雄心，其间的诗歌也多是这种风格。说他居处在尸乡，是因后来的多首诗歌皆有表述，如《奉寄河南韦尹丈人》"尸乡馀土室，难说祝鸡翁"，又如《催宗文树鸡栅》"未似尸乡翁，拘留盖阡陌"。他三十岁左右的诗风多是咏物言志，最具代表性的五言诗便是《画鹰》：

> 素练风霜起，苍鹰画作殊。
>
> 㧐身思狡兔，侧目似愁胡。
>
> 绦镟光堪擿，轩楹势可呼。
>
> 何当击凡鸟，毛血洒平芜。

杜甫喜马也爱鹰，这两种动作敏捷的动物常在他的诗文里出没，就像可以相伴终生的朋友。尤其是鹰，杜甫还多次借它喻己，或者自喻为鹰，把凡鸟和狡兔比作朝中奸臣，《画鹰》一诗展露壮志的另一面，则是清君侧，敢于像凶猛的鹰一样"思狡兔""击凡鸟"。杜甫另一首《杨监又出画鹰十二扇》写得更明白，他说"为君除狡兔，会是翻鞲上"。

只是，杨氏在与杜甫初逢之后的三四年，两人可能没再见面或者很少见面，因为父亲杜闲、二姑妈杜氏、继祖母卢氏分别于七四一年、七四二年、七四四年去世，他要忙于守孝，也不能结婚。随着杜闲约于七四一年冬天去世，作为长子的杜甫肩上的家庭责任更大了，尽管他还没有入仕为官，他的所有心思可能都要用于爱护家人。说不定杜闲的突然去世，也导致杜甫的婚事拖到七四六年才得以完成。而在结婚之前，大概是准岳父杨怡也去世了，没有一官半职的杜甫才无任何阻力阻止他和杨氏完婚。

就在七四一年寒食节祭祀远祖杜预不久，随着父亲杜闲的病情加重，向来仁孝的杜甫可能更多时候是在东都洛阳城里的杜闲私邸近身事孝。也许就在这年夏天，弟弟杜颖终于等到赴齐州临邑县出任主簿的官方文书，杜甫还给他写了三首送别诗，为《送舍弟颖赴齐州三首》。

岷岭南蛮北，徐关东海西。

此行何日到，送汝万行啼。

绝域唯高枕，清风独杖藜。

危时暂相见，衰白意都迷。

风尘暗不开，汝去几时来。

兄弟分离苦，形容老病催。

江通一柱观，日落望乡台。

客意长东北，齐州安在哉。

诸姑今海畔，两弟亦山东。

去傍干戈觅，来看道路通。

短衣防战地，匹马逐秋风。

莫作俱流落，长瞻碣石鸿。

　　此诗，多被学界选入杜甫成都时期的七六四年。可是有一个很大的疑问，很多人可能都忽略了，便是：如果杜甫是于七六四年在成都送弟弟去齐州，七四一年和七四五年都在齐州临邑县担任主簿的杜颖怎么可能还去齐州做官呢？安史之乱，始于七五五年十二月十六日，终于七六三年二月十七日，且不说安史叛军早就占领过齐鲁诸地，就连洛阳、长安两京都被攻陷沦为贼城，其间，杜颖若是一直在齐州任官，他又如何自保？七五九年，杜甫从洛阳一路避乱逃至同谷（今甘肃成县）再到成都，诗文里皆是思念杜颖等弟妹的文字，杜颖是何时又是如何避险从齐州来到成都的呢？总之，推不过去。只有一种可能，杜颖是七四一年从洛阳启程赶赴齐州临邑县担任主簿。因为父亲杜闲身体不太好，继母卢氏催得急迫，二弟杜颖走得彷徨，杜甫相送才会不断宽慰他。至于诗中"诸姑今海畔，两弟亦山东"等描述，诸姑好说，早在杜甫二十岁那年展开吴越游时，他的一个姑姑（继祖母卢氏之女）就已嫁到会稽郡贺姑父家，正好地处海畔，时隔多年了，其他姑姑又嫁到江浙沿海一带也可以说得通。两弟呢？可能是同族堂弟，不一定是同父异母弟。因此，我以为《送舍弟颖赴齐州三首》可能就是杜甫现存诗歌中写给弟弟杜颖的最早诗作。

　　送弟弟，还好，毕竟是外出当官。接下来的送父亲，就难了，因为杜甫送走的是整个杜氏家族的顶梁柱，断了俸禄，又无实业，他从此将过上饭素不饱的苦日子。事实上，杜甫从公子哥到穷苦人的身份转变，以及生活质量坠崖式下降，正是从其父杜闲去世之后开始的。在七四一年，杜闲感觉自己身体有些不妙，他致力于赶在油尽灯枯之前给长子杜甫办好最后一件事：成婚。结果婚事后延几年，杜甫反过来却是在七四一年给父亲送终。杜闲墓，在何处？可能就在杜预、杜审言等杜氏祖茔一带的洛阳偃师首阳山下。只因杜闲墓尚未出土，杜闲和杜甫在七四一年经历的悲喜二重奏，无更多史料和实据填补空白，也只能暂如我所述，有一些是以杜诗证杜踪的推测，也有一些是我的大胆猜想。

千算万算，终究算不过命运之变。正如杜闲打的算盘。也似杜甫祭祀杜预，他的庐墓而居，本是以泽祖德，竟然真的让自己走上了居丧三年的守孝路。

值得注意的是，守孝期间的杜甫也是笔耕不辍。从七四一年到七四四年，除了写诗，杜甫还有几篇散文传世，且这些散文皆是祭文。除了写给远祖杜预的《祭远祖当阳君文》，还有写给二姑母杜氏的《唐故万年县君京兆杜氏墓碑》，写给继祖母卢氏的《唐故范阳太君卢氏墓志》，以及写给外祖母李氏（李世民嫡孙义阳王李琮之女）的《祭外祖祖母文》。这些祭文，属于杜甫现存文章中的早期散文。它们与杜甫后来在长安求官时期献给唐玄宗的"三大礼赋"《朝献太清宫赋》《朝享太庙赋》《有事于南郊赋》和《进〈三大礼赋〉表》，《雕赋》和《进〈雕赋〉表》，《封西岳赋》和《进〈封西岳赋〉表》，以及出任华州司功参军时期写的《乾元元年华州试进士策问五首》等文章，构成了杜甫在构筑盛唐诗歌巅峰之外的又一座辞赋山峰。

第十章 李杜会

335
−397

秋风长啸 杜甫传 〔上部〕 游侠杜甫

四十五、初见李白

七四四年元日，也就是正月初一这天，唐玄宗改年为载，天宝三年于是改成"天宝三载"进入史册。这次改年，像是改命，改变了很多人的命运。

首先被改命的人，是李白。约两年前，李白就改变过一次命运，具体是其《蜀道难》等诗作赢得秘书监贺知章赏识，被他推荐给了唐玄宗，解决了自己的就业问题。当然，李白这次改命，还离不开一个女人的相助，她就是同样喜欢李白诗歌的玉真公主，唐玄宗的妹妹李持盈。这四人皆信道，均喜诗，恰逢唐玄宗正于七四二年以新科道举大力崇道，他很好奇，也想亲眼看见，贺知章口中的"谪仙人"李白，诗歌想象力极为诡谲奇异的这位道家诗人，究竟有着怎样的相貌和神采。李白就这样被荐入皇宫，面见天子，因为对答如流，很幸运地成为不经考试直接录用的翰林供奉。李白进宫朝见那天，对其诗歌爱不释手的唐玄宗，降辇步迎，"以七宝床赐食于前，亲手调羹"，这对于一个诗人而言，无疑是最高礼遇了。觐见皇帝之前，李白一直怀揣一个远大抱负，有很多年都做着同一个难实现的大梦。什么梦？宰相梦。他的原话是"奋其智能，愿为辅弼，使寰区大定，海县清一"(《代寿山答孟少府移文书》)。可是，李白从唐玄宗朝廷获得的工作并非他想象的那样，比如草拟圣旨，比如策论军国大事，比如处理民生问题，这些都没有。近两年来，他只能干一件事，就是利用自己敏捷的诗才，即兴创作一些歌功颂德的赞美诗，陪侍唐玄宗和他的妃子们，力求让他们欢天喜地。其实，能够以诗写史，记录皇帝的宴请、郊游等史事，对于一般文人而言，就是天大的事，且是天大的喜事，白居易也干过这类事，杜甫的祖父杜审言写起欢喜诗来更是把武则天逗得捧腹大笑，让严谨的史书都无法回避。然而李白不乐意。当理想成了泡沫，他不甘心。他就摆谱，耍酒疯，甚至要求唐玄宗宠臣高力士给他脱靴，他才写诗，这种没心没肺的目中无人状态，杜甫后来形容为"痛饮狂歌空度日，飞扬跋扈为谁雄"。明明是干着一份人人羡慕的工作，他偏偏遭到许多人嫉恨，最终因为高力士打了小报告，弄丢了翰林供奉一职。这说来祸起于一场盛唐的文字狱。让李白下课的，正是流传甚广的《清平调三首》，第一首"云想衣裳花想容，春风拂槛露华浓。若非群玉山头见，会向瑶台月下逢"，本来让杨玉环很受用，因为她的美貌被形容为天上的仙女；惹事的是第二首中"借问汉宫谁得似，可怜飞燕倚新妆"这两句诗，高力士非要揪着辫子指责赵飞燕出身低贱，不配与杨玉环比美，别说李白，谁也没辙。人都是这样，好话听惯了，耳朵就容不得刺耳的沙砾。于是，李白就从云端坠入谷底，由一个唐玄宗身边的御用红人，被打回原形，又成了一个中年无业游民，史称"赐金放还"。所谓的"赐金放还"，不过是就地免职，敕令还乡，让李白有多远滚多远。李白从此失业。

紧接着被改命的人，是后来引爆安史之乱的主角——安禄山。他在这年，接替范宽，擢升为范阳节度使，摇身一变为唐玄宗最宠信的一方诸侯。

再然后就是杨玉环了，她很快就会被唐玄宗册封为贵妃。因为后宫并无皇后，她就相当于皇后，从此登上一个女人的人生巅峰，也给安史之乱埋下一个伏笔。

改变他们的命运，无非是唐玄宗的一念之间。这是特权政治的必然。要想自己给自己改命，安禄山、史思明干过，那就是造反，自己当皇帝。成者为王，败者为寇。最终是安禄山败了，所以他在史书里有一个抹不去的身份：逆臣贼子。

当李白被唐玄宗赶出长安城，他的宰相梦就此破灭。像是悔过，又更像是暗中表达不满，当初推荐李白入仕的玉真公主，就在七四四年，竟然向唐玄宗请辞，请求离开长安城，去做一个安静的道士，幕后真相到底跟李白"赐金放还"是否有关，没人说得清，这也是各种史书至今没弄明白的一笔糊涂账。贺知章的嗅觉似乎更为灵敏，在唐玄宗把李白闲弃一旁不久，也就是这年正月，他便辞职返乡，先于玉真公主一步离开众人仰望也叹息的长安城。

是的，就在这年正月，先是贺知章，上疏请求告老还乡，找的理由让很想挽留他的唐玄宗也无法拒绝。他说，老臣晚年就想归乡当个道士，准备把越州（今浙江绍兴）的老宅改为道观，并把老宅附近的湖泊当作放生池。见是一心求道，唐玄宗没多想就同意了，而且赐鉴湖（又名镜湖）一曲，以御制诗赠别。因为做过皇太子（**后来的唐肃宗**）李亨的太子右庶子、侍读、太子宾客，贺知章离开长安那天，李亨也率百官饯行，这与李白被逐出长安无人敢送别的场面，完全是天壤之别。也许是想通了很多人间事，贺知章返回老家修道不久，就写出了如今教科书里的名诗《回乡偶书》，此诗完成没多久，他就去世了。对于贺知章的知遇之恩，李白没齿难忘，就在这位知音于七四四年去世之后，他便写了两首悼亡诗，即《对酒忆贺监二首》，以示感激。李白的感激，没说贺知章推荐他做官，而是涕零他知音般的认同，即"长安一相见，呼我谪仙人"，以及贺知章当年用金龟换钱与他饮酒赋诗的忘年之交，正是"金龟换酒处，却忆泪沾巾"。

玉真公主的请辞，则要波折许多。她看上去有些任性，直接请求唐玄宗削去公主封号，收回公主府第，不再收受天下百姓供养的租赋。第一次请辞，唐玄宗没同意。接着，她又以延长十年寿命之请，说要归还家产，一心云游求道，这才让她的哥哥玄宗不得不应允。仿佛只要是道家的事，唐玄宗就会恩准。《新唐书》记述此事的原话是"高宗之孙，睿宗之女，陛下之女弟，于天下不为贱，何必名系主号、资汤沐，然后为贵？请入数百家之产，延十年之命"。从七四四年辞去公主封号，不再是玉真公主的李持盈就以女道士身份云游四方，活成了李白诗歌赞美的九天玄女一般的浪漫人物。十二年前，李白的《玉真仙人词》赞颂她的诗句是："玉真之仙人，时往太华峰。清晨鸣天鼓，飙欻腾双龙。弄电不辍手，行云本无踪。几时入少室，王母应相逢。"十二年后，早已修完唐代女道士所有进阶道课的李持盈，给哥哥李隆基找的告别理由，其实很牵强，一心扑在杨玉环身上的唐玄宗似乎没有细究，就削去了她的玉真公主封号，准许她爱干吗就干吗去。真是妹大不留人，大概他也拦不住。玉真公主，这个传奇人物像是从此人间蒸发了，再难寻觅倩影仙踪，传说她晚年多在王屋山修道。李白在七四四年与杜甫同游过王屋山阳台宫，寻访道家高道司马承祯，不知他与她是否在此重聚过，遗憾的是，这一时期留存下来的《上阳台帖》等李白诗文皆无记录他们有重逢迹象。不过，她与李白均死于七六二年，却可坐实。据王维弟弟王缙所撰《玉真公主墓志》一文显示，"公主法号无上真，字玄玄。天宝中更赐号持盈。中宗时封昌兴县主，睿宗时封昌兴公主，后改封玉真。进为长公主。元年建辰月卒"。这个

"元年"，指唐肃宗宝应元年，也即七六二年。那年，"安史之乱"尚未平定，李持盈死后不久，唐玄宗、唐肃宗就先后驾崩，改由唐代宗李豫主持军国大事，年底便是李白离世。李持盈的一生，跟李白、王维、张果（民间传说中的张果老）皆牵扯过说不清道不明的情事，唐玄宗曾一度要求她嫁给道士张果，结果张果没有奉召，她先后喜欢的王维、李白两位大诗人又都没有成为她的驸马。李白在这年末正式出家当道士，或许也是与玉真公主的遥相知音。

杜甫，在七四四年这年没有被改命，在于他尚未进入唐玄宗的视线，因此仍旧没有一官半职，只是一个无业诗人。

这年元日，杜甫三十二岁，他正在洛阳经历父亲、二姑母两位至亲相继去世的阵痛，继祖母、范阳县太君卢氏也将于几个月之后终结人生。丧事接二连三，丧气铺天盖地，似乎让杜甫有些灰头土脸。其实，杜甫并不消沉，他在这年也有命运起伏，开始亲近道家，向往修炼仙丹，再次仗剑远游，打开他的盛唐诗歌新长卷。

就在这年春夏之交，刚刚遭遇逐臣阵痛的李白，还在强装一副"仰天大笑出门去，我辈岂是蓬蒿人"的表情，从西京长安城来到了东都洛阳城。说是强装，源于这个表情，最初闪现于七四二年，李白突然接到唐玄宗召他入京的诏书，他满以为实现政治理想的时机到了，兴奋地赶回南陵家中与女儿们告别，在激情洋溢的《南陵别儿童入京》一诗中袒露过。他就是这样的性格，即使痛，也会装着不痛，还是那么潇洒。这次从长安到洛阳，李白想去王屋山看看另一个赞扬他自带仙气貌似仙人的道家高道司马承祯，最好能在王屋山的上阳宫与这位仙友探讨一下"不走'终南捷径'的得失与成败"。因为早年，司马承祯给唐玄宗校正过老子的《道德经》，还在王屋山阳台观书写过三种字体的《道德经》，并且劝过李白，要想入仕，有一条路就是隐居长安附近的终南山，走那条叫"终南捷径"的当官捷径。要是还能在王屋山的主峰之巅天坛山，见见盛唐的"九天玄女"李持盈，一同策论阴符，一起修炼仙丹，李白那就真的不枉此行了。可是，他想见的这两个道友，终究扑了空。他不想见的人，却是让他应接不暇。其中，有一个人，不是李白想见之人，也非他不想见之人，就在这一时期猛然闯进他跌宕起伏的人生。

是的，李白与杜甫，中国文学史上最伟大的两位诗人终于要见面了。唐玄宗几乎不再行幸的洛阳，就是他们完成人生初见的地方。洛阳，洛河之上的太阳，因此多了一抹激情豪迈的诗意之光。洛河之上的月亮，会让这两个都爱以明月入诗的诗人，成为彼此的明月，即将打开韩愈所喻"李杜文章在，光焰万丈长"那样的万丈光芒，从此照亮中国文学史和世界文学史。

命运给他们以痛，他们都报之以歌。阳光给他们以暖，他们便光芒万丈。只是，李白与杜甫都还不知道，他们会是彼此精神世界的发光体。

这年，李白还不是诗仙，杜甫也不是诗圣。然而，相比李白的知名度，杜甫仍有很大的差距。经历了近两年与皇帝、妃子以诗相伴的风光日子，李白已是闻名全国的大诗人。他的《蜀道难》，他的《清平调》，他的翰林供奉身份，可谓妇孺皆知。杜甫当然也知道这些。听说李白来了，而且就在自己所居的洛阳城里买醉，从小就持"结交皆老苍"交友观，一贯秉承"性豪业嗜酒"的杜甫，腰缠佩剑，手握诗稿，提着酒壶，便兴奋地迎了上去。

二人首次见面地点，在洛阳天津桥南的董家酒楼。这是一个酒商因为仰慕李白，专门在此为他所建的酒楼，传说李白于七四四年在此与杜甫饮酒赋诗离开洛阳之后，这个董家酒楼为了招揽生意就直接改名为"谪仙酒楼"。李白《忆旧游寄谯郡元参军》一诗，以"忆昔洛阳董糟丘，为余天津桥南造酒楼"追忆过洛阳这家酒楼最初因他所造，以及他与元参军携歌伎带舞女在此"黄金白璧买歌笑，一醉累月轻王侯"的放荡生活。此诗，可能也是李白首次正面回应自己被唐玄宗逐出长安的失意，他收到逐臣令的心情是"北阙青云不可期，东山白首还归去"，离开长安时的心情又是"问余别恨今多少，落花春暮争纷纷。言亦不可尽，情亦不可及"。李白这是在说：朝堂中青云直上难以期望，于是辞归回还东山，你在渭南桥头与我相遇又分手，你问我离愁别恨今有多少，请看那暮春时节落花纷纷，与我的心情最为相似，说也说不尽，真是满怀心绪难以表述。

杜甫与李白的初见，一开始，像是粉丝见偶像，聊着聊着，更似小侠见大侠，一个是"但愿长醉不愿醒""唯有饮者留其名"，一个只想"杀人红尘里，报答在斯须"。那时，李白一直剑不离手，如他在《忆襄阳旧游赠马少府巨》里形容自己的装扮，正是"高冠佩雄剑"，他对待写诗的人，尤其是对待写诗还不错、喝酒又很豪爽的人，并不那么飞扬跋扈。两人这一见面，一个是仰慕，一个是赞赏，很快就定位为兄弟关系，他们对酒当歌，各述衷肠，大醉一场。

诗人见面，李白自然会问杜甫：最近在写什么诗？ 最好不过痛快诗！

这次初见，杜甫除了当面吟唱《望岳》等早期诗歌名篇，还即兴创作了一首五言诗献给李白。赠诗之前，有些微醉的李白就已开始称兄道弟，年纪小他十一岁的杜甫也不客气，诗名就叫《赠李白》。

二年客东都，所历厌机巧。

野人对腥膻，蔬食常不饱。

岂无青精饭，使我颜色好。

苦乏大药资，山林迹如扫。

李侯金闺彦，脱身事幽讨。

亦有梁宋游，方期拾瑶草。

杜甫赠给李白的第一首诗信息量很大。一方面，他在李白面前展示了自己的豪爽形象，说在旅居东都洛阳这两年特别憎恶那些机诈巧伪之人，由于一系列家庭变故，常常连饭也不能饱食，因此极其痛恨成天以山珍海味为食的权贵，简直就是"野人"。另一方面，他被李白仙气飘飘的气质感染了，字里行间，处处折射出愿意跟这位修道高人访道求仙之意。翻译成白话文，杜甫那是在说：难道说就没有可以延年益寿的青粳饭，让我吃了使我的容颜好些吗？如今的洛阳，极其缺乏炼金丹的原材料了，因为附近深山老林的药材，都被求道修仙之人用扫帚扫过，已经一干二净。李侯啊，你是金马门的贤德之士，如今离开朝廷，终于自由了，可以去山林中寻幽探胜。我也有到梁宋游览的意愿，正好与你同行，希望能采到仙境中的瑶草，做个无忧无虑的隐士。

从杜甫《赠李白》的尾句"亦有梁宋游，方期拾瑶草"，可见他们爽快地定下了同游梁宋之约。

李白呢？他这次没有给杜甫回赠诗？极有可能遗失了。不过，在这之后与杜甫同游梁宋、齐赵期间，李白写过一首《侠客行》，以"三杯吐然诺，五岳倒为轻"比喻二人相交，就是知己。此诗，李白引用的典故，是说战国侠士朱亥、侯嬴与信陵君的交往旧事。朱亥本是一屠夫，侯嬴原是魏都大梁东门的门官，两人受到信陵君的礼遇，成了信陵君最为信赖的门客，三人三杯热酒下肚，就是慷慨许诺，愿为知己两肋插刀，并把承诺看得比五岳还重。朱亥最终为信陵君救赵，挥起了金槌，使赵都邯郸上下为之震惊。"救赵挥金槌，邯郸先震惊。千秋二壮士，炬赫大梁城。纵死侠骨香，不惭世上英。谁能书阁下，白首太玄经？"李白此诗的最后八句，也是说给杜甫听的，他希望他们二人做人要像朱亥、侯嬴这样的侠士一样，千秋之后仍能在大梁城传为美谈，纵使死去也有侠骨飘香，不愧为盖世英豪。当然，李白还有一层意思，是劝杜甫不要执着追求去做扬雄那样的儒生，著书立说白了头，到头来也是一死，不如侠士更易让人赞颂。

李杜初见，千年以来，惯常被人传为佳话，甚至被人引为神话。的确，他们都身披光芒，是最耀眼夺目的盛唐诗人。正如闻一多所说的"太阳"与"月亮"的碰头，孔子与老子首次打照面。这太阳，是李白已经发射的盛唐之光；这月亮，是杜甫后来照亮的盛唐诗史。不过，我更愿意形容为两个大唐游侠的意气相投和惺惺相惜。

就是这两个大唐游侠，在洛阳，以诗结奇缘，以剑为号令，以酒为江湖，由此开启了一段长达一年半，名叫"诗与远方"的浪漫之旅，也叫"剑与江湖"的侠客之行。

对于诗圣而言，李白闯入杜甫生命的这些日子，像是注入他最初困苦生活的一滴滴蜂蜜。

对于诗仙而言，杜甫走进李白人生的那些光阴，又似稳住他飞扬跋扈性子的一道道光芒。

大概就在洛阳首会不久，二人便同游了黄河对面的道教圣地王屋山。王屋山，杜甫早先去过，这次陪李白前往，一是被他求道修仙的虔诚打动，二是自己熟门熟路，正好可当向导。

　　山高水长，物象千万，非有老笔，清壮何穷。十八日，上阳台书，太白。

　　如今，在王屋山阳台宫，有一面石壁刻下了这二十五个字，李白草书的四言诗《上阳台帖》。石壁上的字，苍劲雄浑，又气势飘逸，如同李白的诗风，豪放，又俊逸。这也是李白唯一传世的书法真迹拓本，原迹已作为国宝级文物收藏于北京故宫博物院。

　　杜甫的书法风格，追求瘦硬，与李白的飘逸，颇为不同。不过，他们的书法都受到两个人的影响，远师对象是书圣王羲之，当朝可学的书法家是草圣张旭。早在初唐时期，由于唐太宗李世民特别喜欢王羲之书法，并带头研习，随之掀起了一场书法运动，就是把王羲之捧为书圣，就像宋代文人把杜甫奉为"诗中圣哲"一样壮观。到了盛唐，由行入草，追求笔法多变，也让草书进入盛世，诞生了张旭、怀素两位草圣。李白的墨迹，显然受到张旭草书很大影响。"非有老笔，清壮何穷"，李白留在《上阳台帖》中的这八个字，堪称精妙的书法评论，也是他运笔追求苍茫、浑厚等古朴气象的写照。遗憾的是，杜甫自言"书贵瘦硬方通神"的书法，并未传世，后人只能从他的诗中去遥想了。

　　昔谒华盖君，深求洞宫脚。
　　玉棺已上天，白日亦寂寞。

在晚年，杜甫《昔游》一诗追忆了此次与李白同游王屋山的目的，他们是去寻访在这里出家的道士华盖君，想向他求教道家真经，可惜此人早已仙逝。

寻华盖君，竟阴阳两隔。司马承祯，又早已作古。或许这期间，他们还结识了一个在王屋山修道的本地道士孟大融，李白后来在鲁郡任城闲居时写了一首《寄王屋山人孟大融》，说此人"食枣大如瓜"。其中，李白此诗里的"中年谒汉主，不惬还归家"两句，再次回应了他在七四四年遭遇的"赐金放还"事件。此事直接导致他的政治理想化为泡影，他的晚年也因此以神仙为寄托，排遣心中苦闷，说来很消极，对于写诗而言却非坏事，至少尾句"愿随夫子天坛上，闲与仙人扫落花"又给浩瀚唐诗贡献了令人眼前一亮的佳句。

王屋山一别，两人又相约在杜甫处理完家事后，就同游梁宋，仗剑齐赵，寻找已不是少年却胜过少年那一帧帧侠客踪影。当时，二人皆无官职，就无职事缠身，本可继续同游，为何会有王屋山一别？是因一封家书，来自陈留郡的亲人病危家书，中断了杜甫给李白的同游计划。

四十六、气酣吹台

杜甫与李白的第二次见面，为何约在梁宋？梁宋，又在哪里？

《天宝初，南曹小司寇舅，于我太夫人堂下，累土为山……》，在杜甫这首诗题很长，只能省略表示的五言诗里，不难发现，"太夫人"就是杜审言的继室，杜甫的继祖母，因凭长子杜闲是五品官员"朝议大夫"而被唐玄宗敕封为"范阳太君"的卢氏。在杜甫另一篇散文《唐故范阳太君卢氏墓志》里，他还有更明确的交代，说"维天宝三载五月五日，故修文馆学士著作郎京兆杜府君讳某之继室范阳县太君卢氏卒于陈留郡之私第，春秋六十有九"。也就是说，晚年的卢氏，住在陈留郡。

陈留郡，在唐玄宗天宝元年（七四二年）之前，也叫汴州，其治所就在浚仪县（今河南省开封市祥符区），此地在战国时期正是魏国首都大梁。这个"大梁"，就是"梁宋"之"梁"。至于"梁宋"之"宋"，则是在天宝元年改名为睢阳郡的宋州（今河南省商丘市睢阳区），也是赵匡胤在此任归德军节度使继而开创大宋王朝的龙兴之地。这个宋州，历史悠久，早在西周初期就诞生有诸侯国"宋"，在春秋战国时期，宋国更是儒家、墨家、道家和名家四大思想的发源地。在杜甫眼里，"梁宋"之"宋"，即"宋中"，依旧是汉代的梁孝王都，其诗《遣怀》起句便说"昔我游宋中，惟梁孝王都"。梁孝王都，从汉代起，就从大梁（今河南开封）迁都睢阳（即宋州，今河南商丘）。

与李白相识时，卢氏已经发病，作为长房长孙，父亲又已身亡，杜甫最担心的事，就是继祖母熬不过这年。果然，还在王屋山感受这座道教仙山的雄奇与俊逸时，卢氏就不行了，杜甫因此改约李白去梁宋同游。那是因为继祖母病榻在陈留郡，他的三叔、杜闲的三弟杜专，大约此时正在陈留郡开封县担任县尉，这样的话，杜甫可以就近尽孝，也便于招待李白，以尽地主之谊。

碰巧的是，李白于七四四年夏天离开河南府王屋县所在王屋山的下一站，计划就是去睢阳郡单父县（今山东省菏泽市单县），因为时任单父县尉陶沔和该县主簿、李白族弟李凝都在邀请他，去单父游玩，散心。单父，从唐太宗贞观十七年（六四三年）起，此县就属宋州管辖，杜甫陪李白同游单父那年，宋州已改名睢阳郡。不过，他们仍爱把这里唤成宋州，或者宋中。

七四四年五月五日，继祖母卢氏在陈留郡离世，在安排完她的身后事后，杜甫就快马加鞭前往郡内的大梁古城，也就是如今的开封，与李白再次相会。其时，李白写有《梁园吟》一诗，提到与杜甫重逢的季节，正是五月，诗句原文为"平头奴子摇大扇，五月不热疑清秋"。然后，他们又去了杜甫口中的宋中，论交入酒垆，慷慨吟新诗，畅谈古代英豪行侠仗义以古喻今那些痛快事。

宋州，易名商丘，已成传说。

开封，仍在开封，折叠往事。

开封，像是一个人欣喜地打开一个信封。因为每个人都很期待信中内容，开封，在我看来，就是一个开了封就放不下的信封。它的名字，因此沿用了很多年，很幸运地保留至今。开封，最早以县为名，在西汉初，为避汉景帝刘启之名讳，由启封县改名而来。开封，最辉煌的时代，是宋代，自宋州归德军节度使赵匡胤在开封城北四十里的陈桥驿发动"陈桥兵变"，以"宋"为国号，它就成了首都，全世界规模最大也最繁华的都市，并以东京开封府闻名天下。《清明上河图》《千里江山图》等名画的诞生，苏轼、王安石、黄庭坚等北宋诗人均以杜甫为写诗壮志楷模，唐诗之后又一座遥不可及的诗词山峰"宋词"的形成，皆发生在开封。当然，这些历史大事，杜甫与李白都无法得知。他们在开封城见证的辽远的汴河，我们也无法看到，如今只剩下一个汴河遗址，供人想象，它似乎又还给了黄河。

汴河，又名汴水、汴渠，对于杜甫与李白而言，意义特别重大，在于它曾是他们分别仗剑远游去吴越看海，向南京、苏州、杭州、绍兴等地孕育的六朝山水诗取经的必经之河。

最早擦亮汴河的人，是隋炀帝杨广。隋，这个短命的王朝，留给唐的遗产却是长情，除了广阔的疆土，还有贯穿南北的大运河。这条大运河，以洛阳为中心，往北可至幽州（隋代称涿郡，唐代又称范阳郡，今在北京、河北一带），往南可达杭州（唐代又称余杭郡）。由于水路四通八达，遍设驿站以便商人往来，振兴了大唐经济，也勃兴了大宋经济。在隋炀帝时期开凿的大运河，北段叫永济渠，南段叫通济渠。通济渠，起点是洛阳西苑，终点是今江苏扬州杨子桥附近的扬子渡口。其中，由河南荥阳以北的北板渚至开封的这一段河流，因是引黄河水自原来的汴河河道整修而成，隋炀帝因此定名为汴渠。

在唐代和宋代，汴渠往往以汴河或者汴水的名字，进入唐诗宋词。八三九年，中唐诗人白居易送其爱妾柳枝乘船沿着汴水南下杭州，途经泗州时，曾挥笔写下脍炙人口的《长相思·汴水流》："汴水流，泗水流，流到瓜洲古渡头，吴山点点愁。 思悠悠，恨悠悠，恨到归时方始休，月明人倚楼。"恨到归时方始休，白居易流淌在此诗里的点点愁，最终竟成了汴河的千古愁。就在南宋以后，宋、金两国划淮为界，通济渠由此不再通航，后来逐渐被废弃为一条干枯的地上河。据《辞海》"汴水"条目记载："今仅存江苏省泗洪县青阳镇到临淮镇的六十华里一段，上承濉河，南注入洪泽湖。"汴河，因此也成了一条短命的河流。但从隋朝起，还称汴州（或陈留郡）的开封，吃着黄河水长大的汴河，就从开封穿城而过，滋养了隋、唐、宋三朝开封城民，一路浩浩荡荡，用水书写了黄河改道流向淮河的壮丽一笔。二十岁那年，杜甫正是从洛河出发，经黄河，过汴河，又通过这条很长的通济渠转入淮河，然后到达淮安、扬州、南京、苏州、杭州、绍兴，最后在天姥山，完成与李白在"精神上的同游"，取回自己学习谢灵运等六朝诗人的山水诗真经。七四四年，杜甫仍是从洛河经黄河到汴河，与李白实现真正的第二次见面——"肉身上的同游"。那年，与杜甫交游的李白写了很多诗，其中写到汴河的诗句，就有《梁园吟》"舞影歌声散绿池，空馀汴水东流海"。

杜甫与李白的这次梁宋游，从陈留郡的吹台到大梁古城夷门，再到睢阳郡的单父台、孟诸泽、芒砀山，来来往往可能纵横几千里。二〇一六年，我选择从洛阳的洛河边出发，沿着黄河边，一路驾车追踪杜甫这段行迹，仅是从洛阳的龙门石窟到开封的吹台，走高速也有四百多里。导航显示，从洛阳龙门石窟到山东单县的单父台，行程足足有近八百里；要是从洛阳到商丘芒砀山，则有八百多里。实际上，此行按照杜甫行踪绕来绕去，我的行程表上早已超过了两千里。

"气酣登吹台，怀古视平芜。"按杜甫现存《遣怀》一诗显示，他当年在陈留郡，也就是如今的开封，留下的第一个重要踪迹，应为"吹台"。再从此诗"忆与高李辈，论交入酒垆"等句，回溯与杜甫同游梁宋的人，除了李白，还有高适。吹台，因此也是杜甫与高适的第二次见面地。宋城，在唐代是宋州（睢阳郡）的治所，高适差不多从二十岁起就在此地游居，杜甫约他同行，正是给他引荐认识李白。吹台，从此成了他们最初友谊的见证者，衍变为一处持续不断灌注诗酒文化的后世名胜古迹。在他们后来的诗歌里，"李十二白"李白、"高三十五书记"高适、"杜二拾遗"或者"杜二甫"杜甫，有时是按各自在家族排行相称，有时又按谁担任官职和所在任地方唤名，有时还直呼其名，更多时候则以年龄排序，成了生活中的大哥、二弟、三弟。毋庸置疑，高适在杜甫心中的位置远远高于李白。不论是《遣怀》还是《昔游》，杜甫在晚年回忆这段青葱岁月，总把高适的名字放在李白前面，如"忆与高李辈""昔者与高李"。

吹台，这个名字，如今听上去有些奇怪。说来，吹台之名，最早源于一个与音乐有关的传说。相传在春秋时，有位叫师旷的晋国大音乐家，他眼瞎，却心亮，发现了这个注定与众不同的小土丘，并乐于在此吹乐奏曲，后人为了纪念他，就把这个被美妙乐音浸染过的小土丘命名为"古吹台"。李白、高适、杜甫，这三个诗歌兄弟，选择在开封的"吹台"会面，会不会就是慕师旷之名而来畅游？ 要知道，他们皆是爱乐之人。李白，生前喜欢闻笛听箫，尤其是竹笛，常被他美誉为玉笛，如《金陵听韩侍御吹笛》"韩公吹玉笛，倜傥流英音"，又如《与史郎中钦听黄鹤楼上吹笛》"黄鹤楼中吹玉笛，江城五月落梅花"，再如《观胡人吹笛》"胡人吹玉笛，一半是秦声"。当然，李白写的最为动人的笛声，是其在洛阳城闻笛声而思乡的那首《春夜洛城闻笛》："谁家玉笛暗飞声，散入春风满洛城。此夜曲中闻折柳，何人不起故园情。"不仅如此，李白还会吹笙，其《忆旧游寄谯郡元参军》一诗便说"紫阳之真人，邀我吹玉笙"。高适，留在诗句里的笛声，往往呈现出雪、马、风、戍楼等边塞风味的意象，极具画面感，又颇具苍凉、壮阔气象，如其《塞上听吹笛》就在酬唱："雪净胡天牧马还，月明羌笛戍楼间。借问梅花何处落，风吹一夜满关山。"此诗，又名《和王七玉门关听吹笛》，王七指另一位边塞诗人王之涣，是高适在西北边塞从军于哥舒翰幕府所作，与王之涣《凉州词》"羌笛何须怨杨柳，春风不度玉门关"互动的唱和诗。杜甫呢？ 除了诗，他的琴棋书画样样通，堪称全才。仅从杜甫在夔州写的《过客相寻》"穷老真无事，江山已定居。地幽忘盥栉，客至罢琴书"等句可知，闲来无事时，来不及梳洗，他就会抚琴，呼唤一身音乐细胞，用于解闷与消愁。杜甫也极爱听人吹笛，还在夔州时，他的《吹笛》一诗便说"吹笛秋山风月清，谁家巧作断肠声"，显然这笛声勾起了他的思乡之情，尾句才有"故园杨柳今摇落，何得愁中却尽生"之叹。他写与音乐有关的旷世名句，自然是在成都所作的那首《赠花卿》，"锦城丝管日纷纷，半入江风半入云。此曲只应天上有，人间能得几回闻"，正是其七言绝句代表作。李白、高适、杜甫，写笛，谈到的"梅花"和"杨柳"，并非花中梅花、树中杨柳，而是流行于唐代的两首乐府名曲，笛曲原名为《梅花落》《折杨柳》。在吹台，要是李白吹笙，高适吹笛，杜甫弹琴，呼应乐圣师旷，来场民间音乐会，这里可能会留下另一个传奇故事。可惜的是，遍寻他们三人的诗，都跟师旷没什么关系，好比师旷是红酒杯，他们是那三杯红酒，这些红酒却终究不会挂杯。

那么，又是什么吸引他们选择在吹台交游？吹台，现在开封何处？

杜甫在《遣怀》一诗所说的这个"吹台"，实际上来自另一个传说。那是西汉初年，汉文帝封其次子刘武于大梁，即梁孝王，其都城最初在大梁，后又迁至睢阳（今河南省商丘市睢阳区）。都城还在大梁时，梁孝王就因喜欢同文人墨客吟诗吹弹游乐，不仅增筑了一个高大的吹台建筑，而且在吹台上兴建了一座豪华的园林，称为梁园。这个梁园，直接引发后来的李白写了一首脍炙人口的名诗《梁园吟》，留下"平台为客忧思多，对酒遂作梁园歌"等吟诵梁园的诗句。据说到了明代，这个由梁孝王刘武增筑的吹台还有十米高，周长达到百米。这个因反复修葺而被抬高的"吹台",如今位于开封市城区东南的禹王台公园内,现为河南省的省级文物保护单位,当地人题字刻为"古吹台"。

吹台,又名禹王台,则是明代的事了。传说在明嘉靖二年,也就是一五二三年,因开封屡遭黄河水患,为怀念大禹治水的功绩,明代人就在吹台上建了禹王庙,从此改称吹台为禹王台,沿用至今。在当地人心中,禹王台似乎还要胜过吹台之名。

五年前的那个秋天,当我来到杜甫所说的"吹台"时,这里的建筑已经颇具规模,建有禹王庙、三贤祠、水德祠和御书楼等多重建筑,重叠着浓郁的高台文化、音乐文化、诗酒文化、治水文化。就在禹王台的南台阶下面入口处,可见一座门楼式牌坊,上面写有"古吹台"三个大字,它是古代高台文化的象征物。师旷在此建有两尊塑像,一尊坐于花坛中抚琴,一尊坐在一间小屋里弹琴,尽管是艺术家想象的人像,秋风起,落叶纷飞,仍有一种音乐文化扑面而来。其中,位于禹王台大殿东侧的三贤祠,是个小院,有字提醒,建于明正德十二年(一五一七年),正是后人纪念李白、杜甫、高适三位唐代诗人在此登台饮酒吟诗逸事的祠堂,院里塑有他们三人的雕像,这里承载着吹台的诗酒文化。显然,有大禹高大塑像的禹王庙和供奉三十七位历代治水名人的水德祠,是吹台上最为壮观的建筑,因为它们是开封"治水文化"的物质载体,清代康熙皇帝甚至亲自书写了"功存河洛"的匾额悬挂其间,这也让此处的禹王庙比天下其他禹王庙更有骄傲的资本。

吹台,如今虽是一个公园,却因被翠柏环抱,显得很幽静。这里的幽静,跟游人多少无关。它的浪漫,源于师旷,勃兴于李白、杜甫、高适在此酒酣赋诗慷慨怀古。如果要收门票,我想,我就是来购买留在高台之上那段属于盛唐也属于李白、杜甫、高适的浪漫往事。

在吹台，尤其是在塑有李白、杜甫、高适三人立像的三贤祠，最适宜怀古。此祠，不大，就是一个竹影摇曳的小院子而已，相传是明代正德年间由河南巡按御史毛伯温所建。置身其间，尽管略显简陋，但我仍能感受得到毛伯温这位明代兵部尚书构筑此祠的崇拜之情。久久地停在这里，观竹，望像，小酌一杯我从四川带来的杜甫酒，被秋日阳光照射的三位盛唐诗人的塑像，又会在殿内幻变出三个身影，不用"举杯邀明月"，也有"对影成三人"。李白，狂放不羁。杜甫，双眼凄苦。高适，威武高大。这些塑像的表情，看上去似乎很符合大众的审美印象。其实，在七四四年秋天，他们来到吹台畅饮怀古时，只有一个表情，皆是狂放不羁，慷慨激昂。

因为李白的感染力实在太强。

人家，一个刚被皇帝赶出长安城的逐臣，脸上既无忧虑也无抱怨，三杯酒一下肚就豪爽地呼兄唤弟，在吟诵诗句里拜英雄敬豪杰，如此畅快淋漓，两次求仕失败的高适，一次进士不中的杜甫，又何必老是把愁苦二字悬于眉头挂在嘴边呢。说不定按照李白今朝有酒今朝醉的及时行乐作风，陪同他们在吹台饮酒赋诗的人，还有唱曲的歌伎、起舞的舞伎、端茶送食的侍女，共欢，同乐。

忆与高李辈，论交入酒垆。

两公壮藻思，得我色敷腴。

气酣登吹台，怀古视平芜。

芒砀云一去，雁鹜空相呼。

没错。杜甫追忆当年在这个还是土制的"吹台"上，李白与高适都是激情吟诗，灵感四射，才华横溢，让他和颜悦色，那是十分开心，并无半点忧愁。此诗来自杜甫晚年所作的《遣怀》，回忆青春，依旧美好。

李白的《梁园吟》，留给开封，留给吹台，留给梁园，的确是满腔豪迈，他说"人生达命岂暇愁，且饮美酒登高楼"，身旁真不止于他和高适、杜甫三人，既有"舞影歌声散绿池"，也有"平头奴子摇大扇"，台上还有"玉盘杨梅为君设，吴盐如花皎白雪"。吟诗，抒怀，之后就是劝酒，李白的原话是"持盐把酒但饮之，莫学夷齐事高洁"。这个饮酒之法有点奇特，竟然要放点盐。李白那意思，翻译成四川话就是：兄弟们，喝，快喝，一口干，别给老子装什么清高，不喝个痛快，算啥子诗人？

在吹台慷慨赋诗酒足饭饱之后，他们三人就去瞻仰了大梁古城的夷门，寻访战国时期的侠士侯嬴在魏国都城大梁的看门处。这次在陈留郡交游，他们也可能是先寻夷门，再游吹台。在已不存在的夷门，李白写出了诗歌名篇《侠客行》，歌颂侯嬴与朱亥两位侠客"三杯吐然诺，五岳倒为轻"的侠义精神。高适则以一首七言诗与李白酬唱，诗名叫《古大梁行》。相比李白与杜甫，高适流传下来的诗较少，这里全文引用。

古城莽苍饶荆榛，驱马荒城愁杀人，

魏王宫观尽禾黍，信陵宾客随灰尘。

忆昨雄都旧朝市，轩车照耀歌钟起。

军容带甲三十万，国步连营一千里。

全盛须臾哪可论，高台曲池无复存。

遗墟但见狐狸迹，古地空余草木根。

暮天摇落伤怀抱，抚剑悲歌对秋草，

侠客犹传朱亥名，行人尚识夷门道。

白璧黄金万户侯，宝刀骏马填山丘，

年代凄凉不可问，往来唯见水东流。

七四四年，迎接李白、高适与杜甫的夷门，要多苍凉，就有多苍凉。

那时，所谓的大梁古城，已基本作废，到处长满了荆棘杂草，荒芜、残败、苍凉，时值盛夏，仍然让人愁思满怀。他们手持长剑，骑着快马，兴致勃勃而来，不仅是古城外一片苍茫，连魏王的宫室、庙观也长满了禾黍，在断壁残垣间，只有狐狸跑过的痕迹，心中向往的夷门早已不复存在。天色渐晚，落日余晖，布满古城，壮志未酬的高适非常落寞，他感觉自己手中的长剑，也无用武之地。高适和李白、杜甫，还有来来往往的唐代百姓，此刻看见汴河从容地向东流去，他想，唯有那汩汩流淌的汴水才是历史的最好见证。他不知道的是，汴河在南宋以后也不是大梁和夷门的见证者了。他更不知道的是，此时处境恰似"玉在匣中求善价，钗于奁内待时飞"，日后光景却是他们三人中唯一飞黄腾达之人，最终纵身一跃成为整个大唐做官做到最大的诗人。《旧唐书》因此说，"有唐以来，诗人之达者，唯（高）适而已"。他后来走的路当的官，如淮南节度使、剑南节度使、刑部侍郎、散骑常侍、渤海县侯，死后追赠的礼部尚书，皆是杜甫心中所想，却又没法实现的梦。三年前的寒食节，杜甫在偃师杜预墓前写的《祭远祖当阳君文》，就已立下壮志，要像远祖杜预那样拜将封侯，光耀"奉儒守官"的杜氏家族。这些，高适知道，但他不是皇帝，也鞭长莫及，帮不了杜甫，最多能在杜甫后来生活困苦时送些禄米救急。

可是，李白不会那样去想。在《侠客行》里，回荡在李白脑海里的想象画面，依旧是侯嬴与朱亥"十步杀一人，千里不留行。事了拂衣去，深藏身与名"的潇洒，因为他刚被逐出长安，远离了大唐政治中心，除了坚定去当一个道士，还想做一个侠客，最好是"将炙啖朱亥，持觞劝侯嬴"这样的豪杰。

杜甫，此时满眼皆是他所崇拜的李白。其《遣怀》一诗提及这段游历，也是杀气腾腾的诗句，如"白刃雠不义，黄金倾有无"，再如"杀人红尘里，报答在斯须"。

夷门，对我而言，像是虚构之门，更是连见证过它盛衰的汴河也拿不出来了。

唯有在吹台，在如今的开封名为"古吹台"的这个地方，我还能真实地把双脚抬上去，登高望远。登上吹台那一刻，大梁、汴州、陈留、开封、吹台、三贤祠，都已成往事。独留李白、杜甫、高适三人塑像，让人伤怀，恨不得穿越回到唐代，与他们共饮一杯。就像杜甫于七六六年在夔州缅怀已故的李白、高适，他的诗题是《遣怀》，他的感伤是"乱离朋友尽，合沓岁月徂。吾衰将焉托，存殁再呜呼"，我顿时油然而生一种可怕的担忧。身后的父亲满头白发，他要是也离开了我，我又该怎么办？

好在一个吹笛子的少年，在吹台吹起了一首叫《流水》的曲子，中断了我那时继续联想下去的念头，而如今，父亲还健在，又让我渐渐打消了顾虑。俗话说，父母在，不远游。看来，我远游那些年，带上父亲一同去追踪杜甫遗迹，也是一个最好的安排。

四十七、秋猎孟诸

离开陈留郡，李白、高适、杜甫这三个游兴未尽的诗歌兄弟，本来打算面朝睢阳郡，来一次快意江湖的长途奔袭，然后在偌大的梁园纵马驰骋，拉弓射箭，追鹰逐兔，尽兴围猎。然而，一封加急家书改变了杜甫的行程。

继母卢氏给继祖母卢氏定下的葬礼日期临近，杜甫不喜欢这个继母，但对继祖母仍有恩情，因为母亲崔氏与父亲杜闲当年的婚礼，就是这个享年六十九岁的太夫人一手主持的。他不得不赶回洛阳偃师，以长房长孙身份主持继祖母的葬礼。为此，杜甫写了一篇祭文，叫《唐故范阳太君卢氏墓志》。在这篇祭文里，杜甫很感念这位继祖母，说"某等夙遭内艰，有长自太君之手者，至于婚姻之礼，则尽是太君主之。慈恩穆如，人或不知者，咸以为卢氏之腹生也"。卢氏，不是杜甫的亲祖母，在祖父杜审言于七〇八年病逝后那几年，整个杜氏家族夙遭内艰，全靠她撑着。卢氏临死之前交代后事，也不僭越为妾者争正妻的丧葬礼，选择葬在杜审言墓附近，这也让杜甫相当钦佩，因为杜审言的前夫人薛氏才是自己的亲祖母，早先杜薛二人已合葬，他因此给她写下赞语，称"实唯太君积德以常，临下以恕，如地之厚，纵天之和，运阴教之名数，秉女仪之标格"。

按这篇祭文所记，卢氏的下葬日期是"八月旬有一日，发引归葬于河南之偃师"，也就是中秋节次日。再按"以是月三十日庚申，将入著作之大茔，在县首阳之东原，我太君用甲之穴，礼也"等文字表述，至少在九月之前，杜甫仍在偃师守孝。其间，李白的踪迹显示，他于白露节气这天，在睢阳郡单父县城南楼写了一首《早秋单父南楼酬窦公衡》，从"白露见日灭，红颜随霜凋"到"我闭南楼看道书，幽帘清寂在仙居"等诗句可知，杜甫中途散伙，高适也没再陪伴李白同行，可能高适当时也有家事耽误。于是，李白便在单父县城南楼客居了一段时间，写诗应酬他的族弟、单父县主簿李凝，如《单父东楼秋夜送族弟沈之秦》"沈弟欲行凝弟留，孤飞一雁秦云秋"，又如《送族弟凝之滁求婚崔氏》"与尔情不浅，忘筌已得鱼"，写诗吹捧单父县尉陶沔，如《登单父陶少府半月台》"陶公有逸兴，不与常人俱。筑台像半月，回向高城隅"，闲来无事时他就翻看道家典籍，为第二年加入道教当一个真正的道士做准备。

大约是晚秋了，杜甫才再次从洛阳偃师出发，又约李白、高适完成他们的梁宋游的下半阕：同游于宋，即睢阳郡。

这时的睢阳郡，今天的商丘市，在杜甫和高适的眼底，还是宋中，或者宋州，他们好像并不喜欢唐玄宗在天宝元年把这里改名为睢阳。他们的行迹，像在追踪汉代的梁孝王刘武，把都城从大梁迁移至睢阳的古今变化，又像是高适在带引李白、杜甫感受他的第二故乡。

高适，出身于渤海高氏，说来也是一个望族。其远祖高傒相传为姜子牙后裔，辅佐齐桓公争霸天下的齐国大夫，从而开启高氏家族纵横沙场的硬汉血脉。其祖父高侃（一作高偘）在唐代是生擒突厥车鼻可汗的一员猛将，生前贵为左监门卫大将军、平原郡公，死后获赠检校左仆射、渤海郡王、左武卫大将军，谥号"威"，获敕陪葬乾陵。到了其父高崇文时，高家就有些家道中落了，而且可能因为他去世太早，高适不到二十岁，便在宋州治所宋城定居。从此，即使掐掉中间的外出远游时间，高适在宋州旅居也接近二十年，某种意义上说，这里比故乡渤海还亲还熟。在与李白结识，并与杜甫二度相会之前，用高适的话说，"我本渔樵孟诸野，一生自是悠悠者"，他还在宋州虞城（今河南省商丘市虞城县）以北、单父县（今山东单县）以南，一个叫孟诸泽（又称孟渚泽）的地方打鱼砍柴，过着自给自足的野人般生活。此话来自高适于七四九年道科中第出任封丘县尉时所作的七言古诗《封丘作》（别名《封丘县》）。其更早的另一首《同群公秋登琴台》，也以"物性各自得，我心在渔樵"自述曾经的悠闲自得。其实，在跟随河西节度使哥舒翰从军之前，他一直都在黄河南北打转转，走不出河南。

睢阳、宋州、宋城、宋中，这个地方不论怎么称呼，高适好像蒙着双眼也能摸出大象的耳朵、鼻子和大腿在哪个方位。七四四年这次，与李白、杜甫交游于梁孝王都，高适齐刷刷地丢出了《宋中十首》，打了李白一个措手不及。十二年后，高适又以淮南节度使身份，代表唐肃宗李亨朝廷，讨伐谋反的永王李璘，又打了在永王幕府任职的李白一个措手不及，这次没念旧情，他也不敢施救，李白因此下了浔阳狱，流放夜郎国（今属贵州）。十三年后，也就是七五七年，安禄山虽死，其子安庆绪在继位后却派大将尹子奇率十三万大军前来攻打睢阳城，其中不乏骁勇善战的突厥将士，史称睢阳之战的"睢阳保卫战"就此打响，眼见主将张巡和睢阳太守许远打得艰难，五十三岁的高适又受命参与讨安史叛军，最终解了睢阳之围，打了安庆绪一个措手不及。这就是不上战场就难显威武的高适的另一面。因此，宋中、睢阳，不仅是高适的郁郁不得志之地，更是他横刀跃马立下赫赫战功的福地。

为什么不说高适在宋中也打了杜甫一个措手不及？

因为这里，杜甫也熟。高适咏叹的《宋中十首》，杜甫都有话接，有诗唱和，有一颗不会谋反的忠君爱国的仁爱之心。

> 昔我游宋中，惟梁孝王都。
> 名今陈留亚，剧则贝魏俱。
> 邑中九万家，高栋照通衢。
> 舟车半天下，主客多欢娱。

还在杜甫的这首回忆诗《遣怀》里，还是那条壮阔的汴河喂养的宋中，在盛唐，在杜甫眼中，是仅次于陈留郡这样商业交通发达的大城市，而在军政地位上可与贝州、魏州相提并论的军事重镇。那时的宋中，也就是睢阳郡，仅是一个城邑，就有九万多户人家，大街两旁的高楼鳞次栉比，大运河也很青睐这里，行船和车马几乎占据天下的一半，由于生意兴隆，主人和客人都很欢喜。

不止于《遣怀》。杜甫另一首回首这年游历的长诗《昔游》还有记述，唐玄宗从开元年间开创的盛世之盛，说："是时仓廪实，洞达寰区开。猛士思灭胡，将帅望三台。君王无所惜，驾驭英雄材。幽燕盛用武，供给亦劳哉。吴门转粟帛，泛海陵蓬莱。肉食三十万，猎射起黄埃。"

这是何意？杜甫是说，即使在安史之乱前的天宝年间，官方和民间的存粮依旧殷实，那是因为水路、陆路畅通无阻，那时的江苏、山东、河北等地甚至已通海运。宋中，天宝元年由宋州改名的睢阳郡，正处在通向国内外水运双循环的大运河中间段，商业发达，不仅繁荣了洛阳、长安两京和沿海城市，而且红火了古代宋国所在的宋城。十年之后，李白《送王屋山人魏万还王屋》"身著日本裘，昂藏出风尘"，描绘的王屋山人魏万，身穿的日本服装正是海运带来的洋服，其自注"裘则朝卿所赠，日本布为之"，这个"朝卿"就是从海外来唐求学为官的日本遣唐使阿倍仲麻吕，汉名朝衡，又名晁衡，也是他的外国好友。

李白，这时岂会不用诗歌还击一下杜甫、高适？反正，那时没有利益竞争，大家还是无话不说的兄弟。有，还是《梁园吟》。陈留郡吹台上的梁园小，睢阳郡这里的梁孝王都所在梁园更大，此处更大的梁园，也称梁苑，原是梁孝王的狩猎场所，这个古迹在盛唐的宋州（睢阳郡）还有留存。李白此诗，应是泛指两处梁园，其中，"天长水阔厌远涉，访古始及平台间"是说他首次来到这里，"平台为客忧思多，对酒遂作梁园歌"又是在回应高适的诗句，与之唱和。高适《宋中十首》其四，所写的梁园即为梁苑，他们来到这里时，夏天已换脸为秋天，仿佛逢秋必写悲歌，因此这首宋中诗有些悲戚戚，如"梁苑白日暮，梁山秋草时。君王不可见，修竹令人悲。九月桑叶尽，寒风鸣树枝"。

骑马闯入睢阳郡所在的又一个梁孝王都，李白的心情也随着高适的悲凉忍不住泪洒衣襟，其《梁园吟》有句"沉吟此事泪满衣，黄金买醉未能归"。没错，喝多了以后，李白就开始赌博去了，此诗还有"连呼五白行六博，分曹赌酒酣驰晖"等句，就在自述那年这事。李白此诗尾句"东山高卧时起来，欲济苍生未应晚"，就是在劝慰其时四十岁的高适，不要急于入仕为官，若济苍生，可学学东晋名士谢安，早年隐居于会稽郡的东山，也很悠然自得，直到四十岁以后为了国家的稳定和家族的荣耀，一出来做官，就一鸣惊人。这也是"东山再起"这个成语典故的由来。李白的劝谕，用在高适身上，又是多么合适，他最终正是官至渤海县侯，显耀了其渤海高氏家族。东晋政治家、军事家谢安"东山再起"的传奇，高适真就重演了一遍。

在宋中，李白、高适、杜甫三人最敞亮的一次吟诗唱和，发生于单父台。

单父台，实际上就是一个琴台，又名宓台、半月台、子贱台，因春秋时期孔子的弟子宓子贱，任单父宰"鸣琴而治"此地而得名。此台，在今山东省菏泽市单县，在唐代属于睢阳郡（宋州）单父县。单父，原为鲁国地名，最早因舜帝之师单卷（又名单父）曾居于此地而得名。向往成为英雄豪杰的李白、杜甫，仿佛只是直奔单父这个在远古时期游牧于菏泽四泽六水之地的政治领袖、氏族首领而来。高适则是冲着宓子贱前来重游。

从睢阳，去单父，其间有一个孟诸泽，早在汉代，此泽就是梁孝王喜欢狩猎的场地。孟诸泽，是个什么泽？李白形容如"走海"。杜甫大呼为"大泽"。高适很淡然，说是"草泽"，他对此泽太熟悉了，无非是因早年在这里打鱼砍柴，既自在，也清苦。

孟诸泽，又称孟渚泽，与云梦泽一样，皆是九大古泽之一。汉代辞赋家司马相如在《子虚赋》中提到的孟诸，为"浮勃澥，游孟诸"，是说行船可通过渤海（高适故乡）到达孟诸这个古代大泽。此赋还称，先秦时期的楚国有一个名为"云梦"的楚王狩猎区，说云梦泽是他所见最大的泽——"云梦者，方九百里"。盛唐诗人孟浩然《望洞庭湖赠张丞相》一诗，也曾形容积水甚多的云梦泽"气蒸云梦泽，波撼岳阳城"。另据《尚书·禹贡》"导菏泽，被孟猪"，还把孟诸称为孟猪，是说大禹当年治水，在孟诸筑了堤防，为此疏通了上古九泽之一的菏泽，这也是今天山东菏泽的市名来源。百度百科显示的孟诸泽，又称此泽为"中国九大古泽之首"。

孟诸泽，在今何处？这跟寻找汴河一样艰难。因为它早已随着古人的多次治水，与黄河的多次改道，越来越小，甚或消失。在今河南省商丘市虞城县，距县城东北方向大约十里路的郑庄村附近，有一个虞城孟渚泽湿地公园，被传是高适当年所居的"孟诸"原址。不过，这里离黄河故道太远，总让我不敢相信。因为从商丘市虞城县中心的城关镇，沿着黄河路，即二〇八省道，经李老家乡、利民镇，自驾前往临近黄河故道的田庙乡，有五十多里路。我更倾向于与山东省菏泽市单县黄岗镇接壤的田庙乡附近，可能才是孟诸的故泽。靠近黄河故道这一带，迄今仍有大片的低洼地带，更适合孟诸早先形成大泽。文学史家王瑶在《李白》一书中甚至判断，孟诸泽，"是山东单县一带的一片五十里的大泽，很适合游猎"。就在今天隶属于山东单县浮岗镇的浮龙湖，我发现此湖最西端，有一个后人取名为"孟渚岛"的地方，或许这里就是孟诸故泽遗存。它的方位，在今山东省菏泽市单县西南，河南省商丘市虞城县东北，恰好就是唐代的睢阳至单父的必经之路。

我如此执着地追寻孟诸泽，就源于它是杜甫与李白、高适三人当年去单父县单父台途中的秋猎之地。就在这里，骑游十三年，无疑是游侠的杜甫，再次敞开一个儒家仁者的胸怀，即使书写被射猎的动物，那也是哀声连连，让人不忍炙烤啖肉，如其后来追忆此事的长诗《昔游》：

昔者与高李，晚登单父台。

寒芜际碣石，万里风云来。

桑柘叶如雨，飞藿去裴回。

清霜大泽冻，禽兽有馀哀。

　　遥想当年，七四四年秋天，杜甫跟随高适、李白来到孟诸泽时，因为临近冬天，这个梁孝王也狩猎过的大泽，尽管在唐代还是大泽，却被霜冻，有些寒冷了，别说是野兽，就连桑树与柘树在疾风中也是叶落如雨，田野间的藿叶更是来回飞旋无法安放自己。一阵阵箭雨之后，纷纷倒地的飞鸟走兽，在临死之前发出令人心酸的哀鸣。写《昔游》时，杜甫已是一位五十多岁的老人，他的眼里全是仁爱，活脱脱一个儒家仁者形象。也许，就从三十二岁起，游侠杜甫已有收心之念，事实上，这之后的第二年，与李白远游齐鲁一结束，他就马不停蹄赶往长安求官去了。

　　当然，七四四年秋天，杜甫还不会这么令人扫兴，他只是在内心起了变化，就像在孟渚泽所见的那一滴滴水，正静悄悄地形成另一个汪洋大海般的大泽。

　　杜甫不好表露这一心迹，源于李白这天游兴正浓。就在孟渚泽秋猎之后，他们兴致勃勃地赶到单父县城东楼，购置美酒，呼来美姬，组织了一个小范围而又不失热闹的宴会。李白兴致最高，他写了一首《秋猎孟诸夜归置酒单父东楼观妓》。

　　　　倾晖速短炬，走海无停川。

　　　　冀餐圆丘草，欲以还颓年。

　　　　此事不可得，微生若浮烟。

　　　　骏发跨名驹，雕弓控鸣弦。

　　　　鹰豪鲁草白，狐兔多肥鲜。

邀遮相驰逐，遂出城东田。

一扫四野空，喧呼鞍马前。

归来献所获，炮炙宜霜天。

出舞两美人，飘飘若云仙。

留欢不知疲，清晓方来旋。

这就是李白。一个及时行乐的李白。一个视人生如浮烟，一吹就会散，不如跨骏马，挽雕弓，张满弦，把飞禽走兽扫荡一空，做个快意侠客的李白。一个有美食入口，有美酒入肚，有美女入怀，即使围猎奔袭一天，也会"留欢不知疲"，甘愿彻夜狂欢，直到天亮才会回家的夜游神李白。请原谅他，一生放荡不羁爱自由。

继祖母刚亡不久，又有婚约在前约束，加上一颗儒家仁者之心正在悄然形成，杜甫不敢像李白那样放肆。李白此诗所说的"出舞两美人"，大概只是为了给他和高适陪欢，杜甫应当以守孝这个正当理由拒绝了。这也请原谅他，终究是让人扫兴了。这天晚上，杜甫第一次登上单父台，他在欢快的氛围中像个逃兵，心生悲凉，其诗《昔游》所记正是"昔者与高李，晚登单父台。寒芜际碣石，万里风云来"。

高适，此时该是强装欢笑，毕竟他是名义上的地主，应当尽地主之谊，不过其舍命陪兄弟的背后，恐怕依旧是壮志未酬的模样，略显不适。在孟诸这么一个寂静的小地方，高适竟然生活了近二十年，真是让人不敢想象。他适应了这里，也有不适，所谓的悠然自得，其实不过是在跟寂寞对抗。

这次与杜甫、李白在单父台同游，高适诞生了他的《宋中十首》其九："常爱宓子贱，鸣琴能自亲。邑中静无事，岂不由其身。何意千年后，寂寞无此人。""常爱"二字，就是说他以前常来这个琴台，并用抚琴的方式与宓子贱遥相知音，只是两千年以后，再无这样的称职官员、弹琴高手与他对谈。不管孟诸属于虞城还是单父，反正自己的家离单父台不远，高适曾为也叫子贱台的单父台写过多首诗，相传仅以琴台为题的诗作就有八首之多。其中，《甲申岁登子贱台》一诗，充满了对宓子贱、巫马施那样入仕为民的良吏贤臣的渴慕，很想自己有一天也能成为他们中的一个，"宓子昔为政，鸣琴登此台。琴和人亦闲，千载称其才。临眺忽凄怆，人琴安在哉。悠悠此天壤，唯有颂声来"，这些诗句不能确认，就是与杜甫、高适同游单父所写，却可看出他的远大抱负，那就是，为官必须有让后人歌颂的政绩，不能腐败无能，否则他宁愿做一个无官一身轻的真正的闲人。

回首他们这段往事时，我忽然发现，杜甫的《遣怀》《昔游》两诗，像是又给高适、李白以及那个不可一世的盛唐打了个措手不及。

因为这两首诗均是作于七六六年。在远离洛阳、长安两京的山城夔州，杜甫追忆他和高适、李白同游梁宋这段往事时，高适已在七六五年去世，李白更是早在四年前就已身亡，大唐盛世自从十一年前爆发安史之乱就由盛转衰，犹如夔州城外的滚滚长江流向大海，便一去不复还。

就在《昔游》一诗的后半阕，杜甫不再慷慨欢歌，而是独自流泪写完此诗，因为世道已乱，人人逃命天涯，沦为潦倒客的他只剩下一声声叹息："隔河忆长眺，青岁已摧颓。不及少年日，无复故人杯。赋诗独流涕，乱世想贤才。有能市骏骨，莫恨少龙媒。商山议得失，蜀主脱嫌猜。吕尚封国邑，傅说已盐梅。景晏楚山深，水鹤去低回。庞公任本性，携子卧苍苔。"

秋风长啸：杜甫传（上部）——游侠杜甫

也在《遣怀》一诗的后半阕，杜甫痛斥安史之乱，既有唐玄宗好大喜功之错，也有安禄山蒙蔽邀功之假。引发安史之乱之不仁不义，终至国破家亡，乱离朋友尽。即使一身是病，他也不得不加餐，不过是担忧客死他乡，不能照顾遗孤。于是悲从心起，发从头白，满目忧伤，正如他的晚年感慨："先帝正好武，寰海未凋枯。猛将收西域，长戟破林胡。百万攻一城，献捷不云输。组练弃如泥，尺土负百夫。拓境功未已，元和辞大炉。乱离朋友尽，合沓岁月徂。吾衰将焉托，存殁再呜呼。萧条益堪愧，独在天一隅。乘黄已去矣，凡马徒区区。不复见颜鲍，系舟卧荆巫。临餐吐更食，常恐违抚孤。"

慷慨激昂，轰轰烈烈的梁宋游，在七四四年秋冬之交，如激越的弦，曲终于单父县那个琴台上。看上去，一夜狂欢等于一个完美句号。

其实，这是李白簪髻入道前的最后一次狂欢。就在单父这夜狂欢后，他将与杜甫、高适分别，只身前往已改名临淄郡的齐州（今山东济南）紫极宫，请道士高如贵授道箓，正式履行道教仪式，成为一个真正的道士。之后，李白又去了德州安陵县，遇见这一带善写符箓的盖还，为他造了真箓。从远离长安城就开启的求仙访道之路，李白至此算是给自己修来一个比较完满的善果。

高适，经此激荡，则是大感不适，因为在孟诸等梁宋一带蛰伏多年，既无官员举荐入仕，也难继续潜隐下去，就沿着混浊的运河东行，在楚国旧地远游。"岁在甲申，秋穷季月，高子游梁既久，方适楚以超忽。望君门之悠哉，微先客以效拙，始不隐而不仕，宜其漂沦而播越。"其《东征赋》，记录了这年晚秋，他路过鄢县、铚城、符离、灵璧、彭城、泗水、盱眙、淮阴，而至襄贲的漂泊历程。不仅如此，离别那天，高适的赠别诗《宋中别周、梁、李三子》还评价了他眼中的李白印象，是"李侯怀英雄，肮脏乃天资。方寸且无间，衣冠当在斯"，此诗另外两句"京洛多知己，谁能忆左思"俨然已视彼此为亲密无间的知己。

杜甫，此时心存大志，只待春风苏醒。只是，他和高适一样，一时半会儿还找不到理想的入口。他很羡慕，在唐玄宗宫廷大起大落的李白，有了一个出世的入口，也算自在。

那时，三人交游甚欢，除了纵谈古今英雄，舌战天下大事，更多时候论及诗赋，却是各有裨益。尤其是杜甫与李白，这年在文学创作上的切磋，对他们今后蜕变为诗圣与诗仙，都有不可磨灭的积极影响。

天下没有不散的筵席。这年晚秋，纵意游乐的三位游侠就将各奔东西。杜甫要先走一步，西行回洛阳准备盘缠和行李，是因弟弟杜颖在中秋节次日举行的继祖母卢氏葬礼上有约，请他去齐州临邑县游玩。也因此，高适与李白分别那天所写的《宋中别周、梁、李三子》一诗里，没有杜甫。

与二位兄长在单父告别时，得知李白接下来的远行计划是去齐州、兖州等地，正好和自己的未来行迹差不多一致，杜甫又约了他，齐鲁不见不散。

四十八、历下亭宴

齐州，也就是如今的济南，能留下名垂千古的"历下亭"，衍变为不可多得的文化地标，最应感谢的人，无疑是杜甫。

因为杜甫在七四五年夏天，给这里送来了最好的免费广告语"海右此亭古，济南名士多"，从而衍生了一条历下亭的文脉。这两句诗出自杜甫齐鲁时期的名作《陪李北海宴历下亭》。尽管历下亭在历史上屡废屡建，并且多次迁址，杜甫此诗却如定海神针一样，总能让置身于茫茫人海的后世济南人找出他们引以为傲的精神资本，或撰对联，或镌门联，让它铁板钉钉，给它浇注传奇。

历下亭，始建于北魏，它最初的名字源于北魏地理学家郦道元《水经注》所称的"客亭"。恰如其名，它的功能正是官府用来接待客人的场所，类似于今天某个政府招待所最拿得出手的雅间，往往置于山水之间，最适宜会友时品茶、饮酒、啖肉的闲庭。事实上，历下亭最早就建在《水经注》称为"净池"的历水陂一隅，元代桂馥《潭西精舍记》所记此亭旧址"位于五龙潭西"，也就是现在的五龙潭公园与天下第一泉"趵突泉"之间。《水经注》所说的这个历水陂，就是众多泉水汇流而成的古大明湖，唐代又称莲子湖，在元代文学家元好问《济南行记》中始称"大明湖"。如今的历下亭，则迁址于济南市区大明湖的湖心岛，今人美其名为"名士岛"。在唐代，文人们喜欢称它为历下亭，是因此亭南临历山（今千佛山）而得名。杜甫除了在《陪李北海宴历下亭》一诗中称它为历下亭，还因齐州在天宝元年（七四二年）改名临淄郡，又在另一首《八哀诗·赠秘书监江夏李公邕》"伊昔临淄亭，酒酣托末契"唤为"临淄亭"。

杜甫这两首诗提到的"李北海""李公邕"是谁？或者分别是谁？

他们，实为一人，就叫李邕。杜甫尚是少年时，李邕就惊讶于其诗才，主动去东都洛阳结识他。杜甫《奉赠韦左丞丈二十二韵》一诗说过此事，为"李邕求识面，王翰愿卜邻"。那时，杜甫才十三四岁，已是经常出入于岐王宅里、崔九堂前，名动东都的诗坛新秀，年长他三十四岁的时任陈州（今河南省商丘市睢阳区）刺史李邕自负有"当居相位"之才，却仍慕名而来，屈身以求结识。两人从此成为忘年交，不只是李邕单方面的爱才，也有杜甫对他的仰慕。因为那时的李邕比李白、王维的名气还大，他的名气有两个方面，往远处说，源于李邕的父亲李善所注六十卷《文选》，几乎是所有盛唐诗人习诗必选教材，杜甫寄语次子杜宗武学写诗的《宗武生日》一诗就以"熟精《文选》理，休觅彩衣轻"提到过此书，而李邕曾增补父亲所注《文选》，同传于世，享名盛唐；往近处说，唐玄宗于七二五年自泰山封禅返回东都洛阳路过汴州时，李邕从陈州赶至汴州进献辞赋，因得天子赏识再次闻名天下。又因李邕还是盛唐一流的书法家，常被官员、寺僧请去书写碑文，广为人知，与师从草圣张旭、行书气势遒劲的书法家颜真卿可以并驾齐驱，其行书对后世的苏轼、欧阳修、黄庭坚、赵孟頫的书法都有很大影响，明代书法家董其昌甚至以"右军如龙，北海如象"赞其行书透着豪爽雄健之气。对于李邕行书，杜甫在《八哀诗·赠秘书监江夏李公邕》中也有肯定性描述："忆昔李公存，词林有根柢。声华当健笔，洒落富清制。风流散金石，追琢山岳锐。情穷造化理，学贯天人际。"大约就在七二五年的洛阳城，与其说是李邕求着认识少年杜甫，不如说是杜甫更愿结识书法名家李邕，因为他们都喜书法，而且同样取法于王羲之行书。结交文坛前辈，正是杜甫少年时期求学上进的一大爱好，其《壮游》一诗就说，"脱略小时辈，结交皆老苍"。

唤李邕为"李北海"，则是杜甫与他结识二十年之后的事。

久别重逢，就在七四五年夏天，见面地点不再是东都洛阳，而是临淄郡，大明湖畔那个古称"客亭"的"历下亭"。此时，仕途起起伏伏的李邕正在北海郡（治所故址在今山东省潍坊市潍城区西南）担任太守，杜甫故而尊称他为"李北海"。杜甫这一声"李北海"，可谓饱含深情，不仅时隔二十年，而且相距四百里，堪称"李邕求识面"的升级版"李邕求重逢"。因为这年，六十七岁高龄的李邕从北海郡赶到临淄郡与杜甫相会，行程远达四百多里，也就是说，为了见杜甫，他这次的往返路程至少有八百里。古人眼中的"八百里"，往往是送加急文书，事涉边关危急军情，俗称"八百里加急"，这种累死马匹也累坏送信人的事，崇拜杜甫的宋代诗人辛弃疾想干，他却是在梦里干的，叫"醉里挑灯看剑，梦回吹角连营。八百里分麾下炙，五十弦翻塞外声，沙场秋点兵"，只是为了"了却君王天下事，赢得生前身后名"。李邕的"八百里会友"，自然不是为了留名，而是为了传情。

这份至今让人仍感炙手可热的情谊，被时间封印在七四五年夏天，那个旧址已难详觅的历下亭。

在杜甫来之前，历下亭已存世两三百年，是齐地的古亭，济南又是名士辈出的圣地，他早就心向往之。诸如推荐挚友管仲出任齐国丞相，有着"管鲍之交"美誉，辅助齐国称霸一方的鲍叔牙，阴阳家代表人物、五行学说创始人邹衍，匿藏《尚书》逃避秦始皇焚书坑儒之难的学者伏生，还有初唐名相房玄龄，这些享誉史册的济南名士，都让杜甫非常仰慕。可是，杜甫并未急着亲临，因为此次齐鲁行最重要的事，是去他心中的齐州临邑县，而不是已改名为临淄郡的临邑县，看看担任临邑县主簿的二弟杜颖从政究竟如何。另有一件必须完成的闲事，就是陪同李白游山玩水，寻仙访道。这两件事，都在计划之中，早于七四四年秋冬之交，与李白、高适分别于单父时就已约定。

在洛阳偃师过完七四五年元日新年，杜甫就已备好远赴临淄郡临邑县省亲的行李。这年春天，他从洛阳出发，纵马前往齐鲁，探亲访友。李白此时尚在已改名鲁郡的兖州任城县，一边陪伴早先寄居东鲁的女儿平阳、儿子伯禽，一边等候杜甫。按李白的《兖州任城县令厅壁记》记载，"鲁境七百里，郡有十一县，任城当其要冲，东盘琅琊，西控钜野，北走厥国，南驰互乡……故万商往来，四海绵历，实泉货之橐龠，为英髦之咽喉"，杜甫从洛阳去临邑县看望弟弟杜颖，必经之地正好就是兖州任城。即使管辖任城的兖州已于天宝元年改名鲁郡，也改变不了它的咽喉地位，杜甫太熟悉了，以前是父亲杜闲担任兖州司马的管辖地，如今是好友李白的鲁郡客居地，按照常理，此地在这年春天或者夏天应当重叠李杜二人的身影，遗憾的是，他们传世的诗里竟然没有。

就在杜甫赶赴临邑途中，一封来自北海郡的书信，却改变了他的行程。

来信的主人，正是北海郡太守李邕，他听闻杜甫要去临淄郡临邑县探亲，就在信里预约，这年夏天的某一天相会于历下亭。突然接到忘年交的宴饮之约，杜甫自然是欣然前往，于是有了这首《陪李北海宴历下亭》。

> 东藩驻皂盖，北渚凌清河。
> 海右此亭古，济南名士多。
> 云山已发兴，玉佩仍当歌。
> 修竹不受暑，交流空涌波。
> 蕴真惬所遇，落日将如何？
> 贵贱俱物役，从公难重过。

当时，北海郡太守李邕的专用青色车盖早已停驻在历下亭旁，静候杜甫光临。大明湖，在那时还叫历水陂，西南角是由众泉汇流的一条叫"历水"的溪流源源不断地灌注于历水陂，水势很大，水面宽阔，水中荷花开得正妍，岸边修竹肆无忌惮地摇曳，东北角则由历水经泺水注入清河，这条清河后来被改道的黄河霸占过，如今又与黄河几乎平行，杜甫正是从北面逆流而上赶至历下亭。唐代官员宴会标配的乐伎、歌伎，在杜甫落座以后也是款款而来，推杯换盏，陪饮高歌，吟诗作乐，直至日落，才因曲终不得不人散。杜甫因此很感慨地说："富贵如你，贫贱如我，大家都被事物役使，真不知道何时能再与李公同游共乐啊！"

或许，杜甫路过鲁郡任城时也约了李白同行。可是，李邕这次盛情邀约陪宴杜甫的众多名士中，李白并不在场。

是的，李白可能就在躲这个李北海。他不爽他。不爽，是因李白早年在渝州（今重庆市）拜谒渝州刺史李邕时，遭其冷笑，被指"年少轻狂"。李白有一首《上李邕》，表达过自己的不爽，原话说："大鹏一日同风起，扶摇直上九万里。假令风歇时下来，犹能簸却沧溟水。世人见我恒殊调，闻余大言皆冷笑。宣父犹能畏后生，丈夫未可轻年少。"这也是两个大唐狂人的首次过招。那时，李白大约十八九岁，去干谒渝州刺史李邕，无非是想得到对方的提携，最好能被推荐入仕。可是两个狂人谈诗论事却谈崩了，相传是李白高谈阔论王霸，让李邕很不爽，史称李邕"颇自矜"。《旧唐书·李邕传》就说，李邕为人自负好名，对年轻后进态度颇为矜持。《上李邕》一诗，正是李白临别时给李邕传递不满情绪的"回敬"。然而，当李邕于天宝六载（七四七年）被李林甫诬蔑并杖杀之后，李白又对这个狂人深表同情，不停地写诗赞颂他一心为官为民，英勇豪气，可歌可泣，为其鸣不平。如《答王十二寒夜独酌有怀》"君不见李北海，英风豪气今何在"，又如《东海有勇妇》"北海李使君，飞章奏天庭。舍罪警风俗，流芳播沧瀛"，再如《送王屋山人魏万还王屋》"咆哮七十滩，水石相喷薄。路创李北海，岩开谢康乐"。尤其是《题江夏修静寺》"我家北海宅，作寺南江滨"，李白称赞李邕把住宅捐给寺庙，和他是本家人，这种亲切感仿佛根本没把当年被李邕冷笑轻狂一事记在心里。就因李邕被诬告死得早，李白写给李邕且留下来的诗，竟然比他写给杜甫又传承至今的诗还多。人世间的微妙与荒诞，莫过于此。

可在七四五年夏天，李白显然还在记恨李邕。杜甫即使想在历下亭当个和事佬，也是枉然。李邕在他生前偏爱杜甫，不喜李白，又是一桩奇事。

在历下亭，出现在杜甫朋友圈的人，除了老友李邕，还有新朋李之芳，以及济南当地文人蹇处士，其"济南名士多"句后自注"时邑人蹇处士等在座"。李之芳，是谁？仅凭《陪李北海宴历下亭》一诗原注"时李之芳自尚书郎出齐州"，显然还是让人一头雾水。去《旧唐书》翻找方知，李之芳竟是唐太宗李世民的玄孙，也就是李世民第七子、蒋王李恽的曾孙，他在唐玄宗开元末年任驾部员外郎，又在唐肃宗时期授任右司郎中，历任工部侍郎、太子右庶子，还在唐代宗广德、大历年间兼御史大夫，出使吐蕃，后授礼部尚书，不久改任太子宾客。是的，李之芳属于李唐宗亲，大约死于唐代宗大历三年（七六八年），这年秋天，杜甫在江陵（今湖北荆州）写有《哭李尚书（之芳）》一诗，感叹他是"秋色凋春草，王孙若个边"。

其实，杜甫何尝又不是"王孙若个边"？若讲血缘，他跟李之芳同属李世民一脉。因为杜甫的外祖母李氏，正是李世民第十子李慎的次子、义阳王李琮的女儿。李之芳让他感到亲近，除了为人豪迈，写诗"暂游阻词伯"，还有另一个更重要的原因：他们都是李世民的玄孙辈，也就是第五代远亲。这可能是众多杜甫研究者忽略的一点。

还在七四五年夏天时，杜甫称他"自尚书郎出齐州"，那是在说，在齐州改名为临淄郡之前，李之芳由驾部员外郎外放此地担任齐州司马。驾部，隶属于兵部，即兵部驾部司次官，始置于隋文帝开皇六年（五八六年），初唐时为驾部郎中，在唐玄宗天宝年间又改驾部为司驾。驾部员外郎，就是掌舆辇、传乘、邮驿、厩牧等职事的兵部官员，与尚书诸司员外郎的官阶一样，均为"从六品上"。其职事，《南齐书·魏虏传》也有记载："乐部尚书知伎乐及角史伍伯，驾部尚书知牛马驴骡。"杜甫因此简称其职为"尚书郎"。在唐代，州司马的官阶不一，跟州的上、中、下三个等级有关。齐州，可能在当时属于下州，也就是说，李之芳出任的齐州司马，官阶仍是"从六品上"。这看似平调，实为贬谪了，因为大唐朝廷重京官轻州官，唐代诗人写诗言及某个官员的身份，一般都爱用他的最高或更显要的官职相称。杜甫，当然也不例外，其在同时期提到李之芳的《同李太守登历下古城员外新亭》《暂如临邑，至㟅山湖亭，奉怀李员外，率尔成兴》两诗，所称的"员外"或者"李员外"，实际上还是代指"驾部员外郎"，也即"司驾员外郎"。

奇怪的是，李邕同时所作的《登历下古城员外孙新亭》，似在暗示李之芳的另一重身份，他还是李邕从孙。李邕，并非李唐宗亲，所谓的"员外孙"可能只是从年龄上视李之芳为孙。至于李之芳在齐州司马任上，构筑于历下古城北城墙外，鹊山湖南的"新亭"，则非"历下亭"，当代杜甫研究学者张忠纲认为，鹊山湖应是济南黄河北面的鹊山与历下古城之间的莲子湖，我以为然。杜甫当年从历下亭去临邑县，形同北上，李邕陪他同游"新亭"时，他本来是到鹊山湖与新结识的李之芳告别，却又恰逢李之芳有事已往青州，也就是其时易名为北海郡的青州，故而流连忘返，以表思念之情。这份思念之情，就因同为李世民玄孙，调动了杜甫那根念旧思亲的心弦。不过，"新亭"旧址究竟在何处，如今确难详考，恰似"历下亭"的迁徙，谁也说不清它的精准原处。

这种遗憾，明代万历年间的诗人张鹤鸣曾有感叹："海内名亭都不见，令人却忆少陵诗。"

好在如今的历下亭，还在延续杜甫诗歌催生的文脉。

相传，唐末，杜甫去过的历下亭就毁于战火。北宋文学家、史学家、政治家曾巩，在担任齐州知州期间，又重建了历下亭，移位于大明湖南岸州衙宅后。之后，历下亭几经兴废变迁，最终立于大明湖中最大的湖心岛，则是清代山东盐运使李兴祖于康熙三十二年（一六九三年）重建。再后来，随着乾隆皇帝题写同名匾额，清代诗人、书法家何绍基在济南题写《历下亭》诗碑，并把杜甫诗句"海右此亭古，济南名士多"书为对联，悬挂为亭前门联，历下亭的建筑规模也就不断扩大，后人甚至把它所在的整个小岛及岛上建筑统称为历下亭。此亭，今人所见，颇为壮观。远观，攒尖宝顶，飞檐翘角，斗拱承托，红柱青瓦，脊饰吻兽，清风徐来，恍如盛唐的最美侧影。近看，不论是亭西与大明湖相映成趣莹如碧玉的"蔚蓝轩"，还是亭北以杜甫、李邕以及自秦汉至清末十五位济南名人线描的石刻画像，写意"济南名士多"的"名士轩"，都在感恩并壮大杜甫诗歌文脉。

其实，《陪李北海宴历下亭》并非杜甫的诗歌杰作，"海右此亭古，济南名士多"两句却又被实打实地传诵千年，让人始终难以忘怀。就像家中客厅的摆设，似乎再也没有比杜甫讴歌济南的诗句更好的佳句用来显摆了。

七四五年夏天，杜甫、李邕、李之芳在历下亭宴饮，到底聊了些什么？我想，除了记住他给济南送来的诗句，至少还应探究那些诗句诞生的幕后故事。如果"海右此亭古，济南名士多"是杜甫催生的诗歌之花，那么幕后故事就是他的诗歌之根。

寻根。得从杜甫追赠身亡的李邕这首《八哀诗·赠秘书监江夏李公邕》去寻。

伊昔临淄亭，酒酣托末契。

重叙东都别，朝阴改轩砌。

论文到崔苏，指尽流水逝。

近伏盈川雄，未甘特进丽。

是非张相国，相拒一危脆。

争名古岂然，键捷欻不闭。

例及吾家诗，旷怀扫氛翳。

慷慨嗣真作，咨嗟玉山桂。

钟律俨高悬，鲲鲸喷迢递。

杜甫是说，李邕与他初识于东都洛阳，两人于七四五年在临淄亭重逢，把酒长谈，论诗言史。从崔融、苏味道的诗，到他的祖父杜审言的诗，他们相谈甚欢，几乎达成共识，凡已逝者皆如流水。他们服杨炯的诗在于雄，嫌李峤的诗过于丽，对杜审言的诗则是赞不绝口。唯独谈及相国张说的诗，李邕显得很不自在，闭口不谈，那是因为当年在陈州刺史任上挪用公钱事发，下狱之苦全拜这位中书令所赐。此次诗酒交流，李邕格外赞赏杜审言的五言排律名作《和李大夫嗣真奉使存抚河东》，用词秀拔，钟律和雅，气势如千尺鲲鲸，这让杜甫十分感激。于私，杜甫的诗歌家学源自祖父杜审言，他一直认为"吾祖诗冠古"，坚守"诗是吾家事"，李邕这一评价，犹如忽遇知音，让他感激不尽。于中国诗歌史而言，杜审言作为初唐五言律诗的奠基人，的确有其重要贡献。自齐梁以来，诗人们都在努力追求钻研格律，到了唐代，律诗虽然形成规模，却很少有人写诗押韵达到十韵以上，杜审言的《和李大夫嗣真奉使存抚河东》所押之韵长达四十韵，就诗歌技艺来说，确实鹤立鸡群，时称五律名作并不过分。杜甫在很长时期非常在乎这个写诗押韵技艺，自己后来也在五律、七律方面取得"前无古人，后无来者"式的压倒性成就，也跟李邕当时的肯定密不可分。毕竟那时，除了《望岳》，杜甫尚未拿出更有名的作品，他的诗歌话语权很小。他很渴望知音。尤其渴望李白、李邕这样名气很大的诗人或者前辈的肯定。李白，在这方面似乎高傲许多，也更狂傲，除了把杜甫视为快意游荡江湖的兄弟，他就没有对杜甫诗歌给予肯定性的留诗。

济南历下亭，从此犹如绍兴兰亭一样，在文学史上留下灿烂一笔。

除了此亭，杜甫这年夏天还跟随李邕去了临淄郡城北二十里外的"员外新亭"，也就是驾部员外郎李之芳出任齐州司马时修建的新亭。李邕兴致很高，在于这天是他的六十七岁大寿，他吟了一首《登历下古城员外孙新亭》，字里行间皆是喜气十足，如"含弘知四大，出入见三光"，再如"负郭喜粳稻，安时歌吉祥"。杜甫因此酬和了一首《同李太守登历下古城员外新亭》，他说"主称寿尊客，筵秩宴北林。不阻蓬荜兴，得兼梁甫吟"。《梁甫吟》，相传为三国蜀汉丞相诸葛亮写的乐府诗，所咏对象是齐景公，他曾用国相晏婴之谋略，以二桃杀三士。杜甫历下新亭所吟的诗，也是现存杜诗里最早致敬诸葛亮的诗，因为诸葛亮的宰相谋略正是他毕生追求的梦想。

从历下亭重逢，到历下新亭分别，杜甫与李邕就此拱手永别。说永别，是因近两年后，慷慨招待过他的李邕，就被时任宰相李林甫诬陷，以其行贿之名，命人杖击而亡。李林甫当然属于政治迫害。这让失去诗歌知音的杜甫悲痛欲绝，他大哭"坡陀青州血，芜没汶阳瘗"。连曾被李邕冷笑的李白也愤怒至极，他大声疾呼"君不见李北海，英风豪气今何在？君不见裴尚书，土坟三尺蒿棘居"。正如李白所说，李邕为人豪爽，在其生前，由于书法口碑好，常被权贵请去写墓志碑文，所获收益甚丰，相传有数万钱，这些外快几乎都用来结交有才无官的文人志士，即使一掷千金也不心痛。大约是在七四五年十月，尚无官职的高适去北海郡游玩，因受到太守李邕的热情款待，他的《同群公十月朝宴李太守宅》一诗就以"仍怜门下客，不作布衣看"评价过李北海，恍若盛唐的孟尝君。

李邕"八百里会友"那些慷慨激昂的往事，尽管已很遥远，但是举起酒杯，齐鲁大地似乎仍能晃荡出他们的英雄身影。恰似"诗鬼"李贺那首《梦天》描绘的梦幻般齐鲁景象："遥望齐州九点烟，一泓海水杯中泻。"

顺带说一句，和晚唐诗人杜牧一样，中唐诗人李贺也是杜甫的远亲。杜牧，是杜甫父亲这边的亲戚，按辈分，属于杜甫的从孙。李贺出自唐太祖李虎第八子，也就是唐高祖李渊的八叔李亮一门，和杜甫母亲崔氏家族沾亲，这在于杜甫外祖母李氏是唐太宗第十子李慎的次子、义阳王李琮的女儿。同时，杜甫外祖父（崔氏之父）的母亲又是舒王李元名（李渊第十八子、李世民同父异母弟）的女儿。七六八年，杜甫曾在湖北公安县送别李贺父亲李晋肃，作诗《公安送李二十九弟晋肃入蜀，余下沔鄂》，称其为弟。李贺因此正是杜甫的外侄子。

四十九、舍弟杜颖

然而，杜甫还在路上。就在七四五年夏天，他辞别了李邕，就一路北上，去了临邑。这里有一个他从此见一面就少一面的弟弟：杜颖。

临邑，在七四五年由临淄郡管辖，如今隶属于山东省德州市，与济南市商河县毗连，地处环渤海经济圈、黄河三角洲和京九经济开发带。当杜甫于七四六年身在长安求官时，临淄郡又改名为济南郡。唐玄宗从天宝初年起，不停地把各州之名改来改去，像是在玩改名游戏，博弈官员心跳，貌似把齐州刺史降为临淄郡太守。一想到唐玄宗还是潜龙时，曾由楚王降封为临淄郡王，他把齐州改名为临淄郡，似乎还有一层深意：谁若不老实，就来收拾你；谁若干得好，那就提拔你。再想起李邕的人生终点，相传只因在结交属于西京长安禁卫军的左骁卫兵曹参军柳绩时送了一匹马，就在北海郡任上送了命。李邕一生，写碑撰文所得虽丰，却因尽情豪掷，也有银钱周转不过来的时候，他把那双大手伸向公款，又成抹不去的一大污点。这个污点最终污染了其涌现于笔端的豪迈人生。这些，杜甫诗文均无记录，大概是杜颖其时在临淄郡临邑县做官，他也想那些太守能够关照一下弟弟的仕途前程。

作为长兄，杜甫对于这个弟弟倾注的关爱，在他的诗里有淋漓尽致的体现。早在杜闲去世前，杜颖就到了临邑县担任主簿，这正是杜甫礼让所赐。杜闲去世后，因为守孝三年，杜颖重返临邑任职，很长时间却并没擢升。杜甫似乎比杜颖还着急。杜氏家族自杜预起，就有一个传统叫"奉儒守官"。杜甫二度重游齐鲁，结交当地官员，一方面是为自身寻求仕进之门，另一方面则是想给杜颖开拓更宽阔的仕途。可是，事非人愿。至少，杜颖留在杜甫诗里的山东为官踪迹，并非坦途。尤其是安史之乱爆发以后的那些年，性格怯懦的杜颖不仅弄丢了官职，而且因无胆识逃归故乡，只能偷身于平阴县一个偏僻山村，寄食于村民家。

在杜甫诗里，杜颖的前一个身影还在临邑县，下一个身影就在平阴县。那是安禄山起兵造反的第二年，即七五六年，杜甫举家迁往鄜州（今陕西富县）羌村避难时，听说太子李亨在灵武郡（**朔方军节度使驻地**）即位成了唐肃宗，于是只身前往灵武投奔新君，以求在乱世有所作为。不幸的是，他在芦子关被叛军俘虏，押至长安。幸运的是，同时期被俘的王维被严加看管，杜甫却因官小，没有被囚禁，不仅写出了千古名诗《春望》，而且给唐肃宗留下果敢、忠厚、爱国等印象，为其后来担任近臣"左拾遗"埋下政治伏笔。杜颖的命运却恰恰相反，他胆小怕事，在战乱中失去官职就乱了阵脚，成了无为难民。也在七五六年，杜颖从临邑县逃难至平阴县，此县早先隶属于与齐州相邻的济州，在天宝初年属于济阳郡。因为杜颖在平阴县的一个小山村给大哥寄出一封家书，报了平安，于是有了杜甫的《得舍弟消息二首》。其一，为"近有平阴信，遥怜舍弟存。侧身千里道，寄食一家村。烽举新酣战，啼垂旧血痕。不知临老日，招得几人魂"，杜甫陈述了弟弟杜颖的遭遇。其二，"汝懦归无计，吾衰往未期。浪传乌鹊喜，深负鹡鸰诗。生理何颜面，忧端且岁时。两京三十口，虽在命如丝"，则透露了杜颖的怯懦，他们兄弟两家有三十口人散落在长安、洛阳两地。次年，杜甫又写了《忆弟二首》牵挂杜颖安危，感叹"丧乱闻吾弟，饥寒傍济州"，因为"且喜河南定，不问邺城围"，期待他归乡"百战今谁在，三年望汝归"。杜颖做官较早，他的妻妾子女多于大哥家，多十口人左右，其中有一个妾室就在其为官期间闲居的洛阳偃师一带，杜甫另一首《得舍弟消息》便说"汝书犹在壁，汝妾已辞房。旧犬知愁恨，垂头傍我床"。

杜甫在现存诗里最后一次惦念杜颖，是七六八年在荆南所写的《远怀舍弟颖、观等》。诗里"荆南近得书"一句，说他收到杜颖的家书，却并未言"积年仍远别"在何处，二位兄弟的最美记忆，只剩下青少年时期在洛阳偃师过元日新年的画面"旧时元日会，乡党羡吾庐"。这份骨肉亲情，尽管来自同父异母，但是杜甫一直很看重，七五八年春天，他在长安任左拾遗时还写有一首《得舍弟消息》，处处透射着其亲情里的仁爱一面。

风吹紫荆树，色与春庭暮。

花落辞故枝，风回返无处。

骨肉恩书重，漂泊难相遇。

犹有泪成河，经天复东注。

五十、永别李白

七四五年这个夏天很短。

杜甫诗歌里的这个夏天，只容下李邕、李之芳、杜颖等寥寥几人，他的毛笔一挥，又是一个很长的秋天。这个秋天，是李白与他在一起同行的最后一个秋天，二人从此天各一方，再没见面。这个秋天，因为杜甫在整个下半生几乎都在不停地书写，显得格外长，长达二十一年。活在自己诗歌里，也活在传说里的李白，其实首先是因活在杜甫的诗歌里，才有了一个更立体的诗仙形象和一个更真实的酒鬼形象。

他们这次相会，起于任城，终于石门。

任城，像是一座任性之城，包容了李白的任性和放荡不羁。它于公元前二二一年，在秦始皇统一中国实行郡县制时始设为县，在唐玄宗开元、天宝两个年号期间分别归属兖州、鲁郡管辖。在今属山东省济宁市的这个李白客居地，因先前相约，这年秋天，他一直在等杜甫前来携手同行。自从在临淄郡紫极宫出家当道士后，他想静心，平复被唐玄宗逐出长安中断政治理想的创伤，这一时期结识的友人多是道士或者隐士。

就在这年初秋，杜甫终于结束探亲之行，由北至南，从临淄郡临邑县赶到鲁郡任城县。这时，鲁郡只是兖州易名后的一个替身，却不再是让杜甫心旷神怡的兖州了，因为父亲杜闲生前担任兖州司马时的兖州被改天换地，当初的任城县主簿姓许，如今的任城主簿姓卢，早已物是人非，像是换了人间。曾经"快意八九年"的游侠生活一去不复还，现在，他的身份已随着父亲离世沦为无业游子。李白当然也是游子，他于这年在《赠任城卢主簿》一诗里就说"海鸟知天风，窜身鲁门东"，自喻为飞蹿于鲁郡的海鸟，有时也想念故乡，却只能是"归飞未忍去，流泪谢鸳鸿"。即使是与杜甫结束齐鲁游再回任城客居的这年冬天，李白在《对雪奉饯任城六父秩满归京》里也还在自比，不会是鸟笼里的鹌鹑，只会是漫步天地之间的浮云，他因此说："君看海上鹤，何似笼中鹑。独用天地心，浮云乃吾身。"李白当然不会是人间浮云，后人想起他的诗，他就像满月一样明亮，永远也挥之不去。

杜甫的到来，又是另一轮明月。从临邑到任城，横跨临淄郡和鲁郡两郡，杜甫身后卷起的风尘，有五百里之遥，这让狂傲的李白很是感动。"这个杜二甫，写诗考究，为人忠厚，可堪托付，一定让他不虚此行。"二人在鲁地再度重逢，我若是李白，就会这么想。

> 饭颗山头逢杜甫，顶戴笠子日卓午。
> 借问别来太瘦生，总为从前作诗苦。

相传这首《戏赠杜甫》是李白与杜甫在鲁郡任城重逢时所写的诗，真若如此，便是他写给杜甫的最早传世诗了。此诗，首见于唐代进士孟棨编著的《本事诗》，《全唐诗》收为李白诗，《李太白集》和《李翰林集》等李白诗歌集却均未收录，大多学者疑为晚唐人伪造。这种争论，从晚唐诗人段成式《酉阳杂俎》到《旧唐书》，再从欧阳修《六一诗话》到洪迈《容斋随笔》，至今都未休止。诗中的"饭颗山"，却是难以坐实的坐标，一说在长安，另一说在鲁郡，都无从考证。认同为李白诗的人，源于杜甫生前作诗的确一丝不苟，喜欢推敲词句，一边吟诗一边修订，他的《解闷十二首》第七首就有改诗心得，是"陶冶性灵存底物，新诗改罢自长吟。熟知二谢将能事，颇学阴何苦用心"。杜甫如此用心写诗，恰如其《江上值水如海势聊短述》一诗所说"为人性僻耽佳句，语不惊人死不休"。《戏赠杜甫》在《本事诗》甫一面世，千年以来的争议声，总是伴随着后人想象的"李白的讥笑声"，让很多无法认同的人接受不了，那意思是说，至少李白不该如此调侃对他一片赤诚的杜甫。如果只是看成朋友之间的戏言，《戏赠杜甫》能够存世并被指认为李白的手笔，还是有这种可能的。毕竟，杜甫写李白那首七言赠别诗《赠李白》，也有"痛饮狂歌空度日，飞扬跋扈为谁雄"这样真诚的评价。要是关系不好，或者没有好到不必计较的程度，杜甫说李白"飞扬跋扈"就真成了贬义词，而非只属朋友之间的好意规劝。

事实上，杜甫诗里在这年秋天给出二人关系的解读，正是：携手同行，情同手足，不会斤斤计较谁怎么说话的知己。两位大诗人的齐鲁游，他们生命时空里的最后一次交集、同行，大概是从任城出发，一路往北，来到鲁郡治所瑕丘，也就是杜甫前几年在此写的《登兖州城楼》所在城楼。用杜甫的话说，晃荡在齐鲁大地上的二人身影异常亲密，犹如异姓兄弟，他的原诗为"余亦东蒙客，怜君如弟兄。醉眠秋共被，携手日同行"。也就是说，这个秋天，白天骑马射箭，他们是携手同行，晚上痛饮狂歌，喝多了就盖同一床被子睡觉，二人关系比很多亲兄弟还要亲近。是的，走动越勤，亲人越亲，朋友越近。这让后世杜甫研究者甚感奇特，那个不可一世的狂傲诗仙，对待诗圣却是情同兄弟，果真是惺惺相惜。这也让杜甫诗歌的外国读者产生了一个误会，美国诗人金斯伯格就曾把他们的"醉眠秋共被"之情解读为同性恋关系。这当然是误读，甚至是亵渎诗仙与诗圣的真挚友情了。

事实上，李白就是一个性情中人，能够秉烛夜谈的交心朋友，他往往便会同床共被，除了杜甫，另一个在他诗中多次出现的道友丹丘生（原名元丹丘），也有这样的亲密场景，如其《闻丹丘子于城北营石门幽居中有高凤遗迹仆离群远怀亦有栖遁之志因叙旧以寄之》所写"畴昔在嵩阳，同裳卧羲皇"，那意思正是说：以前我们在嵩山东坡，同床共被，惬意如羲皇上人。

"更想幽期处，还寻北郭生"，在杜甫《与李十二白同寻范十隐居》这首诗里，他说，离开鲁郡城，是因他们要去城北寻访一个叫范十的隐士。范十，排行第十，其名不详，时号北郭先生（杜甫诗称"北郭生"），他是李白在鲁郡的朋友。二人一同去鲁郡城北寻访范十的隐居地，实为李白的突然起兴。李白《寻鲁城北范居士失道落苍耳中见范置酒摘苍耳作》一诗也有记述，称是"忽忆范野人，闲园养幽姿。茫然起逸兴，但恐行来迟"。

那天，临近晚秋，秋风吹来，就会生发阵阵寒意，李白身披"翠云裘"，也即一件饰有青云图纹的皮衣，在前面带路。二人各骑一匹胡马，一前一后浪迹鲁郡，兴致高昂。眼见大雁南飞，李白的心情忽然就惆怅起来，他勒紧缰绳停住飞扬的马蹄，环顾四周，秋色茫茫，遥远的故乡也很渺茫，如何解忧？饮酒赋诗。与谁对饮？他猛然想起了曾经交好的那个范野人，就在附近。这就是李白。从惆怅到豪放，一瞬间就能快速调整好心态。他说要去拜访那个热情好客的范野人，杜甫当然不会反对。一想到酒，一想到餐食，一想到酒足饭饱后的吟诗会，连早饭都没吃的二人顿时来了精神，于是快马加鞭，朝着李白指引的前路疾驰而去。没承想，李白迷了路，他带路竟然把自己带进一个坑。就在一个荒芜的山坡，李白误入苍耳丛里，那一身皮衣刺满了苍耳子。尴尬极了。杜甫诗里没写这事。李白诗里倒是并不回避，他说："城壕失往路，马首迷荒陂。不惜翠云裘，遂为苍耳欺。"这事，让后来目睹李白尴样的隐士范十忍俊不禁，连忙追问，他这一身苍耳子为了谁。

老友相见，最好的见证物就是饮尽酒水的空酒杯。喝高兴了，尤其是喝高了以后，仙气飘飘的李白就会变成狂放不羁的酒鬼。"你这个范野人啊，真够意思。我爱吃梨，你就端梨上来。别的宴席，我都不喜欢，我就喜欢你准备的酒食。你看，那么多酸枣垂挂在院子北边，寒瓜也已爬满了东边的竹篱，多好，此情此景，必须再喝四五杯，趁着酒意，大声吟咏陆机的《猛虎行》才过瘾。今天就不走了，我要跟你欢饮十日美酒，再来一个千年酒约，一千年以后，我们成了先人板板，也要在一起喝酒。你再看我，手舞足蹈都是潇洒韵致，在你面前戏谑笑浪，那是因为我们皆无顾忌，彼此相宜，相互都懂对方。"豪放归豪放，离愁归离愁，游子在异乡找到知己却不会再想归乡。李白这番话里涌动的纯真友情，也让杜甫深有触动，他在《与李十二白同寻范十隐居》里因此感慨地说："这场酒，从中午一直喝到夕阳西下，寒杵声起，晚云笼罩兖州古城，我们三人都不想分散。就如屈原《九章》首篇《橘颂》讴歌的品格高尚之人，此情此景，最是难得，谁还会贪恋故乡风物之美呢？什么仕途，什么前程，什么国家大事，这些事，我们不想讨论，就想痛快沐浴于纯真的友情之中。"

这样的李白，与他在《将进酒》中自述的诗仙形象相似，只是"但愿长醉不愿醒"的酒友不是岑夫子、丹丘生，而是他口中的杜二甫与范野人。

是的，放下名利之心，同寻隐居的范十，他们对酒当歌，是为寻仙问道。这次同行，他们拜访的隐士不止范十，二人还去了东蒙山，拜访道士董炼师和元逸人，试图炼丹修仙，杜甫《与李十二白同寻范十隐居》一诗故有"余亦东蒙客"一说。杜甫晚年客居夔州，多次提到当年与李白云游东蒙山一事，其《又上后园山脚》说，"到今事反覆，故老泪万行。龟蒙不可见，况乃怀故乡"，《昔游》还说"东蒙赴旧隐，尚忆同志乐。伏事董先生，于今独萧索"。这个"董先生"，是一个擅于炼丹的高道，他在杜甫晚年诗篇里出现频率特别高，又称董炼师。至于元逸人，可能就是元丹丘，此人入道很深，是李白在修道路上交情最为深厚的一个道友，被他看作长生不死的仙人，二人早先在蜀地相识，后来一起在河南嵩山隐居，此人常被他的诗唤作"丹丘生"或"丹丘子"。李白早年写给元丹丘的《题嵩山逸人元丹丘山居》，诗题又直呼为"逸人"。杜甫后来在长安求官期间写诗追忆他和李白作客东蒙山一事，也称此人为"逸人"，其《玄都坛歌寄元逸人》有句："故人昔隐东蒙峰，已佩含景苍精龙。"

有人说，世界上只有三种人：出世的智者，入世的强者，被贪婪和恐惧来回拉扯的庸者。杜甫与李白，在七四五年秋天，皆是失意之人，但却绝非庸者，前者突遇众多亲人先后病故，自己又一事无成，常感前路茫茫，可把这次同行看成静心问路；后者历经仕途起伏，从庙堂跌落人间，貌似一心问道修仙不问世事，实则仍不甘心读书写诗无用。于是，他们日日饮酒，寻欢作乐，把彼此当作知己。于是，他们夜夜吟诗，醒脑益心，讨论盛唐诗歌的问题。这年秋天，与李白在一起寻仙问道，尽管道家思想日益成熟，但是从小深受家族"奉儒守官"的儒家思想影响，家庭观念更强的杜甫，其时还无法彻底放下功名利禄，他得去长安，要么通过科举考试改变自身和杜氏家族命运，要么寻求权贵汲引索求一官半职改善家人生活。

人生没有不散的宴席。

终于到了知己分手时。

就在鲁郡，即兖州，城东的石门山，见证了诗圣与诗仙的最后告别。

其实，全国有很多叫石门山的地方。比如河南有一个，叫高凤石门山，李白曾在此寻访道友元丹丘，留诗《寻高凤石门山中元丹丘》。可是，唯有孔子的故乡，在曲阜城东北二十五公里处的石门山，才是儒家与道家交相辉映的圣山与仙山。传说老子曾在这里的石门山讲学，孔子晚年也喜欢易经，常住此山研读，至今留有孔子学易处。曲阜的石门山，真是一座看不透的山。七四五年秋天，杜甫与李白选在此山作别，像是代表孔子与老子互赠箴言。

酒过三巡，菜过五味，二人谈起别后去向，一个准备南下江南继续寻幽，一个决意西赴长安谋求前程，大约是喝高了，杜甫已经口无遮拦，他起身吟诵了一首七言绝句《赠李白》：

秋来相顾尚飘蓬，未就丹砂愧葛洪。
痛饮狂歌空度日，飞扬跋扈为谁雄？

前些日子同寻范十，杜甫在《与李十二白同寻范十隐居》一诗里就很赞赏李白的诗才"李侯有佳句，往往似阴铿"，说他浑然天成的五言诗，如同南朝诗人阴铿的五言诗一般铿锵有力，又清新自然。临别之际，真性情的杜甫，真是酒后吐真言，他在劝慰李白，不要一喝多了就飞扬跋扈。其拳拳兄弟般的情谊，一片至诚，翻译过来，那是在说："秋天离别时，你我相互顾盼，像飞蓬一样到处飘荡，我没法跟着你去求仙了，既是愧对你，也是愧对我们都很仰慕的西晋那位炼丹的葛洪。这些天来，每天痛快地饮酒狂歌，总感觉有些白白地消磨日子，像你这样意气豪迈的人，如此逞雄究竟是为了谁？"

其时，李白表现得很洒脱，他既豪放不羁，也懂杜甫真诚，于是弹身而起，一手高举酒杯，一手挥毫疾走，嘴边迸出的字，字字依依不舍。他写给杜甫的赠别诗是《鲁郡东石门送杜二甫》：

> 醉别复几日，登临遍池台。
>
> 何时石门路，重有金樽开。
>
> 秋波落泗水，海色明徂徕。
>
> 飞蓬各自远，且尽手中杯。

李白酒酣之际，喜欢在壁上写诗，留情。遗憾，石门山上没有留下这首《鲁郡东石门送杜二甫》墨宝。又幸，这首记录二人知己情谊的五言律诗，随着李白诗歌集传承了下来。诗中，李白以"飞蓬"回应着杜甫的"飘蓬"，像是酒杯相碰，酒水飞溅，他当是用四川方言与杜甫赠别："兄弟，莫说那么多，先把这杯酒干了。喝了这杯酒，你就启程吧，你要去当官就去好好当官，你出身好，比我好，你的才华有目共睹，我看到了，相信爱写诗的玄宗今后也能成为你的知音。你的仕途，一定前程似锦，最好当个宰相，把我未圆的梦圆了。干了这杯酒，我就准备去江南了，为啥子前方是江南？贺知章那个老头对我有知遇之恩，他死了，唉，人之常情嘛，我得去他的坟墓前拜祭一下，感谢他夸我是谪仙人，祝贺他比我先成为先人板板。来，干，绿水长流，后会有期。对了，今后啥时候有空，就再来这儿，就是这座石门山，我们两兄弟投缘，必须从哪里分开，就在哪里重聚。反正，酒管饱。写诗嘛，图个乐子，尽情尽兴而已，想咋写，就咋写，别太较真，不必苦吟。你的诗，喜欢用典，讲究格律，很多人都陷入格律的囚笼不能自拔，你却能自由出入，不论五律，还是七律，都像一股清流，想象力丰富，处处透着真情，相比朝堂上那些只懂得歌功颂德的家伙，起码好一万倍。我看好你，二甫兄弟。干！痛快！"

石门，在山东曲阜的石门，原本因此山有二峰对峙，状若石门，故名。现在又因李白与杜甫这两座"唐诗中的珠穆朗玛峰"，在此交集，对饮，又分别，赋予新的含义。崭新的二峰，像打开双壳的蚌，给石门山的含珠台最美的诠释。不必遗憾都曾来此的老子与孔子，没在石门推杯换盏，因为李白与杜甫代表他们，共同参悟了道儒两派思想的精华，至今仍然光芒四射。

石门，李白诗中期待与杜甫重逢的石门山前路，很遗憾，再无他们的身影重叠。李白寄望未来还能一起开怀畅饮的金樽，也很遗憾，从此再无杜甫相伴。喝了李白劝的酒，杜甫就扬鞭纵马西奔长安而去。二人分别不久，李白很不习惯，常常思念杜甫这个小兄弟。就在沙丘城，天宝初年还叫鲁郡治城"瑕丘"这座古城，闲居于此的李白，又给杜甫寄出相思，诗为《沙丘城下寄杜甫》：

我来竟何事，高卧沙丘城。

城边有古树，日夕连秋声。

鲁酒不可醉，齐歌空复情。

思君若汶水，浩荡寄南征。

这是现存李白诗歌集里，他写给杜甫的最后一首诗，用情很深。面朝汶水，李白有些恼恨，他望向杜甫已差不多抵达的长安，喃喃自语：杜甫兄弟啊，自从你走后，究竟有什么事情可说呢？我一直闲居在沙丘城内，城边有一棵苍老的古树，像我，在秋风中，日夜萧瑟，没有你在身边共饮，鲁地的酒再也喝不出酒味了。这些天来，纵有歌声相伴，我也无意欣赏，更无心痛饮酣醉，这一切都是因为想你啊。兄弟，我对你的思念之情，就如这一川浩荡南行的汶水，紧紧地追随着你，恨不得马上追上你，与你痛饮三百杯，但愿长醉不愿醒。

或许，爱因斯坦最懂，李白在沙丘城的"思君"，为何会引来杜甫在长安城的频频回应，我们现在叫"量子纠缠"，属于量子力学范畴。自从与李白在石门分别后，更重情义的杜甫几乎天天都在想念太白。长久地想一个人，真的需要力量，被想的人要有魅力，起念的人得有动力、毅力，很显然，杜甫每一次回想李白都很用力，这又属于情感力学范畴。

七四六年，初到长安不久，李白就开始在杜甫的新诗里闪现。比如《饮中八仙歌》所写的李白形象，应是李白在与杜甫同行共饮时讲的故事，实诚的杜甫很认真地用诗记录了下来，赞誉为酒仙，说："李白一斗诗百篇，长安市上酒家眠。天子呼来不上船，自称臣是酒中仙。"这样的李白，文思敏捷，是杜甫向往的写诗境界。这样的李白，太狂放，太任性，天不怕地不怕，连人人毕恭毕敬的皇帝也敢怠慢，又是杜甫永远也不敢想象的生活。好在唐时，写作自由，海阔天空，没有文字狱，杜甫在想李白时，他可以任性一回。

可能还在七四五年冬天，杜甫刚到长安城那几天，他就开始想李白了，于是写了《冬日有怀李白》："寂寞书斋里，终朝独尔思。更寻嘉树传，不忘角弓诗。短褐风霜入，还丹日月迟。未因乘兴去，空有鹿门期。"此诗，仇兆鳌系年于天宝四年（七四五年）之冬，杨伦系年于天宝九年（七五〇年）之冬，我倾向于七四五年冬天。按此诗所描述，二人在七四五年秋天分别时，除了李白相约今后在山东石门重逢，杜甫也约了他若有机会就去杜氏祖籍地湖北襄阳的鹿门山，像鲁郡的隐士们那样隐居。可是转眼成空。杜甫初到长安，没有功名，只能埋首于书房里，日思夜想李白，他很怀念二人的兄弟情谊。诗中的"角弓"，源于其远祖杜预注释《左传》里的一个故事，杜甫想念李白，犹如季武不忘韩宣。

日子像翻书一样翻过冬天，到了七四七年春天，杜甫又开始想李白了，他在长安求官无望，便深耕于盛唐的诗歌国土，写下《春日忆李白》："白也诗无敌，飘然思不群。清新庾开府，俊逸鲍参军。渭北春天树，江东日暮云。何时一樽酒，重与细论文。"是的，越是在回忆中回看李白的诗，杜甫对这位盛唐诗坛大哥的认识不再局限于"李白版阴铿"，而是更深刻更宽阔了，他眼中的"此时的李白诗歌"意境清新，风格俊逸，无人匹敌，犹如庾信、鲍照重生。

大约是七四七年某一天，早年与李白隐居山东徂徕山，美号"竹溪六逸"之一的孔巢父，在长安托病拒绝入仕，决意东游吴越做个游仙。杜甫想到李白正在江东游走，便在此人的践行宴上写了一首《送孔巢父谢病归游江东，兼呈李白》，托他若在禹得天书的会稽宛委山碰见李白，就代问一声好，其"南寻禹穴见李白，道甫问讯今何如"两句，对李白的牵挂，言之凿凿，情之切切。

杜甫诗歌里的李杜兄弟情，实在太多了。几乎走到哪里，哪里就有杜甫思念李白的诗句，像是他在刻意拉长二人于七四五年在齐鲁大地携手同行的那个秋天。一定要追问七四五年的秋天有多长？若按现存杜甫诗歌计，答案是二十一年。在现存《杜诗全集》里，杜甫最后一次想念李白，写了《昔游》和《遣怀》两首长诗。那是七六六年秋天，此时的杜甫不再是仅有《望岳》闯诗坛的小诗人，已是完成《自京赴奉先县咏怀五百字》、《春望》、"三吏三别"、《蜀相》、《春夜喜雨》、《登楼》、《茅屋为秋风所破歌》、《旅夜抒怀》、《秋兴八首》等太多诗歌名篇的大诗人了。他却更念旧，喜欢忆往事，尤其爱追忆青年时期跟随苏预、李白、高适等故友，在齐赵、梁宋、齐鲁等地骑马射箭形同游侠的日子。《壮游》《昔游》《遣怀》，这三首自传体长诗，都产生于这年秋天。其中，写与李白、高适游兴单父台、孟渚泽的《昔游》，感怀青春不再，他泪流满面地说："隔河忆长眺，青岁已摧颓。不及少年日，无复故人杯！"在《遣怀》里，杜甫回溯与李白、高适同游梁宋的过往，更是号啕大哭，因为他们都先于他离开人世，这是他最落寞的时候，不只是他们，几乎与他交好的苏预、郑虔、严武等知己统统都离世了。想起游侠命短，字字如刀割心，他情难自禁地说："乱离朋友尽，合沓岁月徂。吾衰将焉托？存没再呜呼！"李白，死于七六二年。高适，死于七六五年。他们是杜甫生命中最重要的挚友，前者是他的精神刚需，后者常给予生活资助，《遣怀》于是成了他悼念他们的最凄凉的悼词。

也许，在七六七年秋天，对，就是这个重阳节，杜甫登上夔州的白帝城最高处，眺望长江，他写的"古今七律第一诗"《登高》，应当是跟李白的《早发白帝城》和诗，是的，我相信，是子美又在思念太白了。尽管杜甫生命里的最后四年，其现存诗歌再无李白的踪影，但是和他一样同为游侠的李白，会永远定格在七四五年秋天。

二〇一五年秋天，我从成都飞往济南，又转大巴自济南至曲阜，探寻杜甫与李白饮酒话别的石门。我很幸运，从曲阜出城一路向北，很快就寻到那座在平原忽然凸起的石门山。最幸运的山，无疑是曲阜的石门山，它，就因悉心收藏了杜甫与李白分别的那个秋天，在我脚下，又拉长了。很长，从七四五年到二〇一五年，原本属于杜甫与李白分别的那个秋天，至此，刚好被拉长一千二百七十年。就在石门，我写了一首新诗《在石门：嘴边驴马》，"只有路知道／千里之外的泗水横贯东西／杜甫和李白两个异姓兄弟，当年失意／碰撞失意。饮尽失意，飞蓬各自遥远"，这些诗句写给他们，如今看来稍显稚嫩，却也是一片至诚。那天，我拿出了三只酒杯，一杯敬杜甫，一杯敬李白，一杯敬自己。仿佛李白在问：何时石门路，重有金樽开？又仿佛听到杜甫的愧意：秋来相顾尚飘蓬，未就丹砂愧葛洪。

　　这天，我执着地追踪到这里，像是替杜甫与李白完成他们在七四五年秋天相约的重逢。石门，这座海拔其实很低的小山，从此成了我的写作文脉里时常涌动的大山。

跋

朝圣记

最早起念

"露从今夜白，月是故乡明。"每次读到杜甫的《月夜忆舍弟》这两句诗，我就对孕育他的故乡，那个在唐代还叫洛州巩县（今河南巩义），又名河南府巩县的地方，心生向往。尽管写此诗时，身在秦州的杜甫所指的故乡，很有可能是指他结婚生子地洛阳偃师，但是巩县似乎对我更有向心力，毕竟这才是他的诞生地。

最早起念去巩义的杜甫诞生窑看看，是二〇一二年正月初一。这天，唐代人爱称为"元日"，又叫元正、元旦、元朔，是一年的头一天、春季的头一天、正月的头一天，所以还称"三元"。文人自古皆有"元日开笔，大吉大利"的写作习俗，杜甫也不例外，他常在元日提笔写诗，甚至多次以元日为题抒怀，要么感怀身世，要么寄语儿子，要么思念弟妹。跟今人过春节一样，唐人过元日也以家人团圆为主，杜甫因此会在这天陪伴家人，或者写诗寄给因安史之乱而散落各地的亲人，以寄相思。十年之前的这天，我尚在成都杜甫草堂的茅屋旧居前闲读一套《杜诗全集今注》（张志烈主编），当我偶然翻到《元日示宗武》这页诗时，"赋诗犹落笔，献寿更称觞"这两句诗让我为之一振：献寿，难道元日是杜甫的生日？再读《杜位宅守岁》，又有"四十明朝过，飞腾暮景斜"之言，恍如杜甫在元日感慨不惑之年的事业无成，只能"烂醉是生涯"。果真如此，那么杜甫这天刚好就满一千三百岁。一千三百岁，意味着杜甫的名字在这个世界存在一千三百年了，比欧洲最伟大的诗人、《神曲》作者但丁还要早存世五百多年。他诞生时住的窑洞如果还在，至少也有一千三百年了。

"桃花流水窅然去，别有天地非人间。"李白在湖北安陆白兆山隐居读书时，曾以《山中问答》一诗如此形容此山的桃花洞风景，如梦如幻，恍若仙境。杜甫呢？在其中晚年，不论是困守长安、漂泊秦州、客居成都，还是纵酒梓州、病登夔州、流亡湘江，万里悲秋常作客的他，对于家乡的巩梅、梨枣和明月一直牵肠挂肚，即便临终也是念念不忘。捆绑杜甫一生乡愁的这孔窑洞，到底是什么样子？象征杜甫"诗圣胎盘"的这孔窑洞，究竟在哪一座山？他为何会出生在巩县，而非东都洛阳，或者西京长安？若不亲身前往，我想，一定无法洞见杜甫的诗歌长河来源。

从起念，到动身，我用了整整五年时间来准备。那五年，我的业余时间几乎全部用来研读《杜诗全集今注》，以及与杜甫有关的各种文献、评传。那五年，杜甫俨然已是我的精神父亲，总在文字世界里，与我劈头相遇，吟诗，唱歌，对酒，形影不离。直到二〇一六年秋天，像是杜甫这位精神父亲站在他的诞生窑洞外，召唤我返乡，要与我认亲，我才觉得自己有资格动身远行，去他的诞生地，追认这位精神父亲，与他说说古今变化。碰巧的是，与我同行的人，还有我的父亲，我带着生身父亲去见精神父亲，一路秋风长啸我这条朝圣路。

秋风长啸：杜甫传（上部）——游侠杜甫

今年元日，也就是二〇二二年正月初一，杜甫诞辰一千三百一十周年纪念日，提笔开写《秋风长啸：杜甫传》的跋《朝圣记》，我想穿越时空，向他献寿。

杜甫托梦

时间，还在二〇一二年元日停摆。

这天，成都杜甫草堂迎来人潮高峰，尤其是传说留有杜甫余温的茅屋故居，从屋外"柴门不正逐江开"那扇柴门，到屋里"窗含西岭千秋雪"那些窗格，人来人往，摩肩接踵，壮观这个词已不够用来形容现场的拥挤不堪。置身其间，进退两难，我索性就在茅屋前稍有空隙的石凳上坐下来，翻开先前在草堂水竹居购买的一套《杜诗全集今注》，闹中取静，静等人散。

这天，尚未立春，吹进草堂茅屋的寒风刮在脸上还很阴冷，手机里的万年历显示，这年正月初一"诸事不宜"，唯一适宜的是"破屋"。这是在指引我去拆屋，或者局部改造茅屋？怎能拆？又怎能改？此刻，杜甫纪念成都草堂落成的《堂成》一诗从我嘴边脱口而出："背郭堂成荫白茅，缘江路熟俯青郊。桤林碍日吟风叶，笼竹和烟滴露梢。暂止飞乌将数子，频来语燕定新巢……"一时间，诗中的每一个字漫天飞舞，又如同推移镜头一样聚焦，最终定格为公元七六〇年暮春的草堂，我想象的远离中原也远离闹市的清幽的草堂。

不知不觉地放下手机，合上书。在这间看上去很破旧的茅屋前，其实是后人根据杜甫诗歌勾勒的场景复建并做旧的草堂茅屋，或因翻书太久，我有些犯困，就靠在一根木柱上睡着了。这一觉，很短暂，也很神奇。停留在教科书上，瘦骨嶙峋的杜甫，竟然给我托梦了。

我梦见自己闯入唐代。我与一匹飞马在天上飞奔。突然，天旋地转，接着急速下坠，坠入浣花溪畔，然后是一个古意十足的卷轴，在我面前徐徐铺开一系列梦幻般的画面。卷轴的第一个画面，题跋为《百梅闹春》，我刚看到"闹"字，原本静止的画面便动了起来，只见雪梅、杏梅、宫春、绿萼、朱砂、紫蒂白、山桃梅、樱李梅，还有许多叫不出名字的梅花，像是穿着红红绿绿的各色棉袄，提着色彩斑斓的灯笼，说说笑笑中就把经书一样的浣花溪翻开为一个唐代的春天。刹那间，转入第二个画面，名字很奇怪，叫《古寺还乡》，远远望去，冬天的落叶纷纷返回了树枝，曾被连根拔出的古寺又找回了住址，杜甫枯坐在浣花溪畔的古寺最低处的石阶上，吟唱着他于公元七五九年冬天从秦州逃往成都时喜忧交集的那首《成都府》："翳翳桑榆日，照我征衣裳。我行山川异，忽在天一方。但逢新人民，未卜见故乡……"杜甫，是杜甫，他在向我招手。

"老爸，老爸，怎么睡着了？"与我同游草堂的女儿，这时攥住我的手，摇了摇。大梦初醒，我一激灵，浑身剧颤。在返回现实之前，大约有一刻钟，我感觉自己仿佛穿越到唐代，隐隐约约身着唐装，乘坐一叶扁舟从百花潭踏歌而来，手里提着一篮冒着热气的香肠、腊肉和醪糟米酒，远远地看见杜甫在向我招手，他说："肯与邻翁相对饮，隔离呼取尽余杯。"我正欲邀约在浣花溪畔苦吟《成都府》、接着又欢诵《客至》的杜甫上船共饮，然后一同沿着"即从巴峡穿巫峡，便下襄阳向洛阳"这条水路，做伴还乡，只是，还来不及幻游到巩义的那孔杜甫诞生窑，我的梦境就中断于成都的浣花溪畔。

去杜甫诞生窑看看这个念头，从这天意外地冒出，也从这天长久地搁置。说来，并非一时的心血来潮，就像旅行必须备好功课方能从容出行，直到二〇一六年秋天，从内心深处勾勒出一个渐渐清晰的杜甫形象，我才动身远行。这几年里，我想过多次，坐飞机去郑州再转大巴到巩义，当然可以尽快如愿，可是飞机无法抵达所有的杜甫遗迹。况且这年秋天，创作杜甫诗传《秋风破》（长诗集）的计划早已展开，要借助他的唐诗生育我的新诗，巩义和巩义笔架山下的杜甫诞生窑因此不再只是我心心念念的终点。我更想以洛州的巩县为新的起点，从杜甫诞生窑出发，按照公元七一二年至七七〇年这个时间秩序，一步一步去丈量杜甫一生走过的足迹，一段路一段路去感知因为杜甫诗歌而肥沃的土地，然后厘清杜甫潜伏在每个时空节点的悲欢，注解他激荡或者沉郁在诗句深处的儒释道思想。仿佛是命运在命令我，致敬杜甫，就得如此虔诚，秋风才会长啸这条朝圣路。

过命之交

出发那天，除了父亲，我只带了一套张志烈主编的四册装《杜诗全集今注》和冯至那本《杜甫传》。出发地点，我选在靠近万佛楼、外临浣花溪的成都杜甫草堂南门。没有仪式，没有欢送，没有祝福，只有遥想。我固执地想，也许只有从成都杜甫草堂南门出发，才能让时间倒退。具体是让二〇一六年秋天退至七五九年冬天，然后再让从洛阳一路颠沛流离赶往秦州又从秦州、同谷辗转奔赴成都时的杜甫倒退，让他跟着我驾驶的汽车一直退到七一二年的洛州巩县。如此抵达的河南省巩义市，就是唐代尚属洛州又名河南府的巩县，说不定我正好赶得上一代诗圣在笔架山下那个杜甫诞生窑里的呱呱坠地。

在草堂南门，面朝大雅堂外的杜甫铜像行了唐代拱手礼，再上车启动油门那一刻，我油然而生一种驭马前行的清狂。一辆四轮汽车，仿佛就是一匹四蹄奋进的战马，面向成都东北方位的巩义北征，从此日夜兼行，横跨川陕豫三省，载着我直奔杜甫诞生窑而去。所谓的清狂，其实是我放下繁杂新闻工作之后的如释重负。与其把这辆汽车比作战马，不如把我看成这年秋天跑向巩义的一匹脱缰野马。一路上，无心看风景，在于我深知这次累积的十八天年休假来之不易，若不定心前行，若不心无旁骛地驰骋，四年前的念想恐怕依旧是空想，两千多里外的巩义只能是远方，一千三百年前的杜甫诞生窑永远遥不可及。

在此之前，我对唐代称为巩县的巩义的认知，仅仅停留在杜甫的两个诗句里，一个是跟明月有关的"露从今夜白，月是故乡明"，另一个是与春梅有关的"秋风楚竹冷，夜雪巩梅春"。都很美，都是令人向往的诗意之美。不过，我第一次目击的巩义并非如此，而是另一种情景：巩梅裹挟在大雾里，明月藏身在唐诗里。说来很是无奈，甚至不可思议。我与巩义的缘分，几乎是以命搏来的。

这种过命之交，就在丙申之秋，我从成都赶往巩义的二○一六年秋天，有多辆在雾霾里穿行的大货车做证。

这段惊魂之路，我切分为两段。从成都杜甫草堂到西安杜公祠这段，有一千四百三十六里。从西安杜公祠到巩义杜甫诞生窑这段，是八百六十里。这两段长途跋涉，我都是走捷径。去西安杜公祠，除了翻越秦岭途中遇见因隧道车祸而导致的漫长堵车，总体还算顺利，多是蓝天白云绿草红叶做伴。去巩义杜甫诞生窑，却是意外频出，历经一日四季般反复无常之变，我差点儿就亡命于连霍高速被浓密雾霾袭击的洛阳路段。

那天一早，从西安绕城高速转入连霍高速，沉睡的太阳看似刚刚醒来，实则力大无穷，仿佛一个懒腰就捅破了天，迅速释放出万丈光芒。这条可以直达巩义的高速公路，路宽，车少，视野开阔，车跑起来特别轻快。道路两旁，山峦起伏，河流蜿蜒，飞鸟欢鸣，颇为引人入胜。穿行其间，虽是无暇多顾，却也赏心悦目。很快，我就穿过骊山、华清池、秦始皇陵附近的临潼，沿着华州、华阴行至潼关。车一进入潼关地界，我便产生一种强烈的错觉，似乎流经古长安城的那条渭河是跟着我跑来，不约而同定在潼关与黄河汇合。即将汇合那一刻，我和渭河都为黄河的奔腾气势所震慑，皆有回旋之势，犹如在黄河的悬崖边勒紧缰绳的马，情不自禁地仰起了头，然后退了几步。其实，从延安壶蚀变为汹涌澎湃的壶口瀑布，一路由北朝南飞腾而来的黄河，在潼关与渭河交汇处也有极为短暂的停留，它们交头接耳，密谋向东大计，密语合二为一。两条河流在潼关古城附近如此抱团取暖、互诉衷肠之后，渭河再也没有犹豫，欢天喜地地跟着黄河向东疾行而去。不知是渭河丢下了我，还是杜甫写的《潼关吏》拉住了我，反正我在这里下了高速。在潼关这一停留，像是渭河从此与我分道扬镳，更像是巩义的明月对我三心二意的惩戒。惩戒，不急这一时，就在这一天。

"要我下马行，为我指山隈。"吟着《潼关吏》，走完潼关城，吃了肉夹馍，再重返连霍高速，路过潼关服务区，汽车显示盘显示的时间正好是下午两点。我说正好，是因为这样的整点时间用来计算行程往往精准可靠，一般不会记错。这时，手机导航又提示，继续前行五百五十二里，只需三个小时便能到达巩义。要是不堵车，赶在杜甫故里纪念馆闭馆之前初探一下杜甫诞生窑的样貌，那就恰似探囊取物，唾手可得。这样一想，我的心情格外舒畅。接下来的连霍高速，道路平坦，偶有起伏，我的车速从一百飙升至一百二十公里，在快车道纵横驰骋，七扭八拐的黄河偶尔会进入视线范围，恍如与我并驾齐驱的另一匹野马。然而，在西峪河即将汇入黄河之前，汽车刚刚驶入西峪河上面的双桥河大桥，原本晴朗的天空突然泼下一场急雨来，我不得不打开雨刮器，并把车速减至六十，以守待攻一样如临大敌。当时，我的脑海里还在翻滚着潼关古城的画面，推敲着"丈人视要处，窄狭容单车"这两句诗反映的杜甫的心情，试图厘清杜甫于公元七五九年从洛阳一路西行创作"三吏三别"记录安史之乱战事的逃亡线索。这雨，来得很快，去得也快。这雨，犹如陕西与河南的界碑守护者，只在两省交界地带落下。跨过双桥河大桥，进入河南灵宝地界，也就是杜甫妻子杨氏、天下杨姓第一望族弘农杨氏策源地，这场突如其来的急雨竟然停了，忽地又转身变为雾。雾虽不大，却也必须继续打开雨刮器才能前行。

这种雾蒙蒙的天气，持续了很久，直到进入三门峡的石壕村范围，过了青石岭隧道，雾天才改为阴天。没错，是诞生《石壕吏》的那个石壕村。杜甫当年路过此地的感叹是"暮投石壕村，有吏夜捉人"。此刻，临近下午四点，还不到傍晚，我谈不上是暮投石壕村。车外，这时有一阵强劲的东北风吹来，落叶纷飞，簌簌作响，我竟在这一带遇见杜甫诗里的"无边落木萧萧下"。不过，与之对应的情景

　秋风长啸：杜甫传（上部）——游侠杜甫

却不是"不尽长江滚滚来",而应是温庭筠的"黄河怒浪连天来"。这风,定是跟石壕村东北方向的黄河河床忽然由窄变宽有关。从潼关至此,我已历经晴天、急雨、长雾、强风等四种变幻莫测的天气,不远的前方便是《新安吏》的地盘,新安会不会让我心安一些? 新安属于洛阳,过了洛阳就是巩义,巩义会不会有一轮明月在等我,等我把酒杯朝天?

想着新安,没过多久,立着"新安"二字的高速指路牌就闯入眼帘。这个指路牌让我顿时滋生一种无法言状的亲切感。因为洛阳进入眼底,巩义便将不再遥远。不只是亲切,还有点兴奋。可这兴奋劲儿尚未持续十秒,竟然出现意想不到的两重天:车后,可从后视镜里清晰看见一朵朵白云跟着乌云往三门峡至潼关方向溃散;车前,先是挡风玻璃有些模糊,很快便是铺天盖地的浓雾滚滚而来,不是雾,是雾霾。新安,杜甫写的《新安吏》第一次让我深感不安。只是,我身临其境的不安,要把杜甫那句"客行新安道,喧呼闻点兵",修订为"客行新安道,忽闻霾点兵"。这时,我已完美错过从新安收费站驶出连霍高速的良机。前方,离我最近的高速出口,导航显示,是洛阳市的孟津收费站。从新安小心翼翼驶向孟津的这段只能降为低速的高速路,说有多漫长,就有多漫长。由于雾霾太大,前路渐渐什么都看不清,我一边把车速降至二十公里左右缓行,一边赶紧打开双闪,祈祷应急灯能在关键时刻救命。其间,有好几辆大货车不要命似的从我车后呼啸而来,每一次皆是险象环生,让人心惊肉跳。幸好每一次我都频按喇叭警示,如此化险为夷,恍若死里逃生。要是大货车不小心碾压过来,要是我的应急灯突然坏了,要是我的方向盘和方向盘上的喇叭按钮有一丝犹豫,葬身于这片雾海霾坑,无疑就在分秒之间! 这段近一个小时的惊魂路，让我切身体会到，生死真就在一念之间。

杜甫说，"人生不相见，动如参与商"。车与祸，这两个字，在我的人生字典里，最好如同参商二星，永远互不相见。

当泛黄的微弱灯光在眼前忽闪忽闪，忽然闪出一个叫孟津的出口时，我哪里还会惦念与巩义的初见最好是从巩义东这个捷径出口出来？我毫不犹豫地驶出被雾霾封锁的连霍高速，不顾一切地"溜"向孟津。若是晴日，被李白称为"河阳花作县，秋浦玉为人"的孟津，让王维唤为"与君相见即相亲，闻道君家在孟津"的孟津，自然值得光顾。杜甫在《后出塞》中也发过"朝进东门营，暮上河阳桥。落日照大旗，马鸣风萧萧"这样的感慨。孟津的河阳桥，对于杜甫来说之所以意义非凡，在于此桥不仅是他目击安史之乱初期的见证物，而且是杜甫远祖杜预在黄河上所造，可以通向河北的一座跨河浮桥。可惜，此桥早毁，无迹可寻。如今隔河相望的孟津与孟州，皆有以"河阳"命名的路或者街，纵使二孟相争"河阳桥"的归属也是枉然。

此刻，面对"暗无天日"的孟津，我只能将它放归黄河的历史沟壑深处，无力去探究河阳桥的存亡真相。因为现在的我，形同雾霾大军通缉的逃兵，正从孟津的小浪底大道，逃向洛阳的王城大道。

都说人间正道是沧桑，导航带我入洛阳的这条王城大道又是什么道？唐代诗人崔郊用《赠去婢》这首诗解读过王侯之道，"侯门一入深似海，从此萧郎是路人"。此诗一出，"萧郎"从此纵横千年，成为天下女子闺中谈资。萧郎是谁？崔郊写此诗时仅是无权无势的秀才，面对爱婢被夺，眼前陌路横陈，看似有怨无怨，实则无可奈何，只能感叹侯门水深似海，把他有爱难得的爱情淹没。崔郊自谓萧郎似有不妥，除了才华横溢，他并无诗词里泛指的风流多才的南梁武帝萧衍拥有的至高权势。若真是萧衍这样的萧郎，崔郊就是王道，不必去苦望侯门无门，也不必去悲哀王道无道。要我说，必会是，一入王道魂魄惊，长使布衣汗满襟。因为这时，我才惊觉，汗水沿着额头、脖子、胸膛潺潺而下。

从王城大道转入邙岭大道，我正庆幸洛阳上清宫国家森林公园一带终于有了植物的清香扑鼻，突然又有横穿马路的行人扑面而来，这一惊愕，让人顿感喜忧参半。我能怎样？只能紧急刹车，然后一个急转弯，转入一条不知其名也无路灯的小路。导航规划从洛阳上清宫去巩义杜甫诞生窑这条新的捷径，至此报废。稀里糊涂地来到隋唐洛阳城应天门遗址附近，再看导航提示，必须改道，改走中州东路，往白马寺方向的三一〇国道径直前行，才是另一条经偃师去巩义的捷径。要拐入这条洛阳城边老路，走路很简单，在雾霾里开车就太难了。如此改道，必须穿城，此时要横穿洛阳城，实在是比李白所写的《蜀道难》还要难行。因为浓厚的雾霾持续弥漫在天地之间，很长时间都散不开，此刻本该晚霞满天的洛阳像是被一团巨大的浓墨毫无留白地皴染，提前降临了黑夜那块漫无边际的巨幕。这是洛阳留给我的第一个表情，怪诞而诡异。事实上，整个洛阳城早已点亮灯火，只是全被密不透风的雾霾淹没。好不容易钻入洛阳老城区，一切又变得更慢了。不仅是我慢了下来，其他行人和来来往往的车辆也纷纷慢了下来，穿城而过的洛河似乎比任何时候都慢了许多，我们统统都是这场大雾霾囚禁的囚徒，我想，即便侥幸混出了城，终究还是插翅难逃。当天，满城车辆就这样困在每一条大街上，只能蜗牛一样爬行。我至今犹记，是以最慢五公里最快不超过十五公里的车速，以一个咳嗽声紧跟前一个咳嗽声的无奈，狼狈不堪地逃出洛阳这座神都。

两个父亲

好在从洛阳老城区经偃师去巩义这条老路，车少人少，并不难行。尤其是靠近杜预、杜审言、杜甫所在的偃师三杜墓附近时，再无喇叭轰鸣，我的车速已可提升至二十公里。车速不断加快，心情逐渐转好，我又忍不住幻想：我载着亲生父亲，去拜见精神父亲，巩义那边的夜空会不会突然升起一轮明月，用明月来终结我这怪异无常的一天？

现实里，没有。驾车驶入巩义地界，大约是晚上八点，雾霾依旧浓重，路灯暗淡稀疏，离杜甫诞生窑和邙山杜甫墓均不远的伊洛河桥，若无导航与车灯帮助根本找不到方位，桥上引路的车辆趋近于零，桥下由伊河与洛河交汇的伊洛河黑雾腾腾，偶尔会泛出一缕亮光，像是在呜咽，更像是在挣扎。明月，并没有从诗中起身，照亮我通往杜甫故里这条朝圣路。以前常驻瞳孔的满天星辰仿佛突然搬了家，独留眼底一片漆黑，我油然而生与顾城共情的心境：黑夜给了我黑色的眼睛，我却用它寻找光明。我打开远光灯，将两束强光射向杜甫故里纪念馆的大门，试图用这些光去发现更多的光。但最多也就照出牌匾上的"杜甫故里"四个大字，大门里的笔架山和杜甫诞生窑恍若一幅隐秘的山水画，让人无从窥探它们的神秘面容。久久地驻留大门外，死死地盯着远光灯，浅吸，深呼，缓减长途自驾带给身体的疲惫，释放弥天雾霾闯入内心的恐慌，飘浮在光影里的尘埃起起伏伏，始终落不下地。要是有一场秋风把雾霾刮走、把明月唤来，就好了。我这样想，当然是想当然。离大门不远的几台挖土机不断轰鸣，它们在夜里持续作业，比夏日树丛里的蝉鸣合奏曲还要亢奋，让我深感郁闷，仿佛两米以下的唐代土层和传诵千年的经典杜氏唐诗都要被挖空了。

想象里，真有。陪我同行的父亲点燃一支烟，猛吸了一口，又吐大气一般吐了出来，说这次巩义之行完全是挺进霾区，不仅什么也看不清，还差点儿把老命丢在途中，怪我出行的日子没选对。他的话是从我的右耳钻进去，不，是针一样刺进去、刀一样插进去、箭一样射进去，我感觉到了不见血却胜似见血的疼痛。因为黄昏之前，在连霍高速洛阳段逃命的记忆，以及途中与我劈头相遇且紧追不放的雾霾，还在刺激头皮，不断汗流浃背，至今挥之不去。别说是挥，即使刻意去抹也是徒劳。在父亲吐纳之间产生的一团团烟雾中，精神上的父亲，是的，是杜甫，朝我扑面而来，一个更响亮的声音在我的左耳回荡：

"饮酣视八极，俗物都茫茫。"

左耳这个声音显然更开阔，浩大得如同杜甫身影幻化的苍茫大地，排山倒海一样阻止了右耳那个声音的穿行，接着幻化成一轮皎洁的明月，高悬于空中。

从此，我有了一个心理暗示：只要心执着，眼前就有光。这光，可能是月光，也可能是日光。

果然，第二天一大早，与我有了过命交情的巩义，似乎因为昨天持续一夜的放雾施霾惩戒过分了一些，今天立即换了一副慈母般心疼我的面孔。就在巩义笔架山上空，一个暖暖的太阳普照中原大地。

这天，无风，也无雨，太阳显得很有耐心。只见一缕又一缕阳光，像锋利的刀片一样一层一层剥开锁在笔架山周围的雾霾，神秘莫测的杜甫诞生窑终于如同鲜橙一般近在眼前，触手可及。此窑依山而凿，像是笔架山的山门，因为杜甫在这里诞生，故名杜甫诞生窑。窑名由郭沫若题写，以木刻匾额横放于门额上。窑洞内外的青砖均有风化的迹象，看上去很有些年月了。真是唐代建筑吗？被风剥雨蚀过的青砖无语。县志，甚至墓志，都爱听美言讲妙语，不可不信，又不可全信。如同石碑上刻写的字，字在人为，石碑不会起身说话，信或不信皆是无解的问题。

这天，参观完杜甫故里纪念馆，耗时并不太长，三个小时而已。停留在杜甫诞生窑的时间，反而相对最长。再一次转回到笔架山下，在杜甫诞生窑前，我对杜甫诞生窑以及窑洞里的杜甫像端详了一番。像王维品画那样看，"远看山有色，近听水无声"；像李白读水那样看，"日照香炉生紫烟，遥看瀑布挂前川"；像苏轼识山那样看，"横看成岭侧成峰，远近高低各不同"。除了目光要触摸这个窑洞的所有角落，我还想以身相融，更想精神上深入，甚至掘地三尺找出神明，最好能找出杜甫在此呱呱坠地的第一个哭喊声来。也许我是神经质或者强迫症了一点。然而，潜意识不断地提醒我，仿佛必须这样，我才能真正感知到另一个父亲的存在，并且回应他令我跋山涉水来此寻根追踪的朝圣初衷。记得杜甫在给二姑母杜氏亲笔撰写的墓志中说过，"夫载笔光芒于金石，作程通达于神明"。就是这些文字，在此与我共鸣，激荡我心，召唤我魂，命令我前行。

现在，整个窑洞里只剩我一人。寂静，无声。苍凉，悠远。渺小，浩大。面前这尊略显瘦小的杜甫像，在恍惚间由小变大，从瘦变壮，最后幻变为一个饱经沧桑、白发稀疏、弱不禁风的老人，真像是他自描的"白头搔更短，浑欲不胜簪"那个样子。在我的幻想中，是他先打破寂静。从"七龄思即壮，开口咏凤凰"到"致君尧舜上，再使风俗淳"，从"国破山河在，城春草木深"到"家事丹砂诀，无成涕作霖"，杜甫不厌其烦地把他一生写过的诗一一念给我听，有欣喜，有失落，有悲壮，还有无奈，正如他在《进雕赋表》里所说的"沉郁顿挫"。这些幻象，产生于我对他行三拜九叩之礼时。当我起身，正欲用"念天地之悠悠，独怆然而涕下"回应杜甫时，他又还原成最初所见的那尊瘦小的塑像。

这时，起风了，是秋风，我最熟悉的秋风，从窑口灌入，窑外有树叶与树叶的撞击声响起，停不下来。窑内，前不见杜甫，后不见来客，四周的砖砌墙壁默不作声，视线渐渐转为模糊，我突然有一种怅然若失的感觉，先是十指发抖，后是浑身颤抖。仿佛走着走着，父亲就走远了，从此消失不见，永远阴阳两隔。

这种感觉也叫失魂落魄。此刻，秋风在杜甫诞生窑长啸，我已浑然不觉。

良久，我才如梦初醒。原来，刚才从杜甫七岁开笔的第一首诗，到近五十九岁临终的绝笔诗，我的"聆听"皆是"幻听"。这次一波三折的朝圣经历，让已为人父的我重新认识了"父亲"这个词，以及"父亲"词意背后的无穷边际。

眼前，秋风越来越大，从低吟到高亢，再到长啸。杜甫在成都草堂茅屋，生发的可以"大庇天下寒士俱欢颜"的秋风，似乎也在这一天这一刻才有明确指向。具体在巩义笔架山下的杜甫诞生窑，我能耳闻目睹的所有秋风，皆是由此而来。

这个青砖窑洞，让我从此认定：巩义，是我的精神故乡；杜甫，是我的精神父亲；朝圣，是我的毕生追求。

身后明月

对我而言，杜甫不只是精神父亲，他还是我的身后明月，一望便来。

二〇一九年四月二十九日，杜甫故里河南省巩义市授予我"杜甫文化推广大使"称号，这个荣誉冥冥中赋予我神圣使命。就在当天夜晚，给巩义二中师生主题演讲完《巩义，杜甫的"诗圣胎盘"》之后，我亲眼看见了杜甫诗中所说的故乡明月，高挂在笔架山的半空中。不是仰视太空的上弦月，也不是盈盈满满的圆月，而是俯身把光倒进巩义的下弦月。就是这轮姿态足够低的下弦月，让我萌生了一个极其强烈的念头:写一本更多人看得懂的新版《杜甫传》。于是，二〇二〇年，我把之前行走考察研究杜甫一生踪迹的所有资料翻了出来，也把存在记忆深处的这轮下弦月释放出来。

二〇二〇年，是杜甫逝世一千二百五十周年。杜甫死了一千二百五十年了吗？没有。在我心里，他还活着。用鲁迅的话来说，杜甫似乎不是古人，就好像今天还活在我们中间似的。我想，不是好像，就是这样。因为诗歌可以续命，杜甫因此一直活着。不是说一个人的真正死亡是在世上抹除他的所有痕迹之后吗？杜甫，这两个字，永远也无法抹去。只要地球不毁，只要时间不灭，杜甫就会永生，永远都在他的诗歌里痛并快乐地活着。他的悲欢，力透纸背，深入骨髓，时隔多年仍在响彻寰宇，不只是我，相信有更多的"我"，都会推己及人，不断传承下去。

二〇二二年元日，便是杜甫一千三百一十岁生日。十年前的这一天，河南巩义的杜甫诞生窑成了我的一个梦。十年来的每一天，只要有空闲，我都会跟随杜诗的韵脚前往某一处杜甫遗迹，掐掉乡愁，重新造梦，向诗圣朝圣，向杜甫致敬。我喜欢在不同的文学作品里与杜甫这轮身后的明月相遇。过去是杜甫诗传《秋风破》和诗集《草堂物语》，如今是二〇二〇年元日起笔的这部《秋风长啸：杜甫传》。或是命中注定，又或是杜甫在命令，我这一生要向诗圣朝圣，生存的焦虑才会转为释然，生活的更新才会告别茫然，生命的起伏才会变得坦然。追踪杜甫生平故事，重铸诗圣万丈光芒，再现子美当下美学，提笔书写《秋风长啸：杜甫传》，我一定要从巩义的笔架山起笔，并在笔架山的杜甫诞生窑下笔，践行他说的"读书破万卷，下笔如有神"。视我虔诚也好，疑我高攀也罢，我都愿意化作一支笔，去笔架山饱蘸墨水，反复书写我的精神父亲、我的身后明月 —— 杜甫。

是为跋。

二〇二二年元日写于成都
二〇二二年中秋改于成都

草书《夜宴左氏庄》字轴　明代　张瑞图

《杜甫像》 傅抱石 绘于1960年

有同枯棕水，使我沈歎久。
死者已已，休生者何自守。
戚戚成都杜甫艸堂歲九十四

歲白石齊璜畫

杜甫詩意画《枯棕》图轴　齐白石

雨细鱼儿出成都
杜甫草堂借池
九十四岁白石

杜甫诗意画《水槛遣心二首》之一细雨鱼儿图轴　齐白石

杜甫诗意画《病橘》荔枝图轴 齐白石